James Anderson

Desert Moon

Aus dem Amerikanischen von Harriet Fricke
Herausgegeben von Wolfgang Franßen

Polar Verlag

Redaktion: Eva Weigl, Claudia Denker
Umschlaggestaltung: Robert Neth, Britta Kuhlmann
Umschlagfoto: © J.D.S/shutterstock.com
Autorenfoto: ©privat
Satz/Layout: Martina Stolzmann
Gesetzt aus Adobe Garamond PostScript, InDesign

Druck und Bindung: CPI books GmbH, Leck, Deutschland

ISBN: 978-3-945133-67-5

Für Bruce Berger, der die Wüste liebt, und
James A. Lawson, der das Cello liebt.

In Erinnerung an die folgenden Autoren und ihre Figuren, die,
ob real oder imaginär, für mich zu besten Freunden wurden:

Ross Macdonald (1915 – 1983)
für Lew Archer (California)

John D. MacDonald (1916 – 1986)
für Travis McGee (Florida)

James Crumley (1939 – 2008)
für Milo Milodragovitch (Montana)

Robert B. Parker (1932 – 2010)
für Spenser (Boston)

Stephen J. Cannell (1941 – 2010)
für James Rockford (California)

und besonderen Dank an Sterling Watson,
der diese Freundschaften am Leben erhalten hat.

Ist das nicht dein Leben? Ein uralter Kuss,
der dir noch immer die Augen ausbrennt?
Ist dein Scheitern nicht so absolut, dass die Kirchenglocke
nur noch
eins verkündet: Läute und niemand kommt?
Ist das bei leeren Häusern nicht ebenso?

Richard Hugo, »Schattierungen von Grau in Philipsburg«

1

Eine rote Sonne balancierte auf dem Horizont, als ich beim Well-Known Desert Diner ankam. Die Ecken des Hauses waren von den langen Schatten des Sonnenaufgangs umwoben, und am heller werdenden Himmel hing noch der weiße Vollmond. Ich parkte meinen Truck vor der Umgrenzung des Schotterparkplatzes. An der Tür des Diners hing das »Geschlossen«-Schild. Links daneben stand, wie in Trauer um Superman, eine schwarze Telefonzelle. Darin hing noch ein echtes Telefon mit Wählscheibe, deren zehn weiße Ziffern beim Drehen laut schnarrten. Im Gegensatz zu den Geräten im Film funktionierte dieses sogar – sofern man genügend Nickels in der Tasche hatte.

Neugier war für mich eigentlich nie ein Thema gewesen. Ich behandelte sie wie den schlafenden Wachhund eines Schrottplatzes. Regel Nummer eins: Niemals über den Zaun springen. Unschöne Narben auf meinem Rücken erinnerten mich an die wenigen Male, als ich gegen die Regel verstoßen hatte. Nur, weil man den Hund nicht sieht, heißt das noch lange nicht, dass er nicht da ist. Natürlich spähe ich hin und wieder durch den Zaun. Was ich dort sehe, behalte ich für mich.

An diesem Montagmorgen Ende Mai kam ich dem Zaun gefährlich nahe. Walt Butterfield, der Inhaber des Diners, war ein Schrottplatz-Unitarier: Er war seine eigene Ein-Mann-Gemeinde und sein eigener Wachhund. Sein Schrottplatz war der Well-Known Desert Diner, und Walt biss einem die Kehle durch, ohne vorher zu knurren oder zu kläffen. Ich mochte ihn und seinen Schrottplatz. Der Laden war so was wie ein Schrein. Über die Jahre hatte ich es mir angewöhnt, dort regelmäßig eine Pause einzulegen und mich in wilden Fantasien und müßigen Spekulationen zu ergehen. Selbst wenn ich bei Walt nichts abzuliefern hatte, war er meine erste Station. An manchen Tagen auch die letzte.

Aus reiner Gewohnheit drückte ich die Klinke. Die Tür war verschlossen. Wie immer. Das war das Gesicht, das Walt der Welt zeigte. Er schlief in der ehemaligen Vorratskammer, gleich neben der Küche. Hinter dem Diner, am Ende eines breiten Kieswegs, stand eine etwa fünfzehn mal dreißig Meter große Stahlblechhütte aus dem Zweiten Weltkrieg. Hier wohnte Walt in Wahrheit, mit seinen Motorrädern, den Werkzeugen, Ölkanistern und unzähligen Kisten mit Ersatzteilen, aufgetürmt bis zur Decke.

Zu Walts Sammlung gehörten neun der schönsten und exklusivsten Maschinen, die je über die Straßen von Amerika und Europa gedonnert waren, darunter auch seine allererste, eine 1948er Vincent Black Shadow. Auf diesem Motorrad war er, die schmale Taille von seiner koreanischen Kriegsbraut umschlungen, vor Jahrzehnten auf den Kiesweg des Diners eingebogen, der damals noch Oasis Café hieß. Er war zwanzig. Sie war sechzehn und konnte kein Wort Englisch. Ein Jahr später, 1953, hatten sie den Laden gekauft.

Walt hielt den Diner, wie alles in seinem Leben, in makelloser Ordnung. Ich schaute durch die Glastür auf die lindgrünen Plastikbezüge der sechs Sitznischen und zwölf Barhocker. Das Bataillon gläserner Salz- und Pfefferstreuer stand stramm. Die Einfassung des Tresens strahlte mir ihr ewiges Chrom-Lächeln entgegen. Die braunen und elfenbeinfarbenen Linoleum-Fliesen waren wie immer blank gebohnert. An der Wand gegenüber thronte die 1948er Wurlitzer-Jukebox. Hinter dem Tresen, über der Durchreiche aus Edelstahl, hing derselbe Bestellzettel wie immer leblos an einem Haken. Soweit ich wusste, handelte es sich um die letzte Bestellung eines zahlenden Kunden, aufgegeben vermutlich im Herbst 1987.

Ich ging zum Truck zurück, lud die schwere Kiste mit Motorradteilen ab und karrte sie zur Hütte. Letzten Mittwoch hatte Walt aus New York eine ungewöhnliche Sendung erhalten – sechs Pakete, alle unterschiedlich groß. Nicht unhandlich und schwer wie die Motorradteile, aber das war nicht das Einzige, was mir an ihnen aufgefallen war. Auf jedem Paket stand zwar eine andere New Yorker Rücksendeadresse, doch aufgegeben hatte sie ein und dieselbe Person: Chun-Ja. Kein Nachname. Sie waren im Doppelpack angekommen und alle am selben Tag verschickt worden, jeweils zwei mit einem der drei großen Kurierunternehmen – FedEx, UPS und DHL. Wegen einer Sondervereinbarung fuhr ich für FedEx und UPS, nicht aber für DHL.

Ich hatte meine vier Pakete neben die beiden vom DHL-Fahrer gestellt. Am Freitagmorgen standen sie immer noch dort. Zwei Tage und Nächte waren sie nicht angerührt worden. Das war nicht nur ungewöhnlich, in all den Jahren, die ich Walt nun schon belieferte, war es kein einziges Mal vorgekommen.

Es konnte nur eine Erklärung geben: Walt war verreist. Allerdings hatte er, soweit ich wusste, keine Familie oder Freunde und auch sonst nichts und niemanden, wo er hinkonnte. Da er schon älter war, lag die Vermutung nahe, dass er eines natürlichen Todes gestorben war und steif wie ein Brett in irgendeiner Ecke seines Diners oder seiner Werkstatt lag. Oder er war mit einem seiner Motorräder in der Wüste verunglückt. Wer Walt kannte, wusste, wie weit hergeholt solche Todesszenarien waren.

Ich klopfte gegen die Tür der Hütte. Ein Mal. Walt hörte sehr gut. Mit neunundsiebzig Jahren war fast alles an ihm noch so, wie es sein sollte, abgesehen von seinem Verhalten gegenüber anderen. Wo auch immer er sich auf seinem Grundstück aufhielt oder was er gerade tat, sein sechster Sinn verriet ihm, wenn jemand in der Nähe war. Entweder tauchte er dann im nächsten Moment von alleine auf oder er ignorierte einen einfach. Dann war es das Schlauste, so schnell wie möglich wieder abzuziehen. Mit Rufen und Hämmern zog man sich nur seinen Zorn zu. Und wenn es auf diesem Planeten einen fast Achtzigjährigen gab, den man nicht gegen sich aufbringen wollte, dann Walt Butterfield.

Vermutlich war ich der einzige Mensch, der seine Werkstatt in den letzten zwanzig Jahren oder länger von innen gesehen hatte. Doch die gelegentlichen Ausflüge in Walts Welt, stets auf schroffe Einladung hin, dauerten nur so lange, bis ich die Sackkarre entladen hatte.

Ich stellte den neuen Karton mit Ersatzteilen neben die Tür und machte, was am Vernünftigsten war. Dass Walt nicht auf mein Klopfen reagiert hatte, war mein Glück. Sonst hätte ich womöglich etwas richtig Dummes getan und ihn gefragt, wo er gesteckt hatte und was in den sechs Paketen gewesen war.

Eigentlich hoffte ich immer, Walt zu erwischen oder vielmehr, ihn in einem Moment anzutreffen, wenn er erwischt werden wollte. Wenige Male hatten wir zusammen im geschlossenen Diner gesessen. Hin und wieder sagte er was, meistens nicht. Wenn er reden wollte, hörte ich ihm zu. Bei ein, zwei Gelegenheiten hatte er mir sogar ein Frühstück gemacht. Er wohnte länger in der Gegend als jeder andere oder wenigstens jeder mit genügend Grips und verlässlichem Gedächtnis.

Entschlossen, keinen weiteren Gedanken an die merkwürdigen Pakete oder Walts Abwesenheit zu verschwenden, kehrte ich zum Truck zurück. Die großen Rätsel des Lebens interessierten mich herzlich wenig. Wer die Pyramiden erbaut hat oder ob Cortés homosexuell gewesen war, das waren Fragen, die meine Neugier-Messnadel nicht ausschlagen ließen. Aber Walts Abwesenheit und die seltsamen Pakete waren unwiderstehliche Rätsel. Der Diner und ich musterten uns. Wie Walt blickte auch er auf eine lange, bewegte Geschichte zurück.

Der 191 ist der Highway, auf dem man Price, Utah, in Richtung Norden oder Süden verlässt. Im Norden liegt Salt Lake City. Im Süden erreicht man erst Green River, später Moab. Die Abzweigung zur State Road 117 liegt etwa zwanzig Meilen außerhalb der Stadtgrenze von Price. Zehn Meilen weiter östlich, an der 117, liegt linker Hand, mitten im zerklüfteten Niemandsland, der Well-Known Desert Diner.

Von 1955 bis 1987 hatte der Diner in Dutzenden von B-Movies mitgespielt. In Wüsten-Horrorfilmen, Wüsten-Bikergang-Filmen und Filmen, in denen jemand, meistens eine attraktive junge Frau, durch die Wüste fährt und etwas Schreckliches erlebt.

Hin und wieder stößt man auf einem Privatsender im Fernsehen auf eine dieser Low-Budget-Perlen. Sobald der Diner auf dem Bildschirm auftaucht, sitze ich wie gebannt davor. Zu meinen Lieblingsfilmen zählen solche mit Atommonstern oder Aliens, die Wüstenkäffer terrorisieren. Am Ende gewinnen immer die Einwohner und retten nebenbei den ganzen Planeten. Dafür benötigen sie meistens nicht viel mehr als eine Autobatterie, eine Handvoll Winchester-Gewehre und einen durchreisenden Professor, der eine verrückte Theorie hat – und eine schöne, wilde Tochter.

Der Diner wurde 1929 erbaut. Wegen der hellen Kieseinfahrt, der altmodischen Zapfsäule mit dem Glaszylinder und der weißen Lehmwände mit den grünen Fensterrahmen wirkt der Diner vertraut, wie ein Zuhause, das man sein Leben lang gekannt, aber nie besucht hat. Selbst hartgesottene, sonnenverbrannte Trucker drosseln im Vorbeifahren das Tempo und lächeln in sich hinein.

Zwei große Reklametafeln, eine in Richtung Süden, eine in Richtung Norden des Highway 191 machten Werbung für den Diner. »Hausgemachter Kuchen … eiskalte Getränke … gleich sind Sie da.« Die Tafeln waren uralt und verwittert. Über die Jahre hatten so viele Leute angehalten und den Diner verschlossen vorgefunden, dass ein aufgebrachter Autofahrer mit Sprühfarbe auf das nach Norden zeigende Schild geschrieben hatte: »Desert Diner – immer zu!« Das stimmte zwar nicht ganz, kam der Wahrheit aber ziemlich nahe. In den wenigen Ausnahmefällen hatten diejenigen, die die Tür offen und Walt hinter dem Tresen vorgefunden hatten, eine böse Überraschung erlebt. Insgeheim hatte ich den Verdacht, Walt würde das »Geschlossen«-Schild in unregelmäßigen Abständen runternehmen und die Tür aufschließen, nur um Leute anzulocken und sie gleich wieder zum Teufel zu jagen.

Ich leerte den Rest Kaffee aus meiner Thermoskanne in den Becher und dachte, ich konnte im Grunde ganz zufrieden sein. Dabei lief das Geschäft so mies, dass ich meinen Diesel nur noch mit Visa-Karte bezahlen konnte und mich ständig fragen musste, ob ich den nächsten Monat überstehen würde. Trotzdem hatte ich jeden Morgen beim Aufwachen den Eindruck, auf dem richtigen Weg zu sein. Noch war mein Glück nicht ganz aufgebraucht, obwohl ich mich in letzter Zeit immer öfter wie ein Erwachsener fühlte, der noch bei seinen armen, gebrechlichen und wunderlichen Eltern wohnt – was durchaus möglich gewesen wäre, sofern ich denn welche gehabt hätte.

In Wahrheit war ich nicht annähernd so glücklich und zufrieden, wie ich es früher einmal gewesen war. Allmählich machte sich kalte Verzweiflung in mir breit. Die Dinge mussten sich ändern. Das war mein Wunsch. Und wie die meisten Leute, die Veränderung herbeisehnen, wünschte ich mir gerade so viel davon, dass alles beim Alten blieb, nur eben einen Tick besser wurde.

Der Highway vor mir rekelte sich in der Sonne. Er gehörte mir, ein schönes Gefühl. Dass er nur mir gehörte, weil ihn sonst niemand haben wollte, störte mich nicht. Die Bremsen zischten, ich schaute noch einmal zum Diner, bevor ich auf die 117 fuhr, um den Rest des Tages hinter mich zu bringen.

2

Der viele Kaffee machte sich ein paar Meilen hinter dem Diner bemerkbar. Ich suchte nach einem Platz, groß genug, um den knapp zehn Meter langen Truck sicher abzustellen. Vor mir tauchte eine schmale Ausweichbucht auf. Sie lag hinter einer langen sanften Kurve, fast versteckt am Fuß eines kleinen Hügels. Es war keine Ausweichbucht, sondern eine Straße, aber das wurde mir erst klar, nachdem ich angehalten hatte und ausgestiegen war. Man spürt es unter den Sohlen, wenn man auf Schotter und Sand tritt. Dieser Boden war wesentlich härter.

Ich kratzte mit der Stiefelspitze im Sand und bemerkte erstaunt, dass ich eine helle Betonplatte freigelegt hatte. Ich folgte dem betonierten Weg etwa fünfzig Meter den Hang hinauf. Auf der Kuppe des Hügels standen zwei Ziegelsteinpfeiler, verbunden durch einen schmiedeeisernen Bogen. Darin der schnörkelige Schriftzug »Desert Home«.

Schon merkwürdig, dass mir das Tor nie aufgefallen war. Immerhin kam ich seit zwanzig Jahren an fünf Tagen der Woche zweimal täglich daran vorbei. Unten raste ein Auto über die Straße. Selbst wenn man nach den Pfeilern gesucht hätte, standen sie gerade so weit von der Straße entfernt, dass man sie nur mit Mühe entdeckt hätte. Trotz der Höhe meines Fahrerhauses und der ansteigenden Fahrbahn hatte ich das Tor von der 117 aus nie gesehen.

Einen Augenblick lang betrachtete ich das, was einmal ein stattliches Eingangstor gewesen war. Der geplatzte Lebenstraum eines Menschen – vermutlich eine Ranch. Ich schaute nach unten, dann weiter in die Ferne und entdeckte mehrere flache, ausgetrocknete Bachläufe, alle miteinander verbunden.

Es dauerte einen Moment, bis mir klar wurde, was es in Wahrheit war. Keine Bachläufe, sondern Wege und Straßen, die das Versprechen, jemanden nach Hause zu führen, nie gehalten hatten. Mit einer Ausnahme, eine Art Musterhaus, das in der flachen Ebene steckte wie ein hartnäckiger letzter Zahn in einem ansonsten leeren Kiefer. Den Hügel runter, ein paar Hundert Meter zu meiner Rechten.

Eine Windböe wirbelte eine winzige Sandhose zu meinen Füßen auf. Mein Bedürfnis meldete sich zurück. Sich im Wind zu erleichtern, kann schnell schiefgehen. Die Einsamkeit, die sich vor mir auftat, schien mich förmlich heranzuwinken, und das einstöckige Haus lockte mit seinem Windschatten. Dass ich dabei über einen fremden Zaun springen könnte, kam mir nicht in den Sinn.

Während ich den Hügel hinabstieg und auf das Haus zumarschierte, konnte ich die spielenden Kinder und das fröhliche Stimmengewirr von Familien beim samstäglichen Grillen beinahe hören. Es war eine Geisterstadt, ohne Stadt und ohne Geister, denn hier hatte nie ein Mensch gelebt. Aber es waren gar nicht mal Geister, die ich mir vorstellte, mehr die Geister von Geistern, und in ihrer Gegenwart fühlte ich mich seltsam gut aufgehoben.

Dafür, dass es seit wer weiß wie vielen Jahren den Elementen ausgesetzt war, war das Musterhaus erstaunlich gut in Schuss.

Gut möglich, dass ich, wie die meisten Waisen, viel zu oft über Häuser nachdachte. Ich beurteilte sie nach eigenen Kriterien – zuerst die Fenster, vor allem ihre Lage. Dann die Veranda: Gab es eine und in welche Richtung blickte sie? Ich mochte Veranden, besonders solche, die nach Osten gingen. Zum Schluss das Dach. Hohe Dächer konnte ich nicht leiden. Wenn ich einen Hut haben wollte, würde ich mir einen Hut kaufen. Ein hohes, spitzes Dach schreckte mich aus irgendeinem Grund ab.

Das Haus lag allein in einem Bett aus Sand, seine Fenster waren intakt, sauber und etwas tiefer eingesetzt. Die Veranda blickte nach Osten, in Richtung der mit Lichtsprenkeln übersäten Mesa in etwa fünfzig Meilen Entfernung. Wie jeder Wüstenbewohner weiß, lässt sich die wahre Schönheit eines Sonnenuntergangs in der Wüste erst genießen, wenn man nach Osten schaut, also erstaunlicherweise weg von der Sonne. Ein einzelner verwitterter grüner Gartenstuhl thronte auf der Veranda. An einem schönen, kühlen Abend hätte man hier herrlich sitzen können. Dazu hatte das Dach eine sanfte Schräge, die den Himmel willkommen hieß, statt ihm zu drohen.

Ich ging ums Haus herum. Nichts deutete darauf hin, dass hier jemand wohnte oder jemals gewohnt hatte. Auf der Rückseite blieb ich stehen und genoss den unverbauten Blick in Richtung Westen bis hin zur Wasatch Gebirgskette. Auf der Südseite des Hauses wehte der Wind am schwächsten. Ich trat ganz nah heran und legte die Stirn an die schattige Wand, gleich unter einem sauberen Fenster. Umgeben von grenzenloser Freiheit und wunderschöner Landschaft öffnete ich die Gürtelschnalle, um mich der lang ersehnten Erleichterung hinzugeben.

Im Schatten war es beinahe still. Nur der Wind beklagte sich mit einem hohen Pfeifen, während er in die Dachrinne über mir hinein- und herausschlüpfte. Als ich zu dem Geräusch aufschaute, wanderte mein Blick am Fenster hoch – das Küchenfenster, vermutlich. Und in diesem Bruchteil einer Sekunde sah ich den missbilligenden Blick einer Frau.

Mir wurde schon oft vorgeworfen, ich würde mich schlecht benehmen. Meistens habe ich die Vorwürfe geschluckt, hin und wieder sogar vergnügt bekräftigt. Jemandem ans Haus zu pinkeln, ganz gleich wie bescheiden oder abgelegen es auch sein mochte, stand bisher nicht auf der Liste meiner Vergehen. Das war kein schlechtes Benehmen mehr, das war eine unverzeihliche Dummheit. In der Wüste von Utah konnte man sich dafür leicht eine Kugel einfangen.

In meiner Eile, mich aus der Schusslinie zu begeben, rutschte mir die Jeans bis zu den Knien runter. Ich taumelte rückwärts, fiel hin. So sehr ich auch dagegen ankämpfte, es floss munter weiter, während ich hilflos zappelnd auf dem Boden lag. Ich musste verdammt viel Ähnlichkeit mit einem billigen Rasensprenger von Walmart haben. Fehlten nur noch ein paar Gören im Badeanzug, die über mich rüberhüpften – und natürlich der Rasen.

Als ich das Schleusentor endlich unter Kontrolle und mich wieder aufgerappelt hatte, war das Gesicht im Fenster verschwunden. Aber gesehen hatte ich es. Ganz sicher. Ich ging zur Vorderseite des Hauses und suchte noch einmal nach Anzeichen von Bewohnern. Keine Spur, weder von Mensch noch Maschine. Nichts hatte mich davor gewarnt, dass ich ein Privatgrundstück betrat. Ich entschuldigte mich bei der Veranda. Und wartete. Ich machte mich noch einmal bemerkbar, etwas lauter. Nur der Wind antwortete. Ein paar Meter weiter, ich stieg schon den Hügel hinauf, rief mir eine Frauenstimme hinterher, ich solle verschwinden. Das musste sie mir nicht zweimal sagen – selbst einmal war zu viel.

Unter dem Torbogen drehte ich mich um und schaute zum Musterhaus mit seinen intakten Scheiben und dem Stuhl auf der nach Osten blickenden Veranda. Zurück beim Truck spähte ich zum Tor hoch, das tatsächlich gerade so weit auf dem Hügel und von der 117 entfernt stand, dass es von der Straße aus fast unsichtbar war. Ich fragte mich, ob man es absichtlich so aufgestellt hatte.

Die Lacey-Brüder waren meine nächste Station. Während der Dreißig-Meilen-Fahrt redete ich mir gut zu, den kleinen Zwischenfall so schnell wie möglich zu vergessen. Schließlich war ich kein skrupelloser Hausanpinkler. Aber da war noch das Gesicht, das ich mir leicht in Erinnerung rufen und nur schwer wieder vergessen konnte. Vielleicht war es nicht so schön wie in der Werbung oder auf den Titelseiten der Hochglanzmagazine. Das Gesicht war auf ganz eigene Art markant gewesen, hohe Stirn, breite Nase, scharf geschnittene Lippen, alles eingerahmt von dichtem, schwarzem, sanft über die Schulter fallendem Haar. Ein Gesicht, das noch lange nachwirkte.

3

Meine Firma Ben's Desert Moon Delivery Service bestand aus einer Zugmaschine, einem Trailer und einem Fahrer: ich, Ben Jones. Etliche Jahre zuvor hatte ich wegen einer gleichermaßen glücklichen wie tragischen Fügung Exklusivverträge mit FedEx und UPS abschließen können. Meine hundert Meilen umfassende Route entlang der 117 führte mich durch eine besonders abgelegene Gegend in der Hochwüste von Utah. Die State Road endete abrupt vor dem granitenen Gesicht der hoch aufragenden Mesa, kurz hinter dem ehemaligen Bergbaustädtchen Rockmuse, Einwohnerzahl: 1.344. Auch für kleinere Speditionen übernahm ich Touren. Meine Brötchen – und in letzter Zeit waren das verdammt kleine Brötchen – verdiente ich vor allem damit, dass ich von den wenigen über die Wüste verstreut lebenden Leuten Bestellungen entgegennahm und sie mit dem Lebensnotwendigen versorgte.

Ich belieferte einsam gelegene Ranches und kauzige Wüstenratten, die in Blech-Wohnwagen hausten, in der braunen Ferne schimmernd wie an den Horizont genagelte Alufolie. Ob Rancher oder verrückte Wüstenratte – sie versteckten sich freiwillig zwischen Sand, Steinen und Steppenläufern und waren nur über meilenlange namenlose Schotterpisten zu erreichen.

Es war eine besondere Spezies. Ich kannte sie alle, obwohl man mit den Worten, die wir jemals gewechselt hatten, nicht mal eine Postkarte hätte füllen können. Mit drei, vier Sätzen wurden ganze Lebensgeschichten erzählt, als Satzzeichen diente ein Blinzeln, eine Handbewegung. Zwischen Hallo und Tschüss lag eine dicke Scheibe Schweigen, und sie erzählte eine Geschichte, die man beim besten Willen nicht vergessen konnte. In der Hochwüste waren Gespräche rationiert wie

Wasser, jeder Tropfen ein kostbares Gut, denn er enthielt ein ganzes Leben.

Fergus und Duncan Lacey wohnten etwa eine Meile von der 117 entfernt, in zwei vom Sand stellenweise blank gewetzten, roten Frachtwaggons, die sie zusammengeschweißt und auf einem Fundament aus grauen Betonblöcken aufgebockt hatten. Keine Ahnung, wie lange die Brüder dort schon lebten, woher sie stammten, wie alt sie waren und ob sie noch etwas anderes taten, als sich eine magere Herde Rinder und Pferde zu halten. Sie redeten nicht darüber, und ich fragte nicht nach. Wie die Waggons mitten in die Wüste gelangt waren, obwohl es im Umkreis von fünfundsiebzig Meilen keine Bahngleise gab, war ein unerklärliches Rätsel. Ich zerbrach mir darüber den Kopf, wann immer ich daran dachte, was wahrscheinlich viel zu oft vorkam.

Fergus hatte mich schon minutenlang dabei beobachtet, wie ich, begleitet vom Ächzen und Klappern des Trucks, über die von Furchen und Löchern durchzogene, namenlose Straße eierte. Als ich in den staubigen Wendehammer einbog, lehnte er an einer großen Holztrommel, auf der früher dicke Kabel aufgewickelt gewesen waren. Zwei graue Milchkisten aus Plastik dienten als Stühle, obwohl ich die beiden Brüder nie darauf sitzen sah. Diese Gartenmöbel waren wohl für Besucher reserviert, zu denen der eine oder andere verirrte Kojote oder Bussard zählen mochte, aber sonst niemand.

Die Lacey-Brüder waren klein, knochig, rauflustig und trugen die Jahre in der Wüste wie eine lederne Rüstung. Vom ehemals roten, stahlwolligen Haar waren nur noch ein paar kurze, orange-weiß melierte Flechten übrig, die hinten und an den Seiten der so gut wie nie abgenommenen, schmutzigen Stetsons hervorlugten. Wegen der schief abgetretenen Stiefelabsätze sahen sie aus, als würden sie ständig mit starkem Seitenwind kämpfen, der gegen sie keine Chance hatte. Selbst im Winter trugen sie T-Shirts und von roten Hosenträgern gehaltene Jeans. Auch die klaren, eisblauen Augen wiesen sie als Brüder aus. Ohne jemals zu blinzeln, erledigten die Augen die ganze Arbeit für ihre bartstoppeligen Gesichter.

Zur Begrüßung schob Fergus die Krempe seines schweißfleckigen Huts ein, zwei Zentimeter nach unten. Zusammen luden wir drei Rollen Stacheldraht und zehn Kartons Dosen-Chili ab. Wie immer stapelten wir alles neben den Waggons auf. Er setzte seine Unterschrift auf den Lieferschein und bezahlte in bar. Da mein Job erledigt war, drehte ich mich zum Gehen.

Fergus hisste einen Arbeitshandschuh. »Warte, Ben.«

Duncan kam mit einer flachen Aluschale aus dem Waggon. »Geburtstagskuchen«, rief er.

»Welcher von euch alten Säcken hat Geburtstag?«, fragte ich.

Duncan stellte den Kuchen, der eigentlich keiner war, auf den hölzernen Kabeltrommeltisch. Die beiden Brüder wechselten einen Blick und schauten dann mich an.

»Du hast Geburtstag, Arschloch«, sagte Duncan.

Beide lachten.

Ich lüpfte meine Cap und fuhr mir mit dem Handrücken über die schwitzende Stirn. »Muss wohl stimmen«, sagte ich. Es stimmte nicht.

Etwas wanderte zwischen den beiden hin und her, ein unausgesprochener Gedanke, unter Brüdern vermutlich keine Seltenheit. Duncan brummelte einen Fluch und verschwand im Innern der Waggons.

Fergus schüttelte den Kopf. »Tu bitte so, als ob du dich freust. Duncan kriegt in letzter Zeit häufig so einen Rappel.

Irgendwie glaubt er, du hast Geburtstag. Stimmt nicht, oder?«

»Nein.«

Fergus schnupperte im Wind. »Nicht, dass es mich stört, aber ich glaub, du hast dir in die Hose gepisst.«

Mir war nicht nach einer Erklärung, deshalb ignorierte ich seine Bemerkung.

In den Waggons hörte man es rumpeln und scheppern. Fergus seufzte lang gezogen und nachsichtig. »Ich geh ihm mal helfen.«

Einen Augenblick später tauchten sie zusammen wieder auf. Nach all den Jahren als Trucker erkannte ich eine Warnfackel auf den ersten Blick. Duncan hielt eine in der Hand. Fergus drei Dosen Bier. Wir trafen uns am Tisch.

Duncan begutachtete den Kuchen. »Maisbrot mit Jalapeños«, sagte er. »Mit Velveeta überbacken.« Dem Stolz in seiner Stimme nach zu urteilen, hielt er die Schmelzkäse-Glasur für eine Erfindung auf einer Stufe mit Penizillin und Toilettenpapier.

Auf dem orangenen See aus Käse schwamm ein verkohltes B. »Die Idee mit deinem Anfangsbuchstaben aus Speck war von mir«, erklärte Fergus.

Ich nickte und versuchte, das richtige Maß an unaufrichtiger Begeisterung an den Tag zu legen.

Duncan zog die Schutzkappe mit den Zähnen von der Fackel und strich, die Kappe noch im Mund, mit dem Zündkopf über die Reibefläche. Die Fackel loderte auf und spie eine helle Flamme in die ohnehin schon warme Luft. »Wollen mal sehen, ob du die auspustest.«

Mit einer Wucht, die jeden Rammbock neidisch gemacht hätte, trieb Duncan die brennende Fackel in die Mitte des Maisbrots. Die Brüder sangen »Happy Birthday« und ließen die Fackel kurz brennen. Dann riss Duncan plötzlich die Arme hoch und tanzte munter, aber mitleiderregend um den Tisch.

Es schmeckte nicht übel. Sondern einfach nur widerlich. Wie hoch die empfohlene Tagesdosis Phosphor auch sein mochte, nach zwei Bissen hatten wir genug im Blut, dass es ein Leben lang und vermutlich darüber hinaus gereicht hätte. Das überraschend kalte Bier war nicht nur willkommen, sondern medizinisch notwendig.

Kurz danach wendete ich meinen Truck, die Reste des Kuchens auf dem Sitz neben mir. Die Brandlöcher in der Schmelzkäse-Glasur schwelten immer noch. In den Rückspiegeln sah ich die Fackel dort glimmen, wo Fergus sie in den Sand geworfen hatte. Er und Duncan benahmen sich wie kleine Kinder und wirbelten feine Staubwolken auf, während sie die sterbende Fackel wie einen Fußball hin und her kickten.

Es war zwar nicht mein Geburtstag, aber doch ein Tag, an den ich mich bis zu meinem Tod erinnern würde, der mir in diesem Moment so nah erschien wie nie zuvor.

Außer Sichtweite der Waggons fuhr ich rechts ran und beerdigte den Kuchen in einem flachen Grab. In der Nähe lag ein Brocken Sandstein. Mit ihm versiegelte ich die Gruft. Ein armes aasfressendes Wüstentier würde es mir vielleicht danken.

Wenn es stimmte, dass allein der Gedanke zählt, dann wollte ich lieber nicht wissen, woran Duncan Lacey beim Backen gedacht hatte. Andererseits bedurften die Kartons mit Dosen-Chili und anderen Fertiggerichten, die ich regelmäßig bei ihnen ablieferte, keiner weiteren Erklärung. Zwar hatte ich nicht Geburtstag, tröstete mich aber mit dem Gedanken, dass mein nächster, so Gott wollte, wieder ein ganzes Jahr auf sich warten lassen würde.

4

Ich fuhr Richtung Westen, nach Hause, mitten hinein in die feurige Abendsonne. Ich kurbelte das Fester runter und verschlang die saubere Wüstenluft, die sich in Vorahnung einer Frühlingsnacht schon merklich abgekühlt hatte.

Eine Stunde lang sah ich in beiden Richtungen kein anderes Fahrzeug. Ich suchte die Straße vor mir nach der Ausweichbucht vor Desert Home ab, unschlüssig, ob ich tatsächlich anhalten sollte. Erst nachdem ich geparkt, die Bremse eingelegt und dem Motor eine Weile beim Abkühlen zugehört hatte, fragte ich mich, warum ich ausgerechnet dort gehalten hatte, wo ich ausdrücklich unerwünscht war – am berühmt-berüchtigten »Tatort«. Doch ließ ich mich von der Frage nicht allzu lange aufhalten. Wie ich aus Erfahrung wusste, gab es nur einen guten Rat, wenn man kurz davor war, das Falsche zu tun: nicht zu lange darüber nachdenken. Trat nämlich das Schlimmste ein, wäre sonst die ganze Überraschung verdorben.

Der Wind steigerte sich zu grimmigen Böen, die in meine Ohren brüllten und mir teilweise die Sicht aufs Haus nahmen. Ich stiefelte den Berg hinunter. Aufgewirbelter Sand suchte Zuflucht in meiner Kleidung und zwang mich, die Augen zusammenzukneifen. Aus sicherer Entfernung zur Veranda warf ich dem Haus ein »Hallo« entgegen. Der Stuhl war fort. Ich rief noch ein paar Mal und bewegte mich langsam vorwärts. Bei jedem Schritt nahm der Wind meine Stimme auf, vermischte sie mit Sand und schickte beides zu einem unbekannten Ziel. Ich klopfte an die Tür. Der Wind trug auch dieses Geräusch mit sich fort.

Jemand hatte Decken vor die vorderen Fenster gehängt und Zeitungen auf das Panoramafenster auf der Nordseite geklebt.

Zwei Seiten überlappten sich nicht ganz und ließen einen winzigen Spalt frei. Ich schob meine Cap aus der Stirn und schirmte die Augen mit den Händen vor dem wehenden Sand ab.

Die Frau saß auf dem grünen Stuhl, der auf der Veranda gestanden hatte. Sie war allein. Der Stuhl war das einzige Möbelstück im Zimmer. Ihre nackte linke Schulter zeigte zum Fenster. Durch eine Dachluke strömte honigfarbenes Licht und hüllte sie ein. Der Rest ihres Körpers lag im Schatten. Unter einem erhobenen Ellbogen sah man die sanfte Wölbung einer Brust. Die Frau mochte Asiatin sein, obwohl ihre Haut dafür eigentlich zu hell war. Sie war eindeutig nackt. Und ihre Finger bewegten sich rhythmisch über den schlanken Hals eines Musikinstruments.

Der Wind erstarb. Stille setzte ein. Ich hielt den Atem an. Was nun geschehen würde, kam nicht oft vor, aber ich hatte es in den Jahren auf der 117 einige wenige Male erlebt.

Die untergehende Sonne brannte durch eine Schicht hoher, rötlicher Wolken, die wirbelnden Sand mit sich führten. Angetrieben vom Wind in den höheren Luftschichten nahmen die Wolken Tempo auf und rasten über das flache Land, bis sie wie eine gigantische Welle am Kliff der Mesa brachen. Der Rückstrom der Wolkenflut trieb direkt auf mich zu und schob eine gewaltige Woge aus Sand vor sich her. Das sich nähernde, intensive Licht brachte meine Hände förmlich zum Glühen.

Ich war in einem blendend roten Blitz gefangen. Die Luft um mich herum knisterte elektrisch geladen. Ich unterdrückte den Impuls, die Augen zu schließen. Durch die Dachluke über der Frau drang pinkfarbenes Licht, bis das Zimmer von einem pulsierenden Leuchten erfüllt war, wie das Innere eines Herzens. Die Finger ihrer linken Hand flogen über die fehlenden Saiten. Ihre rechte, leere Hand sägte durch die Luft. Das lautlose Instrument bewegte sich im Takt einer Musik, die nur sie hören und ich mir lediglich vorstellen konnte.

Das Licht im Raum färbte sich dunkler. Ich versuchte mich an den Namen des Instruments zu erinnern. Er verlor sich im Schwung ihrer nackten Schulter und dem halben Oval ihrer Brust. Im leeren Zimmer wirkten die Frau und ihr Instrument wie ein Relief.

Sie hörte auf zu spielen. Scham stieg in mir hoch. Ich hatte kein Recht, hier zu sein. Es war falsch.

Zu spät bemerkte ich, dass das Licht hinter meinen Rücken gewandert war. Es warf den verzerrten Schatten meines Kopfs durch die Zeitung und vor die Füße der Frau. Sie drehte sich kurz in meine Richtung, richtete ihre Aufmerksamkeit aber sofort wieder auf das Instrument. Ihr Kinn sank auf die Brust, und sie tauchte erneut ein in ihre Musik. So sehr ich mich auch schämte, ich schaffte es nicht, mich abzuwenden. Ich musste ihr weiter zuhören.

Die Sonne versank hinter den Bergen. Es dauerte nur ein paar Augenblicke. Die Frau spielte, bis ich sie im Dunkeln nicht mehr sehen konnte. Erst als ich mich umdrehte und ins Dämmerlicht ging, fiel mir der Name des Instruments ein – Cello. Ich saß im Fahrerhaus, den Motor im Leerlauf, und dachte an die Frau, das Cello, das rote Zimmer und die betörende Musik, die ich nicht hatte hören können. »Fahr nach Hause, Ben«, flüsterte ich mir zu.

Die Scheinwerfer durchschnitten die weiche Dunkelheit. Ich starrte vor mich hin, ohne etwas zu sehen. Vielleicht hatte sie schon länger dort gestanden. Das weite, geblümte Kleid, das sie jetzt trug, reichte ihr bis über die Knie. Eine leichte Brise spielte mit dem Rocksaum. Ihre tiefschwarzen Augen waren fest auf mich gerichtet. Sie bewegte sich nur, um sich ein paar lange, dunkle Haarsträhnen aus dem Gesicht zu streichen. Im Gegenlicht der Scheinwerfer konnte sie mich unmöglich erkennen, aber ich hatte das Gefühl, sie tat es trotzdem. Vielleicht wünschte ich mir auch nur, sie würde mich durchs Fenster sehen, so wie ich sie vorhin durch die Scheibe gesehen hatte.

Ich öffnete die Tür und rutschte zur Seite, bis ich das Trittbrett unter den Stiefeln spürte. Die Innenbeleuchtung flackerte auf und erlosch. Die Frau hob noch einmal die Hand und strich sich eine Strähne aus dem Gesicht. Ich stieg aus und trat vor die Scheinwerfer. Sie wich einen Schritt zurück, an den Rand des Lichtkegels.

Sie schrie nicht. Aber auch so übertönte ihre Stimme das gleichmäßige Tuckern des Dieselmotors.

»Mögen Sie Musik oder sind Sie einfach nur ein Spanner?«

Dass sie mir nur diese beiden Wahlmöglichkeiten ließ, gefiel mir nicht. »Sind das die einzigen Alternativen?« Als sie nichts erwiderte, sagte ich: »Dann bin ich wohl Musikliebhaber.«

»Na, schön.« Jetzt zitterte ihre Stimme leicht. »Nehmen Sie es und verschwinden Sie.«

»Was soll ich nehmen?«

Statt einer Antwort drehte sie sich um und verschwand in der Dunkelheit. Ihre Schritte wurden leiser und verstummten dann. »Hat der Besitzer Sie geschickt?«, fragte sie aus dem Nichts.

Ich hatte keine Ahnung, wovon sie redete. »Niemand hat mich geschickt«, sandte ich meine Stimme in die Nacht.

»Weshalb sind Sie dann hier?«

»Ich wollte mich für heute Morgen entschuldigen.«

Ihr Lachen schien sie selbst zu überraschen. Es begann als erstickter Schluckauf und steigerte sich zu einem kurzen Heulen. Ein Kojote antwortete ihr. Erneut stieß sie ein lang gezogenes, hohes Geräusch aus, das mir einen Schauer über den Rücken jagte. Ich warf den Kopf in den Nacken und jaulte ebenfalls. Schweigen war alles, was ich erntete.

Keine Ahnung, ob sie noch da war.

»Ich bin Trucker«, sagte ich. Dann ging ich zum Wagen zurück und stieg aufs Trittbrett. Dort stand ich, groß und doch klein unter den ersten schüchternen Sternen. »Bitte entschuldigen Sie die Störung, Ma'am«, sagte ich. »Und danke, dass ich mir Ihre Hauswand ausleihen durfte.«

Mit einem Bein war ich schon im Fahrerhaus, als ihre klare Stimme aus dem Dunkeln zu mir wehte: »Gerne doch.«

Angestrengt lauschend hoffte ich auf einen Schluckauf, ein Lachen, ein leises Geheul. Doch ich hörte nur ihre rhythmischen Schritte auf dem Sand. Dem Geräusch nach entfernte sie sich von mir und erklomm den Hügel. Als ich die Tür hinter mir schloss, heulte der Kojote ein letztes Mal.

Beim Wenden wanderten meine Scheinwerferlichter langsam den Hügel hinauf. Sie stand auf der Kuppe, unter dem Torbogen, die Arme zum Schutz vor der kühlen Brise um den Oberkörper geschlungen. In der Wüste ist die Grenze zwischen Leben und Tod oft fließend. Die Frau kam mir vor wie eine geisterhafte Erscheinung, die den Eingang eines Friedhofs bewachte. Und als meine Scheinwerfer in Richtung Price zeigten, spürte ich einen seltsamen Anflug von Heimweh, obwohl ich nicht hätte sagen können, wonach ich mich eigentlich sehnte.

5

Ich spürte die angenehme Kühle des Mondlichts auf meinem Gesicht. Neben meinem Bett zählte die Leuchtanzeige des Digitalweckers die endlosen Minuten, in denen ich auf Schlaf wartete, in denen ihr Gesicht vor mir auftauchte und mit ihm Fragen, auf die ich keine Antwort wusste und die mich auch nichts angingen. Wer war sie? Woher kam sie? Wie war sie zu dem verlassenen Haus gelangt? Noch dazu mit einem Cello – einem Cello ohne Saiten? Woher bekam sie ihr Essen? Wasser? War sie allein? Wie lange würde sie bleiben? Oder war sie schon wieder fort? Brauchte sie meine Hilfe? Mir fiel eine Definition von Ritterlichkeit ein, die ich mal gehört hatte: Ein Mann, der eine Frau vor allem und jedem beschützt – nur nicht vor ihm selbst.

Ich tauchte die Zehen ins Mondlicht und malte mit ihnen Schattenbilder an die Wand. So viel Spaß mir das auch machte, mir blieb noch eine Alternative.

Kurz nach Mitternacht lenkte ich meinen uralten Toyota Pick-up auf die Asphaltbrache eines Walmart-Parkplatzes. Ich war wild entschlossen, eine CD mit Cellomusik aufzutreiben, obwohl mir die Phantommusik, an der die Frau mich hatte teilnehmen lassen, insgeheim lieber gewesen wäre. In Price gab es nur einen Walmart, und er war sieben Tage die Woche rund um die Uhr geöffnet. Tagsüber war dort ziemlich viel los. Der nächste Walmart lag etwa hundert Meilen weiter westlich, hinter den Bergen, in Spanish Fork, einer ausufernden Satellitenstadt von Salt Lake City, an der Schneise der Interstate 15. Irgendwo in den endlosen Gängen mit Autobatterien, Tanktops und Twinkies-Kuchen musste es eine CD mit Cellomusik geben. Richtig überzeugt war ich nicht, aber ich hatte immerhin die Hoffnung.

Die Nachtschicht war damit beschäftigt, im grellen Neonlicht Regale aufzufüllen. Niemand beachtete mich, während ich durch das Warenlabyrinth irrte. Aus dem Meer aus blauen Kitteln drangen nur ein paar Brocken Englisch an mein Ohr und auch sonst nicht viel mehr. Ich fühlte mich wie Moses in der Wüste, auf der Suche nach dem Gelobten Land. Ich entdeckte es in einer Ecke, hinter einer Wand aus Technik.

Eine rundliche, junge Frau in blauem Kittel und mit silbernem Ring durch die Nase lehnte friedlich dösend an einem Ständer mit runtergesetzten DVDs. Ich wollte sie nicht aufwecken. Sie sah aus, als hätte sie ihren Schlaf bitter nötig. Ihre Gesichtszüge wirkten beinahe kindlich.

Die CDs waren nach Musikrichtungen sortiert, die wiederum alphabetisch nach Künstlern geordnet waren. Das einzig Bekannte war das Alphabet. Für Cellos gab es keine eigene Rubrik, wohl aber für Klassik. Sie enthielt genau fünf CDs, vier davon fingen mit *Best Of* an. Wählen konnte ich zwischen den Superhits von Beethoven, Mozart, Brahms und Chopin. Die fünfte hieß *Johnny Mathis Sings the Classics*.

»Hi, Ben.«

Bei meinem Namen schreckte ich zusammen. Ich drehte mich um. Die junge Frau war aufgewacht. Sie kramte ein müdes Lächeln hervor. Wie mir erst jetzt auffiel, war sie gar nicht rundlich. Nur schwanger.

Sie stemmte die Hände in die Hüften und drückte den Rücken durch. »Erinnerst dich wohl nicht mehr an mich.«

Ich dachte mir den Nasenring und die dunklen Schatten unter den veilchenblauen Augen weg. Dann zog ich noch den runden Bauch und die orangefarbenen Strähnen im kurzen schwarzen Haar ab. Übrig blieb die Tochter einer Frau, mit der ich vor fünf oder sechs Jahren zusammen gewesen war. Damals war sie noch ein kleines Kind gewesen – und auch jetzt war sie, trotz Nasenring und den anderen Hinterlassenschaften des Lebens, nicht viel mehr als ein Mädchen. Der Nasenring war weit und breit der einzige Ring.

»Ginny«, sagte ich, froh, sie wiederzusehen oder wenigstens so froh, wie ich es unter den gegebenen Umständen sein konnte. Ich erkundigte mich nach ihrer Mutter.

»Meine Mutter ist ein Stück Scheiße.«

»So weit würde ich nicht gehen.«

»Also wirklich, Ben. So wie sie dich behandelt hat? Da willst du mir widersprechen? Oder streiten wir nur darüber, wie mies dieses Stück Scheiße ist?«

Das grelle Neonlicht, die nächtliche Uhrzeit, die trockene Klimaanlagenluft, der blank gewienerte Boden und der unterbezahlte Job wirkten sich nicht unbedingt positiv auf das Gespräch aus. Wie alt war sie? Siebzehn? Achtzehn? Womöglich war es doch eher zehn Jahre her, seit ich Ginny und Nadine, so hieß ihre Mutter, zuletzt gesehen hatte.

»Hör auf, Ginny. Bitte.«

»Gut.« Zu den wenigen Konstanten im Leben gehört die Gewissheit, wenn eine Frau zu einem Mann *gut* sagt, dann könnte es in Wahrheit kaum schlechter stehen. »Was willst du mitten in der Nacht im Walmart?«

Ich erklärte ihr, was ich suchte. Sie umrundete mich und betrachtete die CD-Fächer. »Cello?«, fragte sie, als hätte sie sich verhört.

»Cello.«

»Kann mal nachschauen. Dürfte aber reine Zeitverschwendung sein, es sei denn, George Strait oder irgendein Rapper spielt jetzt Cello.«

Ich nahm das Angebot dankend an.

Sie wollte wissen, ob ich einen MP3-Player hätte. Mein Gesichtsausdruck reichte ihr als Antwort. »Immer noch der alte Ben, wie? Kein Handy, kein GPS, wetten?«

»Hab jetzt einen Computer«, sagte ich stolz.

»Wenn das stimmt, was ich stark bezweifle, dann wurde er wahrscheinlich gebaut, als ich noch gar nicht geboren war. Und du womöglich auch nicht.« Jetzt wollte sie mich aufziehen, und wir beide freuten uns über den Themenwechsel. »Ich hab gleich Pause. Mal sehen, was ich für dich tun kann.«

Wir machten ab, uns gegen Ende ihrer Pause bei meinem Pick-up zu treffen.

Als die Beifahrertür aufsprang, wurde mir klar, dass ich weggenickt war. In wenigen Stunden würde mein Arbeitstag beim Logistikzentrum beginnen. Ginny quetschte sich auf den Sitz und gab mir zwei silberne CDs. »Du hast doch einen CD-Player?«

Ich nickte. Er hatte bei meinem neuen Truck zur Ausstattung gehört. Dass ich ihn nie benutzte, behielt ich für mich.

Sie wirkte zufrieden, weil sie ihre Zeit nicht verschwendet hatte. »Hab Sachen aus dem Internet runtergeladen, hauptsächlich Yo-Yo Ma, und mit dem Laptop auf CD gebrannt. Meine Pause ist gleich um. Musste mich beeilen. Bin mir nicht sicher, welches die richtige CD ist. Auf der anderen ist vermutlich ein Mix aus meiner Jugend. Die meisten Leute in meinem Alter sind ja nur noch digital unterwegs.«

In ihrem Gesicht war nicht mal der Anflug von Humor zu erkennen. Für sie war die Jugend vorbei, ihr blieben nur ein paar Andenken daran.

»Also los, Ben, wer ist die Frau?«

Ich schlief noch halb. »Frau?«

»Ja, Frau. Ich mag erst siebzehn sein und 'nen dicken Bauch haben, aber blöd bin ich nicht.«

Mit einem Mal sah ich das aufgeweckte kleine Mädchen wieder, dessen Altklugheit nun in Frühreife umgeschlagen war. Was ich noch sah, war der silberne Stecker in ihrer Zunge.

»Es ist mitten in der Nacht, in einem Walmart in Price, Utah. Ein Trucker, den ich seit Jahren nicht gesehen hab, kommt rein und fragt nach Cellomusik. Ja, eine Frau. Wenn sie sich für Cellos interessiert, weiß ich immerhin, du hast deine Ansprüche seit meiner Mutter hochgeschraubt. Hab dich immer für einen Romantiker gehalten.«

»Das heißt nichts. Heute geht doch jeder als Romantiker durch, der nur an den Sonnenaufgang glaubt.«

Ich bedankte mich für die CDs.

»Wann soll das Baby kommen?«

Mein cleverer Versuch, das Thema zu wechseln, erwies sich als extrem erfolgreich. Ginny brach in Tränen aus.

Die knappe Antwort, die ich, ohne allzu großes Interesse, erwartet hatte, lautete: in spätestens zwei Monaten. Unterbrochen von Schluchzern, erzählte sie rasch die ganze Geschichte. Der Vater des Kindes war achtunddreißig, arbeitslos und lebte mit Ginnys Mutter zusammen. Er hatte gesagt, er würde Ginny lieben. Als sie ihren Bauch nicht länger verstecken konnte, hatte sie ihrer Mutter die Schwangerschaft und die »verbotene Liebe« gebeichtet. Der Mann hatte seine Liebesschwüre und alles andere abgestritten. Ihre Mutter hatte reagiert, indem sie Ginny zu Hause rauswarf. Sie hätte sich selbst in die Scheiße geritten und solle zusehen, wie sie da selbst wieder rauskäme, hatte sie ihr als mütterlichen Rat mit auf den Weg gegeben. Mutter und Freund waren nach Salt Lake City gezogen, um noch einmal von vorne anzufangen. Das war vier Monate her. Seitdem hatte Ginny die Highschool abgebrochen und bei Freundinnen oder in ihrem Auto geschlafen. Zum Schluss fragte sie mich, ob ich einen zweiten Job für sie hätte, damit sie sich nach der Geburt eine eigene Wohnung leisten konnte.

Ich enttäuschte sie wirklich ungern, musste ihr aber mitteilen, dass ich nur einen Ein-Mann-Betrieb hatte. Erst in diesem Moment ging mir auf, dass es noch eine Sache gab, die ein Mann allein im Bett machen konnte, und dass ich, wenn ich mich dafür entschieden hätte, jetzt vielleicht friedlich schlafen würde, statt mitten in der Nacht mit einem verzweifelten, schwangeren Mädchen in meinem Pick-up auf dem Walmarkt-Parkplatz zu sitzen.

Als Ginny nach dem Türgriff langte, sagte ich schnell: »Ich frag mal rum. Vielleicht finde ich was für dich.«

Sie lehnte sich zu mir rüber und küsste mich auf die Wange. Der Nasenring fühlte sich auf meiner Haut kalt und komisch an. Sie kämpfte mit ihrer Kugel und verfluchte meinen durchgesessenen Sitz, schaffte es schließlich aber doch, aus dem Fahrerhaus auszusteigen.

Bevor sie die Tür zumachte, sagte ich: »Die Sache mit deiner Mutter wäre dann wohl geklärt. Sie ist ein Stück Scheiße. Und ein verdammt mieses dazu.«

Die Nacht hatte sich heimlich davongeschlichen. Zu Hause stellte ich mich lange unter die heiße Dusche, dachte an Nadine und musste bitter auflachen.

Nadine und ich waren erst ein paar Monate zusammen gewesen, als ich sie eines Nachts mit einem UPS-Fahrer erwischt hatte. Im Fahrerhaus meines Trucks, den ich auf einem gesicherten Parkplatz neben den UPS-Fahrzeugen abstellen durfte. Ich hatte die beiden gefragt, was zum Henker sie sich eigentlich denken würden. Eine blöde Frage, schließlich war ziemlich klar, dass Denken das Letzte war, womit sie sich gerade beschäftigten. Außerdem waren sie zu einer Antwort gar nicht imstande. Beide hatten den Mund voll. In Anbetracht der Enge meines Fahrerhauses eine höchst erstaunliche akrobatische Leistung. Hätte die Darbietung zu einer anderen Zeit, an einem anderen Ort und mit anderen Akteuren stattgefunden, ich hätte womöglich geklatscht.

Eine Frau in einer Bar hat mal zu mir gesagt, sie hätte ihrem Mann den Seitensprung mit der Nachbarin vielleicht verziehen, wenn er sich für seine Tat nicht ausgerechnet die Küche ausgesucht hätte – ihr Reich, das Zentrum der Familie. Die Küche war der Frau heiliger als das Schlafzimmer. Wie ich vermutete, hatte sie beides schon länger nicht mehr von innen gesehen. An jenem Abend in der Kneipe hatte sie sich langsam, aber sicher dem Ziel genähert, eine Flasche Hochprozentigen zu leeren und einen Aschenbecher zu füllen.

Nachdem ich den Seitensprung einigermaßen verdaut hatte, wurde mir klar, dass ich Nadine nicht böse war, weil sie mich betrogen hatte, sondern weil sie es ausgerechnet dort getan hatte – im Fahrerhaus meines Trucks. Manchmal sind es die unbedeutenden Dinge, die man nicht verzeihen kann. Vielleicht weil sie in Wahrheit nicht unbedeutend sind, sie kommen anderen nur so vor. Oft erkennt man erst zu spät, was einem anderen Menschen heilig ist.

Das Einladen beim Logistikzentrum ging schnell. Ich nutzte die gewonnene Zeit, um im Computer des Disponenten nach Informationen über Cellos und Cellomusik zu suchen. Aus irgendeinem Grund gehörten die Frau und das Instrument für mich untrennbar zusammen. Wenn ich die Frau kennenlernen wollte, musste ich etwas über Cellos wissen. Eine andere Möglichkeit gab es nicht. Und vielleicht würde ich sie mit meinem

Cellowissen überzeugen, mich ebenfalls kennenlernen zu wollen. Im Grunde war es ein harmloser Zeitvertreib. Vielleicht auch ein bisschen albern. Immerhin hatte ich mich ihr gegenüber als Musikliebhaber ausgegeben.

Als es Zeit zum Aufbruch war, wusste ich immer noch nicht viel über Cellos und die Menschen, die dieses Instrument spielten. Das Cello war eine zu groß geratene Geige. Das italienische Wort ließ sich mit »Violine fürs Bein« übersetzen. Das Instrument war im 15. Jahrhundert erfunden worden und hatte sich nach und nach durchgesetzt. Irgendwer hatte mal behauptet, von allen Streichinstrumenten hätte das Cello die größte Ähnlichkeit mit der männlichen Stimme. Wieder sah ich die Frau mit dem Cello vor mir und versuchte, mir eine Männerstimme vorzustellen, die dazu sang, kaum wahrnehmbar im heulenden Wind und wehenden Sand. Was ich hörte, war nicht die Stimme eines Mannes. Es war die Stimme der Frau.

Beim teuersten Instrument der Welt handelte es sich um ein Cello – es war für über achtzehn Millionen Dollar verkauft worden. Gebaut hatte es im 18. Jahrhundert ein gewisser del Gesù. Ein Fenster ploppte auf. Ich wurde gefragt, ob ich mehr über dieses Cello wissen wollte. Ein zweites ploppte auf. Ich konnte mich auf eine Mailingliste setzen lassen oder dem Verein der Manhattan Friends of Chamber Music beitreten. Freiwillig habe ich noch nie auf einer Liste gestanden. Und der einzige Verein, dem ich gern beigetreten wäre, bestand aus der Frau und ihrem Cello. Leider waren meine Chancen, zur Mitgliedschaft in diesem Verein eingeladen zu werden, erschreckend schlecht, und daran würde auch mein neu erworbenes Cellowissen nichts ändern.

6

Ich tankte, ging die Lieferscheine durch und legte die Reihen-
folge meiner Stationen fest. In Gedanken sah ich mich bereits
eine außerplanmäßige Siesta bei der Ausweichbucht vor Desert
Home einlegen und danach nicht mehr weiterfahren. Fest entschlossen, dort auf keinen Fall anzuhalten, lenkte ich den Truck
vom Parkplatz und fädelte auf den Highway 191 ein. Es
herrschte kaum Verkehr und ich erreichte die 117 in Rekord-
zeit, dabei hatte ich es überhaupt nicht eilig.

Als ich mit dem Truck aus einer Kurve kam, entdeckte ich
in der Ferne Johns drei Meter hohes Holzkreuz. Wenn John an
der 117 auftauchte, hatte der Frühling offiziell begonnen. Er
hatte die Ausweichbucht vor Desert Home fast erreicht, also
fuhr ich rechts ran und wartete mit einer kalten Flasche Wasser
auf ihn. Er hielt sich immer an einen strikten Zeitplan. Falls er
ein paar Minuten erübrigen konnte, würde er stehen bleiben
und das Kreuz abstellen.

Von Frühling bis Herbst schleppte John sein Kreuz die 117
rauf und runter. In Rockmuse betrieb er eine Art Kirche, die
First Church of the Desert Cross. Konfession unbekannt und
unwichtig. In dem Gebäude war früher ein Baumarkt der True-
Value-Kette untergebracht gewesen. Die Tür der Kirche stand
immer offen, ganz gleich, ob John da war oder nicht. Sobald
jemand auf einem der wenigen klapprigen Stühle Platz genommen hatte und John nicht gerade sein Kreuz durch die Gegend
trug, hielt er eine Predigt, als wäre eine hundertköpfige Ge-
meinde versammelt.

Zu Beginn seiner Amtszeit als Pfarrer hatte ich den Gottesdienst einmal besucht. Meine Anwesenheit rührte allerdings
nicht von dem Bedürfnis her, das Wort Gottes zu empfangen,

sondern hing mit dem profanen Wunsch zusammen, mir einen Steckschlüsseleinsatz von einem halben Zoll Durchmesser zu besorgen. Erst im True-Value-Markt ging mir auf, dass der Baumarkt in eine Kirche umgewandelt worden war. Mir war es zu peinlich gewesen, den Irrtum zuzugeben und wieder abzuhauen. Bei den Leuten in der Gegend hieß John nur Preach. Ich nannte ihn beim Vornamen.

John bewegte sich zügig auf den Truck zu. Am unteren Ende des Kreuzes hatte er den Reifen einer Schubkarre befestigt. Dadurch kam er rascher voran oder wenigstens so rasch, wie es bei sengender Hitze mit einem Kreuz auf dem Rücken eben möglich war. Abgesehen vom Reifen war John um Authentizität bemüht. Das Kreuz bestand aus massivem Eichenholz und war irrsinnig schwer. Zusätzlich hing daran noch ein Rucksack mit Essen, Wasser und Campingzubehör, wodurch es nicht eben leichter wurde.

John war hager und groß gewachsen, eins fünfundneunzig oder mehr. Das graue Haar trug er kurz, doch beim Bart folgte er dem Vorbild Gottes. Mit Ende fünfzig, Anfang sechzig legte John im Schnitt täglich zwölf Meilen zu Fuß zurück. Kurz vor Sonnenuntergang hielt er bei einer seiner Kreuzwegstationen entlang der 117 an und schlug sein Zelt auf.

John lehnte das Kreuz an meinen Truck und nahm die Wasserflasche entgegen. Er dankte Jesus und trank, wobei er sorgfältig darauf achtete, dass kein kostbarer Tropfen in seinem langen Bart landete. Als die Flasche leer war, hob er beide Hände gen Himmel. »Gott segne dich, Ben.«

Im Schatten des Trucks setzten wir uns nebeneinander auf den Boden.

»Wie wär's mit 'ner Kippe?«, fragte er augenzwinkernd.

»Warum nicht?«, gab ich zurück. »Hab keine mehr. Du?«

Das war unser Ritual. Ich hatte schon vor Jahren mit dem Rauchen aufgehört, John sogar noch früher, zu einer Zeit, als, wie er es ausdrückte, »die 117 noch eine Schotterpiste war und ich auf der Schnellstraße gen Hölle raste.« Einmal hatte er durchblicken lassen, wie sehr ihm das Rauchen fehlte. Mir ging es nicht anders. Das Ritual war geboren.

»Zufällig, ja.« Er griff in seine Brusttasche. »Hab frische Blättchen.«

Er nahm ein unsichtbares Paper in die Hand und kramte einen imaginären Tabakbeutel hervor. Er ließ keinen einzigen Schritt aus und hatte die Zigarette bald fertig gedreht. »Feuer?«

So machten wir es immer. Ich durchsuchte meine Taschen, fand ein unsichtbares Streichholz und entzündete es an meinem Schnurrbart. Dazu war die meiste Fantasie nötig. Gott hatte mich mit Barthaaren nicht gerade gesegnet. Aber Fantasie ist eins der wenigen Dinge, auf die man sich immer verlassen kann. Man muss sie nur gebrauchen.

Das Streichholz flammte auf und ich hielt es unter Johns Zigarette. Wir konnten beide den Schwefel riechen. John inhalierte einen Zug und reichte mir den Glimmstängel.

Beim Ausatmen sagte er: »Hab dich länger nicht in der Kirche gesehen.«

Auch das gehörte zum Ritual. Er wusste längst, warum ich damals in seine Kirche gekommen war. Aber das störte ihn nicht. In Johns Welt gab es keine Zufälle. Alles geschah, weil Gott es so wollte. Obwohl ich es gar nicht beabsichtigt hatte, saß ich jetzt in der Ausweichbucht vor Desert Home. Zwar glaubte ich nicht unbedingt an Gott, aber wenn sich meine geheimen Wünsche derart mit seiner Vorsehung deckten, dann war ich durchaus willens, an die Möglichkeit seiner Existenz zu glauben.

»Weißt du, Ben«, sagte John, »Gott hält viele wirksame Werkzeuge für den Kampf gegen die Sünde bereit.«

»Wenn ich das nächste Mal sonntags in Rockmuse bin, schaue ich mir sein Angebot gern mal an.«

Meine Standardantwort, denn in all den Jahren auf der 117 war ich am Sonntag ganze zwei Male in Rockmuse gewesen. Jedes Mal, weil mein Wagen liegen geblieben war. Ich nahm einen tiefen Zug und behielt die Zigarette in der Hand, während wir zuschauten, wie sich der Rauch in die Morgenluft hochschraubte.

»Du bist der Einzige, der mich beim Vornamen nennt, weißt du das eigentlich? Dafür wollte ich mich längst mal bei dir bedanken. Hin und wieder freut man sich doch, den eigenen Namen zu hören.«

Ich reichte ihm die Zigarette. »Was sagen denn die anderen zu dir?«

»Die meisten sagen Preach, und das ist vollkommen in Ordnung.«

»Preach? Im Ernst? Ich dachte, sie würden Spinner sagen.«

»Nicht ins Gesicht.« Er klang fast traurig. »Aber wenn man Gottes Werk tut, spielt das keine Rolle.«

Und ob es das tat. Das merkte ich ihm an.

Von unserem Platz aus konnte ich den Weg sehen, der zum Eingangstor von Desert Home führte. Das Tor lag versteckt. Ich ärgerte mich über mich selbst, weil ich die Frau wiedersehen wollte. Obwohl ich es nicht geplant hatte, hatte ich angehalten, nur wegen John, also wegen Gottes Vorsehung, wie ich mir einredete. Ich war ihr so nahe. Und meinen Frust hatte ich soeben an John ausgelassen.

Meine Gedanken drifteten auf die andere Seite des Tors. Ob sie es zulassen würde, dass ich ihr von meiner neuen Cello-Leidenschaft erzählte? Wie jeder andere konnte ich mich dank Internet in Nullkommanichts in einen Experten für alles verwandeln. Dabei wusste ich über Cellos nach wie vor so gut wie nichts. Dennoch reichten die Informationen aus, um ein Gespräch mit ihr zu beginnen. Vielleicht überraschte sie mich und sagte etwas anderes als *verschwinden Sie.*

Mir fiel Ginnys Bemerkung wieder ein, ich hätte meine Ansprüche seit ihrer Mutter hochgeschraubt. In Wahrheit wusste ich über die Frau nicht mehr als über Cellos. Ich dachte an das Gegenteil von *hochschrauben* und an meine finanzielle Situation. Ich war ein Trucker, der in einer schäbigen Doppelhaushälfte zur Miete wohnte und mit der Ratenzahlung für seinen geleasten Truck im Verzug war. Während John und ich schweigend rauchten, gerieten meine Gedanken immer weiter in den Abwärtsstrudel.

»Hast du dich jemals für die falsche Frau interessiert?«, fragte ich in die Stille hinein.

»Du meinst, eine verheiratete Frau?«

John überließ mir den letzten Zug an der Zigarette.

»Nein.« Hoffentlich hatte meine Stimme ausreichend entrüstet geklungen. »Eine Frau, die anders ist als alle, die du je gekannt hast. Mit der du nichts gemeinsam hast. Die in einer ganz anderen Liga spielt.«

»Das trifft auf alle Frauen in meinem Leben zu. Nehme an, du meinst eine gute Frau?«

»Kann sein. Keine Ahnung.«

»Dann hör mir zu: Ein guter Mann kann sich nur bemühen, die Liebe einer guten Frau zu verdienen. Sie wird nämlich immer in einer ganz anderen Liga spielen, auch wenn er nie begreift, warum das so ist. Wenn er schlau ist, lernt er zu schätzen, was er nicht begreifen kann. Jemand Spezielles im Sinn?«

»Nein«, erwiderte ich rasch, obwohl ich ihr Gesicht deutlich vor Augen hatte. »Aber warum frage ich ausgerechnet dich? Was weißt du schon über Frauen?«

Meine Bemerkung hatte ihn getroffen. Ich trat die Zigarette im Sand aus.

»Manchmal bist du echt ein Arschloch, Ben.«

Das stimmte. Die Boshaftigkeit brach aus mir heraus, wenn ich am wenigsten damit rechnete. In jüngeren Jahren hatte sie sich in Form von Schlägereien entladen. Jetzt, mit fast vierzig, teilte ich statt Schlägen miese Sprüche und Beleidigungen aus. Und je stärker mich die Geldsorgen quälten, desto häufiger.

Ich entschuldigte mich bei John. Er blickte an mir vorbei, zur 117.

»Ich bin alt«, begann er. »Wohne in einem verlassenen Baumarkt und schleppe ein Kreuz an einer Wüstenstraße hin und her. Aber ich bin immer noch ein Mann, Ben. Mit guten und schlechten Seiten.« Er schaute in die Ferne. »Ein Mann.« Fast machte es den Eindruck, er würde etwas am Horizont sehen und sich darauf zubewegen. »Bevor ich zu Gott gefunden habe, da habe ich getrunken, Drogen genommen und rumgehurt – jahrelang. Der Herr hat mir eine Frau gegeben, die besser war, als es jeder Mann verdient hätte. Und ich hab sie weggeworfen.«

Vielleicht war sie es, die John in der Ferne sah.

Um die Situation aufzulockern, fragte ich: »Jahrelang? Übertreibst du da nicht ein bisschen?«

Sein Blick wanderte vom Horizont zu mir. »Achtung«, warnte er. »Ich meine es todernst.« Er hatte vergessen, dass ich die imaginäre Zigarette bereits ausgemacht hatte, und führte sie an die Lippen. »Du bist besser, als du glaubst, Ben. Ganz bestimmt besser, als du zugeben würdest.« Er inhalierte den

Rauch und stieß ihn aus, bevor er die Kippe auf den Boden warf. »Wird Zeit«, sagte er und stand auf.

Ohne sich, wie nach unseren Fantasiezigaretten üblich, noch einmal zu strecken, schulterte John das Kreuz und setzte sich in Richtung Rockmuse in Bewegung. Ich wollte noch etwas sagen, schaute ihm aber nur stumm hinterher. Als wäre das Kreuz plötzlich schwerer geworden, ging er nun viel langsamer und gebeugter. Wortfetzen eines Kirchenlieds wehten zu mir. John sang.

7

Johns Gesang ging in einem brüllenden Geknatter unter, das nur von einer einzigen Maschine stammen konnte. Ich hatte es schon etliche Male gehört. Der Klang war unverwechselbar. Walt flog mir auf der 117 mit seiner Vincent entgegen. Er raste an John vorbei, der in die entgegengesetzte Richtung ging. Vermutlich wollte er anhalten, denn er schaltete einen Gang runter. Aber als er mich fast erreicht hatte, beschleunigte er stattdessen. Er trug ein weißes T-Shirt, ausgeblichene Jeans. Keinen Helm. Den Schneesturm seiner Haare hatte er mit einer Fliegerbrille gebändigt. Walt drehte seine morgendliche Runde.

Er winkte weder, noch schaute er zu mir hin. Eine Sekunde später zog er an mir vorbei und beschleunigte vor dem Einbiegen in die Kurve mit einer Mischung aus routinierter Geschicklichkeit, jugendlichem Leichtsinn und Todesverachtung nochmals. Der handgefertigte 998cc Zweizylinder-V-Motor der 48er Vincent würde ihm sicher noch mehr liefern, wenn er es darauf anlegte. Dem Geräusch des Auspuffs nach verlangte Walt der Maschine alles ab. Falls Walt Butterfield tatsächlich einmal sterben sollte, dann sicher nicht an Altersschwäche. Es würde nicht genug von ihm übrig bleiben, um es mit der Pinzette aus dem Sand zu ziehen.

Ich drehte mich um und schaute den Weg zum versteckten Tor hoch. Unschlüssig stieg ich einige Male ins Fahrerhaus ein und wieder aus. Schließlich ging ich doch zum Tor hoch und blieb kurz stehen. Nichts hatte sich verändert. Südlich von Desert Home, hinter dem Labyrinth aus leeren Straßen, lag ein weiß schimmerndes Band aus spiegelglatter Hitze. Eine Luftspiegelung. Schon die ersten Wüstenwanderer hatten sie in der Ferne gesehen, bevor sie elendig verdurstet waren. Sie gaukelten Wasser vor und boten am Ende nur noch mehr verdorrte Erde. Je näher man herankam, umso weiter entfernte sich das leere Versprechen. Diese Luftspiegelung sah aus wie ein langer, kühler See.

Die Tür des Hauses ging auf und die Frau trat auf die Veranda. Ich wich zurück. Zwar konnte ich sie noch sehen, hoffte aber, sie würde mich nicht entdecken. Sie trug das geblümte Kleid vom Vorabend. Keine Schuhe. Selbst aus der Entfernung sah ich, wie sich die Sonne in ihrem dunklen Haar brach und als funkelnde Blitze in meine Richtung geworfen wurde. Die Frau kratzte sich wie ein Major-League-Pitcher auf dem Wurfhügel und hob die Arme, als wollte sie fliegen. Dann drehte sie sich langsam im Kreis, während ihre Hände nach dem Sonnenlicht griffen. Einen Augenblick lang glaubte ich, sie hätte mich gesehen. Sie ließ die Arme sinken und kehrte ins Haus zurück. Eine Sekunde später war sie wieder draußen und blieb, die Hände hinter dem Rücken, regungslos auf der Veranda stehen.

Ich holte tief Luft und trat in ihr Blickfeld. Ich winkte. Sie winkte nicht zurück. Auch mein Hallo wurde nicht erwidert. Doch sie musste mich gesehen und gehört haben. Ich begann den scheinbar endlosen Abstieg zum Haus. Etwa zwanzig Meter vor der Veranda blieb ich stehen und wartete auf ein Zeichen von ihr. So machten es Besucher in der Wüste, Fremde wie Freunde. Nicht nur aus Höflichkeit. Auch Schießereien ließen sich so aufs absolut Notwendige reduzieren.

Langsam zog sie die Hände hinter dem Rücken hervor. Sie stützte die rechte Hand auf die Hüfte und ließ den Revolver dort ruhen. Der Lauf zeigte leicht nach unten, zielte aber dennoch in meine Richtung.

»Nur so aus Neugier«, sagte sie, »ist das hier auf Ihrer Strecke das einzige stille Örtchen?«

Ich hob eine Hand, um meine Cap zur Begrüßung abzunehmen. Sie hob den Lauf wenige Zentimeter an, ließ die Waffe aber weiter auf der Hüfte ruhen.

Eine ausnehmend hübsche Hüfte war das. Sie passte perfekt zur anderen. Waffen waren schon öfter auf mich gerichtet worden. Von ihrem Standort aus konnte sie leicht die Stelle treffen, die ihr vermutlich vorschwebte. Selbstsicher genug war sie, dafür brauchte sie nicht mal einen Revolver. Natürlich hatte ich nicht vor, mich erschießen zu lassen. Aber wenn ich mir einen Schützen hätte aussuchen dürfen, wäre sie meine erste Wahl gewesen.

Sie reckte mir das Kinn entgegen. Ihre Nase war breit, mit winzigen Sommersprossen, die sich auf den hohen Wangenknochen verloren. Vielleicht hatte sie indianische Vorfahren. Doch war ihre Haut auch dafür zu blass. Eine Haut, die nicht oft an die Sonne kam. Was immer sie sonst tat, im Moment konzentrierte sie sich jedenfalls ganz auf mich.

»Das gestern tut mir leid«, sagte ich. »Wusste nicht mal, dass hier ein Haus steht.«

»Deshalb wollten Sie heute auf einen Sprung vorbeikommen und Ihr neues Revier markieren?«

Vorsichtig machte ich ein paar Schritte auf sie zu und legte meine Visitenkarte – eine der restlichen vierhundertpaarundachtzig aus dem ursprünglichen Fünfhunderter-Stapel – auf die untere Treppenstufe. »Rufen Sie mich an, wenn Sie was brauchen.« Ohne den Revolver oder ihre Hüfte aus den Augen zu lassen, trat ich zurück.

»Sicher. Zum Glück liegt mein Handy gleich neben dem Flachbildfernseher und dem Laptop.«

Unser erstes richtiges Treffen nahm einen deutlich anderen Verlauf als in meiner Fantasie.

»Was liefern Sie denn so?«

»Alles, was man hier draußen so braucht.«

»Und was brauche ich Ihrer Meinung nach?«

»Keine Ahnung. Saiten für Ihr Cello?«

Unter ihrer Haut arbeitete jeder Muskel. Einen unendlichen Moment lang standen wir nur da. Die ganze Zeit über rechnete ich mit einer Kugel. Das Cello zu erwähnen, war ein Riesenfehler gewesen.

»Trucker?«, fragte sie.

Ich nickte. Mein Mund war staubtrocken, und die Sonne grillte meinen Nacken.

Sie setzte sich auf die Veranda. Wir brieten noch etwas länger in der Sonne, bis mir der Schweiß über Gesicht und Brust strömte. Irgendwas an der Frau wirkte vertraut. Vielleicht kam es auch nur daher, dass ich sie und ihre Waffe schon so lange angestarrt hatte.

»Mister Trucker, spionieren Sie mir ja nicht noch mal nach. Verstanden?«, sagte sie schließlich.

Ich krächzte ein Ja und fügte hinterher: »Ich heiße Ben.«

»Ben«, sagte sie nach einer langen Pause. »Ich hab meinen Mann vor Kurzem verlassen. Wahrscheinlich sucht er nach mir. Mir wär's lieb, wenn Sie meine Privatsphäre respektieren, bis ich mir überlegt hab, wie es weitergehen soll. Versprechen Sie mir das?«

Ich versprach es.

»Wissen Sie, wem das Haus gehört?«

Als ich verneinte, sagte sie bloß: »Gut.« Sie schaute kurz auf meine Karte. »Wenn ich was brauche, melde ich mich.«

»Ja, Ma'am«

»Claire«, sagte sie und klang dabei wie eine Telefonistin vom Kundenservice. »Dann haben wir einen Deal. Sie erzählen keinem was von mir oder dem Haus. Ach, und noch was. Sozusagen als Nachtrag zu unserer Vereinbarung. Bei mir geht's gerade drunter und drüber. Versuchen Sie nicht, mir irgendwas zu liefern, das ich nicht bestellt habe.«

Die Botschaft war angekommen. Ich erwiderte nichts.

»Danke, dass Sie mich nicht mit blödem Gequatsche aufheitern wollen. Aber Sie reden ohnehin nicht viel, oder?«

»Nein.« Ich zögerte kurz und begann noch einmal. »Doch, Claire. Ich finde, man sollte viel öfter reden. In der letzten Dreiviertelstunde hab ich wie ein Wasserfall geredet – mit mir selbst.«

»Wissen Sie, was man über Selbstgespräche sagt?«

»Was denn?«

»Es spricht nichts dagegen, solange man sich nicht selbst antwortet. Das tun Sie doch nicht, oder?«

»Würd ich schon. Wenn ich nur wüsste, was.«

Ich erwähnte die Telefonzelle neben dem Diner, ein paar Meilen Richtung Westen. »Nehmen Sie Kleingeld mit«, riet ich. »Ob Sie's glauben oder nicht, das Gerät schluckt immer noch Nickels.«

»Nickels. Alles klar.«

Ich hatte das Gefühl, sie vor Walt warnen zu müssen. »Wenn Sie zum Diner gehen, dann halten Sie sich lieber von dem Alten fern, dem der Laden gehört. Er steht nicht auf Besuch. Kapselt sich noch mehr ab als die anderen hier. Unter uns, er kann ein ziemliches Arschloch sein.«

Das Wunderbarste an ihrem Lächeln war die Art, wie es über ihr Gesicht wanderte. Wie ein Güterzug, der auf einer Talfahrt rasant an Geschwindigkeit zulegt. Es begann mit einem leichten Kräuseln der Stirn, erreichte die Augen und im nächsten Moment auch schon die Lippen, wo es ausbrach, als stecke die ganze Kraft ihres Körpers dahinter.

»Echt? Ein Arschloch, das nicht auf Besuch steht? Wir sollten wunderbar miteinander auskommen.«

»Er ist kein schlechter Kerl. Nur alt und eingefahren in seinen Gewohnheiten.«

»Sind Sie mit ihm befreundet?«

»Ich betrachte ihn als Freund. Für ihn kann ich nicht sprechen.«

Ihre Anspannung wich und sie senkte den Revolver. »Gut, dann haben wir einen Deal.«

Die Unterredung war beendet. Ich war entlassen und wollte mich schnell wieder auf den Weg machen. Auf halber Höhe des Hügels hörte ich ihre Stimme. »Ben!«

Ich blieb stehen und drehte mich zu ihr um.

Sie rief mir etwas zu, das ich nicht verstand.

»Was?«

Beim zweiten Anlauf klappte es. »Eiscreme!«

»Okay!«, schrie ich zurück.

Keine Ahnung, was ich erwartet hatte. Allerdings hatte ich eine vage Vorstellung davon, was ich mir erhofft hatte. Keine Frau, die vor ihrem Mann weglief. An der Waffe störte mich bloß, dass sie auf mich gerichtet gewesen war. Ich war froh, dass sie eine hatte und damit offensichtlich auch umzugehen wusste.

Das mit dem Mann stand auf einem anderen Blatt. In meinem früheren Leben hatte ich aus diesem vergifteten Brunnen getrunken. Die Logik war einfach: Ich hatte Durst und vor mir stand ein Glas Wasser. Vielleicht hatte ich auch erst beim Anblick eines attraktiven Glases Durst bekommen. Seitdem war ich erwachsen geworden. Vielleicht lag es auch nur daran, dass ich jetzt wusste, welche Folgen ein Seitensprung für mich und alle Beteiligten haben konnte. Wenn ein Ehepartner den anderen betrügt, oder schlimmer, wenn beide sich gegenseitig betrügen, ist die Liste der Opfer meistens lang. Was ich zuerst nur als Warnung im Hinterkopf gehabt hatte, war mir im Laufe der Zeit zur Grundregel geworden.

In diesem Fall musste ich sie mir gar nicht erst ins Gedächtnis rufen. Claire, sofern das ihr richtiger Name war, hatte sich unmissverständlich ausgedrückt. Das rechnete ich ihr hoch an. Obwohl sie mich nicht kannte, hatte sie mir ihre Situation offen geschildert. So unangenehm Ehrlichkeit auch sein konnte, ich wusste sie durchaus zu schätzen. *Mister Trucker, bringen Sie mir ein Eis.* Von der Sorte hatte sie nichts gesagt. Wie es der Zufall wollte, lagerten in dem Kühlabteil, das ich in meinen Trailer hatte einbauen lassen, gleich Dutzende Literpackungen Krokant-Eis.

Dan McCauleys Frau Maureen war wieder schwanger geworden. Das Kind wäre ihr viertes gewesen, doch dann erlitt Maureen eine Fehlgeburt. Während der ersten Schwangerschaft hatte sie sich durch Familienpackungen Eis in allen erdenklichen Geschmacksrichtungen gearbeitet. Ich hatte sie nach und nach in das Haus in der Nähe von Rockmuse geliefert, wo die Familie wohnte und eine Auffangstation für Reptilien betrieb. Im Verlauf der zweiten Schwangerschaft hatte Maureen zuerst mit verschiedenen Eissorten experimentiert, aber recht bald eine Vorliebe für Krokant-Eis entwickelt. Eines Tages hatte mir Dan mit breitem Grinsen erklärt, ich könnte erneut mit der Lieferung von Krokant-Eis beginnen. Ich hatte ihm gratuliert. Am nächsten Morgen war ich auf die Idee gekommen, den Markt für Krokant-Eis aufzurollen. Durch den Mengenrabatt beim Großhändler hätte sich meine Gewinnspanne beträchtlich erhöht.

Dann die Fehlgeburt. Der Großhändler nahm das Eis nicht zurück. Ich brachte es nicht übers Herz, die McCauleys zu bitten, mir das Eis abzukaufen, traute mich nicht mal, das Thema anzuschneiden. Seit zwei Monaten wartete Krokant-Eis im Wert von 225 Dollar im Kühlabteil meines Trailers auf einen Abnehmer.

Für 225 Dollar würde ich eine Menge Diesel kaufen können. Zufälligerweise entsprach die Summe genau einem Viertel meiner Leasingrate für den Truck – mit der ich drei Monate im Verzug war. Oder zwei Dritteln meiner Miete für die schäbige Doppelhaushälfte – hier war ich einen Monat im Rückstand. Oder einem Zehntel meiner Visa-Abrechnung. Oder … ich betete zum Teufel, dass Claire Krokant-Eis mochte. Wenn sie es als Grundnahrungsmittel betrachtete, wäre das die Ideallösung. Dann musste ich Gott nicht länger bitten, den McCauleys dabei zu helfen, schnell wieder einen Braten in die Röhre zu kriegen.

Als ich den Hügel runterstieg, entdeckte ich Walt auf der anderen Straßenseite der 117, Arme verschränkt, die Vincent im Rücken. Die Fliegerbrille hatte er auf die Stirn geschoben. Vielleicht hatte er mich beim Runtersteigen beobachtet. Sicher war ich mir nicht. Er stand hinter meinem Truck, der ihm womöglich die Sicht versperrt hatte.

Ich ging zum Fahrerhaus und öffnete die Tür. Ich hatte Claire mein Wort gegeben. Falls Walt mich beobachtet hatte und mir Fragen stellte, musste ich mir eine gute Antwort einfallen lassen. Mir fiel nichts Besseres ein, als einfach einzusteigen und weiterzufahren. Eigentlich hatte ich vorgehabt, das Eis zu holen und sofort zu Claire zu bringen. Walts Anwesenheit ließ mich den Plan noch einmal überdenken. Eigentlich war er nicht der Typ, der anhielt, um ein wenig zu plaudern. Oder Fragen zu stellen.

Auf der Straße war es totenstill. Wir waren nur zwanzig Meter voneinander entfernt. Ohne sich von seinem Motorrad wegzubewegen, fragte Walt, ob ich eine Panne hätte.

Ich stieg ein und rief durchs offene Fenster. »Nein, du?«

Er verneinte.

Ich schaute in die Rückspiegel und legte den Gang ein. Walt hatte sich keinen Millimeter bewegt. Über den Motorlärm rief ich ihm zu: »Magst du Krokant-Eis?«

»Hä?«

Der Truck kroch auf die 117. Walt setzte sich ebenfalls in Bewegung und überquerte die Straße. Ich trat aufs Gas, schaltete gleich zwei Gänge hoch und ließ ihn in einer Dieselwolke zurück. Eine Minute später erklomm ich den Hügel. Walt stand mitten auf der Fahrbahn und sah mir hinterher.

Der Morgen war halb um und ich hatte noch nicht mal die erste Lieferung zugestellt. Abgesehen vom Krokant-Eis befanden sich im Trailer ein Ersatzmotor für einen John-Deere-Traktor, einunddreißig Zwanzig-Liter-Eimer mit weinrotem Du-Pont-Autolack, vierzig Malbücher, fünfzehn Buntstiftpackungen, eine neue Windschutzscheibe für das einzige Postauto von Rockmuse und zehn Kartons – à tausend Stück – Trojan-Kondome für den Automaten auf dem Männerklo der Shell-Tankstelle von Rockmuse, eine Menge, die mir reichlich optimistisch erschien. Zur Fracht gehörten außerdem ein Alu-Carport-Bausatz, ein höhenverstellbares Bett sowie ein riesiger schwarzer Plastikbehälter von einem Damenbekleidungshersteller aus St. Louis. Angeblich enthielt der Behälter »Kleider, die die Fantasie anregen«. Er wog hundertdreißig Kilo – eine unanständige Menge Fantasie, wie mir schien. Empfänger war der etwas ältere Eigentümer des Lack-und-Unfallreparatur-Zentrums in Rockmuse. Hätte ich länger darüber nachgedacht, hätte ich womöglich einen Zusammenhang zwischen den zehntausend Präservativen und den Fantasie anregenden Kleidern hergestellt. Ich ließ es bleiben. Dieses Rätsel ging mich nichts an. Das einzige Rätsel, das ich über kurz oder lang lösen musste, war die Frage, wie ich Ben's Desert Moon Delivery Service vor der Pleite retten konnte.

8

Es war schon Abend, als ich die Ausweichbucht vor Desert Home erreichte. Zu spät für die Eislieferung. Erst um kurz vor zehn parkte ich den Truck vor dem Logistikzentrum. Um elf lag ich, in Jeans und Stiefeln, auf meinem Bett und schlief.

Um 4 Uhr 30 begann für mich ein weiterer langer Arbeitstag, auf den ein ebenso langer Donnerstag folgen würde, an dem ich zwar nicht arbeiten, aber den Motor einer längst überfälligen Inspektion unterziehen lassen musste. Obwohl ich den Truck vermutlich bald los sein würde, wollte ich es nicht riskieren, irgendwo auf der 117 liegen zu bleiben. Weil ich dadurch einen ganzen Arbeitstag verlor, würde der Freitag noch länger werden. Und über das Wochenende würde ich mich damit quälen, meine Buchhaltung auf Vordermann zu bringen und mir zu überlegen, wie ich in den nächsten Tagen über die Runden kommen sollte. Eine allzu runde Sache versprach das nicht zu werden.

Kurz hinter Price, am Anfang einer Gefällstrecke, sah ich ein nagelneues Ford-Coupé auf der anderen Seite des Highway 191 stehen, die Schnauze in Richtung Stadt. Der Fahrer hatte sich weggedreht und redete in sein Handy. Etwas in seinem Ohr reflektierte die Sonne. Vermutlich ein Ring. Probleme mit dem Wagen schien er nicht zu haben. Mich hätte das ohnehin nicht gejuckt, denn der Stadtrand von Price und ein, zwei Tankstellen waren von hier aus mühelos zu Fuß zu erreichen.

Die meisten Trucker behaupten, unser Gewerbe sei mit *Thelma & Louise* in Verruf geraten. Ich glaube, das fing schon viel früher an; der Film hat die Leute nur in ihrem Vorurteil bestätigt, alle Trucker wären gewaltbereite Schwachköpfe und Triebtäter. Richtig klar geworden war mir das allerdings erst, als ich vor etwa zehn Jahren auf einen liegen gebliebenen Minivan gestoßen war.

Vier kleine Kinder hatten gefährlich nah am Straßenrand gespielt. Die Mutter saß hinter dem Steuer, der Vater hatte den Kopf unter die Motorhaube gesteckt. Es herrschten gut vierzig Grad im Schatten. Was mit dem Auto los war, habe ich nie erfahren. Ich bekam nicht mal die Chance, mich danach zu erkundigen. Sobald ich rangefahren und aus dem Fahrerhaus gesprungen war, um ihnen meine Hilfe anzubieten, stieß die Mutter einen Schrei aus, den man selbst aus einem Kilometer Entfernung noch gehört hätte. Sie schrie so lange, bis die Kinder auf die Rückbank geklettert waren. Mir entging nicht, dass der Vater sie buchstäblich ins Auto prügelte.

Gut fünfzig Meilen von der nächsten Tankstelle entfernt, bei vierzig Grad, saß die Familie hinter geschlossenen Türen und Fenstern und sah entsetzt zu, wie ich mich dem Minivan näherte. Trotzdem taten sie mir leid. Ein Blick in ihre angsterfüllten Gesichter verriet mir, dass ich nichts für sie hätte tun können oder dürfen. Tatsächlich tat ich mir selbst ein bisschen leid: Da ging ich einem ehrlichen Beruf nach und Leute, die mich überhaupt nicht kannten, nahmen einen qualvollen Hitzetod in Kauf, damit ich ihnen bloß nicht zu nahe kam. Seit diesem Vorfall fuhr ich an mir unbekannten, gestrandeten Autofahrern immer vorbei und hoffte, einer meiner gutherzigen Triebtäter-Kollegen mit Funkgerät oder Handy würde die Highway Patrol alarmieren.

Hinter der Gefällstrecke begann ein langer, gerader Abschnitt des 191. Ich sah ein Auto mit hochgeklappter Motorhaube. Bei diesem waren die Warnblinker an. Die Fahrerin war Typ Augenweide, nicht, dass sich meine Augen je groß fürs Weiden interessiert hätten. Die Augenweide hatte im Kofferraum ein Mountainbike und trug zu Trekkingshorts ein enges Funktionsshirt aus Netzstoff. Ich würde nicht anhalten. Auch sie konnte Price gut zu Fuß erreichen und wäre mit ihrem Fahrrad sogar noch schneller dort. Sie winkte. Als ich keine Anstalten machte, das Tempo zu drosseln, trat sie einen Schritt vor und winkte noch einmal. Sie stand jetzt so nah an der Fahrbahn, eine plötzliche Böe hätte zu einer Augenweidentragödie führen können. Also bremste ich ab, lenkte den Truck an den Straßenrand und schaltete die Warnblinkanlage ein.

Wir gingen aufeinander zu. Zwischen uns lagen noch etliche Meter, da warf sie mir ein strahlendes Zahnpasta-Lächeln zu und rief: »Hatte schon Angst, Sie fahren weiter. Tausend Dank.«

Ein Tanklaster hupte im Vorbeifahren. Höchst unwahrscheinlich, dass ich den Trucker kannte. Die Fahrer des Fernverkehrs kamen denen des Nahverkehrs nur selten ins Gehege.

Auf dem Weg zu ihrem Auto fragte ich, was los sei. Sie zuckte die Schultern und präsentierte einen hilflosen Blick aus blauen Augen. »Ich bin Lehrerin«, sagte sie. »Grundschule. Sachunterricht. Ich weiß alles über Dinosaurier und Kopfläuse. Bei Autos weiß ich nur, dass sie mit Benzin fahren.« Sie lachte zwitschernd. »Ich hab eben erst bei Conoco aufgetankt. Ist ein Mietwagen. Bin heute früh aus Salt Lake City gekommen.«

Bei dem Wort Dinosaurier hatte ich schon gewusst, was sie in diese Ecke von Utah verschlagen hatte. Einige der aufsehenerregendsten Funde des letzten Jahrhunderts waren hier in der Wüste gemacht worden, die vor Urzeiten ein riesiger Süßwassersee gewesen war, bevor sie sich in einen Sumpf verwandelt hatte, der von der Mesa bis zur Wasatchkette reichte. An jeder Ecke stieß man hier auf Fossilien. Ein paar Meilen die Straße runter hätte sie zum Beispiel Walt ausbuddeln können.

Ich setzte mich ins Auto und drehte den Zündschlüssel. Sämtliche Lichter und Anzeigen sprangen an. Der Tank war voll. Der Motor machte keinen Mucks. Außer dem nervtötenden Gurtsignal war nichts zu hören.

»Bin nur kurz rangefahren, um auf die Karte zu gucken«, erklärte sie. »Dann wollte ich das Auto wieder starten – und jetzt das.«

Ich sagte, dass ich von neuen Autos nicht viel Ahnung hätte. Oder von Dinosauriern. Allerdings wüsste ich ein gutes Hausmittel gegen Kopfläuse. Wieder hupte ein Trucker. Sie drehte sich um und die Sonne durchleuchtete die Löcher in ihrem Netzhemd auf beunruhigende Weise. Diesen Fahrer kannte ich, oder vielmehr, ich wusste über ihn alles, was ich wissen wollte.

Unter Truckern gibt es Christen, Muslime, verheiratete Paare unterschiedlichen oder gleichen Geschlechts. Wie es früher war, kann ich nicht beurteilen. Heute ist jede Hautfarbe, Religion, Altersgruppe und was sonst noch auf den Straßen von Amerika vertreten. Als Gruppe waren sie wahrscheinlich ehrlicher und integrer als die Leute, die sich im Kongress oder an der Wall Street herumtrieben.

Und dann gab es noch Larry. Bei einigen hieß er nur Tausend-Meilen-Larry. Eigentlich wusste ich über ihn nur, wie er zu seinem Spitznamen gekommen war, auf den er mächtig stolz war. Alle tausend Meilen musste Larry sich nämlich das Rohr durchpusten lassen und dafür war ihm jedes Mittel recht, ob Mensch, Tier oder Gemüse. Ich sah ihn nur alle paar Monate, meist im Vorbeifahren, an der Raststätte kurz hinter Price. Er fuhr für einen großen Spediteur die Strecke zwischen Salt Lake City und Chicago.

Larry glaubte, jeder würde hören wollen, wie und wo er sich

das Rohr zum letzten Mal hatte durchpusten lassen. Tatsächlich ging die Zahl derjenigen, die es interessierte, gegen Null. Momentan waren Helden-T-Shirts total in, jedes mit einem anderen Foto. Bei einem Fahrer war es ein kleiner Junge mit Glatze. Sein Sohn, der vor zwei Jahren an Krebs erkrankt war. Larry trug ein T-Shirt mit dem Konterfei von Bill Clinton und der Aufschrift »Mein Held«. Bei unserer letzten flüchtigen Begegnung hatte ich mich gefragt, ob der Ex-Präsident ein ähnliches T-Shirt mit einem Foto von Larry besaß.

»Sie scheinen hier ja viele Freunde zu haben«, sagte die Lehrerin. »Sind Sie oft auf dem Highway unterwegs?«

»Nur auf diesem kurzen Stück. Meine Straße ist die Interstate 117. Geht an der nächsten Kreuzung ab.«

Um sicherzugehen, dass das Automatikgetriebe auf Parken stand, rüttelte ich zuerst am Schaltknüppel, bevor ich fest auf die Bremse trat. Danach drehte ich den Zündschlüssel erneut. Der Motor sprang an. »Wählhebel in Park-Position und Fuß auf die Bremse« empfahl die Autoindustrie, um zu verhindern, dass ein Wagen nach dem Starten ungewollt beschleunigte. Mein alter Pick-up tat sich mit dem Beschleunigen immer schwer, selbst wenn es gewollt war.

Die Lehrerin war begeistert. »Sie haben es geschafft!«

Ich war begeistert, weil ich mich wieder auf den Weg machen konnte.

Während ich mich aus dem winzigen Mietwagen schälte, bedankte sie sich zweimal bei mir.

»Darf ich Sie zum Frühstück einladen? Vielleicht können Sie mir ein paar schöne Mountainbike-Wege empfehlen?« Sie streckte mir die Hand entgegen. Ihre Finger waren schlank und zierlich, die Nägel maniküürt – lang, mit einer frischen roten Lackschicht. »Ich heiße Carrie.«

Ich kannte weder einen guten noch einen schlechten Mountainbike-Weg und daran würde sich auch nichts ändern, genauso wenig wie an meinem Zeitplan oder meiner Laune. Ich sagte ihr, für ein Frühstück blieben ihr nur zwei Möglichkeiten, entweder sie fuhr neunzig Meilen geradeaus nach Green River oder die paar Meilen zurück nach Price.

Sie zeigte die Straße hinunter zur Reklametafel für den Well-Known Desert Diner. »Warum nicht da?« Es war die südliche Tafel, ohne Graffiti. Ich konnte mir ein Lachen nicht verkneifen.

»Hab ich was Witziges gesagt?«, fragte sie.

»Nein. Es ist nur so, der Diner hat eigentlich immer zu.«

»Gestern Abend hatte er auf.«

Das war allerdings eine überraschende Neuigkeit und man konnte mir die Verblüffung wohl vom Gesicht ablesen.

»Wirklich«, beharrte sie. »Alle Lichter waren an und hinter den Jalousien hab ich einen Mann und eine Frau gesehen. Sie haben getanzt.«

Ich vergaß meine gute Kinderstube. »Ohne Scheiß?«. Vielleicht kannte ich Walt Butterfield doch nicht so gut, wie ich geglaubt hatte. Komische Kisten aus New York. Tagelang nicht zu Hause. Licht am Abend. Eine Frau. Ein Tänzchen. »Sind Sie sich auch ganz sicher?«

»Und ob.« Ihr Tonfall klang leicht lehrerhaft. »Ich bin sogar auf den Parkplatz gefahren. Der Mann hat auf das ›Geschlossen‹-Schild gezeigt. Bin gar nicht erst ausgestiegen. Es war schon spät. Seine Frau oder Freundin hat das Licht ausgemacht. Alles wurde dunkel. Aber die Musik hab ich immer noch gehört. Jetzt ist bestimmt auf. Also, wie sieht's bei Ihnen aus? Frühstück?«

Ich war dermaßen fassungslos, dass ich nichts erwidern

konnte. Ich starrte auf die Reklametafel. Dieses Rätsel würde mich so schnell nicht in Ruhe lassen. Bei der Vorstellung, Walt würde mit einer mysteriösen Frau im seit Ewigkeiten geschlossenen Diner tanzen, musste ich lächeln.

Sie nahm das als Zustimmung. »Ich fahr Ihnen einfach hinterher.«

Bevor ich etwas erwidern konnte, verlangsamte ein weiterer Truck das Tempo, hupte aber nicht. Wohl aus Sicherheitsgründen waren einige Trucks mit Mikrofon und externem Lautsprecher ausgestattet. Meiner nicht. Auch ohne den Turban und den Bart zu sehen, hätte ich den Fahrer an seiner Stimme und der Begrüßung erkannt. Im Schritttempo kroch der Wagen an uns vorbei. Der Lautsprecher knarrte, dann der unverkennbar indische Akzent. »Wahrheit ist ewig. Grüß dich, Ben. Hast du Sorgen?«

»Wahrheit ist ewig«, rief ich zurück. »Keine Sorge. Helfe nur der Dame.«

»Gut. Sehr gut.« Manjits Tanklaster beschleunigte und fuhr weiter.

Sollte ich mir jemals ein Helden-T-Shirt zulegen, würde ich ein Foto von Manjit wählen, mit Turban und dichtem, weißem Bart. Vor Jahren bin ich mal hinter ihm auf dem 191 gefahren, in einer Lastwagen-Kolonne, die im Schneesturm eine vereiste Gefällstraße hinunterkroch. Plötzlich verlor der Fahrer vor Manjit die Kontrolle über seinen Wagen und der Trailer scherte wie in Zeitlupe aus.

Unter hundert Fahrern wäre es vielleicht einem gelungen, dem schlitternden Truck auszuweichen und uns alle vor einer Massenkarambolage zu bewahren. Manjit schaffte es dank blitzschneller Reflexe und langjähriger Fahrpraxis. Völlig ruhig umschiffte er den quer stehenden Trailer, ohne dabei den entgegenkommenden Verkehr zu behindern. Über die Sikh-Religion wusste ich so gut wie nichts. Aber das war auch egal. Wenn alle so waren wie Manjit, dann hatte ich eine ziemlich genaue Vorstellung von ihrem Leben: tolerant, anständig, fleißig. Und das sagt über einen Menschen sehr viel mehr aus als seine Religionszugehörigkeit.

»Wer war das?«

»Manjit«, sagte ich. »Ein Sikh.«

»Ein was?«

»Inder«, sagte ich knapp, um jede weitere Diskussion im Keim zu ersticken.

Sie warf mir einen verständnislosen Blick zu und setzte sich in ihren Mietwagen. »Fahren wir. Ich bleibe dicht hinter Ihnen.«

»Ich hab's wirklich eilig.«

»Nur auf einen Kaffee?«

»Nein. Tut mir leid.«

Sie ließ nicht locker. »Vielleicht später?«

Ich ging neben ihrem offenen Fenster in die Hocke. »Ma'am, ich hab schon Kaffee getrunken, mit meiner Frau. Und heute Abend esse ich mit ihr und unseren drei Kindern.«

Die Antwort schien sie zu verblüffen. An der Abfuhr lag es nicht. Offenbar hatte sie nicht damit gerechnet, dass ich Frau und Kinder haben könnte.

»Ach?« Sie schaute auf meine linke Hand. »Wusste ich nicht. Kein Ehering.«

»Es gibt einen Ehering«, sagte ich. »Meine Frau lässt ihn gerade gravieren. Zum zwanzigsten Hochzeitstag.«

Sie bedankte sich noch einmal schnell und fädelte auf den Highway ein. Ich saß ein paar Minuten in meinem Fahrerhaus und ließ die Notlüge auf mich wirken. Mit der Lehrerin hatte das nichts zu tun. Durch die bloße Erwähnung waren meine Frau und die Kinder beinahe real geworden, und jetzt fehlten sie mir. Ich stellte mir vor, wie sich die Kinder für die Schule fertig machten und aus einem Haus rannten, das verdammt viel Ähnlichkeit mit dem Musterhaus in der Wüste hatte. Ihre fröhlichen Rufe verhallten in den leeren, staubigen Straßen von Desert Home.

9

Der Nachmittag näherte sich seinem Ende, als ich in die Ausweichbucht vor Desert Home fuhr, um Claire ihre Lieferung zu bringen. Ich holte eine Literpackung Krokant-Eis aus dem Kühlabteil, stiefelte zum Tor hoch und blieb dort einen Augenblick stehen.

Ein Sturm zog auf. Mit einer sanften Brise wehte der süße Duft von Regen heran. Von Nieselregen bis Wolkenbruch war alles möglich, wobei sich der Regen in der Wüste meistens heftig und innerhalb weniger Minuten auf die ausgedorrte Erde ergoss, die die Wassermassen nie schnell genug aufnehmen konnte. Ehemalige Flussläufe füllten sich rasch, aufgewühltes Wasser und Schlamm nahmen jede Kurve mit und legten an Masse und Geschwindigkeit zu, bis ein reißender Strom entstanden war, der alles in seinem Weg mit sich riss. Menschen unterschätzten die Gefahr leicht. Vielleicht hörten sie es in der Ferne donnern und dachten, da hinten regnet es, hier nicht. Dass sie in Lebensgefahr schwebten, merkten sie oft erst, wenn es bereits zu spät war. Ich dachte an Lehrerin Carrie, die wohl gerade irgendwo in der Wüste auf ihrem Mountainbike radelte. Hoffentlich hatte sie genug Grips, um wie der Teufel in die Pedale zu treten und sich auf einem Hügel in Sicherheit zu bringen.

Claire trat auf die Veranda, die Hände wieder hinter dem Rücken. Irgendwie schien sie es zu spüren, wenn ich in der Nähe war. Ich hob die Literpackung Eiscreme über den Kopf. Claire winkte mich mit der linken Hand heran. Sie trug ein kurzärmeliges, kariertes Männerhemd über einem langen, altmodischen Jeanskleid.

Die Luft war noch warm, kühlte aber rasch ab. Ich wollte die

Lieferung schnell zustellen, damit ich noch vor dem Regen wieder auf der Straße war.

Von Frühling bis Herbst wurden hin und wieder ganze Abschnitte der 117 überflutet und waren für Stunden nicht mehr passierbar. Und ich hatte es aus einem mir schleierhaften Grund eilig, das Wochenende einzuläuten und mit meiner Buchhaltung anzufangen, die mich in Gedanken, nur unterbrochen von den Bildern eines im Diner tanzenden Walts, den ganzen Tag über beschäftigt hatte. Dass die Zahlen schlecht waren, wusste ich. Aus perverser Neugier wollte ich nun herausfinden, wie schlimm es, auf den Penny genau, tatsächlich um mich stand.

Wie beim letzten Mal blieb ich kurz vor der Veranda stehen und hielt die Eispackung in die Höhe. »Ma'am, Ihre Bestellung.«

Ihre rechte Hand schoss hinter ihrem Rücken hervor, ein Sonnenstrahl traf auf funkelndes Metall. Instinktiv schloss ich die Augen und wich zurück. Insgeheim freute ich mich fast auf eine Kugel aus der Hand der Verrückten.

Als sie lachte, wagte ich es, die Augen zu öffnen. Sie hatte einen Löffel in der Hand. »Ben, Ben.« Sie wiederholte meinen Namen mehrere Male und sagte dann: »Das wollte ich nicht!«

Ich lachte nicht. Das störte sie offenbar wenig, obwohl sie bemüht schien, den Heiterkeitsausbruch unter Kontrolle zu bringen. Vielleicht würde ich später ebenfalls lachen, in einem Jahr oder zwei. Ihr Lachen. Es war die Antwort auf die ewige Frage, was einen am meisten zu einem Menschen hinzieht. Bisher hatte mich die Frage nie groß beschäftigt. Mir gefiel Claires Lachen, obwohl es gerade auf meine Kosten ging. Wahrscheinlich ist es nicht nur eine einzige Eigenschaft, die uns an einem anderen gefällt. Aber ihr Lächeln und ihr Lachen ließen alles an ihr erstrahlen – die dunklen, leicht schrägen Augen, den Schwung ihres Halses, die Art, wie sie mit sanftem Stolz die Schultern durchdrückte, was ihre Brüste zugleich selbstbewusst und unaufdringlich wirken ließ.

Als mir klar wurde, dass ich sie anstarrte, senkte ich schnell den Blick und schaute auf ihre nackten Füße. Sie waren alles andere als grazil. Breit, kräftig, mit kurzen Zehen – robuste, schöne Füße, wie geschaffen, um das Gleichgewicht zu halten.

»Auf das Eis hab ich mich den ganzen Tag gefreut«, sagte sie.

Ich gab ihr die Packung und trat zwei Schritte zurück. Sie hielt den Behälter in der einen, den Löffel in der anderen Hand. »Wie viel schulde ich Ihnen?«

Ohne nachzudenken, sagte ich: »Zwanzigtausend Dollar.« Das war in etwa die Zahl, die mir den ganzen Tag im Kopf herumgegeistert war. Ungefähr die Summe, die mir zum Ausgleich meines Kontos fehlte. Dass ich sie laut ausgesprochen hatte, tat mir fast weh. In ihr schien die ganze Schwere eines Abschieds mitzuschwingen.

»Hui!«, sagte Claire. »Das klingt ziemlich teuer, sogar für eine Lieferung in die Wüste.«

»Ist Krokant-Eis. Vanille kostet nur zehntausend.«

Sie setzte sich auf die obere Treppenstufe. »Ein paar Hundert dürfte ich noch haben. Leider hab ich aber nur einen Löffel. Wenn Sie keine Trucker-Krankheiten haben, dürfen Sie mitessen.«

Ich erklärte, ich hätte alle üblichen Trucker-Krankheiten. Keine von ihnen sei ansteckend. »Danke, aber – nein«, sagte ich dann. »Ich halte mich nämlich an eine Grundregel: Niemals mit verheirateten Frauen Eis essen. Vor allem nicht mit einer verheirateten Frau, die von ihrem eifersüchtigen Mann gesucht wird.«

»Bei Ihnen gibt es ganz schön viele Regeln, oder?«

»Nicht so viele«, sagte ich. »Aber genug, um mich daran zu erinnern, wie kompliziert das Leben sein kann, wenn man sich an keine hält.«

Sie grub den Löffel ins Eis. »Mh-m«, machte sie mit vollem Mund. »Plötzlich kommen mir zwanzigtausend nur fair vor. An das Zeug könnte ich mich glatt gewöhnen.«

»Das wäre endlich mal eine gute Nachricht. Ich hab davon nämlich noch etliche Packungen.«

»Bitte.« Sie nickte zum Platz neben ihr. »Ich hab kein Eisfach und kann das nicht alles alleine essen.« Noch ein Löffel wanderte in ihren Mund. »Wenigstens nicht auf einmal.«

Ich lehnte nochmals dankend ab und schaute ihr zufrieden beim Eis essen zu. Einen Augenblick lang war ich so zufrieden, dass ich alle meine Sorgen vergaß. »Regel ist Regel«, sagte ich.

»Ist doch nur Eis.«

»Und nur eine Regel«, sagte ich. »Nach meinen Erfahrungen gilt sie auch für Kaffee und Banana-Daiquiri. Ehemänner drehen schnell durch und schlagen dann zu. Eis könnte das Streichholz an der Lunte sein.«

»Dennis ist noch nie durchgedreht.«

Ich nahm an, dass Dennis ihr Mann war.

»Er ist Musiker. Künstler. Und Eifersucht ist für ihn, soweit ich weiß, ein Fremdwort.«

»Sie werden nicht glauben, wie schnell das kippen kann«, sagte ich. »Einige der brutalsten Schlägereien, die ich jemals gesehen habe, fanden zwischen Männern statt, die noch eine Sekunde, bevor sie dem anderen den Schädel eingeschlagen haben, von sich behauptet hätten, dass sie niemals durchdrehen würden. Das steckt in jedem von uns, egal ob Mann oder Frau.«

»In Ihnen auch?«

»Ich bin die Ausnahme.« Ich versuchte ein Lächeln.

»Wahrscheinlich haben Sie recht«, sagte sie. »Danke fürs Eis.«

»Gern geschehen.« Ich drehte mich zum Gehen.

»Wie viel schulde ich Ihnen denn nun?«

»Das ging aufs Haus. Ich bin wie ein Dealer. Der erste Krokant-Schuss ist umsonst. Aber sobald Sie angefixt sind, gibt es nach oben keine Grenze mehr.«

»Ich bin angefixt«, sagte sie. »Wann bekomme ich den nächsten Schuss?«

»Montag. Am Wochenende arbeite ich in der Regel nicht.«

10

Der Regen setzte ein, bevor ich den Truck erreichte, wenige dicke Tropfen, die mit dumpfem Ploppen Krater in den Sand rissen. Wie so häufig in der Wüste war der Himmel über mir klar und blau. Ein paar schwere Wolken hingen an einer fernen Bergkette fest. Kein Blitz, kein Donner. Die vom Wind zerstreuten Tropfen waren nur die Vorhut des Wolkenbruchs. Er kam schneller als erwartet. Wenige Minuten später drosch der Sturzregen auf das Dach meines Trucks ein. Weil die Scheibenwischer das Wasser nicht schnell genug von der Windschutzscheibe trieben, konnte ich nur Tempo dreißig fahren.

Das war die Wüste: Immer kam alles auf einmal, ob es jemand brauchte oder nicht. Was hier überlebte, hatte gelernt, sorgfältig hauszuhalten und auf Sparflamme zu leben. Manch Wüstenbewohner stellte sich sogar über einen längeren Zeitraum hinweg tot. Ausdauer und Geduld.

Der Regen ließ langsam nach. Auf Höhe des Diners beschleunigte ich. Walts Refugium sah aus wie immer: piekesauber und geschlossen. Nichts deutete darauf hin, dass drinnen etwas Ungewöhnliches vor sich ging. Das hatten auch die Leute, die hier im Juni 1972 vorbeigefahren waren, berichtet, nachdem sie erfahren hatten, dass Walts Frau Bernice im Diner von drei Männern zusammengeschlagen und vergewaltigt worden war.

Walts Frau stammte zwar aus Korea, hatte aber den Namen Bernice angenommen. Und *vergangen* war das Wort, das die Leute damals benutzt hatten. Drei Männer hatten sich an Bernice vergangen, obwohl niemand genau wusste, ob alle drei an der Tat beteiligt gewesen waren oder ob nicht sogar noch ein vierter dazugehört hatte. Aber auch wenn nur einer die Tat begangen hätte und die anderen bloß zugeschaut hätten, vergangen hatten sie sich alle an ihr.

Ich hatte die Geschichte zum ersten Mal als Teenager gehört. Schon damals war sie so lange her, dass die Leute sie abgewandelt und ausgeschmückt hatten. Jetzt, vierzig Jahre nach der Tat, war sie, wie so oft bei schlimmen Ereignissen, kaum mehr wiederzuerkennen und in Vergessenheit geraten.

Als ich sie zum letzten Mal gehört hatte, hatte sie sich angeblich in den 1950er Jahren abgespielt, hundert Meilen weiter weg, in einem kleinen Handelsposten auf dem Gipfel des Soldier Passes. In dieser Version waren der Besitzer und seine Frau getötet worden und die Mörder, entflohene Sträflinge mit langen Haftstrafenregistern, am Ende gefasst und verurteilt worden. Vielleicht entsprach auch das der Wahrheit. Wie Wasser hat Geschichte die Angewohnheit, sich ihren Weg zu suchen und mit anderen Teilen ihres Selbst zu verbinden, um sich in etwas völlig Neues zu verwandeln, größer und gewaltiger als in der ersten, reinen Form, die am Ende nicht länger existiert.

Der einzige Augenzeuge des Verbrechens war ein Highschool-Schüler gewesen, den Walt zum Putzen und Abwaschen eingestellt hatte. Doch was der Junge erzählte, war unzusammenhängend, wie ein Puzzle, bei dem entscheidende Teile fehlen. Es gab eine Art Anfang, ein Ende, und dazwischen gerade so viele Bruchstücke, um sich den Rest auszumalen.

Walt war an jenem Nachmittag nach Price gefahren, um ein paar Besorgungen zu machen, und hatte den Schüler und Bernice allein im Diner zurückgelassen. Sie kochte und bediente, und der Junge half ihr, so gut er konnte. Zur Mittagszeit war der Laden rappelvoll gewesen, aber die letzten Gäste hatten ihn lange vor Sonnenuntergang wieder verlassen. Auf den Tischen und dem Tresen lagen schmutzige Teller, Besteck und halb geleerte Tassen und Gläser.

Ein relativ neuer Chevrolet Biscayne fuhr an die Zapfsäule heran und der Junge ging raus, um den Tank zu füllen und die Windschutzscheibe zu putzen. Wie er später schwor, saßen vier Männer im Auto. Während er den Wagen betankte, gingen die Männer in den Diner, wo Bernice mit Aufräumen beschäftigt war.

Wie viel Zeit war nötig, um sechzig, siebzig Liter aus der alten Zapfsäule zu pumpen? Fünf Minuten? Zehn? Der Junge füllte den Tank und putzte die Scheibe, dann ging er ins Haus zurück. Erst in diesem Moment hörte er Bernice schreien.

Mindestens zwei der Männer, unauffällige Typen um die dreißig, hielten Bernice am Boden fest. Ihre weiße Bluse war zerrissen und von dem Blut verschmiert, das aus ihren Kopfwunden sickerte. Ihr blauer Rock war verschwunden. Von der Taille abwärts war sie nackt. Das war das Letzte, was der Junge wahrgenommen hatte, bevor er hinter dem Tresen wieder zu sich kam, den Mund mit Papierservietten vollgestopft, der rechte Arm so schlimm gebrochen, dass die Knochen an zwei Stellen herausragten. Sehen konnte er nur noch auf einem Auge. Im anderen steckte ein Buttermesser.

Als er das unversehrte Auge öffnete, beugte sich Walt über ihn. Er hörte immer noch die Schreie von Bernice, dazu eine Art Grunzen – und Gelächter. Walt war wie immer durch den Hintereingang der Küche gekommen. Sanft strich er ihm über eine Wange. Wie der Junge später aussagte, küsste Walt ihn sogar auf die Stirn, wohl in der Annahme, er sei tot oder läge im Sterben.

Vielleicht waren es vier Männer gewesen, aber gefunden hatte man nur drei Leichen. Der Vierte mochte in die Wüste geflüchtet und dort gestorben sein. Oder er lebte womöglich seit Jahrzehnten mit seiner Frau in Kalifornien, in Petaluma etwa, und fuhr zweimal im Jahr zu seinen Enkelkindern nach Denver. Niemand wusste es. Außer vielleicht Walt, aber dieser hatte nie ein Wort über die Geschehnisse verloren – nicht gegenüber der Highway Patrol, dem Sheriff, dem Staatsanwalt oder sonst jemandem.

Bernice hörte auf zu schreien. Stille. Der Junge nahm ein feuchtes Gurgeln wahr, als würde ein verstopfter Abfluss freigelegt. Trotz Messer im Auge und mehrfach gebrochenem Arm schaffte er es irgendwie, bis zur Ecke des Tresens zu kriechen. Auf dem Weg hinterließ er eine Zickzackspur aus Blut.

Der Mann, den der Junge als Erstes sah, hatte hinten in seinem Schädel ein Steakmesser stecken. Das Gurgeln kam von einem Mann auf dem Boden. Jemand hatte ihm die Kehle durchgeschnitten. Walt stand neben ihm, ein Fleischermesser in der Hand. Der dritte Mann lag auf Bernice drauf. Er hatte den Kopf gedreht und sah zu Walt hoch. Sofern ein vierter Mann dabei gewesen war, musste er in einer der Nischen gesessen haben. Der Junge konnte ihn zwar nicht sehen, behauptete später aber, die durchs Fenster strömende, tiefstehende Sonne hätte einen Schatten auf den Boden geworfen.

Der Junge wurde ohnmächtig, aber er überlebte. Wahrscheinlich verfolgte ihn die Erinnerung an jenen Abend noch heute. Er musste inzwischen Ende fünfzig sein. Walt stieß dem Mann auf Bernice das Messer so tief zwischen die Schulterblätter, dass es aus dessen Brust heraustrat und Bernices linken Lungenflügel durchbohrte. Was als strategischer Angriff begonnen hatte, war in blinde Raserei umgeschlagen.

Aus seiner Dienstzeit bei den Marines in Korea wusste Walt mit Sicherheit, dass er das Messer nicht aus dem Auge des Jungen ziehen durfte. Sonst wäre er innerhalb weniger Minuten verblutet.

Walt trug den Jungen und Bernice zu seinem 1964er Willys-Kombi und brachte sie ins Krankenhaus von Price. Er rief die Eltern des Jungen an, verzichtete in der vermutlich langen, angsterfüllten Nacht allerdings darauf, die Polizei zu benachrichtigen. Die erfuhr erst in den frühen Morgenstunden von dem Verbrechen, weil ein hysterischer Tourist sie von der Telefonzelle neben dem Diner aus alarmierte.

Ich kann mir nicht ansatzweise vorstellen, was der Tourist gesehen haben mag, als er an jenem Morgen den Well-Known Desert Diner betrat. Man sagt ja, dass man einige Dinge lieber der Fantasie überlässt. Mag sein. Aber es gibt auch ein paar Sachen, da sollte man lieber darauf verzichten.

Gegen Walt wurde nie Anklage erhoben, obwohl die Angehörigen der Männer den Staatsanwalt eine Zeit lang massiv dazu gedrängt hatten. Alle Männer waren von hinten angegriffen worden.

Und was waren das nun für Männer gewesen? Entflohene Häftlinge? Vom Leben Abgehängte, die auf Gewalt und Verbrechen aus waren? Hatten sie ellenlange Vorstrafenregister? Waren es durchgeknallte Vietnam-Veteranen, die bevorzugten Sündenböcke jener Zeit? Junkies? Möchtegern-Charles-Mansons? Die Leute verlangten nach einer einleuchtenden Erklärung, und sei sie in Wahrheit noch so hirnrissig.

Die Öffentlichkeit erfuhr alles, was es zu erfahren gab. Es waren Männer mit Frauen und Familien, rechtschaffene Bürger, die ihre Häuser und Autos abbezahlten. Vorbestraft war keiner. Tatsächlich waren sie, zumindest die drei, die man gefunden hatte, Schuhverkäufer von Beruf und nach einer Tagung in Denver auf der Rückreise nach Salt Lake City gewesen.

Einige Schwachköpfe behaupteten, Bernice hätte die Männer provoziert und nur bekommen, was sie verdiente. Andere vermuteten, Walt hätte die Männer gekannt und mit ihnen im Streit gelegen, als würde das Bernices Leid in irgendeiner Form erklären oder gar rechtfertigen. Wieder andere waren überzeugt, Walt hätte trotz der Schwere des Verbrechens kein Recht gehabt, Selbstjustiz zu üben. Mich hingegen beschäftigten nur die zehn Minuten, die zwischen der Aufforderung der Chevy-Insassen an den jungen Tankstellenhelfer, »das Baby vollzumachen«, und der Gruppenvergewaltigung einer wehrlosen sechsunddreißigjährigen Kellnerin aus Korea gelegen hatten. Zehn Minuten. Höchstens.

1987 ereigneten sich zwei Dinge; jedes Ereignis hätte für sich genommen das Ende des Well-Known Desert Diners bedeuten können, aber zusammen besiegelten sie sein Schicksal. Bernice starb, obwohl sich fast alle einig waren, dass sie in Wahrheit schon Jahre zuvor gestorben war. Außerdem erlitt der Schauspieler Lee Marvin einen tödlichen Herzinfarkt. Seit sie gemeinsam bei den Marines in Korea gedient hatten, war er Walts bester Freund gewesen. Beide Todesfälle ereigneten sich innerhalb einer Woche. Einen Monat davor war der Diner zum letzten Mal als Filmkulisse benutzt worden. Wie es der Zufall wollte, unterschied sich der Film von allen anderen, die im Diner gedreht worden waren. Es war ein Liebesfilm.

Doch das war alles lange vor meiner Zeit auf der 117 gewesen.

Bernice blieb mehr als zwei Monate im Krankenhaus in Price. Bei einigen Verletzungen konnten die Ärzte nichts tun. Nach dem Krankenhausaufenthalt wurde sie in ein Sanatorium in der Nähe von Logan geschickt, wo sie weitere acht Monate verbrachte. Wieder zu Hause schien sie äußerlich genesen, sprach aber nie wieder ein Wort. Ein leeres Lächeln auf den Lippen, saß sie von morgens bis abends in der hinteren Sitznische des Diners, gleich neben der Jukebox. Bis zu ihrem Tod saß sie nur da, hielt in den Händen eine unangerührte Tasse Kaffee und blickte aus dem Fenster in die Wüste. Walt stellte für den Diner eine Aushilfe ein. Auf Bernices Tisch stand stets ein rotes Plastikschild mit der Aufschrift »Reserviert«. Bei meinem letzten Besuch im Diner hatte es immer noch dort gestanden.

Obwohl ich die Geschichte nicht von Walt gehört hatte, bezweifelte ich nicht, dass sie sich genau so zugetragen hatte. Bernice war in ihrer Sitznische gestorben. Seitdem war der Diner bis auf wenige Ausnahmen geschlossen.

Falls Walt tatsächlich mit einer Frau getanzt hatte, dann musste ich mich fragen, ob die Lehrerin in Wahrheit nicht Bernice gesehen hatte. So wie ich Walt kannte, kam für ihn nur ein Geist als Tanzpartnerin infrage. In dieser Hinsicht glaubte ich eher an einen Geist, als an eine Frau aus Fleisch und Blut. Würde sich Walt wider Erwarten doch mit jemandem aus der Umgebung von Price treffen, hätte ich längst davon erfahren.

Nicht weit vom Diner entfernt versteckte sich Claire vor ihrem Mann. Aber sie war für Walt viel zu jung. Und außerdem verheiratet. Ich war mir ziemlich sicher, sie hielt sich ohne Erlaubnis in dem Haus auf. Vielleicht war sie, wie ich, durch Zufall auf Desert Home gestoßen. Weil sie in der Gegend niemanden kannte, war es für sie dort am sichersten. Und falls sie hier doch jemanden kannte, dann ganz bestimmt nicht Walt Butterfield. Niemand kannte Walt, selbst ich nicht. Wir kannten nur seine Geschichte. Das war die Wahrheit, und sie tat weh.

Am Montag oder in der Woche darauf würde ich Desert Home aufsuchen und Claire wäre fort. Ich würde auf der Veranda stehen oder auf dem Stuhl sitzen und ihr viel Glück wünschen. Vielleicht würde ich noch einmal das stumme Cello hören. Claire wäre dann eines von vielen Rätseln, die mich nicht zu interessieren hatten. Oder zu einem Rätsel werden, das mich bis an mein Lebensende nicht mehr losließ.

11

Der Regen hatte mich letztendlich gar nicht so viel Zeit gekostet. Tatsächlich erreichte ich das Logistikzentrum in der Nähe des Flughafens von Price sogar früher als sonst und parkte meinen leeren Truck hinter dem Zaun, gleich neben den Transportern von UPS. Ich erwiderte das müde Winken der mir bekannten Fahrer, darunter auch der Typ, mit dem ich Nadine erwischt hatte. Seitdem hatte er zweimal geheiratet und sich wieder scheiden lassen. Wenigstens er gab mir keine Rätsel auf.

Ich hatte die Hand schon am Türgriff meines Pick-ups, als eine Stimme meinen Namen über Lautsprecher ausrief und mich aufforderte, ins Büro des Station Supervisors zu kommen. Als mir das zuletzt passiert war, hatten einige hohe Tiere beschlossen, mir eine monatliche Miete abzuknöpfen, falls ich den überwachten Parkplatz weiterhin benutzen wollte. Die Chancen standen gut, dass sie sich eine neue Gebühr überlegt hatten. Aber die Chancen standen mehr als schlecht, dass ich diese auch noch würde bezahlen können.

Im Aufenthaltsraum der Fahrer, an dem ich vorbeimusste, herrschte bereits Feierabendstimmung. Eine Tagfahrerin rief mir die Frage entgegen, wieso ich morgens auf dem 191 Pfadfinder gespielt hätte. Ihre Route verlief in einer ganz anderen Richtung als meine. Neugierig geworden, blieb ich im Türrahmen stehen und fragte, woher sie wusste, was ich in den frühen Morgenstunden gemacht hatte.

»Tausend-Meilen-Larry.« Die anderen Fahrer brachen in Gelächter aus. »Im Umkreis von hundert Meilen hat jeder davon gehört. Soll so eine Outdoor-Tussi gewesen sein.« Man hörte ihre Zähne beinahe knirschen. »Auf'm Gesundheitstrip. Mit Mountainbike. Komisch, dass du angehalten hast. Musst dich ja sehr einsam fühlen. Oder hatte sie eine Panne oder so was in der Art?«

»Eher so was in der Art«, mischte sich eine Männerstimme ein. Sein Kommentar zog eine neue Runde Gelächter nach sich. Ein großer Typ mit gezwirbeltem Schnurrbart. Ich habe nichts gegen Witze von Leuten, die ich kenne. Ihn kannte ich nicht.

»Und wer bitte sind Sie?«, fragte ich.

Schlagartig verstummte das Gelächter. Durch die offenen Laderampen am Ende des Flurs drangen Geräusche herein: Dieselmotoren, Stimmen, das Dröhnen eines Düsenflugzeugs, das auf einer Landebahn in der Nähe aufsetzte. Im Aufenthaltsraum hatten plötzlich alle ein Rieseninteresse am Fußboden entwickelt. Ich machte einen Schritt nach vorne.

Da der Typ nichts erwiderte, sagte ich zu niemand Bestimmtem: »Ihr Auto war liegen geblieben, deshalb hab ich angehalten. Mehr nicht. Wenn noch jemand was dazu sagen möchte, höre ich mir das gerne an – draußen.«

Meine Bemerkung füllte die Stille im Raum.

Der Schnurrbart drängte sich an den anderen Fahrern vorbei und streckte mir die Hand entgegen. »Ich komme gerne mit raus. Aber zuerst möchte ich mich hier und jetzt entschuldigen.« Er stellte sich vor: Howard Purvis. »Hab hier letztes Jahr angefangen.« Ich ließ seine rechte Hand in der Luft hängen. Er war um die vierzig, rasierter Schädel, Oberarme wie Rinderkeulen. »Die Bemerkung tut mir leid. Ich wäre nächstes Jahr auch noch gerne hier. Meine Frau und die Kinder wollen das auch. Damit ich Geld nach Hause bringe.«

Ich schüttelte seine Hand. Die anderen Fahrer stießen den angehaltenen Atem aus. »Ben Jones«, sagte ich. »Ich wäre nächstes Jahr auch noch gerne hier.« Wahrscheinlich Wunschdenken, wie mir aufging.

»Können wir kurz unter vier Augen reden?«, fragte Purvis.

Wir gingen in den Flur. Er lehnte sich mit den breiten Schultern an die Wand. »Gegen halb sechs heute Morgen bin ich auf dem 191 Richtung Süden gefahren. Lieferung für eine Ranch. Diese Frau stand neben ihrem Wagen, Handy am Ohr. Der Motor lief, das hab ich am Auspuff gesehen. Die Motorhaube war nicht hochgeklappt, keine Warnblinker, sonst hätte ich die Highway Patrol gerufen. Außerdem hatte sie ja ihr Handy.«

»Und?«

»Und gestern hab ich sie auch schon gesehen. Ich will ja nichts sagen, aber da war sie noch keine Outdoor-Tussi.«

»Sondern?«

Einige Fahrer kamen aus dem Aufenthaltsraum und gingen vorbei, ohne uns anzuschauen. Purvis wartete, bis sie außer Hörweite waren. »Die Sache ist die«, sagte er. »Ich glaube, die hat auf Sie gewartet.«

Er ließ mich den Satz erst einmal verdauen, bevor er weitersprach.

»Gestern Nachmittag hab ich gesehen, wie sie im Einkaufszentrum in Joes Sportgeschäft rein ist. Ich hatte ein paar Läden weiter was abzuliefern. Danach war Joe dran. Gestern war sie noch blond. Kurzes Kleid. Rote High Heels, so hoch, dass man Nasenbluten kriegt. Genug Ausschnitt, dass der alte Joe sofort losgerannt ist, um ihr die Tür aufzuhalten. Sie ist an ihm vorbeigerauscht, als hätte sie in ihrem ganzen Leben noch keine Tür alleine aufgemacht.« Er lachte bitter. »Für die war Joe nur ein automatischer Türöffner.«

»Sicher, dass es dieselbe Frau war?«

»Ganz sicher. Ich will ja nichts sagen, aber für mich sah sie aus wie eine Scheidung, die noch auf den Gerichtstermin wartet. Sind Sie verheiratet?«

Ich schüttelte den Kopf. »Aber warum hätte sie auf mich warten sollen?« Mir fiel wieder ein, dass sie fast auf den Highway gerannt war, um mich anzuhalten.

»Hat sie ja vielleicht auch nicht«, sagte er. »Mir kam es aber so vor. Als ich bei Joe rein bin, war der zu sehr mit ihr beschäftigt, um seine Unterschrift auf den Lieferschein zu setzen. Ich musste warten. Sie hat alles gekauft, was sie heute Morgen anhatte. Sogar das Mountainbike und den Fahrradträger. Hat in bar bezahlt. Dabei machte sie den Eindruck, als könnte sie ein Mountainbike nicht von einem Dreirad unterscheiden. Hat einfach das Erstbeste gekauft. Boom boom«, machte er leise. »Kam mir komisch vor. Noch komischer fand ich's, als ich sie heute Morgen auf dem 191 gesehen hab, in einer Aufmachung, als käme sie direkt aus der Kellogg's-Werbung.« Er stieß sich von der Wand ab. »Mehr hab ich mit meiner Bemerkung nicht sagen wollen. War keine blöde Andeutung, Mr Jones. Geht mich alles nichts an. Und ich hätte mich nicht einmischen dürfen.«

Ich hielt ihm meine Hand hin, und er nahm sie. »Normalerweise würde ich auch sagen, das geht Sie nichts an. Aber ich bin froh, dass Sie's mir erzählt haben. Denken Sie dasselbe wie ich?«

»Ein Überfall?«

»Vielleicht hat sie die Lage gecheckt«, sagte ich. »Was sonst? Allerdings war die teuerste Fracht, die ich in den letzten zwanzig Jahren transportiert hab, der Kieferknochen eines Tyrannosaurus, den sie in der Nähe der 117 ausgegraben hatten.«

»Vielleicht hat jemand spitzgekriegt, dass Sie bald was Wertvolles transportieren sollen?« Wir überlegten kurz, dann sprach er aus, was wir beiden dachten. »Auf der 117 sind Sie ziemlich allein auf weiter Flur.«

»Mag sein. Aber ich werde nicht noch mal wegen ihr anhalten. Oder wegen sonst wem.«

Ich bedankte mich noch einmal und setzte meinen Weg durch das Labyrinth aus Gängen fort, an dessen Ende mich das Büro des Supervisors erwartete. Dabei dachte ich über vieles nach, vor allem über die Verwandlung der Frau. Ihre Geschichte, sie hätte Walt mit einer Frau im Diner tanzen sehen, fiel mir wieder ein. Was hatte das nun wieder mit der ganzen Sache zu tun? Die vermeintliche Lehrerin hatte behauptet, sie wäre heute früh aus Salt Lake City gekommen. Wenn das stimmte, wieso war sie dann gestern Abend schon auf der 117 gewesen?

Ich hatte keine Ahnung, was die Lehrerin vorhatte, aber eines wusste ich: Ihre nächste Unterrichtsstunde würde ohne mich stattfinden.

12

Der Station Supervisor war ein junger Typ mit Vertreterlächeln, das ihm bisher sehr nützlich gewesen war. Price war die zweite Stufe auf seiner Karriereleiter in ebenso vielen Jahren. Als ich in sein Vorzimmer kam, funkte die Empfangsdame mich gerade zum dritten Mal auf dem Pager an. Sie sagte, ich solle einfach reingehen, dabei stand ich bereits vor seinem gleißenden Glasschreibtisch. Ihr Chef telefonierte und bedeutete mir mit einem Nicken, mich hinzusetzen.

Auf dem Tisch befanden sich genau drei Gegenstände. Am wenigsten interessierte mich das Foto, auf dem er dem Firmenpräsidenten die Hand schüttelte. Offensichtlich war es nur für mich gedacht und jeden anderen, der ihm am Tisch gegenübersaß. Der Rahmen war so hingedreht, dass er von seinem Platz wegzeigte. Der zweite Gegenstand sollte wohl eine Gedächtnisstütze sein, für den unwahrscheinlichen Fall, dass jemand seinen Namen oder seinen Status vergessen hatte. »Robert A. Fulwiler, Station Supervisor«, eingraviert in ein Schild aus Bronze, das neben dem Foto Wache stand. Der Mann war ein Jasager. Während ich wartete, sagte er nämlich nur ein Wort ins Telefon: Ja. Mindestens fünf Mal, bei jeder Wiederholung mit mehr Überzeugung.

Er war vom vielen Jasagen völlig außer Atem, als er auflegte und mir ein weiß gebleichtes Lächeln schenkte. Gleich würde ich ihm etwas abkaufen, das ich weder wollte noch brauchte.

»Ben«, sagte er, »ich wollte Sie nur kurz was fragen: Wie ich weiß, lief es bei Ihnen in letzter Zeit nicht ganz so gut, aber nun könnte sich eine fantastische Gelegenheit ergeben. Interesse?«

»Nein.« Ich erhob mich vom Stuhl. »Aber danke, dass Sie an mich gedacht haben. Ich komme schon über die Runden.«

Sein Lächeln wurde nur noch breiter. »Ganz sicher? Sie würden sich ein paar Dollar dazuverdienen und müssten nichts tun, was Sie nicht sowieso schon tun.«

Ich blieb vor seinem Tisch stehen und lehnte noch einmal dankend ab.

»Machen Sie die Tür zu, Ben.« Weil ich mich nicht rührte, stand er auf und machte sie selbst zu. Er setzte sich auf den Stuhl neben mir. Jetzt waren wir nur noch zwei Männer, die sich wie Freunde unterhielten. »Ben, bitte setzen Sie sich doch.«

Ich setzte mich. Er kam gleich zur Sache, oder vielmehr, er nahm die Auffahrt zu der Straße, die auf direktem Weg zu seinem Anliegen führte. »Sie kommen also über die Runden?« Er schaute zu dem dritten Gegenstand auf dem Tisch, einem weißen Umschlag, auf dem mein Name stand. Allerdings machte er keine Anstalten, mir den Brief zu geben. »Haben Sie eine Ahnung, mit wem ich gerade telefoniert habe?«

»Hmm, Sie sind Station Supervisor. Da würde ich als Erstes auf Jesus tippen.«

Er schüttelte den Kopf, als hätte ihn meine Antwort gleichzeitig beleidigt und belustigt. Dann polierte er seine Zähne mit der Zunge.

Ich riet noch einmal: »Gott?«

Er nahm den Umschlag und hielt ihn fest. »Ben, ich versuche nur, Ihnen zu helfen.« Widerwillig rückte er den Brief raus. »Ich denke, Sie ahnen schon, was das ist.«

»Mit wem haben Sie denn nun telefoniert?«

Langsam kam er in Stimmung. Offenbar hatte ich mit meinen Vermutungen gefährlich nah am Schwarzen vorbeigeschossen. Er konnte es kaum noch abwarten, mir zu verraten, wer am anderen Ende der Leitung gewesen war. »Das war der Executive Vice President für PR und Kommunikationsstrategien vom Mutterkonzern in Atlanta.« Er konnte der Versuchung nicht widerstehen, noch einmal zum Telefon zu schauen. Womöglich hing dort noch etwas von der Macht des Anrufers in der Luft, das man einfangen, aufbewahren und später inhalieren konnte. »Wir haben heute Nachmittag schon zweimal miteinander telefoniert.«

»Wow«, sagte ich. »Zweimal.« Ich knickte den Umschlag und stopfte ihn in die Gesäßtasche meiner Jeans.

»Sie wollen den Brief nicht lesen, weil Sie schon wissen, was drin steht«, sagte er. »Ben, reden wir nicht länger um den heißen Brei herum. Ich weiß auch, was im Brief steht. Die beiden Herren von der Leasingfirma haben es mir gesagt, als sie ihn abgegeben haben. Es ist eine letzte Mahnung. Wenn Sie Ihre Leasingrate nicht in dreißig Tagen bezahlen, fordern die Ihren Truck zurück.«

»Tja«, sagte ich, als würde mich das Ganze nicht weiter kratzen. »Heutzutage müssen wir doch alle den Dollar zweimal umdrehen. Und das ist meine erste letzte Mahnung.«

»Außerdem haben die mir eine Klausel in der Vereinbarung gezeigt, die ihnen im Falle einer vorzeitigen Kündigung des Leasingvertrags das Recht gibt, Ihren Truck jederzeit auf unserem Firmengelände sicherzustellen. Ich kann Ihnen helfen, Ben. Sie müssen nur Ja sagen.« Ich erwartete, seine weichen rosigen Hände jeden Moment auf meinem Knie zu spüren. »Hören Sie sich das Angebot wenigstens an.«

Also hörte ich mir sein Angebot an, ließ seine Hände dabei aber keinen Moment aus den Augen. Wäre in meiner Brieftasche nur noch ein Schein gewesen, ich hätte ihn in einem meiner Stiefel versteckt. Er faselte etwas von einer einmaligen Chance, ohne zu erwähnen, für wen es eine einmalige Chance war.

Ein Fernsehproduzent wollte ein paar Tage lang bei einem Trucker mitfahren. Lief alles nach Wunsch, würde er mit einer kleinen Filmcrew wiederkommen. Für die Fahrt wollte er fünfhundert Dollar springen lassen. »Und das ist nur der Anfang«, sagte er geistesabwesend, als stellte er sich vor, die Hunderter würden nicht in meine, sondern in seine Hand gezählt werden. »Sie planen eine Dokuserie, die ab Herbst wöchentlich auf einem Privatsender laufen soll. Wenn's klappt, kriegt jeder Fahrer, der mitmachen darf, bis zu fünftausend Dollar.«

»Und was kriegen Sie?«

»Ich?« Er tat so, als hätte er seine Anwesenheit im Zimmer völlig vergessen. »Ach, ich? Nein, ich kriege gar nichts. Aber für die Firma wäre das natürlich Gratiswerbung. Wir sind auf jeden Fall dabei, Ben. Ob mit Ihnen oder ohne Sie.«

»Er will bloß mitfahren?«

»Richtig.«

»Wann würde ich das Geld kriegen?«

»Sobald der Fernsehproduzent in Ihren Truck einsteigt.«

Ich erinnerte ihn daran, dass es aus versicherungstechnischen Gründen verboten war, Beifahrer mitzunehmen.

»Das übernehmen wir«, versprach er. »Bei einem Unfall tragen wir sämtliche Kosten, sogar bei grober Fahrlässigkeit.«

»Die Firma bürgt für ihn? Egal, was passiert?«

»Zu hundert Prozent.«

»Warum ausgerechnet ich?« Die Frage konnte ich mir nicht verkneifen. »Ich bin bei Ihnen nicht mal fest angestellt, sondern habe nur einen befristeten Vertrag. Und jetzt erzählen Sie mir bloß nicht, Sie helfen mir, weil Sie mich so mögen.«

Zeit für den treuherzigen Welpenblick. Ich musste mich extrem zusammenreißen, um ihm nicht aufs Hinterteil zu schauen. Vermutlich wedelte er mit dem Schwanz.

»Was Sie hier leisten, Ben, das leistet sonst keiner.« Er legte eine wirkungsvolle Pause ein, bevor er wiederholte: »Keiner.«

Ich setzte mein schönstes *Donnerwetter!*-Gesicht auf.

»Im ganzen Land gibt es keinen zweiten Fahrer, der dieses besondere Verhältnis zu uns oder seinen Kunden hat. Ich habe Sie im Auge, Ben. Alle anderen Fahrer sind bei uns fest angestellt, nur Sie nicht.« Er meinte zu wissen, dass er mich am Haken hatte. Deshalb warf er den letzten Köder aus. »Ihr Vertrag soll nächstes Jahr verlängert werden, oder?«

Natürlich wusste er das ganz genau.

»Wenn das hier so läuft, wie die sich das vorstellen, ist die Erneuerung Ihres Vertrags quasi ein Selbstläufer. Eventuell können wir Ihnen sogar noch bessere Konditionen anbieten. Aber wenn Sie diese einmalige Chance ausschlagen wollen, dann sagen Sie es nur.« Er senkte den Kopf und verschränkte die Hände. »Mensch, Ben, wir alle hätten was davon. Auf der 117 sind Sie allein auf weiter Flur.«

Seit ich das Gebäude betreten hatte, hörte ich den Spruch nun schon zum zweiten Mal. Das gab mir zu denken.

Ich wartete ab. Besser als Hollywood. Gleich kam das große Finale. Er hob den Kopf und senkte die Stimme. »Wir wissen doch beide, wenn kein Wunder geschieht, halten Sie finanziell gesehen nicht bis zum Ende des Jahres durch. Womöglich nicht mal bis zum Ende des Monats.«

Nur für den Fall, dass ich es vergessen hatte, erinnerte er mich noch einmal daran, dass die Leasingfirma meinen Truck sicherstellen konnte.

»Das ist das Wunder, auf das Sie gewartet haben. Sie müssen nur Ja sagen.«

»Nein.« Ich konnte selbst kaum glauben, was gerade aus meinem Mund gekommen war.

Er war sich so sicher gewesen, mich in der Tasche zu haben, dass ihn meine Absage mitten in einem Siegerlächeln erwischte. »Was?«

»Ich lasse es mir am Wochenende durch den Kopf gehen. Wann brauchen Sie die endgültige Antwort?«

»Er kommt am Montag, aber …«

»Dann lasse ich es Sie am Montagmorgen wissen.«

Er erhob sich und kehrte auf die andere Seite seines Schreibtisches zurück. »Okay. Ich frag jemand anderes.«

»Bullshit«, sagte ich, ohne aufzustehen. Zur Abwechslung zeigte ich ihm jetzt mal die Zähne. »Hätten die einen anderen gewollt, hätten Sie längst mit ihm geredet. Ihr Vorgesetzter von der Zentrale hat aber ausdrücklich nach mir verlangt, stimmt's? Sie hatten darauf keinen Einfluss. Wetten, dass Sie versucht haben, ihm jeden anderen Fahrer schmackhaft zu machen? Ist doch so, oder, Bob? Sie haben doch nichts dagegen, wenn ich Bob sage?«

»Wollen Sie mehr Geld?«

»Nein«, erwiderte ich. »Ich brauche mehr Geld. Fünfhundert werden mir den Arsch nicht retten. Ein halbes Rettungsfloß reicht mir nicht. Wollen Sie mal hören, wie ich die Sache sehe? Diese Fernsehfritzen wollen einsame Straßen, kauzige Typen, dazu ein bisschen Wüstenromantik und goldene Sonnenuntergänge, weil sie die wogenden Weizenfelder und vereisten Highways bereits bis zum Erbrechen ausgeschlachtet haben. Vielleicht hat mich die Firma ausgesucht, weil ich ersetzbar bin. Ich kann mich blamieren, ohne die ganze Firma zu blamieren. Wenn ich nicht gut ankomme, sagt ihr einfach, der Typ gehört nicht zu uns. Und deshalb brauche ich bis Montag Zeit, bevor ich entscheide, ob ich mich und meine Kunden im Reality-TV bloßstellen will – denn darum geht's hier doch, oder, Bob? Für ein paar billige Lacher und noch billigere Tränen sollen wir ganz Amerika vorgeführt werden.«

Mit einem Mal ergab die Frau auf dem Highway einen Sinn. Die perfekt manikürten Fingernägel hatten sie eigentlich schon viel früher verraten. Sie hatten von Anfang an nicht in das Bild mit den Dinosauriern und Mountainbikes gepasst. »Und richten Sie der Frau vom Fernsehen aus, sie soll mir lieber nicht noch mal vor den Truck laufen«, sagte ich. »Wir sehen uns am Montag, Bob.«

Er ließ seinen Hintern in den ergonomisch geformten Ledersessel fallen.

»Oder besser, ich rufe Sie an. Sagen Sie einfach Ja, Bob.«

»Okay«, sagte er. »Wir machen es auf Ihre Art. Immer schön stur. Aber denken Sie daran, was Sie verdienen könnten – oder verlieren. Sie und die 117 sind echt füreinander geschaffen.«

Damit hatte er womöglich recht. Aber vermutlich dachte er dabei an etwas anderes als ich. »Bis Montag.« Ich drehte mich zur Tür.

»Eins noch«, sagte er. »Die Zentrale hat ein paar IT-Jungs vorbeigeschickt. Haben Sie neulich früh den Firmencomputer benutzt? Den aus dem Disponenten-Büro?«

Nun wurde ich doch noch laut. »Kommen Sie mir jetzt nicht mit dem beschissenen Computer, Bob. Ich darf ihn benutzen. Das steht in meinem Vertrag.«

Er rutschte mit dem Stuhl zurück und riss die Handflächen nach oben. »Hey, Ben, nun mal langsam. Die Jungs von der IT waren hier. Sie waren neugierig. Hab ihnen gesagt, ich frag mal nach. Das System wurde vor fünf Jahren installiert. Seitdem haben Sie den Rechner, wenn's hochkommt, zweimal benutzt. Hab mich nur gefragt, ob sich jemand anderes unter Ihrem Namen und mit Ihrem Passwort eingeloggt hat. Das war alles.«

»Ich hab nach dem Wetterbericht geguckt.« Das war das Erste, das mir einfiel. Auf keinen Fall würde ich ihm erzählen, dass ich ein vorübergehendes Interesse an Cellos entwickelt hatte, das nun schon wieder vorüber war. Jeder hätte sich darüber lustig gemacht. »In dieser Jahreszeit wird die 117 gern mal weggespült«, sagte ich schnell. »Mehr nicht. Ist das für Sie okay, Bob?«

Weil er nichts mehr erwiderte, verließ ich sein Büro und rauschte an der Empfangsdame vorbei. Wie mir ihr indignierter Gesichtsausdruck verriet, hatte sie in Gedanken bereits die ersten beiden Ziffern der 911 gewählt.

Ich war schon halb den Flur runter, da rief mir Bob hinterher: »Was für eine Frau eigentlich?«

Als ich am Aufenthaltsraum der Fahrer vorbeiging, kam Schnurrbart gerade aus der Tür. Ich beschloss spontan, dass er jetzt mein Freund war. »Howard, kannst du mir einen Gefallen tun?«

»Und zwar?«

»Hat dein Handy eine Kamera?«

Er nickte.

»Wenn du die Frau noch mal siehst, machst du dann ein Foto?«

»Ohne, dass sie es merkt? Dürfte ich hinkriegen. Wieso?«

»Ich glaube, ich weiß jetzt, was das heute Morgen sollte. Aber falls die Sache doch ernster ist und mir auf der 117 irgendwas zustößt, dann zeigst du der Highway Patrol das Foto und erzählst denen, was du mir erzählt hast, okay?«

Er nickte noch einmal.

Ohne ein weiteres Wort zu verlieren, gingen wir raus auf den Verladehof.

13

Als ich nach Hause kam, war es stockfinster. Schon die Fahrt war finster gewesen. In meiner Doppelhaushälfte war es ebenfalls finster. Wäre die Tür nicht ohnehin immer offen gewesen, hätte ich Mühe gehabt, das Schlüsselloch zu finden. Den Schlüssel hatte ich vor Jahren verloren, als ich noch getrunken hatte. Damals hätte ich das Schlüsselloch nicht mal mit einem Suchscheinwerfer gefunden. Ich versuchte mich zu erinnern, wann ich die letzte Stromrechnung bezahlt hatte. Mit angehaltenem Atem tastete ich nach dem Lichtschalter.

Sie hatte sich auf meinem Liegesessel ausgestreckt und schnarchte leise. Die Fußstütze war so weit wie möglich ausgefahren. In den abgelatschten Sohlen ihrer pinkfarbenen Chucks waren kleine Löcher zu sehen. Ich konzentrierte mich auf die Schuhe und versuchte, nicht auf den dunklen Rock zu achten, den sie aufgemacht und bis zur Taille hochgeschoben hatte. Die weiße Kugel ihres Bauchs ragte hervor. Darunter hielt sie die Hände verschränkt.

Ich deckte sie mit der alten, roten Indianerdecke von meinem Bett zu. Dann öffnete ich den Kühlschrank in der Hoffnung, dass die Essensfee kurz vorbeigeschaut hatte. Hatte sie nicht. Der spärliche Inhalt hatte das heiratsfähige Alter längst überschritten. Ich machte die Tür wieder zu. Zufrieden seufzend kuschelte sich Ginny in die Decke.

Auf der Anrichte sah man die Überreste ihrer Futtersuche. Sie hatte sich durch ein fast volles Glas Erdnussbutter, eine Schachtel Cracker und ein Päckchen Butter gearbeitet. Mit den Augen verfolgte ich die helle Krümelspur, die sich von der Anrichte über den schäbigen Teppich bis hin zum Liegesessel zog.

Als die Decke zum letzten Mal ein Baby eingehüllt hatte,

war ich das Kind gewesen. Meine Mutter hatte mich darin eingewickelt vor dem Krankenhaus des Indianerreservats Warm Springs in Oregon abgelegt. Diese Decke war das Einzige, das mich mein Leben lang begleitet hatte, in zwei Waisenhäuser und zu meinen Pflegeeltern, die mich im Alter von sechs adoptiert hatten. Und sie hatte all die Jahre gut überstanden. Jetzt deckte sie gleich zwei Kinder zu, eines im Bauch des anderen.

Mein Wohnzimmer, Esszimmer und die Küche waren ein und derselbe Raum. Ich holte mir einen linierten Schreibblock und machte mich auf die Suche nach einem Stift, bevor ich die billige Ziehharmonikamappe hervorkramte, in der ich sämtliche Rechnungen, Mahnungen und Zahlungsaufforderungen aufbewahrte. Sie war bis obenhin voll, unsortiert. Ich griff hinein, zog eine Handvoll Papier heraus und legte es auf den Küchentisch. Ein ungeöffneter Brief vom Finanzamt, in dem ich sicherlich aufgefordert wurde, die letzten beiden Quartalszahlungen meiner Einkommenssteuer zu zahlen, und drei Drohbriefe von der Firma, bei der ich den Truck geleast hatte. Ich nahm den Umschlag, den mir Robert A. Fulwiler, Station Supervisor, gegeben hatte, und warf ihn auf den Haufen. Rien ne va plus – ich war aus dem Spiel.

Ginny stöhnte im Schlaf. Sie bewegte die Hände unter der Decke, vermutlich versuchte sie das drückende Gewicht ihres Bauchs zu verlagern. Soweit ich wusste, war die Decke nicht gewaschen worden, seit sie gewebt worden war. Wann das gewesen sein mochte, hätte ich nicht mal schätzen können. Mr und Mrs Jones, meine schon etwas älteren, kinderlosen Adoptiveltern, waren so schlau gewesen, sie niemals anzurühren.

Das Thema Deckenwäsche war nur einmal aufgekommen. Beim Abendbrot, etwa ein Jahr, nachdem die Adoption durch war. Mrs Jones hatte gesagt, sie würde die Decke gern für mich waschen lassen. Ich erwiderte, wenn sie sie auch nur anfassen würde, würde ihr etwas Schlimmes zustoßen. Mr und Mrs Jones nickten bloß. Eine Drohung von einem Siebenjährigen war ernst zu nehmen, wenn nicht sogar gefährlich. Ich wollte wissen, ob sie auch Indianer wären. Mrs Jones sagte, sie wäre nur eine alte Frau, keine Indianerin. Mr Jones, ein schweigsamer Mann, meinte, über die Frage hätte er noch nie nachgedacht.

Sie fragten mich, ob es mich beschäftigen würde, das mit dem Indianersein. Eigentlich hatte es das nicht, wenigstens nicht, bevor ich die Schule im Reservat verlassen hatte und zu ihnen nach Utah gezogen war. Ich gab ihnen zu verstehen, sie sollten ja nie vergessen, dass ich ein Indianer war. Dabei hielt ich mich nur für einen, weil ich mit anderen Indianern auf eine Indianerschule gegangen war, ohne allerdings zu einem Stamm gehört zu haben. Ohne Stamm, ohne Eltern, war ich ein Ausgestoßener.

Jahre später, mit Anfang zwanzig, hatte ich versucht, etwas über meine leiblichen Eltern in Erfahrung zu bringen. Eine Schwesternhelferin im Ruhestand, die ich in Seattle anrief, erzählte mir, sie hätte an dem Tag im Krankenhaus gearbeitet, als man mich vor der Tür gefunden hatte. Einen Zettel oder Brief hatte es nicht gegeben. Aber sie erinnerte sich noch daran, dass eine Kollegin am frühen Morgen eine junge Frau, eine jüdische Sozialarbeiterin oder Studentin, vor dem Eingang gesehen haben wollte. Die junge Frau hatte als Ehrenamtliche in der Psychiatrie des Reservats gearbeitet.

»Bestimmt hat sich einer der Kerle dort an dem armen Mädchen vergriffen«, hatte die Schwesternhelferin gesagt.

Ich fragte sie, ob irgendjemand versucht hätte, die Frau ausfindig zu machen.

»Nein«, sagte sie rasch, um das Gespräch abzuwürgen. »Und falls doch, hab ich davon nichts gehört. Damals hat keiner Buch geführt, wer in den Reservaten Freiwilligendienst geschoben hat. Jedes junge Ding und jeder Weichbubi wollte den edlen Wilden helfen.«

»Also wissen Sie nicht, ob ich Indianer bin?«

»Es gibt keine Indianer mehr, Mr Jones. Nur noch Native Americans. Sie hatten den Kopf voller dicker, schwarzer Haare, schwarze Augen und rötliche Haut. Und Sie waren ein Riesenbaby. Wenn ich mich recht entsinne, über zehn Pfund. Wenn Ihre Mutter Sie allein zur Welt gebracht hat, was ich schwer vermute, dann hat sie sehr gelitten. Mehr kann ich dazu nicht sagen.«

Sie legte auf, ohne sich zu verabschieden oder mir Glück bei der Suche zu wünschen.

Das war alles, was ich jemals herausgefunden habe. Vielleicht war mein Vater Indianer und meine Mutter Jüdin, was vermutlich weiß bedeuten sollte. Im Lauf der Jahre sind meine Haare zu einem Dunkelbraun verblasst, obwohl sie bis heute voll und dick sind, und meine Haut wirkt immer gebräunt, als würde ich täglich in der Sonne liegen. Ich schoss in die Höhe, eins zweiundneunzig, ungewöhnlich groß für einen Native American oder Juden. Das Einzige, was mich zu einem Indianer oder Native American machte, war die rote Decke, die aber für mich nichts weiter war als eine rote Decke. Nach dem Gespräch mit der ehemaligen Schwesternhelferin hatte ich nicht weitergeforscht.

Ginny schaute mich aus einem verschlafenen Auge an. »Sorry, Ben. Bitte nicht sauer sein, ja?«

Ich erklärte ihr, ich wäre nicht sauer, aber sie könnte unter gar keinen Umständen bei mir wohnen. Ende der Diskussion. Augenzwinkernd fügte ich hinzu: »Aber dein Baby wird sauer auf dich sein. Nicht ohnmächtig werden, wenn er oder sie nachher aussieht wie eine Erdnuss.«

Sie öffnete beide Augen und streckte sich. »Wie spät?«

»Kurz vor neun. Wann musst du zur Arbeit?«

»Bald.« Sie gähnte und machte die Augen wieder zu. »Hast du schon nach einem zweiten Job für mich gefragt?«

Bevor ich antworten konnte, schnarchte sie schon wieder.

Als sie zur Arbeit ging, schlief ich, den Kopf auf dem Küchentisch, auf einem Kissen aus Papier. Gegen drei Uhr morgens wachte ich auf. Ich hatte solchen Hunger, dass ich mich ärgerte, weil ich das Geburtstagsmaisbrot der Lacey-Brüder weggeschmissen hatte. Aus purer Gewohnheit öffnete ich den Kühlschrank und erwartete das gleiche Bild wie immer. Falsch. Die Essensfee war schließlich doch noch da gewesen, als schwangerer Teenager verkleidet. Während ich geschlafen hatte, musste Ginny schnell in den Supermarkt gefahren sein. Jetzt hatte ich Brot, Eier und vier Päckchen Butter. Auf der sauberen Anrichte stand ein neues Glas Erdnussbutter und ein Paket gemahlener Kaffee. Die Crackerkrümel waren verschwunden, das Messer war abgewaschen und weggelegt, die Spüle geputzt und das leere Glas Erdnussbutter im Mülleimer entsorgt worden.

Ich drehte mich zum leeren Liegesessel. »Ist mir Wurscht«, sagte ich. »Du kannst nicht hier bleiben.« Im nächsten Moment fiel mir auf, dass die rote Decke weg war. Ich fand sie im Schlafzimmer, am Fußende meines Betts, dreimal gefaltet. Eine Sekunde später lag ich ebenfalls auf meinem Bett, noch angezogen und hungrig, aber voller Vorfreude auf das warme Frühstück, das mich nach dem Aufwachen erwartete, was hoffentlich noch lange hin sein würde. Den Termin in der Werkstatt hatte ich erst um zehn.

14

Ich verbrachte fast den gesamten Donnerstag in der Werkstatt. Während der Mechaniker meinen Truck checkte und nebenbei noch Notreparaturen bei anderen Fahrzeugen durchführte, trank ich Kaffee und blätterte uralte Ausgaben von *Vanity Fair, Guns & Ammo, Esquire, Easyriders* und *People* durch. Alle berichteten über Dinge, die für wesentlich reichere Menschen als mich vermutlich irrsinnig interessant waren. Aber die hatten vermutlich auch mehr Zeit als ich, um sich mit den schönen Dingen des Lebens zu beschäftigen. Wenn ich einmal frei hatte, zerbrach ich mir meistens den Kopf, wie ich meine Rechnungen bezahlen sollte. Und meistens tat ich es auch bei der Arbeit, genau wie am Freitag.

Am Wochenende verließ ich das Haus nur zweimal: Am Samstag, um mir einen neuen Stift zu besorgen, und am Sonntag, um mir einen billigen Taschenrechner zu kaufen. Mit dem ersten Stift hatte irgendetwas nicht gestimmt. In der Highschool war ich in Mathe ziemlich gut gewesen, aber die Zahlen, die bei meinen Berechnungen herauskamen, ergaben einfach keinen Sinn.

Auch der Taschenrechner half nicht weiter. Im Gegenteil, die Zahlen sahen noch schlechter aus. Selbst wenn jeder, der mir Geld schuldete, jeden Cent zurückgezahlt hätte, wäre ich immer noch mit über dreißigtausend Dollar in den Miesen gewesen: 32.993,18 mit dem Stift, 33.002,13 mit dem Taschenrechner. Allein für die laufenden Rechnungen brauchte ich zweiundzwanzigtausend. Vom Wohnzimmer bis ins Schlafzimmer lagen am Ende überall zusammengeknüllte Zettel herum. Einige hatten es sogar bis ins Bad geschafft.

Mir blieb nichts anderes übrig, als Ja zum Angebot von Robert A. Fulwiler zu sagen. Genauso gut hätte ich mich an einem Rettungsring festhalten können, an dem ein Anker hing. Die Vorstellung, der Filmcrew und den Fernsehzuschauern Einblicke in mein Leben und das der Leute an der 117 zu gewähren, machte mich krank. Ich konnte es nicht tun. Aber ich musste. Meine Kunden würden sicherlich auch nicht mitspielen. Die meisten hatten zwar weder Fernseher noch Computer, aber darum ging es gar nicht. Sie hatten sich bewusst für ein Leben in der Wüste entschieden. Sobald sie die Kamera sahen, würden sie das bisschen Vertrauen, das sie zu mir hatten, sofort wieder verlieren. Ich rief Fulwiler von der Telefonzelle neben dem Diner an. »Ich stell Sie mal eben auf Laut«, sagte Bob. »Mr Arrons sitzt neben mir. Hab ich richtig verstanden, Sie machen mit?«

»Hallo, hier Josh Arrons.« Die Stimme klang wie vom anderen Ende eines Tunnels. »Dann haben wir also einen Deal?«

»Nein«, sagte ich. »Wir haben einen Scheiß.«

»Warum reden wir dann überhaupt miteinander?«

»Sie dürfen mitfahren. Aber nur, wenn sich die Firma schriftlich für Sie verbürgt. Und für einen Tausender pro Tag. In bar.«

»Dann vergessen Sie's, Mr Jones.«

Bob mischte sich ein. »Mensch, Ben. Ein Tausender, um einen Tag lang in Ihrem beschissenen Truck zu sitzen?«

»Nein, Bob«, erwiderte ich. »Ein Tag in meinem Truck kostet nur hundert. Aber für neunhundert darf man neben mir sitzen, während ich ihn fahre.«

»Okay, Mr Jones«, sagte die Tunnelstimme. »Ich zahle fünfzig für den Truck und siebenhundert für Sie. Mein letztes Angebot.«

Ich dachte kurz nach. »Okay.«

»Dann haben wir jetzt einen Deal?«

»Nein«, sagte ich. »Noch nicht. Minimum drei Tage. Maximum vier Tage. Während ich die Lieferungen zustelle, bleiben Sie im Fahrerhaus. Sie reden nicht mit meinen Kunden. Sie machen von niemandem Aufnahmen, außer von mir. Aber auch da wär's mir lieber, Sie ließen es bleiben. Wenn Sie sich nicht genau an unsere Abmachung halten oder mich sonst wie nerven, setze ich Ihren Produzentenarsch irgendwo in der Wüste aus und lasse Ihnen zum Trinken nicht mal den Schweiß von meinen Eiern da.«

Ein paar Sekunden lang herrschte Schweigen. »Okay«, sagte er dann. »Mir gefällt das zwar nicht, aber abgemacht.«

»Dann setzen Sie einen Vertrag auf, in dem alles genau so drinsteht«, sagte ich. »Wir treffen uns morgen früh Punkt fünf Uhr beim Logistikzentrum. Sind Sie auch nur eine Minute zu spät, lasse ich Sie zurück wie einen feuchten Ölfleck.«

»Okay«, sagte er. »Haben Sie schon mal fürs Fernsehen gearbeitet?« Er lachte, und Bob lachte mit.

Ich hatte keine Ahnung, warum Mr Josh Arrons lachte, und hätte gewettet, dass Mr Robert A. Fulwiler, Station Supervisor, es genauso wenig wusste. Ihm war es egal, über wen oder was er lachte.

Mir nicht. Ich legte auf.

Ich hatte meine Seele nicht verkauft. Nur zugestimmt, jemanden gegen Bezahlung bei mir mitfahren zu lassen. Keine Verpflichtungen. Keine Versprechen. Bei den Geschichten über Leute, die ihre Seele an den Teufel verkaufen, war mir nie ganz klar, warum der Teufel der Böse sein sollte oder warum es in Ordnung war, ihn um seine Seele zu bescheißen. Schließlich bekamen die Leute im Gegenzug, was sie wollten: Ruhm, Geld, Liebe oder was auch immer – obwohl sich am Ende meistens herausstellte, dass sie in Wahrheit etwas ganz anderes gewollt hatten. Konnte man dafür dem Teufel die Schuld in die Schuhe schieben? Meiner Meinung nach nicht. Wie hatte John Wayne so schön gesagt: »Das Leben ist hart. Für Dummköpfe ist es noch härter.«

Ich wollte das Geld nehmen und den Typen bei mir mitfahren lassen, mehr nicht. Danach wäre die Sache für mich erledigt. Es ging nur darum, Zeit zu gewinnen. Am Ende wäre ich nämlich immer noch pleite und außerdem arbeitslos. Aber wenigstens hatte ich dann ein paar Scheine in der Tasche. Mit sehr viel Glück würde ich einen Weg finden, Ben's Desert Moon Delivery Service zu retten und hätte nebenbei noch ein paar Dollar verdient. Wie immer es ausgehen mochte, meine Seele durfte ich fürs Erste behalten.

Das redete ich mir zumindest ein, als ich vom Diner wegfuhr, und hoffte, spätestens Ende der Woche würde es mir wie eine kluge Entscheidung vorkommen. Sollte der Plan nicht aufgehen, würde ich nicht dem Teufel die Schuld dafür geben. Wenn wir Sterblichen für ein Wunder beten und tatsächlich eines erleben, warum gehen wir dann immer davon aus, dass Gott es geschickt hat? Wegen dem Haken. Wir glauben, wenn Gott ein Wunder schickt, gibt es keinen Haken. Aber Gott hat mehr Haken in petto als der Teufel. Der erzählt einem nämlich vorher, wo der Haken liegt.

Mein Trailer war voll bis oben hin. Selbst wenn ich mich beeilte und den Zeitplan einhielt, wäre ich nicht vor sieben Uhr abends wieder beim Logistikzentrum. Etliche Lieferungen hätten noch bis Ende der Woche warten können. Aber ich wollte an diesem Tag so viele wie möglich zustellen. Wenn der Fernsehfritze am nächsten Morgen bei mir einstieg, gäbe es für ihn den lieben, langen Tag nicht viel mehr zu sehen als die Landschaft.

Es war schon nach sechs, als ich den Truck in der Ausweich-bucht parkte und zum Hügel stiefelte, um Claire ihr Eis zu bringen.

Ich stellte mich unter den Torbogen von Desert Home. Sie erschien auf der Veranda und winkte mit dem Löffel, während ich den Abhang hinunterstieg. Den ganzen Tag über hatte sich die Sonne hinter einer dunklen Schicht Wolken versteckt, die die Hitze rein-, aber nicht wieder rausgelassen hatte. Ohne den leisesten Windhauch war die Luft sengend heiß und staubtrocken. Hätte ich ein Glas Wasser hochgeworfen, der Inhalt wäre verdunstet, bevor er auf dem Boden gelandet wäre.

Ich gab Claire das Krokant-Eis. »Sie müssen nicht sofort bezahlen, Ma'am. Ich setze es einfach bei Ihrem Mann auf die Rechnung.«

Sie setzte sich auf die Treppe. Fünf Minuten zuvor war das Eis noch gefroren gewesen. Jetzt hatte es fast die Konsistenz eines Milchshakes. Drei übervolle Löffel verschwanden in Claires Mund, bevor sie das Tempo so weit drosselte, dass sie etwas erwidern konnte.

»Danke, aber meine Rechnungen zahle ich selbst.« Sie nahm noch einen Löffel. »Als wir verheiratet waren, hab ich auch seine fast immer bezahlt. Stimmt nicht – schon, bevor wir verheiratet waren.« Das süße Eis milderte die Bitterkeit in ihrer Stimme nicht.

»Tut mir leid«, sagte ich. »Geht mich schließlich nichts an.«

»Heute zahle ich fürs Eis. Keine Almosen mehr. Wie viel?«

»Zehn Dollar.«

Sie zog zwei Zwanziger aus der Tasche des Jeanskleids, das sie schon am Freitag getragen hatte. »Zwanzig für diese und die erste Lieferung. Und noch mal zwanzig für die beiden, die Sie mir diese Woche noch vorbeibringen.«

Ich gab ihr einen Zwanziger zurück. »Diese Woche kann ich leider nicht mehr kommen.«

Sie nagte an ihrer Unterlippe. »Lohnt es sich nicht? Oder schon genug von mir?«

Ich überlegte kurz, ob ich ihr von dem Fernsehproduzenten erzählen sollte, entschied mich aber dagegen. »Viel zu tun«, murmelte ich. »Vielleicht nächste Woche wieder.«

»Bis dahin bin ich längst an Unterzuckerung gestorben.« Sie hielt sich die kalte Eispackung an die Stirn. »Diese verdammte Hitze.«

Ich ging in die Hocke. Jetzt waren wir auf Augenhöhe, nur etwa einen halben Meter voneinander entfernt. »Ich hab keine Ahnung, ob Sie wirklich Claire heißen, aber nehmen wir das mal an. Also, Claire«, sagte ich, »keine Ahnung, wie lange Sie schon hier sind. Keine Ahnung, wie Sie bisher durchgehalten haben. Ohne fließendes Wasser. Ohne Strom. Soweit ich weiß, ernähren Sie sich nur von Eiscreme. Ich glaube, in ein, zwei Tagen kehren Sie entweder zu Ihrem Mann zurück oder mieten sich irgendwo ein, wo es Klimaanlage und Zimmerservice gibt.«

»So schätzen Sie mich also ein?«

Ich stand auf. »Wenn Sie sich nicht bald eine neue Bleibe suchen, werden Sie hier draußen sterben. Ist es das, was Sie wollen? Falls ja, falls er Ihnen dermaßen wehgetan hat, dann sind Sie hier goldrichtig. Aber manchmal sind die Dinge gar nicht so schlimm, wie man im ersten Moment denkt.«

»Manchmal«, warf sie ein, »sind sie noch viel schlimmer.« Sie stellte den Eisbehälter auf die Veranda, stand auf und langte mit einer Hand ins Haus. Auf der Veranda ging das Licht an und wieder aus. »Mit dem fließenden Wasser haben Sie allerdings recht. Aber das Reservoir ist voll. Wenigstens noch für ein paar Wochen.« Sie zeigte nach Süden, zu der Stelle hin, wo ich vor ein paar Tagen die Luftspiegelung vermutet hatte. »Kommen Sie mit, Ben.« Sie nahm die Eispackung hoch und ging in Richtung der Luftspiegelung. Noch immer kopfschüttelnd wegen der unerwarteten Stromvorführung, folgte ich ihr.

Zum Glück war der Weg durch die sengende Hitze nicht weit. Wenige Minuten später standen wir auf einer Anhöhe und schauten auf eine große Fläche glitzernden Wassers.

»Das Reservoir reinigt sich von selbst. Das Wasser kommt aus den Bergen dahinten.« Sie zeigte zu einer Reihe nackter Steinzacken, etwa eine Meile entfernt. »Bei Regen füllt sich das Reservoir. Der Boden wurde leicht schräg eingebaut, damit Sand und Erde absinken können und sich in dem Absetzbecken dahinten sammeln. Das saubere Wasser wird in einer unterirdischen Zisterne aufgefangen.«

Ich war baff, weil es das Reservoir gab und Claire sich mit seiner Funktionsweise so gut auskannte. »Woher wissen Sie das alles?«

»Ich weiß es eben.«

Wir gingen zum Haus zurück. »Und der Strom?«

»Den produziert eine Solaranlage. Für den Notfall steht hinter dem Haus ein Gasgenerator. Mit vollem Tank. Den benutze ich aber nur, wenn es sich absolut nicht vermeiden lässt.«

Als wir beim Haus angekommen waren, hatte sich das Eis in eine Pfütze verwandelt. Claire kippte den Behälter neben der Veranda aus. »Wie Sie sehen, hab ich nicht vor, hier draußen zu sterben. Kann's nicht erklären, aber ich fühle mich hier wie zu Hause. Es gibt Momente, da bin ich hier glücklicher als je zuvor.«

»Und das Essen?«

»Für ein paar Tage reicht's. Nur Eis fehlt. Ich hab einen kleinen Kühlschrank. Damit kann ich zwar Essen oder Getränke kühlen, aber nichts einfrieren.«

»Dann bleiben Sie erst mal hier?«

»Gut möglich. Keine Ahnung. Wenn ich hier verschwinde, dann nur, weil es meine Entscheidung ist.«

Mir fiel eine letzte Hürde ein, die sie bisher nicht erwähnt hatte. »Auch wenn hier niemand mehr wohnt«, sagte ich, »gehört das Haus doch irgendwem. Er …«

»Oder sie«, unterbrach sie mich.

»Oder sie«, fügte ich hinzu, »könnte jeden Moment hier aufkreuzen. Was dann?«

»Sie machen sich zu viele Gedanken, Ben.«

Damit hatte sie recht. Normalerweise wartete ich so lange, bis ich in einer ausweglosen Situation steckte, und dann dachte ich erst einmal tagelang über alles nach. Ich musste endlich vorausdenken, so wie ich es gerade für Claire getan hatte.

»Na schön«, sagte ich. »Aber wenn der Eigentümer oder die Eigentümerin hier aufkreuzt, dann werden nicht Sie darüber entscheiden, ob Sie gehen müssen oder bleiben dürfen.«

Sie wirkte immer noch nicht beunruhigt. »Das wäre dann aber allein mein Problem, oder?«

»Ja, Ma'am.«

Wir schwitzten beide von der kleinen Wanderung und der Hitze. Feuchtigkeit hatte sich in den Fältchen um Claires Augen herum gesammelt. Etwas Dunkles flatterte über unseren Köpfen und drehte mit einem Fiepen ab. Totenstille. Während wir unter dem drückenden Himmel standen, konnte man beinahe den Schweiß aus unseren Poren sickern hören. Die Sonne ging unter und verwandelte die Hügelkette in dunkle Schatten. Ich wollte Claire küssen und merkte, wie ich mich, ohne es zu beabsichtigen, langsam zu ihr runterbeugte. Das dunkle Etwas kam zurück und schoss zwischen uns hindurch.

Sie machte einen Satz nach hinten und schlug mit der Hand in die Luft. »Was war das? Ein Vogel?«

»Eine Fledermaus.«

Sie zitterte. »Oh Gott!«

Das Verlangen, sie zu küssen, war vorbei. Mir fiel ein, warum ich eigentlich hier war und dass ich sofort wieder losmusste. Ich drehte mich zum Gehen. »Nicht vergessen«, sagte ich. »Sie sind hier glücklich.«

Offenbar stand sie darauf, mit dem Hinterherrufen so lange zu warten, bis ich mich in sicherer Entfernung befand. Als würde es ihr Spaß machen, mir beim Umdrehen zuzusehen.

»Ben!«, rief sie. »Ich würde ein paar Dollar drauflegen, wenn Sie mir am Samstag Eis vorbeibringen.«

Ich rief zurück, ich würde es versuchen, könnte aber nichts versprechen.

»Ben!«, rief sie noch einmal. »Passen Sie auf, dass ich nicht zur Konkurrenz gehe.«

Darauf gab ich keine Antwort. Sie rief noch einmal meinen Namen.

Sobald sie sich sicher war, dass ich zu ihr hinschaute, breitete sie die Arme aus, als wollte sie die heraufziehende Nacht umarmen. Klein und undeutlich, halb Körper, halb Schatten, stand sie am Rand der Veranda.

»Kinder der Nacht«, rief sie, Bela Lugosis Dracula schaurig-schlecht imitierend. Ihre Stimme echote durch die sandigen Straßen. »Kinder der Nacht. Ich liebe euch kleinen Scheißer!«

Als ich am Diner vorbeifuhr, war es drinnen dunkel. Niemand tanzte und allmählich bezweifelte ich, dass es jemals jemand getan hatte.

15

Josh Arrons wartete schon, als ich am nächsten Morgen beim Logistikzentrum ankam. Keine Ahnung, wie ich mir einen Fernsehproduzenten vorgestellt hatte, aber sicherlich über dreißig, was er bestimmt nicht war. Er hatte die blonden Haare zurückgekämmt, sodass seine Brillantohrstecker und die dunkle Sonnenbrille gut zur Geltung kamen. Ein fusseliger Ziegenbart hing an seinem Kinn. Josh Arrons war wahnsinnig dünn, wirkte insgesamt aber ziemlich fit. Er trug Klamotten, als hätte er sie aus den Mülleimern hinter dem örtlichen Eddie-Bauer-Outlet gezogen.

Er zeigte mir die Bürgschaft und den Vertrag, zählte die 750 Dollar in Fünfzigern ab, und ich unterschrieb die Quittung. Station Supervisor Bob schaute ihm dabei grinsend über die Schulter.

»Einsteigen«, sagte ich. »Wir müssen los.«

Aus mir schleierhaftem Grund wiederholte Bob meine Ansage.

»Kommen Sie auch mit, Bob?«, fragte ich. »Falls ja, hat sich der Preis soeben verdreifacht.«

Er grinste. »Nein«, sagte er dann, als hätte er tatsächlich kurz mit dem Gedanken gespielt. »Bin nur froh, dass wir drei uns einig geworden sind.« Er klopfte Josh auf die Schulter und ließ die Hand dort liegen. »War ja einiges an Fingerspitzengefühl nötig, stimmt's, Josh?«

»Stimmt, Bob.« Josh schaute auf Bobs Hand. »Aber jetzt können wir die Fingerspitzen wieder einpacken. Der Mann muss seinen Job erledigen.«

Plötzlich bestand Gefahr, dass ich Josh mögen könnte.

Während ich tankte, setzte Josh sich wortlos ins Fahrerhaus.

Weil ich bar bezahlte, bekam ich zusätzlich zu meinem Fahrer-Rabatt sogar noch Skonto. Erst als wir vom 191 auf die 117 abbogen, zog Josh sein Handy aus der Tasche. »Was dagegen, wenn ich mir Notizen mache?«

Ich verneinte. Er quasselte gute fünf Minuten ins Telefon. Tag und Uhrzeit des Fahrbeginns, Adresse des Logistikzentrums, Kraftstoffmenge, sogar die Durchschnittsgeschwindigkeit und die ungefähre Uhrzeit, zu der wir auf die 117 aufgefahren waren. Zum Schluss sagte er: »Fahrer: Ben Jones, Eigentümer von Ben's Desert Moon Delivery Service, Price, Utah.«

Gründlich war er, das musste man ihm lassen.

Als wir am Diner vorbeifuhren, sagte er: »Sieht interessant aus. Halten Sie da manchmal?«

»Wenn's sein muss.«

»Der Laden kommt mir bekannt vor.«

Ich lachte. Es war nichts dabei, ihm von der Filmkarriere des Diners zu erzählen. Mehr Informationen bekam er allerdings nicht von mir. Kein Wort über Walt, Bernice oder die Motorräder. Er hörte mir aufmerksam zu, genauso wie sein Handy, das er unauffällig in meine Richtung hielt.

»Den Besitzer würden Sie mir wohl nicht vorstellen?«

»Nein«, sagte ich. »Selbst wenn ich wollte, würde er die Tür vermutlich nicht aufmachen. Hier gibt's keine Story. Nur einen griesgrämigen, alten Mann.«

Josh wollte wissen, wie alt Walt sei. Obwohl ich es genau wusste, ließ ich mir mit der Antwort Zeit. »Irgendwas zwischen achtzig und hundert.«

»Wetten, der kann Geschichten erzählen!«

»Mag sein, aber niemand wird sie je zu hören bekommen. Sein Gedächtnis ist nicht mehr das beste. Würde mich nicht wundern, wenn er jeden Moment abtritt.«

Josh hielt sich peinlich genau an unsere Abmachung. Er stellte kaum Fragen und ich beantwortete noch weniger.

Die Meilen in der Wüste glitten unter uns dahin, während er in seinem Handy Dinge festhielt, die mir schon längst nicht mehr auffielen, etwa dass sich der Boden in ebenmäßigen Wellen von der Mesa bis zur Wasatchkette erstreckte. Auch fand er es erwähnenswert, dass ab einem bestimmten Punkt weder Meilensteine noch Strom- oder Telefonmasten am Straßenrand standen. Seine gespannte Aufmerksamkeit ließ nicht eine Minute nach. Hielt ich an, um die wenigen Lieferungen zuzustellen, blieb er im Fahrerhaus sitzen und sank tiefer in den Sitz, bis er von draußen fast nicht mehr zu sehen war.

Um die Mittagszeit herum schaute Josh lange aus dem Fenster. Hin und wieder schüttelte er den Kopf. Irgendwas schien ihn zu beschäftigen.

»Was sehen Sie da draußen?«, fragte ich.

»Es ist eher das, was ich nicht sehe.«

»Fragen Sie einfach.«

»Keine Straßenschilder. Keine Strommasten. Und …«

»… keine Briefkästen«, beendete ich den Satz.

Er nickte. »Wird die Post hier draußen nicht zugestellt?«

Der schlaue, kleine Beobachter. »Doch«, sagte ich. »Der Postbote fährt von Rockmuse bis zum 191. Aber hier benutzt niemand die Post.«

»Niemand?«

»In der Nähe von Rockmuse schon. Aber hier draußen kommt keiner auf die Idee.«

»Und warum nicht?«

Es war nichts dabei, es ihm zu erklären, nur reichte das, was ich dazu sagen konnte, kaum als Erklärung aus.

Die Leute an der 117 brauchten mich und ich brauchte sie.

So einfach war das. Warum sie mich brauchten, ließ sich hingegen nicht so leicht erklären. Vieles, was ich ihnen gegen eine faire, aber nicht unerhebliche Gebühr lieferte, hätte die U.S. Mail entweder umsonst oder wesentlich billiger zugestellt.

Ich zuckte mit den Schultern. »Das weiß keiner.«

»Aber es muss einen Grund geben.«

»Das glauben Sie«, erwiderte ich. »Für die Leute hier macht das alles Sinn, für Außenstehende wohl eher nicht. Als wären hier alle miteinander verwandt, was sie nicht sind. Sie misstrauen sämtlichen staatlichen Behörden.«

»Also haben sie was gegen den Staat?«

»Scheiße, nein.« Ich lachte. »Sie reden nicht mal mit dem Nachbarn. Die sind sich in nichts einig, außer darin, dass sie in Frieden gelassen werden wollen. Sie haben was gegen alles und jeden.«

»Es muss mehr dahinterstecken.«

»Wenn ja, hab ich keine Ahnung, was es sein könnte«, sagte ich. »Sie wollen es nicht anders, da fragt man dann besser auch nicht nach. Jeder weigert sich stur, einen Briefkasten aufzustellen. Und nach dem Gesetz darf die Post ohne Briefkasten keine Sendung ausliefern.«

Josh war überzeugt, ich würde mich über ihn lustig machen. »Hören Sie auf, Mr Jones. Ich falle auf so was nicht rein.«

»Müssen Sie auch nicht«, sagte ich. »Natürlich können sich die Leute ihre Sendungen postlagernd schicken lassen.«

»Dachte ich's mir doch.«

»Dann denken Sie lieber noch mal scharf nach.«

Josh hörte zu und schüttelte hin und wieder den Kopf. Wahrscheinlich hätte ich genauso reagiert, wenn ich die Dinge nicht schon vor langer Zeit so akzeptiert hätte, wie sie nun mal waren.

Postlagernde Sendungen wurden in der kleinen Postfiliale in Rockmuse aufbewahrt. Wie man sich denken konnte, wurden diese Sendungen nur in unregelmäßigen Abständen abgeholt. In einigen Fällen waren es Abstände von Jahrzehnten, obwohl der Filialleiter des Postamts genau wusste, dass der Empfänger noch lebte, weil er ihn an der Post vorbeigehen oder -fahren sah, und das nicht nur einmal im Jahr.

Josh gegenüber erwähnte ich nicht, dass auch Walt Butterfield bei diesem Spielchen, wenn man es so nennen wollte, mitmachte. Eine Postadresse musste der Well-Known Desert Diner schon wegen des Gewerbescheins haben, den Walt jedes Jahr gewissenhaft erneuern ließ und im Laden an die Wand hängte. Obwohl der Diner näher an Price lag, war er unter einer Adresse in Rockmuse eingetragen. Einen Briefkasten oder Briefschlitz suchte man jedoch vergeblich.

»In der dunklen Vergangenheit der Wüste«, fuhr ich fort, »hatten die Leute womöglich gute Gründe für dieses eigenartige Benehmen. Heute weiß niemand mehr, warum. Und wie bei vielen Dingen, die man sich nicht erklären kann, hat man auch bei uns irgendwann aufgehört, sich darüber zu wundern, und sich einfach damit abgefunden. Hier draußen nehmen wir solche Rätsel hin, indem wir sie als ›Tradition‹ bezeichnen.« Ich zwinkerte Josh zu. »In der Wüste wimmelt es nur so von Traditionen. Und ich gebe Ihnen einen Rat: Brechen Sie niemals mit einer Tradition. Vor allem nicht hier draußen.«

Josh stellte keine weiteren Fragen zum Postsystem. Aber es schien ihn doch zu beschäftigen. Während der nächsten Stunde starrte er aus dem Fenster, schüttelte alle paar Minuten den Kopf und lächelte in sich hinein. Ich hatte alles gegeben, um ihm den Tag möglichst langweilig zu gestalten. Dabei hätte ich mich gar nicht anstrengen müssen, wie mir klar wurde. Die meisten Leute fanden meinen Tagesablauf extrem langweilig. Und manchmal ging es mir nicht anders.

Um halb vier waren wir bereits auf dem Rückweg nach Price.

»Sie haben mich gar nicht gefragt, wie ich zu meinem Job gekommen bin«, sagte ich.

»Okay.« Er schaute aus dem Fenster, machte aber keine Anstalten, meine Geschichte mit dem Handy aufzunehmen. »Wie sind Sie zu Ihrem Job gekommen?«

»Wie heißt es so schön: Zeigen, nicht beschreiben. Ich werde beides tun«, sagte ich. »In ein paar Meilen halten wir an und ich nehme Sie mit auf große Besichtigungstour. Dann können Sie sich auch mal die Beine vertreten.«

»Weiß nicht, ob das was wird. Die sind mir nämlich schon heute Morgen um zehn eingeschlafen.«

Ich lenkte den Truck auf den schmalen Seitenstreifen und achtete darauf, nicht zu weit in den Graben zu fahren. Der Platz reichte kaum aus, um den Wagen sicher zu parken. Auf mein Nicken hin sprang Josh aus dem Fahrerhaus. Der Wind wehte Wüsten-Beifuß vor seine nagelneuen Trekkingstiefel und das Kraut blieb an den Schnürsenkeln haften. Er stand da, als würde er von einem wilden, aber zutraulichen Tier angegangen.

»Also hier hat Ihre Karriere als Wüsten-Trucker begonnen?«

Ich sagte, er solle mitkommen. Alle paar Schritte blieb er stehen und versuchte, den Beifuß abzuschütteln. »Genau da.« Ich zeigte auf ein Kreuz, das in einem Steinhaufen steckte.

»Ist hier jemand gestorben?«

»Zwei Männer.« Der Richtigkeit halber fügte ich hinzu: »Eigentlich sind sie da hinten gestorben.« Ich zeigte nach Nordosten. »Etwa eine halbe Meile weiter, auf einer Zufahrtsstraße, die nirgendwo hinführt, außer zu einem steilen Abhang und hundert Meilen Ödnis.«

Ich erklärte ihm, Rockmuse wäre bis zur Schließung des Kohlebergwerks ein blühendes Städtchen gewesen. »Gleich nach der Highschool bin ich für die Utah Express Provisioners die Strecke Price-Rockmuse gefahren. Fast fünf Jahre lang, fünf Tage die Woche. Von Eselfohlen bis Hochzeitstorten hab ich alles transportiert. Als das Bergwerk zugemacht hat, zog sich auch das Fuhrunternehmen zurück und hat mich entlassen. Danach haben die Leute an der 117 mich angerufen oder auf der Straße angehalten, wenn sie was zu transportieren hatten. Gefahren bin ich mit meinem Pick-up plus Anhänger – etwa ein halbes Jahr lang, meistens an den Wochenenden.«

»Waren die beiden Toten ebenfalls Trucker?«, fragte Josh.

»So ungefähr. Der eine ist für UPS gefahren, der andere für FedEx. Im Dezember des Jahres, in dem das Bergwerk geschlossen wurde, haben sie sich im Schneesturm verfahren. Die Straße haben sie zwar nicht wiedergefunden, aber immerhin haben sie sich gegenseitig gefunden. Arm in Arm sind sie im Lieferwagen von UPS erfroren. Das Rettungsteam hat über einen Monat nach ihnen gesucht.«

»Kommt mir ganz schön lang vor.«

»Ach ja?«, sagte ich. »Schauen Sie mal auf Ihr Handy. Haben Sie ein Netz?«

Josh schaute nach und schüttelte den Kopf.

»Wenn überhaupt, hat man hier nur unregelmäßig Empfang. GPS und Funk funktionieren auch nicht viel besser. Nicht mal Satellitentelefone. Diese Wüste ist ein Bermudadreieck aus Sand und Steinen. Hab mal gehört, das käme von der Mesa und irgendwelchen magnetischen Erzen. Jemand anderes meinte, das liegt an den Sonnenflecken. Ich persönlich glaube ja, Außerirdische haben irgendwo da draußen einen geheimen Stützpunkt errichtet und stören sämtliche Sender.«

Josh ertappte sich selbst bei einem Nicken und grinste mich von der Seite an. »Klingt einleuchtend.«

»Mindestens so einleuchtend wie alles auf dieser Welt«, sagte ich. »Ich finde mich hier jedenfalls mit gesundem Menschenverstand und meinem Glücksstern einigermaßen zurecht. Und das seit fast zwanzig Jahren. Die beiden Mormonen«, fuhr ich fort, »waren so steif gefroren, dass man sie nicht voneinander trennen konnte. An dem Abend, als das Suchteam sie fand, herrschten minus sechzehn Grad. Bis der Rettungshubschrauber kam, war es mitten in der Nacht. Man musste sie in einem Stück transportieren. Sie hingen wie die Eisstatue eines Liebespaars unten im Cargo-Netz. In Price erinnern sich noch viele an die Nacht, als der Hubschrauber in die Stadt flog und seine schaurige Fracht vor dem Vollmond hin und her pendelte.«

Josh zuckte zusammen. »Gott, ist das schrecklich.«

Ich konnte mir ein Grinsen nicht verkneifen. »Allerdings«, begann ich, »konnte man in der Nacht den Mond gar nicht sehen. Aber wenn ein tragischer Unfall auf die blühende Fantasie gelangweilter Leute trifft, helfen keine vernünftigen Argumente. In Price ist das so wie beim Mord an John F. Kennedy oder Nine-Eleven. Jeder kann dir ganz genau sagen, wo er war und was er gemacht hat, als der Hubschrauber über die Stadt geflogen ist. Ach, noch was.«

Josh schaute mich verunsichert an. »Ja?«

»Der Hubschrauber ist nie über Price geflogen, sondern auf dem kleinen Flugplatz vor der Stadt gelandet. Die Leichen wurden in einem Hangar aufgetaut und zwei Tage später in verschiedenen Krankenwagen zur Leichenhalle transportiert.«

Ich fing an zu lachen. Josh lachte mit. »Verrückt«, sagte er. »Ist das die Geschichte zu Ihrem Logo?«

Ich hatte auf beide Seiten meines Trailers einen Vollmond malen lassen, vor dem ein Hubschrauber mit Cargo-Netz schwebte. »Eine Woche danach haben sich FedEx und UPS bei mir gemeldet und mir einen Jahresvertrag angeboten. Ich kriege eine monatliche Pauschale. Nicht viel. Es reicht gerade für die Miete. Auf lange Sicht hat sich die 117er-Route für die nicht mehr rentiert. Und nach dem schrecklichen Tod der beiden Fahrer haben sich die Leute nicht gerade um den Job gerissen. Das Logo soll mich vor der Arbeitslosigkeit schützen. Ich will nicht, dass UPS, FedEx oder sonst wer die Geschichte jemals vergisst. Aber die Gegend hat schon lange den Ruf weg, dass hier merkwürdige Dinge geschehen.«

»Zum Beispiel?«

»Einmal war ein Pfadfindertrupp eine Woche lang verschwunden. Am Ende sind die Jungs gesund und munter wieder aufgetaucht, aber keiner von ihnen wusste, was passiert ist. Ihre erwachsenen Begleiter wurden nie wieder gesehen. Touristen und Camper wurden als vermisst gemeldet und nie gefunden. Trucks mitsamt Fahrern verschwinden auf Nimmerwiedersehen. Einmal sogar ein Deputy. Man fand lediglich das Blaulicht seines Streifenwagens. Natürlich werden hin und wieder UFOs gesichtet. Meistens von ein und derselben Person.«

Josh kam mir langsam auf die Schliche. »Lassen Sie mich raten: von Ihnen?«

»UPS und FedEx haben mir den Vertrag noch aus einem anderen Grund angeboten.«

Josh zog eine Augenbraue hoch. »Weil Sie die Gegend und die Leute gut kennen?«

»Weil ich keine Familie hab und sich niemand einen Scheiß interessiert, was mit mir ist, ob hier draußen oder sonst wo. Außerdem bin ich kein Mormone, was darauf hinausläuft, in Utah keine Verwandten zu haben. Wenn ich verschwinde, würde man die Suche nach mir nach einer Minute einstellen. Man würde keinen Hubschrauber schicken, um meine Leiche aufzulesen. Darauf können Sie Gift nehmen.«

Offenbar hatte Josh keine weiteren Fragen. Mir fiel auch nichts mehr ein. Schweigend standen wir vor dem Kreuz.

»Nett von Ihnen, dass Sie das Denkmal errichtet haben«, sagte er in die Stille hinein.

»Meins war schöner«, sagte ich. »Leider hat eine der Witwen das anders gesehen. Ein halbes Jahr, nachdem man die Leichen gefunden hatte, hab ich hier draußen eine Frau gesehen. Es war Frühling, so wie jetzt, hier und da ein paar Farbtupfen – Wüstenblumen, die sich vor dem Sommer im Boden festkrallen. Ich hielt die Frau für eine der Witwen. Um ihr mein Beileid auszusprechen, bin ich ausgestiegen. Dachte, sie würde sich freuen und sich bei mir bedanken, weil ich für ihren Mann und den anderen Fahrer eine Gedenkstätte errichtet hatte. Hat mich ein paar Stunden meiner freien Zeit gekostet. In einem Secondhandladen in Price hatte ich ein schönes Kreuz gefunden. Na ja, kein richtiges Kreuz, aber mir hat's gefallen.«

Josh ging zum Steinhaufen und legte eine Hand auf das Kreuz. »Hübsch.«

»Ist aber nicht das, was ich hingestellt hab. Statt sich bei mir zu bedanken, hat die Frau mich eine halbe Stunde lang angeschrien. Wie sich herausstellte, hatte ich einen Davidstern gekauft. Hübsch war er, aber leider kein Kreuz. Sie hat mir einen langen Vortrag gehalten, ihr Mann wäre Mormone gewesen und Kreuze und Sterne wären nicht dasselbe.«

»Wow. Im Ernst?«

»Ja. Zu guter Letzt hat sie den Stern umgetreten und ein paar Steine aus dem Fundament gerissen. Wissen Sie was über Mormonen?«

»Nicht viel«, sagte er. »Ich weiß mehr über Juden.« Er tätschelte das Kreuz. »Aber wahrscheinlich sollte ich über die noch viel mehr wissen.«

»Sind Sie Jude?«, fragte ich. Auf sein Nicken hin erklärte ich, meine Mutter sei ebenfalls Jüdin. »Wenigstens hat man mir das erzählt.«

Das Thema schien ihn zu interessieren. »Genau genommen«, sagte er, »sind Sie, wenn Ihre Mutter Jüdin war, auch Jude. Es gibt bestimmt nicht viele jüdische Trucker.«

»Wieso nicht?«

Entweder konnte oder wollte er meine Frage nicht beantworten.

Ein Punkt für mich. Ich lief langsam warm. »Wussten Sie, dass die Ehe bei den Mormonen nicht automatisch mit dem Tod endet? Die meisten wissen das nämlich nicht.«

Davon hatte er noch nie gehört.

»Die Ehe wird für die Ewigkeit geschlossen. Können Sie sich das vorstellen? Für die Ewigkeit! Jedes Mal, wenn ich am Kreuz vorbeikomme, muss ich an den armen Mormonen denken. Nicht weil er gestorben ist, sondern wegen seiner Witwe. Wie die sich wegen des Kreuzes aufgeführt hat! Ich stell mir immer vor, er sitzt im Mormonen-Himmel und versucht noch ein bisschen Spaß zu haben, bevor sie kommt und ihm die Ewigkeit zur Hölle macht.«

Josh lachte. »Meine Eltern sagen immer, einige Ehen kommen einem vor wie die Ewigkeit.«

»Schwierige Ehe?«

»Wenn man die beiden nur davon reden hört, ist das schon die Hölle.« Josh lachte noch einmal. »Bei mir ist das natürlich anders.«

»Natürlich.«

Den kurzen Weg zum Truck legten wir schweigend zurück. Im Fahrerhaus schaute Josh mich an. »Für die Ewigkeit? Verdammt. Und ich dachte immer, Juden wären Masochisten.« Er hatte von dem Kreuz keine einzige Aufnahme gemacht. Aus Rücksicht, nahm ich an. Das gefiel mir. Doch dann fragte er: »Sie wissen doch, was Masochist bedeutet?«

Ich erwiderte, ich würde es vermutlich wissen, wenn ich, wie man mir nahegelegt hatte, die sechste Klasse wiederholt hätte.

»Tut mir leid«, sagte er. Seine Entschuldigung machte mich noch wütender.

Den Rest der Fahrt zum Logistikzentrum hielt er die Klappe. Für einen kurzen Moment hatte ich geglaubt, er hätte aus lauter Rührung vergessen, ein Foto vom Kreuz zu schießen. In Wahrheit hatte es ihn wohl einfach nicht interessiert. Letztendlich war mir das auch egal. Zum Abschied hoben wir nur kurz die Hand.

Bob lauerte schon. Ich bekam mit, dass er Josh zum Steakessen einlud, damit er seine »bessere Hälfte« kennenlernte. Josh wirkte müde, schließlich hatte er den ganzen Tag lang verschiedene Brauntöne studiert und gegen das grelle Sonnenlicht angeblinzelt. Ich hätte gewettet, er würde in ein, zwei Stunden mit dem Gesicht nach unten in seiner Ofenkartoffel liegen.

Ich schob die Hand in die Hosentasche meiner Jeans und tätschelte den Löwenanteil der Fünfziger. Mein Plan für morgen unterschied sich nicht groß vom heutigen Tag, außer dass ich ihn mit einem Schuss Abenteuer in Form einer Truck-Wäsche würzen wollte. Vielleicht hielt Josh noch ein oder zwei

Tage durch, bis er die einmalige Chance und das Geld wieder einpackte und schreiend nach Los Angeles zurückrannte.

Ich gönnte mir ein Essen in einem billigen Restaurant voller rotzfrecher Kinder samt Eltern, die sich ausdruckslos anstarrten. Im Restaurant kannte ich niemanden. Das Gedeck auf der anderen Seite des Tisches wirkte wie eine stumme Aufforderung, mich zu unterhalten. Ich kam ihr nicht nach. Stattdessen zog ich die zerknitterten Scheine aus der Tasche und zählte sie ein ums andere Mal, in der Hoffnung, es würde doch noch eine Summe dabei herauskommen, die mein Schicksal zum Besseren wenden konnte.

Während ich lustlos in meinem Essen herumstocherte, leerte sich der Laden und die Kellnerinnen fingen an, neben der Küchentür Witze zu reißen. Ein kleiner, mexikanisch aussehender Mann fuhr mit einem lauten Staubsauger über den schmutzigen Teppich, der sich strikt weigerte, seine Flecken herzugeben.

Ich fühlte mich mickrig und ließ ein üppiges Trinkgeld da.

16

Josh wirkte völlig übermüdet, als er am nächsten Morgen zu mir ins Fahrerhaus stieg. Er hatte ein Tragetablett aus Karton dabei, in dem zwei Pappbecher mit Kaffee steckten. »Was machen wir heute?«

Ich nahm den Kaffee entgegen. Es war nur eine Geste, ohne große Bedeutung, und ich rechnete sie ihm vermutlich höher an, als nötig gewesen wäre. »Bis ich mein Geld kriege«, sagte ich, »machen wir gar nichts.«

Er reichte mir einen Umschlag, den ich, ohne reinzuschauen, aufs Armaturenbrett warf. »Um ihre Frage zu beantworten«, sagte ich. »Nicht viel.« Der Truck zuckelte vom Parkplatz in die frühmorgendliche Dunkelheit. »Manchmal fängt der Spaß nie an.«

Josh machte die Augen zu. »Müssen Sie sich eigentlich immer aufführen wie ein Arsch?«

»Ich führe mich nicht wie ein Arsch auf. Ich führe Ihnen nur meinen schillernden Charakter vor.«

»Ach? Dann sind Sie wohl ein schillernder Arsch«, erwiderte Josh, ohne die Augen zu öffnen.

»Wie war das Essen mit Bob und seiner besseren Hälfte?«

Er stöhnte und führte den Kaffeebecher blind zum Mund. Er nippte kurz und schluckte schwer. »Unsäglich. Wissen Sie eigentlich, wie viel ein massiver Holzfußboden kostet? Ich jetzt ja. Und ich werd's nie mehr vergessen. Er hat's mir dreimal erzählt. Eigentlich hat er alles dreimal erzählt. Seine Frau hat die ganze Zeit nur gelächelt. Muss auf Tabletten sein.«

»Hatte keine Ahnung, dass sie krank ist.«

»Anti-Bob-Pillen. Wenn nicht, sollte sie sich schnell welche besorgen. Sobald ich wieder zu Hause bin, gehe ich vor meiner

Frau auf die Knie und küsse ihr die Füße. Und danach küsse ich unserem Kleinen die Füße. Dieser verdammte Job geht mir mächtig auf die Eier.«

»Sie sind doch bestimmt oft auf Reisen.«

Ein, zwei Minuten lang sagte keiner von uns ein Wort. Der Kaffee in seiner Hand geriet in gefährliche Schieflage. Josh sah aus, als wäre er eingeschlafen. Ich nahm ihm den Becher aus der Hand und stellte ihn in die Getränkehalterung.

»Ich reise so gut wie nie«, murmelte er schläfrig. »Ich sitze in meinem Laden und die Leute kommen zu mir. Keine Ahnung, wieso ich mich hierzu hab überreden lassen. Nie wieder.«

»Sie steigen aus dem Showbusiness aus?«

»Wie?«

»Oder wie Sie es sonst nennen. Fernsehgeschäft. Unterhaltungsindustrie.«

Er riss den Kopf hoch und die Augen auf. »Hä?« Sein Blick wirkte ängstlich und orientierungslos. »Bin ich etwa eingenickt?«

Die Frage konnte ich ihm nicht beantworten. »Sie haben gesagt, Sie würden in Ihrem Laden sitzen. So nennen Sie wohl Ihr Büro? Ach, und Sie haben Ihrer Frau die Füße geküsst. Dann haben Sie ihr, begleitet vom Chor der Engel, langsam das Kleid hochge…«

»Leck mich!«, fuhr er dazwischen, lehnte sich wieder zurück und schloss die Augen.

»Gehen Sie mir bloß nicht auf den Sack«, warnte ich. »Sonst setze ich Ihren Arsch in der Wüste aus.«

Ein, zwei Minuten vergingen, bevor er erwiderte: »Mir doch wurscht.« Kurz darauf ging sein Atem gleichmäßig und sein Kopf fiel zur Seite.

Der Fernsehproduzent Josh Arrons verschlief das Tanken,

die Wäsche des Trucks und die erste Auslieferung. Auf einem langen, geraden Abschnitt der 117 gab ich gerade Gas, als er aufwachte und sich streckte. »Ich glaub, das ist heute mein letzter Tag.«

»Minimum drei Tage«, erinnerte ich ihn.

»Momentan würde ich Ihnen mein einziges Kind und sein Ausbildungssparbuch geben, wenn ich dafür nie wieder in diesen Truck einsteigen müsste.«

»Beim Kind muss ich leider passen«, erwiderte ich. »Haben Sie Fotos dabei?«

Er zog das Handy aus der Tasche und hielt es mir vor die Nase. »Hin und wieder hat man auch Glück. Nächsten Monat sind wir acht Jahre verheiratet.«

Auf dem Display war eine zierliche Dunkelhaarige in Jeans und graublauem Pulli zu sehen. Sie hielt ein kleines Kind auf dem Arm, das mit ihren Haaren spielte. Beide lachten. Sie hatten die gleichen blauen Augen, in der Farbe des Pullis. Hinter ihnen glitzerte das Meer. Josh steckte das Handy wieder ein.

In der Ferne tauchten John und sein Kreuz auf. Der Abstand zwischen uns verringerte sich rasch. Die helle Sonne aus dem Osten warf den verzerrten Schatten des Kreuzes vor uns auf die Fahrbahn. Josh lehnte sich vor und starrte aus dem Fenster, als würde er seinen Augen nicht trauen. Wir rasten an John und dem bereiften Kreuz vorbei. Josh drehte sich ruckartig um. »Was zur Hölle war das?«

»Was denn?«

Er behielt den Seitenspiegel starr im Blick. »Das da!«

»Was?« Wir hatten eine kleine Talmulde erreicht und fuhren gleich darauf wieder bergan. Ich tat, als würde ich mir beim Blick in den Seitenspiegel den Hals verrenken. »Ich hab nichts gesehen … Sie etwa?«

»Okay«, sagte Josh. »Machen Sie sich gern weiter über mich lustig. Aber wenn ein Jude sieht, wie Jesus sein Kreuz durch die Wüste schleppt, dann kann die Apokalypse nicht weit sein.«

Ein paar Meilen weiter gab ich auf. »Das war nicht Jesus.«

Josh tat erleichtert. »Hab ich auch nicht geglaubt. Erst einmal ist Jesus viel kleiner und seine Haare sind länger. So ist das ja bei allen Promis. Wenn man sie auf der Straße trifft, sehen sie ganz anders aus.« Er grinste mich an. »Also, wer war das Jesus-Double?«

Ich musste kurz nachdenken. Dass es nicht Jesus war, hatte ihm als Erklärung nicht gereicht. Mir schon. Soweit ich wusste, kannte niemand Johns Nachnamen oder seine Geschichte. Natürlich hatte er, wie wir alle, ein Vorleben. Aber das kratzte hier keinen. Und falls sich doch jemand dafür interessieren sollte, würde seine Neugier über kurz oder lang nach hinten losgehen. Was konnte ich Josh über John, sein Kreuz und die Wanderungen entlang der 117 erzählen?

Am Ende sagte ich lediglich: »Nur so ein religiöser Spinner.«

»Das Kreuz ist riesig!«

»Und verdammt schwer. Massive Eiche.«

Er überlegte kurz. »Warum macht ein Mensch so was?«

Auch auf diese Frage wusste ich keine Antwort. Ich hatte Gerüchte gehört und John hatte bei unseren imaginären Zigarettenpausen am Straßenrand die eine oder andere Andeutung gemacht. Aber selbst wenn ich seine gesamte Lebensgeschichte gekannt hätte, hätte ich die Frage nicht ausreichend beantworten können. Das war die Sache mit der Neugier: Auf entscheidende Fragen gab es keine auf Dauer zufriedenstellende Antwort. Schon bald fielen den Leuten nämlich Dutzende neuer Fragen ein.

»Lassen Sie ihn in Frieden«, sagte ich. »Auch für den Fall,

dass Sie noch mal herkommen. Wenn Sie nur einen Funken Anstand besitzen, befolgen Sie den Rat.«

Den Rest des Vormittags hielt Josh seinen Becher mit dem mittlerweile kalten Kaffee umklammert und sagte kaum etwas. Seine Aufmerksamkeit hatte sichtlich nachgelassen. Das Handy wurde nicht einmal gezückt. Mit meiner Erlaubnis stieg er an der Shell-Tankstelle in Rockmuse aus.

Wir setzten uns an einen Picknicktisch unter einer einsamen Pappel und verzehrten Sandwiches mit gegrillter Klapperschlange. Das war ein Gag für die paar Touristen, die sich auf die 117 verirrten. In Wahrheit war es Hühnerfleisch, was wohl erklärte, warum viele Leute sagten: »Schmeckt wie Hühnchen.« Josh guckte leicht angewidert. Als ich ihn aufklärte, fühlte er sich wie ein Insider. Wir spülten das Sandwich mit einem »Gift-Cocktail« runter, in Wahrheit eine Mischung aus Mountain Dew und Hawaiian Punch. Es schmeckte fürchterlich und somit wohl authentisch.

Wieder war der Nachmittag noch nicht ganz um, als ich die letzte Sendung zustellte. Seit der Mittagspause war Josh immer wieder weggenickt. War er wach, starrte er in die Wüste. Wahrscheinlich nahm er sie gar nicht mehr wahr, sondern dachte nur daran, dass auch dieser Tag irgendwann vorbei sein würde und er bald zu seiner Frau und dem Sohn zurückkehren konnte.

Wind war aufgekommen. Steppenläufer rollten über den Asphalt, den die Sonne zu klebrigen schwarzen Streifen gebraten hatte. Plötzlich wurde der Truck von einer besonders heftigen Windböe geschüttelt und scherte über die Mittellinie aus. Josh öffnete die Augen.

»Sind wir endlich da?«

»Wir sind in der Wüste«, sagte ich. »Hier gibt es kein da.«

Wieder sahen wir das Kreuz vor uns am Straßenrand aufragen. Es bewegte sich nicht. Das war merkwürdig.

Während ich das Tempo drosselte, richtete Josh sich auf. »Was ist?«

Ich gab keine Antwort. Das Kreuz stand in einem ungewöhnlichen Winkel weit hinter dem Seitenstreifen. Jemand hatte eine blaue Plastikplane wie ein Zelt darüber gebreitet. Die Enden der Plane flatterten im Wind. Unter dem Zelt ragten zwei Paar Beine hervor. Im Bruchteil von Sekunden lenkte ich den Truck an den Straßenrand, legte die Bremse ein und sprang raus. Wäre ein anderes Fahrzeug hinter mir gewesen, ich hätte es in meiner Eile übersehen und wäre überfahren worden. Die vier Beine fest im Blick rannte ich zum Kreuz.

Meine Knie trafen auf dem harten Boden auf. Voller böser Vorahnung riss ich die Plane zur Seite. Zwei der Füße waren nackt und blutig, die Socken hingen in Fetzen um die Knöchel. Es waren die Füße von Duncan Lacey, ich erkannte ihn an den orange-weißen Haarbüscheln und den roten Hosenträgern. Sein Gesicht war von der Sonne schlimm verbrannt worden. John hatte Duncans Kopf an seine Brust gebettet und versuchte, ihm aus einem alten Armeekanister Wasser einzuflößen.

Mit der freien linken Hand bedeutete mir John, den Mund zu halten. Duncan öffnete die geschwollenen Lider. Er begrüßte mich mit einem Lächeln, obwohl sich das beim Zustand seines Gesichts und vor allem der Lippen nur schwer einschätzen ließ. Mit heiserem Krächzen fing er an zu singen: »Happy Birthday«. John schüttelte den Kopf, versuchte aber nicht, ihn zum Schweigen zu bringen. Als Duncan zu der Stelle kam, wo er meinen Namen einfügen musste, hielt er kurz inne und krächzte dann von vorne: »Happy Birthday«. John redete ihm gut zu, bis er ein paar winzige Schlucke getrunken hatte. Erschöpft schloss Duncan die Augen.

»Was ist mit ihm?«, flüsterte ich.

John rutschte zur Seite und lehnte Duncan vorsichtig an das Kreuz, bevor er mir mit einem Zeichen zu verstehen gab, vor dem Zelt weiterzureden.

»Das ist Duncan Lacey«, sagte er draußen. »Oder das, was von ihm übrig ist. Er muss durch die Wüste geirrt sein. Kam von Norden. Ich konnte es kaum glauben. Gott hat über ihn gewacht. Ein paar Stunden länger und es wäre aus gewesen.«

»Ich weiß, wer das ist. Wie ist er bloß hergekommen? Die wohnen an die dreißig Meilen weit weg. Woher kennst du ihn?«

John rieb sich die langen Arme. »Letzten Winter waren er und Fergus ein paar Mal in der Kirche. Sind mit ihrem alten Jeep durch Schnee und eisigen Wind zu mir gefahren.«

»Sie waren in der Kirche?«

»Jetzt guck nicht so überrascht. Wir alle haben doch hin und wieder das Bedürfnis, mit Gott ins Reine zu kommen. Und ich hatte den Eindruck, bei ihnen war das Bedürfnis besonders groß. Vor allem bei Duncan. Mehr werde ich dazu nicht sagen.« John deutete mit einem Nicken hinter meinen Rücken. »Wer ist das?«

Josh stand hinter mir. »Josh Arrons.« Er streckte die Hand aus. John nahm sie. »Ben lässt mich ein paar Tage in seinem Truck mitfahren, weil ich sehen will, ob so ein Job was für mich ist.«

John zog eine zerzauste graue Augenbraue hoch und schaute mich fragend an.

»So was in der Art.« Ich drehte mich zu Josh um und bellte ihn an, er solle sofort wieder in den Truck steigen.

»Nein«, sagte John. »Wir brauchen ihn, um Duncan zu deinem Wagen zu bringen und ihn nach Hause zu fahren. Fergus muss sich um ihn kümmern.«

Josh konnte seine Freude nicht verbergen. Er hatte einen Verbündeten gefunden, noch dazu den Mann mit dem Kreuz. Ich saß in der Klemme.

»Was ist mit dir?«, fragte ich John.

»Mach dir meinetwegen keine Sorgen. Vor Anbruch der Dunkelheit schaffe ich noch die eine oder andere Meile. Je schneller ihr Duncan nach Hause bringt, desto besser. Ich bin nur froh, dass mir der Herr heute eine Aufgabe gegeben hat.«

John und ich zogen Duncan aus dem Zelt und richteten ihn auf. Seine Knie sackten weg. John nahm ihn wie einen Sack Mehl über die Schulter und trug ihn zum Fahrerhaus. Ich war groß, aber John war um einiges größer. Wie groß er eigentlich war, merkte ich erst, als er sich vor Duncan aufbaute und ihn mit einer seiner Pranken stützte. Er sprach ein kurzes Gebet und machte das Kreuzzeichen über Duncans Kopf.

»Okay, Ben«, sagte er. »Schaffen wir ihn rein.«

Um Duncan auf den Beifahrersitz zu hieven, mussten wir alle drei mit anpacken. Von der Statur her war Duncan klein und hager, trotzdem war er schwer wie einer seiner Gäule. John tränkte ein paar Lappen mit Wasser und umwickelte Duncans Kopf und die Füße. Als sich Josh neben ihn auf den Sitz quetschte, sah Duncan aus wie eine Mumie.

»Sollten wir ihn nicht lieber ins Krankenhaus bringen?«, fragte Josh.

Das wäre sicherlich das Vernünftigste gewesen. Aber keiner der beiden Brüder hätte es gewollt. Duncan war von der Anstrengung und der Hitze völlig erschöpft, vielleicht hatte er sogar einen Hitzschlag erlitten. Der alte Spruch, was dich nicht umbringt, macht dich nur stärker, hört sich zwar gut an, aber er stimmt nicht, wenigstens nicht auf der 117. In der Wüste macht dich das, was dich nicht umbringt, nur wütend. Und höchstwahrscheinlich bringt es dich bei der nächsten Begegnung dann trotzdem um.

Es gab unzählige Möglichkeiten, sich zu verletzen oder gar den Tod zu holen. Seit Schließung des Bergwerks gab es in Rockmuse keinen Arzt mehr, was einige getötet und etliche mehr stinkwütend zurückgelassen hatte. Aber stärker hatte es keinen gemacht. Allerdings hatte ohnehin so gut wie niemand eine Krankenversicherung oder das Geld für eine Behandlung, schon gar nicht im Krankenhaus. Nur eines der McCauley-Kinder war dort auf die Welt gekommen und auch das nur, weil Maureens Wehen auf einem der seltenen Familienausflüge nach Price eingesetzt hatten. An der 117 vertraute man in erster Linie auf sich selbst.

»Nein, sollten wir nicht«, sagte ich laut.

Auf dem Weg zu den Lacey-Brüdern schwieg Josh. Er besprenkelte die Lappen und versuchte ein paarmal, Duncan einen Schluck aus seiner Wasserflasche einzuflößen.

Duncans Jeans waren an den Knien aufgerissen, als wäre er auf allen vieren gekrochen, was vermutlich auch stimmte. Die Hände waren aufgeschürft und dreckverkrustet. Im Kopf zählte ich die Tage seit unserer letzten Begegnung zurück und rechnete aus, wie lange er in der Wüste umhergeirrt sein mochte. Mehr als drei Tage konnten es nicht gewesen sein.

Anders als die meisten denken, überlebt man in der Wüste ohne Wasser nur ein paar Tage und spätestens am dritten kann man seine Zehen nicht mehr von der Nase unterscheiden. Ohne Wasser hören die Muskeln auf zu arbeiten und selbst, wenn man noch einen letzten Rest Kraft übrig hat, könnte man nicht mehr gehen. Ich hatte Angst vor dem, was uns bei den Laceys erwartete. Was immer Duncan zugestoßen war, konnte auch Fergus getroffen haben. Soweit ich wusste, war Duncan von den beiden Brüdern der glücklichere.

Josh kümmerte sich rührend um Duncan. Sobald dieser aufstöhnte, zuckte er zusammen, als würde er den Schmerz am eigenen Leib spüren. Es blutete, als der harte Rand der Flaschenöffnung auf Duncans rissige Lippen traf. Josh tupfte die roten Spuren weg und befeuchtete Duncans Lippen. Ich hatte schon Leute in schlimmerer Verfassung gesehen, aber so gut war keiner von ihnen versorgt worden. Obwohl ich das natürlich niemals laut gesagt hätte, war ich froh, Josh dabeizuhaben.

Der Truck ruckelte und holperte über die Schotterpiste, die zu den Laceys führte. Josh tat alles, damit Duncan möglichst wenig litt. Um die Stöße abzumildern, legte er einen Arm um ihn und hielt ihn fest.

Aus dem Augenwinkel sah ich Fergus im Galopp auf uns zu reiten. Auf gleicher Höhe mit der Fahrerkabine verlangsamte er das Tempo und schaute an mir vorbei zu seinem Bruder hinüber. Als er Josh entdeckte, blinzelte er irritiert. Wortlos ritt er die letzten paar Hundert Meter bis zu den Waggons neben uns her.

Er glitt vom Pferd. »Wie schlimm ist es?«

»Ziemlich schlimm«, erwiderte ich. »Aber er wird's wohl überleben. Bedanken kannst du dich beim Prediger. John hat ihn zufällig in der Nähe der 117 entdeckt.«

Jetzt war ich an der Reihe, Duncan über die Schulter zu hieven. Fergus hätte es sicherlich auch getan, nur wirkte seine Verfassung nicht wesentlich besser als die seines Bruders. Vermutlich hatte er, seit Duncan verschwunden war, weder gegessen noch geschlafen, sondern rund um die Uhr nach ihm gesucht. Ich musste Josh gar nicht erst auffordern, sich aus der Sache herauszuhalten. Er rutschte auf dem Sitz nach hinten, zog die Tür hinter sich zu und nickte Fergus nur einmal kurz zu. Fergus reagierte nicht. Die Sorge um seinen Bruder war so groß, dass ihm selbst die Anwesenheit eines Fremden egal war.

Ich war noch nie in den Waggons gewesen. Mich erwartete eine Überraschung. Tatsächlich hatte ich schon moderne Reihenhäuser gesehen, die nicht halb so geräumig und komfortabel eingerichtet waren. Ich kam mir vor wie in einem dieser Beduinenzelte aus den Comics, in denen es Tennisplätze und Swimmingpools gibt.

Fergus führte mich zu zwei identischen Betten im hinteren Teil des Waggons. Ich kam an zwei großen Fenstern mit getönten Scheiben vorbei, die ins Blech geschnitten waren. Eine Schiebetür gab es auch. Man schaute in Richtung Norden über eine hübsche Holzterrasse auf die unverbaute Wüste, in der sich das goldene Licht des späten Nachmittags bereits sammelte. Fast die gesamte Terrasse war von einem Sonnensegel überdacht, das die größte Hitze draußen hielt.

Ich legte Duncan auf eines der Betten. »Weißt du, was du machen musst?«

Fergus stand vor seinem Bruder und gab keine Antwort. Ich ging zum Truck und holte meinen Verbandskasten. Als ich zurückkam, saß Fergus auf dem Rand des anderen Betts. Tränen liefen über seine sonnenverbrannten Wangen.

»Du musst ihn rehydrieren«, sagte ich. »Ganz langsam. Warmes Wasser, kein kaltes. Wenn es zu kalt ist, kann er einen Schock erleiden. Hast du was, um seine Temperatur zu messen?«

Fergus starrte auf seinen Bruder und nickte.

»Miss seine Temperatur. Setz ihn in die lauwarme Wanne. Erst wenn seine Temperatur wieder halbwegs normal ist, kümmerst du dich um die Brandblasen und Schürfwunden.« Ich legte eine antibiotische Salbe und ein paar Mullbinden auf den Nachttisch zwischen den Betten. »Kann etwas dauern. Danach wird er brutale Kopfweh und Schmerzen haben. Habt ihr Tabletten?« Ich nahm eine fast volle Flasche aus dem Verbandskasten. »Hier ist Ibuprofen.«

»Wo sind seine Stiefel?«, fragte er.

»Als John ihn gefunden hat, hatte er keine an.«

»Preach?«

»Genau.«

Er schien erleichtert, dass niemand anderes seinen Bruder gefunden hatte. »Vor zwei Tagen bin ich morgens aufgewacht und er lag nicht in seinem Bett. Hab bis zum Mittag gewartet, bis ich mich auf die Suche gemacht hab. Er war in letzter Zeit irgendwie komisch, aber …« Seine Stimme erstarb, er drehte den Kopf weg und hustete. »Zum Arzt können wir nicht.«

»Könnt ihr nicht oder wollt ihr nicht?«

Ich wartete seine Antwort nicht ab. Tatsächlich rechnete ich auch mit keiner. »Bleib in seiner Nähe. Wenn er noch mal abhaut, brauchst du keinen Arzt mehr.« Ich wollte gehen.

Fergus sprang auf, nahm meine Hand und schüttelte sie ruckartig. Seine Art, sich bei mir zu bedanken.

Ich riet ihm, ein Seil um eine von Duncans Gürtelschlaufen zu knoten. »Und bind dir das andere Ende ums Handgelenk. Du musst auch ein paar Stunden schlafen.«

Er fand seine Stimme wieder. »Nimmst du Kreditkarten?«

»Hä?«

Er verzog die Lippen zu einem gequälten Lächeln.

Ich versprach ihm, in ein, zwei Tagen wieder vorbeizuschauen.

Als ich am Panoramafenster vorbeiging, entdeckte ich draußen ein Rechteck aus grünem Rasen, das mir bisher nicht aufgefallen war. Ich drehte mich zu Fergus um. »Ist das eine Abschlagfläche für Golfbälle?«

Fergus blickte von seinem Bruder hoch und lächelte verlegen. »Ja«, sagte er. »Einige Gefängnisse haben die heute.« Er schaute zum bandagierten Kopf seines Bruders. »Damit die Insassen nicht verrückt werden.«

17

Josh hatte mich nicht so schnell zurückerwartet. Beim Klappern der Tür fuhr er zusammen. Zwei silberne Scheiben fielen ihm aus der Hand. »Mann, haben Sie mich aber erschreckt.«

Die Mittelkonsole stand offen. Das Handschuhfach auch. Josh hatte die Klimaanlage voll aufgedreht. Zettel und Sand wehten durchs Fahrerhaus. Ich fühlte mich, als hätte ich jemanden mit der Hand in meiner Hose erwischt. Er schaute schuldbewusst.

Ich setzte mich hinters Steuer. »Was zum Henker machen Sie da?« Der gute Eindruck, den ich gerade noch von ihm gehabt hatte, war schlagartig zerstört.

Josh klaubte die CDs vom Boden auf. »Immer locker bleiben. Sie haben diese Spitzenanlage von Bose. Dachte, da gibt's hier bestimmt auch Musik. Mir war langweilig.«

»Haben Sie in Ihrem i-Scheiß – oder wie immer das heißt denn keine Musik? Dachte, ihr ach so modernen Typen tragt euer gesamtes Leben in diesen Teilen mit euch rum.«

Er schien vollkommen entgeistert, weil ich wusste, dass man Musik auf Handys laden konnte.

»Mein i-Scheiß?«, wiederholte er kopfschüttelnd.

»Sie wissen schon, was ich meine.«

In der Anlage war noch nie eine CD gelaufen. Sie hatte zur Ausstattung des Trucks gehört. Ich wusste noch nicht mal, wie sie funktionierte. Bei den CDs handelte es sich um die beiden, die ich von Ginny bekommen hatte. Nachdem mein leidenschaftliches Interesse an Cellos verflogen war, hatte ich sie völlig vergessen.

Ich fuhr zurück auf die 117. Langsam beruhigte sich mein Puls. Josh kauerte neben der Tür, die CDs in der Hand.

»War ein langer Tag«, sagte ich entschuldigend.

»Ach, das war bloß ein Tag?«

»Los. Legen Sie das Ding schon ein.«

Er fragte mich, wie die Anlage funktionierte.

Ich sei zu sehr mit Fahren beschäftigt, erklärte ich. »Ist ganz einfach. Sie kriegen das schon raus.«

Kaum eine Minute später lief die CD. Eine Männerstimme fragte: »Are we rolling?« Eine Gitarre setzte ein. Josh grinste. »Hätte Sie nie für einen Nirvana-Fan gehalten. ›Heart-Shaped Box‹. Ein Klassiker.«

Das musste eines der Lieder sein, die Ginny mit ihrer nicht allzu weit entfernten Jugend verbanden. Wenn ich den Text richtig verstand, war der Typ in jemanden verliebt und keiner der Beteiligten war darüber besonders glücklich.

»Ja«, sagte ich. »Bin ein Riesenfan. Höre praktisch nichts anderes.« Letzteres stimmte fast. Seit langer, langer Zeit hatte ich überhaupt keine Musik mehr gehört.

In Gedanken kehrte ich zu dem Abend in der Wüste zurück, als Claire mit ihrem stummen Cello nackt im pinkfarbenen Licht gesessen hatte. Dass ich die Musik gehört hatte, konnte ich nicht behaupten, aber gespürt hatte ich sie trotzdem.

Josh summte ein paar Takte lang mit. »Das haut mich echt um. Hätte sie für einen Fan von George Jones oder Clint Black gehalten. Aber Nirvana? Einige der besten Songs von den miesesten Musikern, die ich je gehört hab.«

»Kennen Sie sich mit Musik aus?«

Meine Frage schien Josh zu verwirren. »Ich. Nein. Na ja, als Kind hatte ich Klavierstunden. Hatten wir die nicht alle?«

»Ich hatte Dudelsackstunden.«

Josh blickte aus dem Fenster. »Okay, damit hätte ich jetzt echt nicht gerechnet. Waren Sie gut?«

»Nein.«

Mr und Mrs Jones hatten damals angeboten, mir Musikun-
terricht zu spendieren. Das Instrument durfte ich mir selbst
aussuchen. Bis dahin hatte ich niemandem von meiner Leidenschaft für den Dudelsack erzählt. Ein jüdisch-indianisches Wai-
senkind, das Dudelsack spielte – das war nun wirklich nicht
das Bild, das andere von mir haben sollten.

»Hab's bald wieder aufgegeben. Unsere Nachbarn waren darüber nicht besonders traurig. Die meisten Hunde und Katzen
sind weggelaufen. Einige für immer.«

Tatsächlich hatte ich auch danach hin und wieder auf dem
Dudelsack gespielt. Als Teenager fuhr ich abends mit dem
Fahrrad oder dem alten Pick-up von Mr und Mrs Jones in die
Wüste und spielte mir die Seele aus dem Leib. Ich war mir si-
cher, dort hörte mich niemand.

Das schrille Pfeifen hatte die Dunkelheit vertrieben. Ich lief
herum und spielte die einzigen Stücke, die ich kannte: »Ama-
zing Grace« und »Loch Lomond«. Ich lief über schmale Pfade,
durch enge Schluchten und blies und blies und blies. Sobald
ich aufhörte, schien das Pfeifen aus allen Richtungen widerzu-
hallen. An einem Samstagabend fuhr ich dann mit einem Mädchen in die Wüste und spielte ihr etwas vor. Sie hat fünf Minuten lang gelacht. Ich weigerte mich eine Woche lang, in die
Schule zu gehen.

Wir hörten uns alle Stücke auf der CD an. Einige über-
sprang Josh. Ich kannte kein Einziges. Aber sie ließen mich
doch erahnen, was für ein Mensch Ginny war – unschuldig,
trotzig und voller zynischer Teenager-Leidenschaft für Enttäu-
schungen und Fehlschläge. Jetzt musste sie sich die Texte nicht
mehr anhören. Sie musste sie durchleben und durchstehen.
Wenn sie Glück hatte, würde sie eines Tages bei Country oder

Gospel landen, obwohl ich das bezweifelte. Vielleicht würde sie die Ruhe lieben, die sie, mit einem Baby, so selten finden würde wie Schlaf.

Ich hatte nicht mitbekommen, dass Josh die andere CD eingelegt hatte. Als die Musik anfing, wollte ich gerade etwas sagen. Die Worte blieben mir im Hals stecken. Wir hörten nur ein Instrument, ein Cello, es spielte eine Folge leiser Töne, einige kurz, andere lang, in denen eine Traurigkeit mitschwang, die Ginny und ihr Kind hoffentlich niemals empfinden würden. Was mich aber verstummen ließ, war Joshs Gesichtsausdruck. Als hätte er aufgehört zu atmen. Nur die Finger seiner linken Hand zuckten.

Er drückte die Eject-Taste und murmelte etwas von unerträglichem Klassik-Mist. Das kaufte ich ihm nicht ab. Der Klang des Cellos schien ihn an irgendetwas zu erinnern, das ihn den Rest der Fahrt über schwer beschäftigte. Bis Price sagte er nichts mehr.

Wenn ihn die erste CD überrascht hatte, warum nicht auch die zweite? Es konnte nur eine Erklärung geben. Die zweite hatte ihn dermaßen überrumpelt, dass es ihm die Sprache verschlagen hatte. Ich redete mir ein, alles sei in Ordnung. Aber das war es nicht. Klar war nur, dass Josh irgendetwas mit der Musik des Cellos verband. Und ich kannte nur einen einzigen anderen Menschen, auf den das ebenfalls zutraf. Claire, die sich in der Wüste vor ihrem Mann versteckte.

Josh hatte es eilig, zu seiner Familie zurückzukehren. Wenigstens sagte er das. Während ich den Truck rückwärts auf dem Hof des Logistikzentrums einparkte, hatte er die Hand schon am Türgriff.

Ich hatte noch nicht mal die Bremse eingelegt, als er die Tür aufriss. Sachte hielt ich ihn am linken Arm zurück. »Augenblick, Josh.«

Er schaute auf meine Hand und warf mir einen bemüht grimmigen Blick zu.

»Warum haben Sie es plötzlich so eilig?«

»Hab ich doch gar nicht.« Er gab sich Mühe, möglichst beiläufig zu klingen. Es gelang ihm nicht. Er wirkte aufgewühlt. »Hab bloß an meine Familie gedacht.«

Ich ließ seinen Arm los.

»Ich weiß, ich weiß«, sagte er. »Sie wollen das Geld für morgen, stimmt's? Tja, Sie werden mir wohl vertrauen müssen, dass ich es in Bobs Büro hinterlege, bevor ich die Stadt verlasse.«

»Sollen wir einen Happen essen gehen?« Eigentlich wollte ich nicht mit ihm essen gehen. Ich wollte nur hören, was er auf meinen Vorschlag erwiderte, oder sehen, wie ihm die Gesichtszüge entglitten.

»Geht nicht.«

»Klar, Sie sind müde und wollen im Hotel mal richtig ausschlafen, bevor Sie wieder nach Hause fahren. Kurz bei Ihrer Frau anrufen. Ihr erzählen, wie der Tag war, oder so was in der Art.«

Er wusste nicht, worauf ich hinauswollte. »So was in der Art«, murmelte er und drückte mit der Schulter gegen die Tür.

»Wie wär's mit einem Foto, Josh? Sie und ich, im Truck? Als Erinnerung an Ihr kleines Abenteuer? Kleine Jungs lieben große Autos. Ihr Sohn wäre bestimmt total aus dem Häuschen, wenn er Daddy in einem echten Truck sehen würde. Oder?«

Er sprang aus dem Fahrerhaus. »Könnte sein«, sagte er. »Hab aber leider keine Kamera.«

»Und Ihr Handy? Ich könnte ein Foto machen. Dad am Steuer? Na, wie wär's?«

Josh hastete davon und rief mir über die Schulter zu: »Hab einfach keine Zeit, aber danke fürs Angebot. Und danke für die beiden Tage. War sehr interessant.«

Ich schaute ihm hinterher, während er schnell, aber nicht zu schnell über den Parkplatz ging und dabei den ein- und ausfahrenden Trucks auswich. Er stieg in seinen Mietwagen, Kompaktklasse von Ford, und fuhr sofort los. In Price gab es zwei Autovermieter – der eine verlieh nur Chevys, der andere ausschließlich Fords. Man konnte wählen zwischen SUV und Kompaktwagen. Hätte er sich vor dem Verlassen des Parkplatzes nicht noch einmal zu mir umgedreht und mir halbherzig zugewinkt, ich hätte in Josh niemals den Mann wiedererkannt, den ich am Straßenrand gesehen hatte, kurz bevor mich die liegen gebliebene Lehrerin angehalten hatte. Zwei Kompaktwagen von Ford.

Aber das war nicht alles.

Menschen können das Licht nicht reflektieren, nur Objekte. An jenem Morgen hatte ich das Gesicht des Mannes nicht gesehen. Aber ich wusste noch, irgendetwas hatte das Licht reflektiert. Jetzt wusste ich auch, was es gewesen war – ein Brillantohrstecker. Dasselbe Aufblitzen sah ich nämlich, als mir Josh zum Abschied zuwinkte. Er war der Mann gewesen, der kurz hinter Price in dem Ford gesessen hatte – der Mann, der das Handy am Ohr gehabt hatte, der Mann, der die Lehrerin angerufen hatte, um ihr zu sagen, dass ich in ihre Richtung unterwegs war. Was auch immer die beiden vorhatten, sie steckten unter einer Decke.

18

Am Donnerstagmorgen war es bewölkt und kalt. Der Parkplatz war mit einer dicken Schicht Tau überzogen. Den weißen Umschlag unter meinem Scheibenwischer entdeckte ich erst, als ich hinter dem Lenkrad saß. Ich langte durchs Fenster, zog den Umschlag hervor und warf ihn auf den Beifahrersitz. Bestimmt enthielt er die letzte Zahlung von Josh, obwohl ich in der langen, schlaflosen Nacht zu dem Schluss gekommen war, dass er wahrscheinlich nicht Josh hieß und mit Sicherheit genauso wenig ein gottverdammter Fernsehproduzent war wie Carrie eine Grundschullehrerin. Allerdings wirkte er viel zu jung, um Claires Ehemann zu sein. Wahrscheinlich arbeitete er für ihn. Ob Bob in die ganze Scheiße eingeweiht war, wusste ich nicht. Jedes Mal, wenn ich fast eingeschlafen war, hatte ich entweder ein Cello gehört oder Joshs zuckende Finger gesehen. Immerhin war ich jetzt um fünfzehnhundert Dollar reicher, aber die würden auch nicht lange reichen.

Der Umschlag hatte sich nicht nach Scheinen angefühlt. Vielleicht hatte die Arschgeige mir einen ungedeckten Scheck ausgestellt. Ich riss den Umschlag auf. Er enthielt einen Zettel und ein Foto. Auf dem Zettel stand: *Mittwoch, 10:16 Uhr. Bringt Verkleidung zu Joe zurück. HP.* Auf der Rückseite des Fotos klebte ein Kassenbon von Walmart: HP hatte zwei Fotoabzüge machen lassen, einen für mich, einen für ihn, zur Sicherheit.

Howard Purvis hatte getan, worum ich ihn gebeten hatte. Das rechnete ich ihm hoch an. Das Foto war aus einiger Entfernung aufgenommen worden. Scharf genug war es trotzdem. Es handelte sich eindeutig um die Frau, die mich auf dem 191 angehalten hatte. Die Frisur war noch dieselbe, aber das war auch schon alles. Sie war total aufgedonnert. Auf hochhackigen Schuhen stakste sie mit dem Mountainbike in Joes Sportgeschäft. Joe hielt ihr die Tür auf und wirkte alles andere als angetan. Sie hingegen schon. Sie blickte an Joe vorbei und betrachtete in der Glastür ihr Spiegelbild.

Ich steckte den Zettel in den Umschlag und das Foto in meine Brieftasche. Aus einer Vorahnung heraus öffnete ich das Handschuhfach. Dann die Mittelkonsole. Ich drückte sämtliche Tasten des CD-Players und suchte den Boden ab. Eine der CDs war verschwunden. Welche, musste ich nicht raten.

Weil ich davon ausging, von Josh kein Geld mehr zu bekommen, entschied ich beim Tanken, mit meiner Visa-Karte zu bezahlen. Auf dem kleinen grauen Display des Terminals leuchtete eine Nachricht auf, aber ich war in Gedanken bei den vielen Lieferungen, die ich in den beiden Tagen mit Josh nicht zugestellt hatte. Mich erwartete ein langer, anstrengender Arbeitstag.

Die Nachricht auf dem Bildschirm wollte mir mehr sagen als nur: *Zahlung nicht möglich.* Ich brach den Vorgang ab und versuchte es erneut. *Zahlung nicht möglich.* Ich ging rein und bezahlte in bar. Das war mir schon mal passiert, wenn auch nicht oft. Diese drei Wörter schafften es, einem die Selbstachtung aus der Seele zu saugen. Dieses Mal saugten sie auch noch die letzten Tropfen Hoffnung aus mir heraus.

Sechzehn Lieferungen standen auf meiner Liste. Ich fuhr los und schaltete in Gedanken auf Autopilot. Die Meilen und Stunden glitten dahin, und am Ende der 117 hatte ich keinerlei Erinnerung mehr an das, was zwischen der Tankstelle und der roten Mesa vor mir geschehen war. Es war erst das zweite Mal, dass ich bis zum Ende der 117 gefahren war.

Etliche Minuten saß ich im Fahrerhaus und starrte auf die

zerklüftete Felswand. Es war schon nach elf Uhr. Ich brauchte einen Plan, musste mich nach einem neuen Job umhören, vielleicht bei einem großen Spediteur anheuern. Täglich machten Dutzende unabhängiger Betriebe pleite. Ich wäre nicht der Erste und auch nicht der Letzte, der sein Leben für ein paar Cent pro Meile auf dem Highway fristete. So erschreckend die Vorstellung auch war, andere Gedanken quälten mich noch mehr. Die 117 war mein Leben gewesen, meine Berufung, wenn man so wollte, wie es Johns Berufung war, das Kreuz durch die Wüste zu schleppen, obwohl es keiner von uns beiden damit jemals auf die Titelseite des *Time Magazine* schaffen würde. Wer würde John vermissen, wenn er eines Tages zu alt war oder starb? Wer würde mich vermissen?

Ich wendete den Truck und begann die erste Etappe meiner Abschiedstour. Ben's Desert Moon Delivery Service würde den Montag überstehen. Eventuell würde er sogar bis Mitte der Woche durchhalten. Länger sicherlich nicht.

Der Truck kroch über die autoleere, brütend heiße Hauptstraße von Rockmuse und wartete vor den einzigen beiden Ampeln. Alles um mich herum war gestochen scharf und mit dem strahlenden Glanz nostalgischer Verklärung überzogen. Ich betrachtete die wenigen Läden – das Lebensmittelgeschäft, vor dem Mildred Danner, die Besitzerin des Rock Dock Bed & Breakfast, Einkaufstüten im Kofferraum ihres uralten Dodge Minivans verstaute. Vor dem ehemaligen True-Value-Laden, jetzt Johns First Church of the Desert Cross, hockten zwei Jungs in dunkelblauen Pfadfinderhemden und mit gelben Halstüchern neben einer Parkuhr und tranken Cola aus Dosen. Auf dem Bürgersteig saß ein alter Mann, dessen Namen ich nicht kannte, auf einem Klappstuhl und schaute mich an, als wäre ich eine Ein-Mann-Parade am Nationalfeiertag.

Nach Schließung des Bergwerks hatten die Leute hier zu kämpfen gehabt, dann war die Wirtschaft eingebrochen und alles nur noch schlimmer geworden. Trotzdem wohnten die Menschen gern hier und fanden Mittel und Wege, um über die Runden zu kommen, obwohl die Mittel immer knapper wurden.

Bei der zweiten Ampel wehte ein kugelrunder Steppenläufer über die Kreuzung und blieb vor meinem Truck liegen. Als ich anfuhr, rollte auch er weiter. Ich verfolgte ihn bis zur Shell-Tankstelle hinter der Stadtgrenze, wo er unter meiner vorderen Stoßstange durchrutschte. Im Seitenspiegel sah ich ihn hinter mir verschwinden.

Nachdem ich die Hälfte der Sendungen zugestellt hatte, nahm ich den Schotterweg zu den Lacey-Brüdern, um mich nach Duncan zu erkundigen. In der Kehre wartete ich ein paar Minuten im Fahrerhaus und beschloss dann, den Seiteneingang über die Terrasse zu nehmen. Die Schiebetür stand offen und ich spähte hinein. Die Brüder lagen in Unterhosen auf ihren Betten und schliefen. Eine Schnur hing zwischen ihnen, die Enden jeweils an einem ihrer Handgelenke befestigt.

Fergus hatte Duncan gewaschen, die Brandblasen mit Pflastern versorgt und die aufgeschürften Hände und Füße verbunden. Die verfilzten rotgrauen Haare auf Duncans Brust hoben und senkten sich mit jedem Atemzug. Unter dem Brusthaar entdeckte ich mehrere helle, runde Narben. Natürlich konnten sie alle möglichen Ursachen haben. Mir fiel nur eine ein: Kugeln. Auf der linken Seite, unterhalb des Brustkorbs, hatte ich eine ähnliche Narbe. Bei Duncan waren es mindestens sechs.

Draußen hockte ich mich auf die kühle, grüne Abschlagfläche und spürte, wie sich meine Lippen zu einem Lächeln verzogen. Der Duft des Grases machte mich schläfrig. Ich musste unbedingt aufstehen und weiterfahren. Die Sonne stand hoch über dem Sonnensegel, sodass die kleine Grünfläche im Halbschatten lag. Die flache Hügelkette zog sich im Norden bis zum braunen Horizont hin, der in weiter Ferne mit dem tiefblauen Himmel verschmolz.

Duncan würde wieder gesund werden. Da war ich mir ganz sicher. Allerdings hatte ich keine Ahnung, ob er das, was mit ihm sonst nicht stimmte, überleben würde oder ob Fergus lange ohne ihn weiterleben konnte.

Als ich an der Ausweichbucht vor Desert Home vorbeifuhr, dachte ich an Walt und die Lacey-Brüder, an Claire und ihr Cello. An sie alle zu denken, lenkte mich von meinen eigenen Sorgen ab und spendete mir fast so etwas wie Trost. Vielleicht war ich mit ihnen verbunden, wie ein Satellit durch die Schwerkraft mit der Erde verbunden ist.

Doch ihre Sorgen und Nöte waren nicht meine. Schon bald würde die zerbrechliche Verbindung zwischen uns abreißen und nicht mal ein winziger Ruck würde ankündigen, dass ich für immer aus ihrem Leben verschwand. Die Schwerkraft der Erde war lebensnotwendig: Ohne sie würde alles ins Nichts trudeln.

Als ich beim Logistikzentrum in meinen Pick-up stieg, kümmerte es mich nicht länger, was Josh und die Frau mit mir vorhatten. Einen Überfall planten sie mit Sicherheit nicht, auch wenn mir der fast lieber gewesen wäre. Ich hatte Claire mein Wort gegeben, niemandem von ihr zu erzählen, und mein Versprechen gehalten. Falls Josh und seine Komplizin darauf spekulierten, ich würde sie zu Claire führen, hatten sie sich geschnitten.

Claire war nur eine Figur in einem der vielen häuslichen

Dramen, deren Darsteller die Krankenhäuser, Ausnüchterungs-zellen und Gerichtssäle dieser Welt bevölkerten. Vielleicht würden sie und ihr Mann sich küssen und versöhnen, bis das Spiel von vorne losging. Wenn er sie endlich fand, wäre sie womöglich froh und erleichtert. Vielleicht würde ich bei meinem nächsten Besuch in Desert Home statt des Cellos Claire leise unter ihrem Mann stöhnen hören.

Vor dem Einschlafen grübelte ich noch lange darüber nach, wie es weitergehen sollte und malte mir die letzten Tage von Ben's Desert Moon Delivery Service in all ihren schmerzhaften Einzelheiten aus.

19

Lange nach Mitternacht weckte mich ein leises Klopfen am Schlafzimmerfenster. In meinem Traum hatte ein Specht im gemaserten Holz von Claires Cello nach Insekten gesucht. Ich lag im Bett und hörte tap-tap-tap, Pause, tap-tap-tap. Das Fenster stand einen Spaltbreit offen, und ein lautes Flüstern drang herein.

»Ben«, flüsterte es. »Mach auf.«

Schlaftrunken ging ich zum Fenster, ohne mich zu fragen, wessen Stimme da draußen meinen Namen sagte. Sie war weiblich. Dass ich mitten in der Nacht eine Frauenstimme vor meinem Schlafzimmerfenster gehört hatte, war lange her. In Wahrheit war es noch nie vorgekommen.

»Ginny, bist du das?«

Ginnys Kopf tauchte vor dem Fenster auf. »Wer denn sonst?«

»Keine Ahnung«, flüsterte ich. »Aber du solltest auch nicht hier sein.«

Ich schob das Fenster hoch. Die kalte Nachtluft strich über meine nackte Brust. Kurz ging es hin und her, warum sie hier war und warum ich sie reinlassen sollte. Ich sagte, ich würde zur Haustür kommen.

Eine Hand langte durchs Fenster und traf meine nackten Beine. Ein paar Zentimeter höher, und sie hätte eine weit empfindlichere Region getroffen. Dass ich Boxershorts anhatte, erschien mir plötzlich wie eine glückliche Fügung.

»Nein!« Sie gab sich Mühe, ganz leise zu schreien. »Bleib von der Haustür weg. Und kein Licht. Ich komme rein. Ist wichtig.«

Wenn man männlich, neununddreißig und Single ist und ein schwangeres Mädchen nach Mitternacht vor dem Schlafzimmer aufkreuzt und unbedingt durchs Fenster klettern will, dann sollte man sich einen Augenblick Zeit nehmen und seine Gedanken sortieren. Das tat ich. »Das lässt du verdammt noch mal bleiben.«

»Bitte, Ben.«

Ich fragte, ob sie in Schwierigkeiten steckte. Sie erwiderte, dass das bei ihrer momentanen Situation eine ziemlich komische Frage wäre. »Nein«, zischte sie. »Aber du. Jetzt lass mich endlich rein!«

Ich trat zwei Schritte zurück. Die Unterkante des Fensters befand sich höchstens einen Meter über der Straße. Ginny war mindestens eins siebzig groß. Sie legte die Hände aufs Fensterbrett und versuchte sich hochzuziehen.

Während Ginny sich abmühte, fiel mir die Katze wieder ein, die Mr und Mrs Jones gehabt hatten, als ich noch klein gewesen war. Ein Jahr lang hatte ich die große, graugetigerte Katze dabei beobachtet, wie sie mit Leichtigkeit vom Küchenboden auf die Anrichte gesprungen war. Sie war immer dicker geworden und Mrs Jones hatte mir erklärt, sie sei »trächtig«. Die Katze hatte die anmutigen Sprünge noch ein paar Wochen lang fortgesetzt, bis sie eines Tages losgesprungen, aber kurz vor der Anrichte einfach in der Luft hängen geblieben war. Eigentlich fallen Katzen nie auf den Bauch. Unsere tat es. Und in dem Augenblick machte sie ein ähnlich erschrockenes Gesicht wie Ginny jetzt. Ginny war aufgegangen, dass sie kein dünnes, kleines Mädchen mehr war. Mitten im Sprung hatte sie sich in eine plumpe, schwangere Frau verwandelt. Sie hatte Tränen in den Augen, als ich ihr half, den dicken Bauch über das Fensterbrett zu hieven.

Danach lag sie unter dem Fenster und schnaufte wie eine entgleiste Dampflok. Ich stellte mich vors Bett.

»Was ist denn so wichtig?«

Ginny kam auf die Knie und zog sich am Fensterbrett hoch. Sie steckte den Kopf aus dem Fenster und schaute nach links und rechts. Sie schien zufrieden, machte das Fenster zu und zog die Jalousien herunter. Ohne das Licht des Mondes war es im Zimmer stockfinster. Sie schloss die Schlafzimmertür. Ich knipste die Nachttischlampe an.

»Okay«, sagte sie und lehnte sich an die Kommode.

»Okay«, sagte ich. »Was ist denn nun so wichtig?«

Der Boden war noch mit den Papierkugeln übersät, die ich bei dem Versuch, die Tiefe meines finanziellen Grabs auszuloten, überall verteilt hatte. Ginny kickte eine Kugel mit der Innenkante eines Fußes weg und schaute zu, wie sie mir vor die nackten Füße rollte. Dann hob sie langsam den Blick und musterte mich schamlos.

»Hm«, machte sie. »Nicht schlecht für dein Alter. Ganz schön Muckis. Keine Tattoos?«

»Nein. Was willst du?«

»Echt? Nicht mal eins?«

»Nein! Nun sag schon.«

Sie lachte leise. »Du bist eine Schande für deinen Beruf. Machst du regelmäßig Work-out?«

»Ja, Ginny, ich mache Work-out«, sagte ich genervt. »Ich stehe jeden Morgen auf und gehe zur Arbeit.« Ich nahm die rote Decke vom Bett und wickelte sie mir um.

Ginny wurde ernst. »Ben, ich glaube, du steckst knietief in der Scheiße. Gestern Abend war ein Cop mit so einem älteren Typen bei mir auf der Arbeit. Sie wollten alles Mögliche über dich wissen. Der Alte hat mich richtig ausgequetscht.«

Was Ginny als alt empfand, mochte für jeden über einundzwanzig nicht unbedingt dafür durchgehen. Ich dachte sofort an Josh. »Beschreib ihn mal.«

»Unter eins achtzig, leichte Wampe. Hatte so einen dünnen Schnurrbart. Ach, ja, und er hatte eine von diesen Brillen auf, mit so kleinen, runden Gläsern. Machte auf netter Opa, aber das war er nicht, überhaupt nicht. Hat mir richtig Angst gemacht.«

Ich setzte mich aufs Bett, Ginny kam rüber und setzte sich neben mich. Sie schwitzte immer noch stark. Nach einigen Fehlstarts bekam sie die Geschichte schließlich zusammen.

Der Manager hatte sie in den Aufenthaltsraum gerufen. Sie hatte gedacht, er würde sie feuern. Der Cop hatte ihr nur gesagt, sie solle kooperieren. Zuerst hatte der ältere Mann gefragt, wann das Baby kommen sollte, und ihr vorgeschwärmt, was für eine aufregende Zeit sie doch gerade erlebte. Ihre Anspannung hatte sich allmählich gelegt. Plötzlich hatte er gefragt, ob sie Ben Jones kannte. Als sie verneinte, hatte er ihr ein verwackeltes Foto von der Überwachungskamera auf dem Walmart-Parkplatz gezeigt. Es war immerhin so scharf gewesen, dass man Ginny neben mir im Pick-up erkennen konnte.

Sie kaute auf ihrer Unterlippe oder vielmehr auf dem Metallring in ihrer Lippe. »Als die mich ausgefragt haben, hatten sie die Überwachungskamera natürlich längst gecheckt. Aber ich voll cool. Hab ihm erzählt, ich würde dich gar nicht wirklich kennen, du bist nur vor Jahren mal mit meiner Mutter zusammen gewesen. Darauf zieht der noch ein Foto von mir aus der Tasche! Vor ein paar Tagen, auf deiner Veranda! Dachte echt, gleich gehen die Wehen los.«

Ich fragte, was sie dazu gesagt hatte.

»Die Wahrheit.«

»Braves Mädchen.«

»Hab gesagt, du willst dich nach einem zweiten Job für mich umhören. Bin auch nur hier, weil dein Telefon gesperrt ist.«

»Mein Telefon ist gesperrt?«

»Wusstest du das etwa nicht?«

Ich schüttelte den Kopf. Aber richtig überrascht war ich nicht. Häufig hatte es in letzter Zeit nicht geklingelt. Ich hatte gedacht, es würde eben niemand anrufen. »Und war's das?«

»Leider nein«, sagte sie. »Er hat gefragt, was du im Laden wolltest.« Sie zuckte mit den Achseln. »Hab gesagt, du hast Cellomusik gesucht. Weil wir keine dahatten, hab ich dir ein paar Songs aus dem Internet runtergeladen und auf CD gebrannt. Deshalb haben wir in deinem Pick-up gesessen.« Ginny legte den Kopf auf meine Schulter. »Ben, du bist der netteste Typ, mit dem meine Mutter jemals was hatte, aber …«

»Aber was?«

»Aber ich hab das Gefühl, du bist in irgendwas Schlimmes verwickelt. Vielleicht weißt du es selbst noch nicht. Aber stimmt doch, oder?«

Ich erwiderte, dass ich das nicht glauben würde. Im selben Moment dämmerte mir, dass Ginny womöglich recht hatte. Vielleicht wusste ich es nur selbst noch nicht. »Falls die noch mal auftauchen, sag einfach die Wahrheit«, sagte ich. »Du hast alles richtig gemacht.«

»Der Typ meinte, ich soll mich lieber von dir fernhalten.«

»Guter Tipp. Du solltest dich daran halten.«

»Und wenn er weiß, dass ich hier bin?«

»Sag einfach die Wahrheit.«

Ginny nickte und stand auf. Sie kickte eine weitere Papierkugel weg. »Was ist das hier eigentlich alles auf dem Boden? Sieht aus, als hätte es Marshmallows geregnet. Vielleicht liegt's auch nur an meinem Hunger. Ich hab ständig Hunger. Kannst du in die Küche schleichen und mir ein Sandwich machen?«

»Im Dunkeln?«

»Ja.« Ginny langte hinter meinen Rücken und knipste das Licht aus. »Und mach schnell. Ich parke in zweiter Reihe.«

Aus mir schleierhaften Gründen kroch ich tatsächlich zur Tür, wobei mir die rote Decke runterrutschte. »Was soll das heißen, du parkst in zweiter Reihe?«

»Hab gedacht, die könnten mich beobachten, deshalb hab ich mir das Rad von meinem Kumpel Lalo vom Regalservice geliehen.«

Langsam wuchs mir das Mädchen richtig ans Herz. »Du bist mit dem Rad hier?«

Vermutlich sah sie selbst im Dunkeln, dass ich lächelnd in die Küche kroch. Im achten Monat schwanger, und sie fuhr mit dem Rad durch die dunklen Straßen von Price, um mich zu warnen. Einfache Strecke waren das allein zwei, drei Meilen.

Sie dachte wohl, ich würde trödeln. »Beeilung«, flüsterte sie. »Muss in einer halben Stunde wieder bei der Arbeit sein.«

Das Leben hält täglich neue Herausforderungen bereit. So nützlich die Fähigkeit, im Stockfinstern ein Sandwich zu machen, auch sein mag, für einen arbeitslosen Trucker in spe war diese Art von Fortbildung eher von geringem Wert. Während ich Messer, Brot, Butter und Erdnussbutter zusammensuchte, fasste ich den Entschluss, niemals wieder wie ein Hund auf allen vieren durch mein Haus zu kriechen. Die Hände beladen, richtete ich mich zu meiner vollen Größe auf und kehrte so würdevoll wie möglich ins Schlafzimmer zurück.

Ginny gab sich auch mit dieser Lösung zufrieden. Schnell schmierte sie sich ein Sandwich für die Fahrt. Das zweite aß sie sofort. Mit vollem Mund fragte sie: »Was soll denn nun das ganze Papier auf dem Boden?«

Eigentlich wollte ich ihr sagen, sie solle sich um ihren eigenen Kram kümmern. Stattdessen erzählte ich ihr, was ich am Wochenende getrieben hatte und dass meine kleine Firma kurz vor dem Aus stand. Früher oder später hätte sie es sowieso von allein herausgefunden. Außerdem brauchte ich Übung darin, den Leuten zu erzählen, dass Ben's Desert Moon Delivery Service den Bach runtergegangen war.

»Tut mir echt leid«, sagte sie. »Kannst du dir nicht einen kleineren Truck zulegen?«

»Was weißt du über Männer?«, fragte ich zurück.

Ginny tätschelte ihren dicken Bauch und hinterließ dabei Erdnussbutter-Streifen auf dem blauen Sweatshirt. »Nicht viel«, erwiderte sie. »Aber ich lerne täglich dazu.«

»Dann schreib dir bitte ins Schulheft: Kein Mann will jemals einen kleineren Truck haben.«

Beim Kauen stieß sie ein ersticktes Ha-ha aus. Nach zwei weiteren Bissen war das Sandwich vertilgt und Ginny kündigte ihren bevorstehenden Aufbruch mit einem lauten Rülpser an. Sie zog die Jalousie hoch und schob das Fenster nach oben.

»Wie hieß der Typ, der dich ausgefragt hat?«

»Doc irgendwas. Nachnamen weiß ich nicht mehr.«

Ich sagte, das sei okay, und bat sie, falls er noch mal zu ihr kam, auf seine Fragen wahrheitsgemäß zu antworten.

Wer immer der Kerl war, er arbeitete ganz sicher mit Josh und Lehrerin Carrie zusammen. Sie waren also zu dritt. Vielleicht waren sogar noch mehr beteiligt. Welche Frau war einen solchen Aufwand an Geld wert? Ich küsste Ginny auf die Stirn und bedankte mich bei ihr.

»Weißt du, was mich das Arschloch noch gefragt hat? Erst macht er einen auf supernett, dann sagt er: ›Ist Jones der Vater des Babys?‹«

Die Frage machte mich wütend. Dass Ginny eine solche

149

Frage beantworten musste, machte mich noch wütender. »Das tut mir echt leid«, sagte ich.

»Hab's dem Sack gegeben. Hab ihm gesagt, wenn er nächstes Mal aufs Klo geht, soll er seinen Arsch doch mit einem Foto von seinen Enkelkindern abwischen. Hat nur gegrinst. Wahrscheinlich hört er das oft.«

»Los«, sagte ich. »Und sei vorsichtig. Du radelst für zwei.«

Ich half ihr aus dem Fenster.

»Ben«, sagte sie. »Soll ich noch mal vorbeikommen und mir deine Geschäftsbücher anschauen? Ich mache am College einen BWL-Kurs und brauche noch ein Abschlussprojekt. Du könntest mein Projekt sein.«

»Ich dachte, du bist mein Projekt«, erwiderte ich.

»Bitte.«

Ich dachte, es würde zwar niemandem helfen, aber auch niemandem wehtun, und sagte ihr, wo ich meine Bücher aufbewahrte. »Schau dir gern alles an, was du auf dem Boden oder im Schrank findest. Wo die Tür ist, weißt du ja.« Ich fügte hinzu: »Und das Fenster.«

Ich sah ihr nach, wie sie im dämmrigen Licht der Straßenlaternen davoneierte. Sie sah aus wie ein schwarzer Kürbis auf einem Kinderrad. Ein Job bei Walmart. Schwanger. Allein. Arm. Obdachlos. Trotzdem machte sie einen BWL-Kurs. Die Hälfte aller amerikanischen Eltern hätte gemordet, um eine Tochter mit ihrem Biss zu haben. Ich hielt mich schon für einen verdammten Glückspilz, weil ich nur mit ihr befreundet war.

Nachdem ich bestimmt zwanzig Minuten im Dunkeln auf dem Bett gesessen hatte, knipste ich die Nachttischlampe wieder an. Dann zog ich mich an und machte überall Licht, sogar auf der Veranda. Für jeden gut sichtbar, schaute ich von einem

Ende der Straße zum anderen. Sie war dunkel und menschenleer oder sah wenigstens so aus. Mit Sicherheit konnte ich natürlich nicht sagen, dass mich niemand beobachtete. Ich kochte Kaffee, kehrte auf die Veranda zurück und saß lange auf der Treppe.

Falls Josh mir die vereinbarte Summe zahlte, hätte ich an die zweitausend Dollar in der Tasche. Die Leasingfirma würde meinen Truck in ein, zwei Wochen einkassieren. Aber eigentlich spielte das auch keine Rolle mehr, denn selbst mit dem Geld von Josh würde ich meine Firma nur noch ein paar Tage über Wasser halten können. Falls ich einen Job bei einem großen Spediteur ergatterte, würde ich im Jahr vielleicht vierzig-, fünfzigtausend machen. Nach Abzug der Steuern konnte ich meine Schulden dann in drei, vier Jahren zurückzahlen.

Dass ein Mann für die Suche nach seiner entlaufenen Ehefrau so viele Leute anheuerte und so viel Geld ausgab, wie es Claires Mann tat, war schon erstaunlich. Vielleicht war sie es wert. Vielleicht waren sie reich. Soweit ich es beurteilen konnte, reagierten reiche Leute auf die Temposchwellen des Lebens reichlich übertrieben. Streit mit dem Nachbarn? Nimm dir einen Anwalt. Geld in die falsche Aktie investiert? Verklag jemanden. Die Frau läuft dir weg? Heuer einen Haufen Privatdetektive an und spür ihren widerspenstigen Hintern auf, Kosten scheißegal.

Ginny hatte gesagt, der Mann, der sie ausgefragt hatte, sei mit einem Cop da gewesen. Der Cop hatte sich nicht eingemischt. Er war nur mitgekommen, um Eindruck zu schinden und dem »Doc« Autorität zu verleihen. Dafür war nicht nur Geld nötig, sondern auch Macht. Aber wer Ersteres hatte, verfügte meistens auch über Letzteres. Reiche Leute konnten immer irgendwen anrufen, der eine Sache für sie deichselte.

Normalsterbliche konnten das nicht, ganz gleich, wie sehr sie im Recht waren. Arme Leute konnten höchstens Jesus anrufen. Und wenn der nicht ans Telefon ging, blieb ihnen nur noch die Smith & Wesson.

Claires Mann würde sie finden – da war ich mir ganz sicher. Und es ging mich nichts an. Auch da war ich mir ganz sicher. Aber dass sie Ginny und mich in ihre Ehe-Scharmützel hineinzogen, das machte mich stinksauer. Aus purer Höflichkeit musste ich Claire mitteilen, dass ihr Mann die Kavallerie gerufen hatte und der Eismann seine wöchentliche Runde einstellen würde. Bis dahin musste ich die Kavallerie dazu bringen, in der Wüste im Kreis zu reiten und sich von Claire fernzuhalten. Sobald ich ihr gesagt hatte, was los war, musste sie allein mit der Situation fertigwerden. Das Versprechen, das ich ihr gegeben hatte, hatte seit heute ein Verfallsdatum. Ich hatte genug eigene Probleme.

Für den Fall, dass mich doch jemand beobachtete, kippte ich meinen Kaffee gut sichtbar vor der Veranda aus. Zu einer stärkeren Drohgebärde konnte ein abgebrannter jüdisch-indianischer Trucker kaum greifen.

20

Ich verließ den Parkplatz des Logistikzentrums erst bei Tageslicht. Falls mich jemand verfolgte, wollte ich ihn oder sie wenigstens sehen. Kurz kam mir in den Sinn, sie könnten einen Sender an meinem Truck angebracht haben. Aber inzwischen durften die Jäger der entlaufenen Ehefrau herausgefunden haben, wie wenig Verlass an der 117 auf Technik war.

Wie ich wusste, spielte Geld für sie keine Rolle. Schließlich hatten sie mindestens fünfzehnhundert rausgeschmissen, um mir den Quatsch mit dem Reality-TV zu verkaufen. Ich war gespannt, wen sie hinter mir herschicken würden, einer musste die Aufgabe ja übernehmen. Sie hatten keine Ahnung, dass ich sie nicht zu Claire führen würde. Wenigstens nicht heute. Wen würden sie also losschicken? Die Lehrerin? Den Typen, der sich Doc nannte? Josh? Da Abwechslung die Würze des Lebens ist, hoffte ich auf einen Neuzugang in ihrem Team.

Ich fuhr weder zu langsam noch zu schnell, setzte den Blinker aber erst kurz vor jedem Abbiegen. Sie sollten mich verfolgen können, aber zu leicht wollte ich es ihnen auch nicht machen. Während ich auf eine Lücke im Verkehr wartete, um wie gewohnt vom Highway 191 auf die State Road 117 abzubiegen, fragte ich mich, wie das Suchkommando eigentlich auf die Idee gekommen war, ich könnte sie zu Claire führen.

Grob geschätzt durchschnitt die 117 etwa fünfhundert Quadratmeilen Hochwüste. Selbst wenn sie Claires Spur bis in die Gegend um Price, Carbon und Emery County verfolgt hatten, gab es hier unzählige Dörfer, einsame Ranches und dünn besiedelte Gebiete, in denen sie sich versteckt haben konnte. Ich dagegen fuhr immer nur auf der 117. Das wusste jeder.

Hätten sie ihr ganzes Geld plus sämtliche Kontakte benutzt

und mich einfach gefragt oder unter Druck gesetzt, dann hätte ich Claire eventuell verraten. Ich bin nicht feige, aber auch nicht blöd. Sie hätten mir androhen können, hier und da ihre Beziehungen spielen zu lassen und mir Ärger mit meinem Gewerbeschein, der Versicherung oder dem Vertrag mit der Spedition zu machen. Stattdessen hatten sie mich verarscht und zu allem Überfluss auch noch einem schwangeren Teenager Angst eingejagt.

Warum kapieren Leute mit Geld und Macht eigentlich nicht, dass die armen Schlucker sich nicht immer von ihnen verarschen lassen, sondern irgendwann – vor allem, wenn sie wie ich nichts mehr zu verlieren haben – sauer werden und auf stur schalten? Mir blieb kein anderes Mittel, um mich gegen sie zu wehren. Und ich würde garantiert darauf zurückgreifen. Wer von ihnen auch immer den Kürzeren gezogen hatte und mich beschatten musste, den erwartete ein langer, nervtötender Tag mit Holperpisten unter dem Hintern und Staubwolken im Gesicht – und das alles für nichts und wieder nichts.

Ich stellte zwei schwere Kisten vor Walts Tür ab, klopfte aber nicht an. Ob er im Diner mit einer Frau getanzt hatte, interessierte mich nicht mehr. Von Walt führten drei Wege zu den Waggons der Laceys. Keiner war breit genug für eine sich windende, fette Klapperschlange, alle führten ins Nichts, und überall lauerten 90-Grad-Kurven, enge Canyons und Schlaglöcher, bei denen ich meine gesamten Fahrkünste aufbieten musste, nur damit die Reifen den Bodenkontakt nicht verloren. Keinen der Wege ließ ich aus. Ein paarmal fuhr ich querfeldein über Geröll, auf dem ich keine Spuren hinterließ. Sobald ich auf die 117 zurückgekehrt war, hielt ich im Rückspiegel Ausschau nach Verfolgern. Jedes Mal sah ich nur die Wolke aus Staub und Abgasen, die mir auf dem zurückgelegten Weg hinterherwehte.

Den ganzen Tag über war ich der geselligste Typ, den man sich vorstellen konnte, ich schaute unangemeldet bei verlassenen Ranches und entlegenen Kunden vorbei, die ich seit Wochen, manchmal sogar Monaten nicht mehr gesehen hatte. Unterwegs grüßte ich jeden Hasen, jede Schlange, jeden Präriehund und jeden Beifußstrauch mit Namen.

Und es gab sogar Neues zu entdecken. Mitten in einem ansteigenden Sandstein-Canyon, so eng, dass mir auf beiden Seiten nur noch wenige Zentimeter Spielraum blieben, endete die Straße ganz abrupt. Keine Wendemöglichkeit. Ich würde den Truck also mehr als eine halbe Meile rückwärts durch die enge, steile Schlucht manövrieren müssen. Mir stand eine schwierige und gefährliche Fahrt im Schritttempo bevor. Um mir kurz die Beine zu vertreten, stieg ich aus und ging bis zum Ende des Canyons.

Was ich dort sah, ließ meine Knie weich werden. Aus dem Felsen schraubte sich eine ganze Reihe von Miniwasserfällen, die sich zuerst in ein pflaumenblaues, steinernes Becken und von dort in einen kleinen, glasklaren See ergossen. Die Wände des Canyons waren bestimmt zwölf Meter hoch und an der Spitze knapp drei Meter voneinander entfernt, wodurch die Wasserfälle und der See in ewigem Schatten lagen.

Eine kleine Herde einer mir gänzlich unbekannten Zwerghirsch-Art trank aus dem See und nickte mir bei meinem Erscheinen nicht einmal zu. Der See, keine fünf Meter von mir entfernt, schien sich zu weigern, seine Schönheit an einen ausgetrockneten Flusslauf oder versandeten Bach zu verschwenden, denn er versickerte an Ort und Stelle im Felsgestein. Sein Leben begann und endete hier, ohne den geringsten Ehrgeiz, sich irgendwo anders hinzubegeben oder irgendetwas anderes zu tun. Weit und breit keine Bierdose oder Zigarettenkippe, nicht mal die Überreste eines lang erloschenen Lagerfeuers.

Beim Gehen drehte ich mich nicht um. Ich schlich rückwärts, setzte die Stiefel in die Fußspuren, die ich auf dem Hinweg hinterlassen hatte, und hielt den Atem an wie ein Vater, der das Zimmer seines schlafenden Kinds verlässt.

Ich wanderte den Weg etwa hundert Meter zurück und kam zu dem Schluss, dass es in Wahrheit gar kein Weg, sondern ein Felsvorsprung war, der nur an eine Straße mit enger Kurve und steilem, hundert Meter tiefen Abhang auf einer Seite erinnerte. Ein winziger Fehler, und mein Truck und womöglich auch ich würden zerschmettert auf dem Grund des Canyons landen.

Ich hatte mich selbst in eine dumme Lage gebracht, aber innerlich nahm ich die Herausforderung gern an. Zentimeter um Zentimeter manövrierte ich den Truck rückwärts, immer in dem Bewusstsein, dass das Felsband, selbst wenn ich mich genau in der Mitte hielt, unter dem Gewicht des Wagens jederzeit abbrechen konnte. Mehr als eine Stunde später war ich wieder auf der Wüstenebene, schweißüberströmt, aber merkwürdigerweise so glücklich wie noch nie. Tatsächlich hatte ich den ganzen verdammten Tag, an dem ich über vergessene, verschüttete und nicht existierende Straßen und ausgetrocknete Flussläufe gezuckelt war, höllisch genossen. Seit Monaten hatte ich nicht mehr so viel Spaß gehabt.

Darüber hatte ich ganz vergessen, warum ich eigentlich mit einem schweren Truck, dessen Fracht ich bei Sonnenuntergang immer noch nicht ganz ausgeliefert hatte, querfeldein durch die Wüste gefahren war. Auf der Ebene kletterte ich auf meinen Trailer und drehte mich langsam um die eigene Achse, um nach Anzeichen eines Verfolgers zu suchen. Das Ergebnis war enttäuschend. Vielleicht waren sie auch besser, als ich ihnen zugetraut hatte. Enttäuschung war nicht das Einzige, was ich empfand. Ich war auch verdammt froh, dass niemand Zeuge geworden war, wie ich mich auf dem Felsvorsprung beinahe selbst ins Verderben geritten hatte. Unter die Erleichterung mischte sich leichtes Bedauern, weil niemand, ob Freund oder Feind, gesehen hatte, wie ich den Truck rückwärts über das tückische Felsband gelenkt hatte. Ich war ein verdammt guter Fahrer.

Erst nach neun kam ich zu Hause an. Die schwangere Teenager-Fee war zu Besuch gewesen. Alle Papierkugeln waren weg, der Fußboden war gesaugt, das Bett gemacht worden. Die Ziehharmonikamappe war verschwunden.

Auf der Kommode lag ein Zettel. *Lieber Ben, bei euch alten Säcken kann ein Mädchen endlich mal richtig Spaß haben. Hab mir noch ein Sandwich gemacht. Und ein Nickerchen gehalten. Hoffe, du hast nichts dagegen. Heute Nachmittag treffe ich mich wegen unserem Projekt mit meinem Prof.*

Über ihren Namen hatte sie einen krakeligen Totenkopf gezeichnet, der auf eine jugendliche Art, die ich weder verstehen konnte noch sollte, wohl so etwas wie Zuneigung ausdrückte. Der Totenkopf grinste schief. Die Botschaft war angekommen. Welche schlechten Eigenschaften Ginny auch immer besaß, Unzuverlässigkeit und Lahmarschigkeit gehörten jedenfalls nicht dazu.

21

Am Freitag hatte mich vielleicht niemand verfolgt, doch am Samstagmorgen heftete sich jemand in aller Früh gut sichtbar an meine Stoßstange. Moab lag etwa eine halbe Tagesreise entfernt. Ein offener Jeep, mit dem man abseits der Straßen fahren oder ein Mountainbike in die Canyons transportieren konnte, war dort relativ günstig zu mieten.

Die meisten dieser Jeeps waren feuerwehrrot oder strahlend weiß und alle mit GPS ausgestattet. Wer sich in einen Jeep setzte, schrie der Welt entgegen: Ich hab zwar keine Ahnung, wohin ich fahre und wann ich sonst wo ankomme, aber, hey, ich habe einen Jeep mit Allradantrieb unter dem Hintern. Alles andere war nebensächlich. GPS-Tracker retteten regelmäßig Leben. Gesunder Menschenverstand zählte nämlich zu den zweitrangigen Dingen, wenn man mit dem trügerischen Selbstvertrauen ausgestattet war, das einem der Allradantrieb gab. Im stetigen Strom der Trucks, die früh am Morgen aus Price abfuhren, war meiner der Einzige, dem ein entzündeter Allradantrieb-Pickel im Nacken saß.

Ich nahm mir alle Zeit der Welt, um den Gegenverkehr auf dem 191 an mir vorbeiziehen zu lassen, bevor ich links auf die 117 abbog. Ob der rote Jeep weiterfuhr oder in der Schlange hinter mir wartete, war im Prinzip egal. Spätestens auf der 117 würde ich wissen, was Sache war. Der Jeep wartete mit den anderen fünf, sechs Wagen hinter mir. Nachdem ich abgebogen war, fuhr er auf dem 191 in Richtung Süden weiter. Der Fahrer trug Cap und Sonnenbrille.

Während ich den Gegenverkehr abwartete, dachte ich darüber nach, wie viel teuren Kraftstoff ich bei meiner Spritztour am Vortag verblasen hatte und wie wenig wendig ein Truck doch war. Ich dachte an Ginny und Claire. An Walt und seine Motorräder. Als ich den Diner erreichte, hatte ich das Denken für den gesamten Tag fast erledigt. Statt wie sonst auf dem Seitenstreifen neben dem Schotterparkplatz zu halten, fuhr ich den Truck rückwärts neben den Diner und parkte knapp zwanzig Meter vor der Stahlblechhütte. Die Nase der Zugmaschine ragte an der Seite des Diners hervor, sodass ein Autofahrer, der Richtung Osten unterwegs war, sie sehen konnte, allerdings erst, wenn er am Diner fast vorbei war.

Ich stellte mich hinter den Truck und wartete. Ein einziger Wagen fuhr Richtung Osten vorbei. Ein roter Jeep, ziemlich schnell. Als meine Fahrerkabine in Sicht kam, leuchteten die Bremslichter auf. Josh saß am Steuer. Der Fahrer hatte den Kopf weggedreht. Trotzdem war es Josh.

»Was zum Henker machst du da?!« Walts Knurren war in Topform.

Ich schreckte zusammen. »Hab 'ne Lieferung.«

»Ich hab dich was gefragt.«

»Und ich hab geantwortet.«

Manche Gespräche mit Walt liefen so. Er war wütend, weil mein Truck neben seinem Diner parkte. Eigentlich war das ziemlich egal, aber Walt hatte nun einmal jeder Form von Veränderung den Krieg erklärt. Obwohl es bisher noch nie dazu gekommen war, war es jederzeit möglich, dass er auf mich losging. Unter seinem weißen T-Shirt zuckten die Muskeln, sein Kinn wirkte hart wie Stahl. Er war nur etwas kleiner als ich und ich wog vielleicht vier, fünf Kilo mehr. Wenn man das Alter außen vor ließ, waren wir ebenbürtige Gegner. Sich auf den Altersvorteil zu verlassen, wäre sehr dumm gewesen. Walt hatte die breite Brust und die Reichweite eines Gorillas. Es kam mir in den Sinn, dass ich heute in den zweifelhaften Genuss einer Premiere kommen könnte.

Walt nahm mich mit seinen hellen Augen unter Beschuss. Weil ich nicht blinzelte, drehte er sich um und ging zur Werkstatt. »Park hier nie wieder.«

Ich lud die Kisten ab, alle irrsinnig schwer, stellte sie auf die Sackkarre und rollte sie zur Tür der Hütte. Walt hatte sie offen gelassen und rief mir zu, ich solle die Kisten im Eingang stehen lassen. Drinnen war es dunkel wie in einer Höhle und ein kalter Hauch wehte mir entgegen.

»Laut Gewerkschaft«, sagte ich, »darf ich keine Fracht ins Haus liefern. Oder irgendwo abstellen, wo andere zu Schaden kommen könnten.« Ich gehörte keiner Gewerkschaft an. Das wussten wir beide.

Walt knipste die Lampe über seiner Werkbank an. »Du und Jimmy Hoffa, ihr könnt mich beide mal am Arsch lecken.«

Ich karrte die Kisten rein und stellte sie dort ab, wo er hinzeigte.

»Warum hast du da geparkt, Ben? Ich will eine ehrliche Antwort. Wenn jemand etwas tut oder sagt, was er noch nie getan oder gesagt hat, dann ist er entweder verrückt geworden oder hat einen verdammt guten Grund. Bist du beim Verhätscheln der Loser an der 117 verrückt geworden?«

In Anbetracht seiner Laune unterließ ich es, ihn darauf hinzuweisen, dass er ebenfalls an der 117 wohnte. Er bedeutete mir, mich auf eine Kiste neben seinem Hocker zu setzen. Zu beiden Seiten der Hütte, bis zum Ende der Werkstatt, standen Motorräder, sparrenförmig angeordnet und schwach angestrahlt. Trotz seines Alters wirkte Walt gesünder und zufriedener, als ich ihn je erlebt hatte. Vielleicht war doch ein Funken Wahrheit an dem, was ich über sein Liebesleben gehört hatte.

»Ich muss dich um einen Gefallen bitten«, sagte ich. »Einen großen.«

In all den Jahren, die ich Walt kannte, hatte ich ihn nie um etwas gebeten, nicht mal um ein Glas Wasser. Wann immer er etwas für mich getan hatte, geschah es freiwillig, nicht auf eine Bitte hin. Ich war gespannt, wie er reagieren würde.

»Wofür brauchst du es?«, fragte er.

»Was?«

»Das Motorrad.« Er hatte es erraten, ohne dass ich ein Wort gesagt hatte. »Raus mit der Sprache, Ben.« Es war Befehl und Warnung zugleich. Ich nahm beides ernst.

Er saß kerzengerade auf seinem Hocker und hörte sich die ganze Geschichte an. Es war die reine Wahrheit oder wenigstens das, was ich dafür hielt. Nichts in seinem Gesicht verriet eine Gefühlsregung. Er ließ mich zu Ende reden und sagte die ganze Zeit nichts.

Dann, nach einer Weile, fasste er zusammen: »Du hast einer Frau, die du nicht kennst, etwas versprochen. Du bist ihr gegenüber zu nichts verpflichtet, außer dazu, dein Versprechen zu halten.« Walt stand auf und schaltete eine Deckenlampe über der Motorradsammlung an. »Ich nehme an, sobald du deinen Schatten los bist, willst du ihr sagen, die Party ist vorbei und sie soll sich aus dem Staub machen oder zu ihrem Mann zurückgehen. Ist das ungefähr der Plan?«

Das war genau mein Plan, und das sagte ich ihm auch. Vor Walts Zusammenfassung war mir nicht klar gewesen, wie sehr ich Claire vermissen würde, so unsinnig das auch war. »Ja«, sagte ich. »Ich helfe ihr nur, Zeit zu gewinnen. Danach ist sie auf sich gestellt.«

Walt schritt die beiden Reihen seiner Motorräder ab, blieb hin und wieder stehen und setzte sich schließlich auf eine Maschine. »Das ist eine 1966er BSA Victor 441. In der Geschichte des Motorrads ist das vielleicht das Mieseste, was je gebaut wurde.«

Da ich Walts Vorliebe für erstklassige Maschinen kannte, wunderte ich mich natürlich, warum er das Motorrad besaß und wieso er meinte, es sei für meine Zwecke geeignet.

»Weil«, sagte er, während er den Gaszug prüfte, »ich es für das beste Stück Scheiße aller Zeiten halte. In Sachen Scheiße ist es die absolute Krönung.« Er strich zärtlich über den gelben Tank. »Sie ist das genaue Gegenteil von der Vincent. Die Optik ist beschissen, die Verarbeitung ist beschissen, verwendet wurden die beschissensten Materialien, die damals zu haben waren. Man hat an allen Ecken und Enden gespart. Sie taugt weder für die Straße noch fürs Gelände. Nach einer Stunde muss man schon wieder an ihr rumschrauben. Sie ist in etwa so handlich wie dein Truck ohne Servolenkung. Selbst auf gutem Straßenbelag ruckelt sie so extrem, dass dir die eine oder andere Plombe locker wird. Aber«, sagte er, »im offenen Gelände wäre die einzige Alternative die 200cc Tiger Cub dahinten.« Er zeigte auf eine kleine Geländemaschine. »Aber das ist das Bike, das Lee eine Zeitlang gefahren ist. Er hat es mir ein Jahr vor seinem Tod geschenkt.«

Die Botschaft war klar: Walt würde mich lieber auf einem Stück Scheiße in die Wüste schicken, als mir eine zuverlässige Maschine zu leihen, an der sein Herz wegen der lebenslangen Freundschaft mit Lee Marvin hing. Hätte man ihm vorgeworfen, sentimental zu sein, Walt hätte es mit Sicherheit abgestritten. Dabei waren seine Motorräder, der Diner, und die Art, wie er alles in Schuss hielt, ein Mausoleum für ein längst vergangenes Leben und längst verstorbene Menschen. Die Botschaft war nicht nur klar, ich konnte sie auch verstehen. Unter ähnlichen Umständen hätte ich womöglich ähnlich gehandelt.

Er füllte den Tank der BSA und gab mir eine kurze Einführung. Er trat den Kickstarter. Der Motor sprang knatternd an. »Erwarte bloß nicht, dass sie so schnell reagiert, wenn du darauf angewiesen bist. Die Victors waren launische, britische Miststücke.«

Gemeinsam rollten wir das Motorrad in den Laderaum meines fast vollen Trucks. Damit es unterwegs nicht umfiel, befestigten wir es mit Spanngurten und legten noch eine Decke darüber.

Walt wünschte mir Glück. »Du wirst jedes Fünkchen brauchen«, sagte er grimmig. »Und wenn dich die Kiste da draußen im Stich lässt, und das wird sie wahrscheinlich, dann schiebst, ziehst oder trägst du das Biest zu mir zurück. Kapiert?«

»Kapiert.«

»Wenn die Maschine ohne dich zurückkommt«, sagte er, »dann wird es mir leidtun. Wenn du ohne sie zurückkommst, wird es dir leidtun.«

Darauf konnte ich nicht mehr viel erwidern. Ich nickte langsam und ernst. Als ich bei meinem Truck den Gang einlegte, sprang Walt plötzlich aufs Trittbrett. Er klopfte so fest gegen die Seitenscheibe, dass ich erneut zusammenzuckte.

»Sei heute Abend Punkt sieben im Diner«, schrie er gegen den Motor an. »Ich mach dir was zu essen. Sofern dich die Victor nicht irgendwo in der Wüste hängen oder verrecken lässt.«

Ohne meine Antwort abzuwarten, sprang er mit der Leichtfüßigkeit eines Zwanzigjährigen vom Trittbrett und verschwand hinter meinem Truck.

22

Während ich die Lieferungen zustellte, war Josh immer in meiner Nähe. Das wusste ich, auch wenn ich ihn nie sah. Tatsächlich war Josh ziemlich gut darin, sich unsichtbar zu machen. Das Motorrad stand mir bei jeder Lieferung im Weg. Walt hatte recht gehabt. Selbst im Ruhezustand war die Maschine eine unhandliche Nervensäge. Im Laufe des Vormittags musste ich sie unzählige Male losbinden, wegschieben, wieder festzurren und abdecken. Noch hatte ich nicht vor, die Victor anzuschmeißen, vorausgesetzt natürlich, sie würde auch anspringen. Joshs großes Wüstenabenteuer würde erst beginnen, wenn ich so weit wäre, also nicht vor dem späten Nachmittag.

Aus irgendeinem Grund freute ich mich auf das Essen mit Walt. So schwer es mir auch fiel, ich musste ihm erzählen, dass ich die Loser an der 117 nicht mehr lange verhätscheln würde. Walt hatte das schon vor Jahren prophezeit. Dass er sich nicht zu den Losern zählte, überraschte mich nicht.

Zum einen gehörte Walt ein eigener Laden, auch wenn dieser fast immer geschlossen war. Zweitens wohnte er näher an Price als die anderen – aus seiner Sicht der Zivilisation am nächsten, obwohl er alle paar Monate wegen der Post nach Rockmuse musste. Hin und wieder kaufte er dort sogar ein. Außerdem schien Walt über relativ viel Geld zu verfügen. Der Diner war etliche Jahre lang gut gelaufen. Die Leute, die sich um die Finanzen von Lee Marvin kümmerten, hatten auch Walts Film-Dollars gut angelegt. Doch der entscheidende Grund war sein gottverdammter Stolz.

Walt Butterfield war *der* Walt Butterfield, so wie sein Laden *der* Well-Known Desert Diner war. Wie er es darstellte, hatte er nicht ein einziges Mal versagt, nur von Zeit zu Zeit etwas länger warten oder härter arbeiten müssen, bis er sein Ziel erreicht hatte. Alle anderen hatten das schwere Los zu tragen, dass sie eben *nicht* Walt Butterfield waren. Manchmal musste ich ihm da insgeheim recht geben. Und ab und zu hatte ich den Verdacht, Walts einzige Schwäche wäre es, *der* Walt Butterfield zu sein. Er war kräftig, zäh, robust, und wenn er tatsächlich einmal sterben sollte, dann würde er Gott sagen, wann es so weit wäre, nicht umgekehrt.

Hin und wieder fragte ich mich, warum er – vor allem nach Bernices Tod – Gott nicht schon längst Bescheid gegeben hatte. Von seinen Motorrädern abgesehen, konnte ich mir keinen Grund vorstellen, der ihn weitermachen ließ, außer vielleicht die grimmige Entschlossenheit, nicht im oder am Leben zu scheitern, selbst wenn von diesem Leben kaum noch etwas übrig war.

Ich stellte die Lieferungen zu. Es war ein schöner Vormittag, ein schöner Nachmittag. Nachdem ich mich innerlich damit abgefunden hatte, dass ein Teil meines Lebens bald zu Ende gehen würde, überkam mich eine große Ruhe. Und aus dieser Ruhe zog ich die Kraft, auf den Gleisen zu stehen und dem herannahenden Zug mutig entgegenzublicken. Bei jeder Lieferung gab es von mir eine Gratispackung Krokant-Eis dazu. Einige bedankten sich. Die meisten nickten bloß und hielten sich den eiskalten Behälter an eine sonnenverbrannte Wange oder in den verschwitzten Nacken.

Mein Anfall von Eiscreme-Geberlaune ließ meinen Vorrat kaum schmelzen. Ich brachte es nicht fertig, auch nur einem Kunden zu erzählen, dass ich womöglich nie wieder vorbeikommen würde. Die Leute nicht vorzuwarnen, war zwar nicht fair, aber *fair* gehörte ohnehin nicht zum Wortschatz der 117.

Während ich Richtung Westen fuhr, dachte ich an Josh und

seinen Jeep. Der Truck war noch zu einem Drittel beladen: Einige Säcke Viehfutter, ein paar dicke, verzinkte Rohre und anderer Kleinkram – darunter ein tragbarer Zementmischer – mussten noch zugestellt werden. Vielleicht würde ich den Rest am Sonntag ausliefern oder bis Montag warten, damit ich mich mit einer vollen Fuhre erneut auf den Weg machen konnte.

Um Punkt drei Uhr fuhr ich auf den Seitenstreifen und hielt ein Nickerchen. Vermutlich parkte Josh irgendwo hinter mir. In seinem offenen Jeep aus rotem Blech würde er in der prallen Sonne ziemlich braten. In meiner Vorstellung machte er einen künstlichen Alterungsprozess durch, wie man ihn in überkandidelten Restaurants Gourmet-Steaks angedeihen ließ.

Während er so vor sich hin alterte, würde er die Flasche Wasser austrinken, die er mitgenommen hatte, sofern er daran gedacht hatte. Er würde schwitzen und warten und beten und mich schließlich verfluchen. Sein Mund wäre bald so trocken, er könnte nicht mal mehr einen Fingerhut voll Spucke produzieren. Vielleicht würde er den Motor laufen lassen, damit ihm der Ventilator wenigstens die träge, heiße Luft ins Gesicht pustete. Vielleicht würde er dabei zu viel Benzin verbrauchen. Später, sehr viel später, würde ich mich dann tatsächlich wieder in Bewegung setzen.

Alle paar Minuten sah ich im Rückspiegel nach dem roten Jeep. Gegen halb fünf löste ich die Bremse und kroch einige Hundert Meter über den Seitenstreifen. Auf der Kuppe eines kleinen Hügels meinte ich, den Jeep hinter mir zu erkennen, er hielt gleichbleibenden Abstand zu meinem Truck.

Mir fiel ein kleiner Nebenweg ein, der es in sich hatte. Er begann als befestigte Schotterstraße, doch nach Norden hin verschlechterte sich sein Zustand zusehends. Über zahlreiche Kurven führte sie zu einer verlassenen Ranch. Kamen die verrotteten Balken des Eingangstors in Sicht, war die Straße bereits mit hinterhältigen, knietiefen Furchen durchzogen, die sich infolge der Frühjahrsüberschwemmungen in den Boden gegraben hatten. An fünf oder sechs Stellen gabelte sich die Straße. Zwei dieser Seitenarme mündeten in ausgetrockneten Flussläufen. Mindestens einer von ihnen verlief sich im Sand. Wohin die anderen führten, war mir schleierhaft. Die Zufahrtsstraße zur ehemaligen Ranch war als solche kaum noch zu erkennen.

Als ich damals für die Utah Express Provisioners gefahren war, hatte ich auch die Leute von der Ranch beliefert. Eines Tages war ich durchs Tor gekommen und fand die Ranch bis auf die Grundmauern niedergebrannt vor. Der verkohlte Schornstein lehnte wie ein Betrunkener an einer einsamen Pappel. Überall lagen Habseligkeiten herum – ein kaputter Tisch, Kleidungsstücke. Von dem alten Ehepaar, das dort gelebt hatte, fehlte jede Spur.

Ich parkte den Truck in der Kehre, stellte mich aufs Trittbrett und suchte den Horizont ab. Den Jeep sah ich nicht, dafür aber eine winzige Staubwolke. Sollte Josh die 117 jemals wieder erreichen, dann nur nach einer gefährlichen Fahrt im Stockdunkeln. Allerdings tippte ich, dass ihm das Benzin lange vor Anbruch der Dunkelheit ausgehen würde, selbst wenn er die fünf Gallonen aus dem Ersatzkanister benutzte, den jeder gemietete Jeep auf der hinteren Stoßstange mit sich führte. Seelenruhig lud ich die Victor ab und verriegelte den Truck, für den Fall, dass ein besoffener Kojote auf die Idee kam, ihn sich für eine Spritztour auszuborgen.

Die Victor sprang sofort an. Damit ich ein Gefühl für die Maschine entwickelte und sie für mich, drehte ich ein paar Runden zwischen den Trümmern auf dem Hof und den Überresten der Nebengebäude. Inzwischen war Josh sicherlich nur noch eine halbe Meile entfernt. Um meinen Aufbruch anzukündigen, ließ ich die Victor einmal aufheulen, dann raste ich in Richtung Nordosten davon, wo das Gelände noch unwegsamer wurde. Zum Glück nahm der verlogene kleine Hollywoodscheißer die Einladung an und folgte mir. Wahrscheinlich behielt er den Sand im Blick, den ich bei meinem Ritt großzügig aufwirbelte. So wie ich seine Staubwolken nicht aus den Augen ließ.

Mein Plan war, Josh etwa zehn Meilen querfeldein von der 117 wegzulocken und erst kurz vor Anbruch der Dunkelheit zum Truck zurückzukehren. Irgendwann würde auch Josh die 117 wieder erreichen, und sei es zu Fuß, aber dafür würde er die ganze Nacht, wenn nicht sogar den nächsten Vormittag benötigen. Wenn es hart auf hart kam, funktionierte vielleicht der GPS-Tracker seines Jeeps und der Autoverleiher schickte jemanden auf die Suche nach ihm. Womöglich hatte er sogar Handy-Empfang, allerdings würde er dafür auf eine der Felssäulen kraxeln müssen, die hier und da wie Sechs-Meter-Warzen aufragten.

Ich dagegen konnte mich nur auf meinen Orientierungssinn verlassen. Walt hatte mir mit seiner Bemerkung über die Unzuverlässigkeit der Victor Angst gemacht. Ein paarmal stotterte der Motor, und mein Puls begann zu rasen. Das 441cc-Triebwerk und die Schaltung erforderten einiges an Geduld – bei Steigungen war die Maschine eine Schnecke, auf gerader Strecke eine Rakete. Aber ich war auf der sicheren Seite, solange ich die Sonne immer im Rücken und die rote Mesa zu meiner Rechten behielt.

Um Josh auf Trab zu halten, riss ich hin und wieder nach Norden aus. Einmal wäre ich ihm fast in die Quere gekommen, als er sich durch ein ausgetrocknetes, mit Granitbrocken übersätes Flussbett kämpfte. Einen Augenblick spürte ich einen Anflug von schlechtem Gewissen. Die Mesa fing allmählich die vollen Strahlen der untergehenden Sonne auf. Viel zu oft hatte ich dieses Naturschauspiel für selbstverständlich gehalten. Ich hob den Blick zum Himmel. Ein immer kräftigeres Blau, das sich allmählich dunkel färbte. Das Blau erinnerte mich an das Foto von Joshs Frau in dem blauen Pulli und an die Augenfarbe ihres Sohns. Wahrscheinlich waren nicht mal die Frau und das Kind echt.

Plötzlich hatte ich genug von dem Spiel. Ich drehte noch einmal weit nach Süden ab und fuhr dann Richtung Westen, hinein in die blendende, rasch untergehende Sonne. Mit einem Mal hatte ich es eilig, zu der niedergebrannten Ranch und meinem Truck zurückzukehren und mich auf den Weg zu Walt zu machen. Vielleicht war ich auch schlagartig nicht mehr so überzeugt von dem, was ich da tat, und wollte so weit wie möglich weg von Josh. Ein paarmal glaubte ich, die Ranch fast erreicht zu haben, entdeckte dann aber nur noch mehr Sand und Felsen. Kurz kam mir der Verdacht, ich sei übers Ziel hinausgeschossen und zu weit nach Süden oder Westen abgedriftet. Ohne mich mit einem Furz oder einem Kichern vorzuwarnen, machte die Victor plötzlich einen Satz nach vorne, blieb stehen, fuhr wieder an und gab schließlich den Geist auf. Nachdem ich fünf Minuten lang am prähistorischen Amal-Vergaser rumgefummelt und dem Benzinschlauch den Blowjob seines Lebens verpasst hatte, wusste ich, dass es zwecklos war, und gab auf. Ich schob die Victor etwa dreißig Meter bergan und war bald schweißgebadet und völlig aus der Puste. Die peinliche Gewissheit, hier auf eine Mitfahrgelegenheit im Jeep von Josh warten zu müssen, brach über mich herein.

Auf der Kuppe des Hügels lehnte ich mich an die Victor und schaute über das Gelände, das ich durchquert hatte. Dämmerung breitete sich zwischen den niedrigen Bergen aus. Erste Schatten verwoben sich miteinander. In der Ferne gingen die Scheinwerfer des Jeeps an. Während Josh im Zickzackkurs auf mich zuhielt, stießen die Lichter mit der Dunkelheit zusammen und wurden schließlich ganz von ihr geschluckt. Mir blieb nichts anderes übrig, als zu warten. Ich drehte mich nach Westen, um noch einen Blick auf die letzten, langen Strahlen des Sonnenuntergangs zu erhaschen, und sah die Pappel und den Schornstein der Ranch, keine hundert Meter von mir entfernt. Es war mein Glück gewesen, dass ich zum richtigen Zeitpunkt aufgebrochen war.

Ich lud die Victor ein und zurrte sie fest, bevor ich auf den Trailer kletterte, um mich ein letztes Mal an Joshs Fortschritten zu berauschen. Weit und breit keine Scheinwerfer. Entweder hatte er wegen der Dunkelheit angehalten oder er steckte in einer besonders tiefen Furche fest. Vielleicht war ihm auch das Benzin ausgegangen. Mir war es letztendlich egal. Ein einsamer Wind pfiff durch die verkohlten Überreste des Ranchhauses. Der Mond würde sich heute kaum zeigen. Josh Arrons, oder wie er auch hieß, konnte sich auf eine lange, ungemütliche Nacht einstellen. Claire würde einen Vorsprung haben. Mehr hatte ich nicht erreichen wollen, mehr interessierte mich nicht. Ich hatte nur eine unschöne Pflicht erfüllt und einem jungen Mann übel mitgespielt, den ich, wie ich unter Druck womöglich zugegeben hätte, eigentlich ganz gerne mochte.

Es war fast acht, als ich den Truck vor dem Diner parkte. Walt war sicher sauer auf mich, so wie ich, ohne besonderen Grund, sauer auf ihn war, womit ich in Wahrheit nur verdrängen wollte, dass ich sauer auf mich selbst war, weil ich Josh in der Wüste zurückgelassen hatte.

Die Jalousien des Diners waren heruntergelassen. Ein schwaches, gelbes Licht drang durch die Ritzen. Mit schweren Schritten ging ich auf das Haus zu. Das »Geschlossen«-Schild hing wie immer in der Tür. Ich hatte keinen Hunger. Wenn Walt eine seiner Launen hatte, würde ich das Essen ausfallen lassen und mich nach Desert Home aufmachen, um Claire zu warnen. Die Hand auf dem Türgriff, blieb ich stehen. Walt hatte die Jukebox angeworfen und spielte ein Lied aus den 1940ern oder 1950ern. Ich hatte es bei ihm schon einmal gehört. Lächelnd machte ich die Tür auf. Walt lächelte noch breiter. Er tanzte mit Claire.

23

Claire hatte den Rücken zur Tür gedreht. Ihr langes schwarzes Haar war mit einem roten Band zum Pferdeschwanz gebunden. Walt runzelte kaum merklich die Stirn. Er bewegte den Kopf einmal von links nach rechts, damit mir ja nicht einfiel, sie zu unterbrechen.

Das wäre mir gar nicht in den Sinn gekommen. Erstens bin ich kein guter Tänzer. Zweitens brauchte ich meine gesamte Energie, um mich ans Atmen zu erinnern. Ich stand bloß da und schaute ihnen beim Tanzen zu.

Claire war zierlich, kaum größer als eins sechzig, selbst in den offenbar neuen türkisfarbenen Cowboystiefeln. Walt bewegte sich leichtfüßig und anmutig wie eine schwebende Feder. Ich holte Luft und hielt den Atem sofort wieder an. Sie gaben ein schönes Paar ab, als hätten sie ihr Leben lang schon miteinander getanzt. Unwillkürlich trat ich einen Schritt zurück. Wäre ich nicht so gebannt gewesen, ich wäre womöglich neiderfüllt in die nächtliche Wüste gerannt.

Das Lied klang langsam aus, die letzten Töne verhallten im lauten, rhythmischen Kratzen der Plattennadel. Ich war schon fast aus der Tür, als Claire mich bemerkte. Sie nahm die Hände von Walts Schultern und legte den Kopf kurz an seine Brust, ohne mich dabei aus den Augen zu lassen. In der Geste lag eine Zärtlichkeit, für die jeder Mann sein Leben gegeben hätte, um sie zu spüren, und sei es nur für wenige, kostbare Sekunden.

Claire registrierte meine Verwirrung. Sie stemmte die Hände in die Hüften und fing an zu lachen. Ich rührte mich nicht. Walt drehte sich zu mir um und lachte ebenfalls. »Sieh an«, sagte er, »unser Gast ist endlich da.«

Claire lief auf mich zu, als wären wir alte Freunde, vielleicht sogar mehr. Sie umarmte mich kurz, hakte sich mit dem rechten Arm bei mir unter und ging mit mir zu Walt. In einer Sitznische war für drei Personen gedeckt, ein Tischset links, zwei gegenüber. In einer Vase steckte eine einzelne Blume. Mir fiel der Titel des Stücks wieder ein – »Blue Moon«. Die Blume war eine hübsche Idee, grazil und exotisch, aber das war nicht alles.

Die Blume stand für etwas anderes. Ich überlegte noch, was es sein könnte, als Walt, in einem merkwürdigen Anflug von Förmlichkeit, meine rechte Hand schüttelte, als wären wir uralte Freunde, die sich seit Jahren nicht gesehen hatten, oder Fremde, die sich zum ersten Mal begegneten. Vielleicht stimmte beides. Es war der Tisch von Bernice. Das rote »Reserviert«-Schild war verschwunden.

Walt klatschte in die Hände, was wohl bedeuten sollte, dass wir mit dem Essen beginnen konnten. Claire hatte sich noch immer bei mir untergehakt. Wir sahen Walt in der Küche verschwinden und hörten Töpfe scheppern. Claire setzte sich an den Tisch und bat mich, ihr gegenüber Platz zu nehmen.

»Er wird nicht lange brauchen«, sagte sie. »Wir haben schon eine Weile gewartet. Alles ist vorbereitet. Er hat gesagt, du würdest dich eventuell verspäten.« Mir fiel auf, dass sie mich eben geduzt hatte, und ich mochte es.

»Hat er auch gesagt, warum?«

»Nein.«

»Schöne Stiefel.« Die leuchtend türkisblauen Stiefel waren offensichtlich handgearbeitet und wirkten teuer. »Sehen neu aus.«

»Ein Geschenk von Walt. Neu sind sie nicht. Gebraucht. Aber selten getragen.«

Wie ich vermutete, hatten sie Bernice gehört. Dass Walt sie

an jemanden verschenkt hatte, den er kaum kannte, war mehr als merkwürdig.

Mir war nicht nach Sitzen zumute. Nach Stehen auch nicht. Ich trat von einem Fuß auf den anderen. »Alles ist vorbereitet«, sagte ich, »nur ich nicht.« Um Claire nicht in die Augen schauen zu müssen, blickte ich an ihr vorbei zur Blume.

»Bitte, Ben«, flüsterte Claire. »Setz dich.«

»Ich sollte besser gehen.«

»Du solltest besser bleiben.« Jetzt blickte sie zur Blume. »Eine Orchidee«, sagte sie. »Meine Mutter hat welche gezüchtet. Hübsch, nicht?« Als ich nichts erwiderte, sagte sie: »Walt kannte meine Mutter. Sie kam aus Korea.«

»Sie ist wunderschön«, sagte ich und dachte an meine eigene Mutter, die vielleicht ebenfalls Pflanzen umsorgt hatte, aber niemals mich. »Hab noch was im Wagen, das ich Walt zurückgeben muss. Bin gleich wieder da.«

Sie dachte, ich wollte mich vor dem Essen drücken. »Wenn du willst, kannst du gehen.« Sie nahm meine Hand. »Ich würde mir wünschen, dass du bleibst. Du könntest es sonst bereuen. Deine Entscheidung.«

Ich murmelte eine Entschuldigung und ging, das Motorrad abladen. Nachdem ich die Victor neben der Stahlblechhütte abgestellt hatte, schaute ich zu den Sternen hoch. Josh fiel mir wieder ein. Er hatte eine kalte Nacht vor sich. Ich fragte mich, was ich mehr bereuen würde – wenn ich ging oder wenn ich blieb. Ich musste Claire noch von Josh und seinem Auftraggeber berichten, ihrem Mann, wie ich annahm, obwohl sie oder Walt in diesem Augenblick vermutlich keinen Gedanken an ihn verschwendeten.

Unschlüssig umrundete ich den Diner und kam dabei an dem hohen, schmalen Küchenfenster vorbei. Drinnen agierte

Walt wie der Profikoch, der er ja auch war – jede Bewegung saß, alles stand an seinem Platz oder war auf dem Weg dorthin. Er ging ganz in der Arbeit auf, die früher sein Lebensinhalt gewesen war. Ja, er pfiff sogar eine Melodie dabei.

Mit einer einzigen fließenden Bewegung nahm er ein Messer, schnitt drei Scheiben Fleisch von einem Braten ab, wischte die Klinge an der weißen Schürze sauber und warf das Messer an die Wand, wo es an einer Magnetleiste haften blieb. Das Messer, die Küche und Walt ließen mich an Bernice und den tragischen Abend vor vierzig Jahren denken.

Ich ging wieder rein und sagte Claire, ich müsse mich kurz frischmachen – eine maßlose Untertreibung. Um den Schweiß und den verkrusteten Dreck abzukriegen, waren mehr als nur ein paar Minuten auf der Herrentoilette nötig. Josh das kleine Abenteuer zu verschaffen, war echte Drecksarbeit gewesen. Ich säuberte mich, so gut es ging, kehrte zu Claire zurück und setzte mich auf die Seite mit dem einzelnen Gedeck. Walt war immer noch in der Küche zugange.

»Du bist Walts Tochter«, sagte ich wie nebenbei. Noch nie war ich mir bei einer Sache so sicher gewesen. Ich war fast stolz auf mich. Das Gefühl hielt nicht lange an.

Claire verdrehte die Augen. »Nicht direkt.«

Walt kam aus der Küche, die Teller geschickt auf dem linken Arm balancierend. Er stellte einen nach dem anderen ab, zuerst Claires, dann seinen, zuletzt meinen. Claire rutschte zur Seite, um Platz für Walt zu machen. Mit einem unauffälligen Kopfschütteln gab sie mir zu verstehen, dass unser Gespräch fürs Erste beendet war.

Walt trat einen Schritt zurück und bewunderte sein Werk. »Ein Festessen für meine beiden Lieblingsmenschen. Guten Appetit.«

Er hätte Claire und mich meinen können, aber vermutlich meinte er Claire und sich selbst. Beim Sprechen hatte er sie angelächelt. Wäre ich an seiner Stelle gewesen, hätte ich mich selbst gemeint. Von uns dreien war ich eindeutig derjenige, der zu viel war. Gut, Walt hatte mich eingeladen. Nur, warum? Viel zu sagen oder zu tun hatte ich nicht. Ich schob nur das Essen auf meinem Teller hin und her.

Es lag nicht an dem, was Walt aufgetischt hatte. Statt des üblichen Raststätten-Einerleis gab es Suppe, dunkles Fleisch mit Soße und noch ein, zwei Beilagen, die ich ebenfalls nicht anrührte. Der Hauptgang bestand darin, den beiden zuzusehen, wie sie sich gegenseitig fast auffraßen. Claire sprach seltsam ehrfürchtig von ihrer Mutter. Walt erzählte Geschichten von Bernice, als würde sie noch leben und könnte sich jederzeit zu uns gesellen. Ein paar Mal hörte er mitten im Satz auf, als hätte er vergessen, was er gerade gesagt hatte.

Claire wartete geduldig ab, bis er mit der Geschichte fortfuhr. Sie legte den Kopf an seine Schulter. Mir ging auf, dass es ihn nicht etwa Mühe kostete, sich an eine Anekdote oder Angewohnheit von Bernice zu erinnern; es kostete ihn Mühe, sie zu vergessen. Das Essen wurde kalt. Die Pausen im Gespräch wurden länger.

Plötzlich schaute Walt mich zum ersten Mal, seit er sich hingesetzt hatte, direkt an. Ich kam mir vor, als wäre ich das, was vom Essen übrig geblieben war. Aber das störte mich nicht. In diesem Fall spielte ich gern den Zuschauer. Denn so konnte ich einen Menschen, den ich mochte, glücklich erleben und einen anderen Menschen, den ich lieber nicht mögen sollte, mindestens genauso glücklich.

Walt ließ die rechte Hand sinken und umklammerte die Tischkante. »Bernice war Claires Mutter.« Er sagte es zu mir, schien aber eher mit sich selbst zu reden. Als wäre die Nachricht so wichtig, dass er sie laut aussprechen musste. Mich konnte er damit ohnehin nicht überraschen.

Claire sprach schnell, um die Stille zu füllen. »Was gibt's zum Nachtisch?«

Walt schaute geknickt. »Oh, nein, das tut mir leid.« Seine Schultern sackten zusammen, als hätte er ein Kapitalverbrechen begangen. »Ich mach mir nichts aus Nachtisch. Aber ich hätte an dich denken sollen.«

Mein Stichwort. »Zufälligerweise hab ich Nachtisch mitgebracht.«

Claire machte ein schmatzendes Geräusch und lehnte sich leicht über den Tisch. »Was mag es wohl sein?«

Walt war egal, was es war, solange es nicht von mir kam. »Beef Jerky ist kein Nachtisch.« Er wandte sich Claire zu. »Du willst nichts essen, was in seinem Schweinestall von einem Truck rumgeflogen ist.«

Claire ging mit einem Lachen über seinen Einwand hinweg. Ich ging gar nicht erst darauf ein, sondern sagte nur, ich wäre gleich wieder da. Wenige Minuten später stellte ich eine Packung Krokant-Eis auf den Tisch. Walt beäugte sie misstrauisch. »Maureen McCauley wieder schwanger?«

»Nein«, erwiderte ich. »Willst du mal probieren?«

Das wollte Walt unter gar keinen Umständen. Claire schon, wie sie begeistert verkündete. Missmutig ging Walt in die Küche, um Schüsseln und Löffel zu holen.

Er kam mit einer Schüssel und einem Löffel zurück und legte beides vor Claire hin. »Muss aufräumen. Ihr findet schon was, worüber ihr reden könnt.«

Das Worüber hatte sich bereits beim Essen ergeben. Claires »nicht direkt« auf meine Frage, ob sie Walts Tochter sei, konnte nur bedeuten, dass Bernice zwar ihre Mutter, Walt aber nicht der Vater war. Während die beiden geredet hatten, war ich im Kopf alle Möglichkeiten durchgegangen. Die meisten konnte ich schnell ausschließen. Bernice hatte Claire bekommen, bevor sie Walt kennengelernt hatte? Haute vom Alter her nicht hin. Bernice und Walt hatten eine Tochter gehabt und aus irgendeinem Grund weggegeben? Unmöglich. Bernice hatte während ihrer Ehe mit Walt eine Affäre gehabt und Claire war das Resultat? Durchaus möglich, aber so wie ich Walt Butterfield kannte, würde er in diesem Fall kaum mit ihr zusammen essen. Walt war kein Mensch, der jemals etwas verzieh, auch wenn Claire für ihre Eltern nichts konnte.

Es blieb nur eine Erklärung übrig, und die war sehr hässlich, obwohl sie immerhin bewies, dass Walt durchaus verzeihen konnte – allerdings erst nach vielen Jahren, genau genommen, fast vierzig. Ganz sicher war es kein Gesprächsthema, das ich beim Nachtisch anschneiden wollte. Wenn es je ein Rätsel gegeben hatte, dem ich nicht unbedingt auf den Grund gehen wollte, dann dieses. Claire und ich saßen uns gegenüber und sagten nichts.

Sie rief Walt zu, er solle noch eine Schüssel und einen Löffel bringen.

»Ben weiß, wo das Geschirr steht.«

Damit hatte er recht. Ich sagte zu Claire, ich hätte keinen Appetit auf Eis.

Sie verdrehte die Augen. »Was war noch mal das komische Wort, das du für ihn benutzt hast?«

»Griesgrämig?«, schlug ich vor.

»Nein.« Sie schaute Richtung Küche, wo Walt mehr Krach machte, als nötig gewesen wäre. »Ich glaube, es war ›Arschloch‹.« Sie lächelte mich an, als wäre meine Beschreibung von Walt unser Geheimnis. Sie aß ein paar Löffel Eis und schob die Schüssel weg. »Wir wollten dir erzählen, dass wir uns kennen.«

»Kennen?«, wiederholte ich.

»Er mag dich. Das weißt du. Und du magst ihn. Das hast du zu mir gesagt. Vielleicht bist du sein einziger Freund.«

Ich sagte, das könne ich ihr sogar schriftlich geben. »Aber dass wir beide uns in der Wüste hin und wieder zufällig über den Weg laufen, scheint meinem – wie hast du ihn gerade noch genannt? – Freund gehörig gegen den Strich zu gehen. Keine Ahnung, warum er mich zum Essen eingeladen hat.«

»Meine Idee«, sagte sie. »Bin nach unserem Spaziergang zum Reservoir drauf gekommen.«

»Okay. Leuchtet ein.« Ich suchte nach den passenden Worten, um das zu sagen, was ich nicht aussprechen wollte. »Du hättest einfach sagen können, wie du zu Walt stehst. Ich kann meinen Mund halten.«

Sie überlegte. »Eigentlich hatte ich das auch vor. Aber ...«

»Aber?«

»Wie soll ich das erklären? Ich glaube, ich wollte nur, dass uns jemand zusammen sieht. Dass noch jemand eingeweiht ist. Vielleicht hab ich gedacht, wenn uns jemand sieht, dann wird es echter. Kannst du das irgendwie nachvollziehen?«

»Ja«, erwiderte ich. »Hab mir schon gedacht, dass ich hier den Zeugen spielen soll. Gern geschehen.«

»Du bist sauer.«

»Nein, bin ich nicht.« Ich hoffte, dass ich es aufrichtig meinte. »Gibt es wirklich einen Mann, der nach dir sucht?«

»So was in der Art.«

»So was in der Art? Entweder gibt es einen oder nicht. Und keine Sorge: Das ändert nichts.«

Jetzt war sie am Zug. »Das ändert nichts?«, wiederholte sie und lächelte verschmitzt.

Walt war aus der Küche gekommen, um Claires Schüssel zu holen. »Was ändert was nicht?«

Wir taten so, als hätten wir ihn nicht gehört.

»Du kannst den Rest Eis wieder mitnehmen«, sagte Walt. Es war kein Vorschlag. Mehr eine Aufforderung im Sinne von: *Pass auf, dass dir die Tür nicht auf den Arsch knallt, wenn du mit deinem beschissenen Eis endlich Leine ziehst.*

Ich erwiderte, er könne das Eis behalten, obwohl mir eher eine Redewendung im Sinne von *sonst wohin schieben* vorschwebte. »Wenn Claire Appetit auf Eis hat, kann sie einfach in den Diner kommen. Dein Eisfach funktioniert doch, oder?«

Selbst die kleinste Andeutung, irgendetwas im Diner oder im Leben von Walt Butterfield sei nicht rund um die Uhr makellos in Ordnung, würde niemals gut bei ihm ankommen.

Walt beugte sich zu mir runter. Ich konnte seinen Atem riechen. »Was willst du mir damit sagen?«

Er schien fest entschlossen, meinen zur Neige gehenden Vorrat an Selbstbeherrschung restlos aufzubrauchen. Claire schaute von ihm zu mir.

»Nichts«, erwiderte ich. »Gar nichts. Wenn Claire Appetit auf Eis hat, kann sie bei dir vorbeischauen. Mehr nicht.«

Walt glaubte mir nicht. Zum Glück bohrte er aber nicht weiter nach. Ich bedankte mich bei ihm fürs Essen und nickte Claire zu. Er ließ mich einen Augenblick warten, bevor er den Weg freimachte. Ich rutschte zum Ende der Bank und stand auf.

Walt grummelte ein *Gern geschehen*. Dann ging er mit Schüssel, Löffel und Eispackung in die Küche.

»Bringst du mich nach Hause?«, flüsterte Claire.

Ein komischer Vorschlag. Bei der Vorstellung, Walt gegenüber auch nur anzudeuten, ich würde Claire nach Hause begleiten, musste ich beinahe lachen. »Bist du verrückt?«

»Ich muss mit dir reden.« Sie spähte zur Küche. »Aber ich weiß, was du meinst.«

»Ich muss auch mit dir reden«, sagte ich. »Je eher, desto besser.«

»Du hast bestimmt tausend Fragen.«

»Nein, Claire. Aber ich hab ein, zwei Vorschläge.«

»Ich warte im Haus auf dich« Sie schielte noch einmal in Richtung Küche und senkte die Stimme. »Wenn du willst, beantworte ich dir sämtliche Fragen, die du nicht stellen willst.«

»Das sind sechs Meilen«, sagte ich. »Ein verdammt langer Spaziergang.«

»Für dich sind es sechs Meilen«, erwiderte sie. »Für mich ist es nicht mal eine halbe. Es gibt noch einen anderen Zugang zu Desert Home, gleich gegenüber, auf der anderen Straßenseite. Um den Anstand zu wahren, nimmst du vielleicht lieber den üblichen Weg. Entscheide selbst.«

Ich hatte noch nie einen Weg bemerkt, der auf der anderen Straßenseite des Diners irgendwohin führte. Vielleicht war er wie der andere im Lauf der Zeit zugeweht. Oder ich hatte ihn einfach nie wahrgenommen. Wie jeder andere schaute ich im Vorbeifahren immer nur zum Diner.

»Bis morgen«, rief Claire in Walts Richtung.

Walt kam im Stechschritt aus der Küche und rauschte an mir vorbei, als wäre ich abgestandene Luft. »Ich bring dich nach Hause.«

Beten war eigentlich nicht mein Ding. Aber ich betete, dass Walt das winzige Lächeln in Claires Augen nicht bemerkte. »Nicht nötig«, versicherte sie. »Ich würde gern ein bisschen allein durch die Wüste laufen. Okay?«

Walt nickte halbherzig. »Dann trinken Ben und ich vielleicht noch einen Kaffee.«

»Macht das doch.« Sie umarmte Walt, stellte sich auf die Zehenspitzen und küsste ihn auf die Wange.

Walt und ich standen in der Tür des Diners und schauten ihr hinterher, während sie über die dunkle 117 ging und in die nächtliche Wüste verschwand. Ich stand hinter ihm. Eine Tasse Kaffee war das Letzte, was ich wollte. Als Claire außer Sicht- und Hörweite war, sagte ich: »Walt, ich glaube, ich verzichte auf den Kaffee. Es ist spät, ich bin müde.«

Walt machte die Tür zu. Immerhin besaß er die Höflichkeit, mich erst ausreden zu lassen.

24

Wenn Walt die Höflichkeit auf die Spitze hätte treiben wollen, hätte er mich mit einem leichten linken Aufwärtshaken oder einem sanften Schlag in den Bauch ein wenig aufgewärmt. Aber mit Nettigkeiten hielt Walt Butterfield sich nicht auf. Er ging gleich in die Vollen und schoss die rechte Faust ab, als käme sie von einer Raketenrampe. Er wollte jede Stelle meines Gesichts mit jedem Knöchel seiner Hand treffen. Im Bruchteil einer Sekunde breitete sich der Schmerz von meiner Nase bis zum Unterkiefer aus. Wahrscheinlich wäre es noch schlimmer gekommen, hätte ich nicht halb mit dem Angriff gerechnet. Zum Glück hatte ich den Kopf leicht weggedreht, als mich die Faust traf, sonst wäre meine Nase so platt gewesen wie ein überfahrenes Tier am Straßenrand.

Er setzte zum nächsten Schlag an. Vorher jedoch schaute er kurz zum Boden. Dort hatte er mich wohl erwartet. Er wirkte verärgert, weil ich immer noch vor ihm stand, wacklig zwar, aber doch halbwegs aufrecht. Er platzierte eine Linke auf meiner Schulter. Das verschaffte ihm die nötige Zeit, um seinen rechten Ellbogen unter mein Kinn zu reißen. Wie aus dem Nichts tauchte seine Linke erneut auf und landete auf meinem rechten Ohr. Das Ohrläppchen platzte wie ein mit Blut gefüllter Ballon. Ich ging so schnell zu Boden, dass ich nicht mal mehr schwanken konnte.

Walt stand über mir, die zitternden Fäuste gesenkt. Er trat mich mit der Stahlkappe eines Motorradstiefels. Einmal, zweimal, dreimal. Für meinen Geschmack ein bisschen zu hart.

»Lass die Finger von ihr«, sagte er, bevor er einen vierten, noch härteren Tritt platzierte, ungefähr in Höhe meiner linken Niere.

In dem noch funktionierenden Ohr rauschte es. Trotzdem hatte ich ihn laut und deutlich gehört. Er grinste beinahe. Die Anstrengung hatte ihm Schweißperlen auf die Stirn getrieben und einige weiße Haarsträhnen klebten daran fest. »Hast du mich verstanden?«

Ich murmelte irgendwas Zusammenhangloses und tat so, als wollte ich mich auf die Ellbogen aufrichten, aber gleich wieder zusammensacken. Walt beugte sich zu mir runter, bis sein Gesicht nur noch wenige Zentimeter von meinem entfernt war. Er wiederholte die ersten beiden Wörter seiner Frage. Weiter kam er nicht. Ich riss den Kopf hoch und traf ihn am Mund. Die Wucht des Aufpralls lockerte seine dritten Zähne und spaltete seine Oberlippe. Jetzt war er an der Reihe, auf dem Hintern zu landen.

Ich stand auf und spuckte Blut auf seinen perfekt gebohnerten Boden. In meiner Fantasie war ich aufgesprungen. In Wahrheit hatte ich mich mühselig aufgerappelt wie eine beinamputierte Schildkröte.

Walt dagegen sprang wirklich auf. Es war entmutigend. Er fing an, wie wild auf mich einzudreschen. Ich konnte die Schläge zwar mühelos abwehren, aber meine Arme bezahlten einen hohen Preis dafür. Freundlich erkundigte ich mich, ob er eine kurze Pause brauche. Die Frage erzielte den gewünschten Effekt. Der nächste Hagel von Schlägen kostete ihn enorm viel Kraft. Er hatte Mühe, die Fäuste oben zu halten. Seine Motorradstiefel waren mit Spucke poliert. Den Rechten konnte ich mir sehr genau ansehen, als er mich mit einem Tritt in die Leistengegend überraschte. Überraschend kam er nur insofern, als dass ich schon viel früher damit gerechnet hatte. Ich drehte mich weg. Er erwischte mich nur am Bein.

Eigentlich hätte ich ihn jetzt wie ein Spielzeug umhauen können. Das wollte ich ihm aber nicht antun. Ich machte einen schweren Fehler: Ich machte nichts. Mit letzter Kraft stieß er seinen rechten Absatz in meinen linken Fuß. Ich hatte es kommen sehen, aber leider zu spät. Ich meinte zu hören, dass meine Zehen brachen, als wären sie mürbe Hühnerknochen. Ich revanchierte mich, indem ich einen Absatz in Walts rechten Spann rammte. Reflexartig krümmte er sich genau in dem Moment, als ich die schmerzende rechte Faust hochriss und gegen sein Kinn ballerte. Sein Gebiss flog in hohem Bogen raus und klackerte über den Boden. Zuerst glaubte ich, er würde den Zähnen hinterherschauen. Wie sich herausstellte, waren seine Augen nur nach oben gerollt. Walt war k.o. Bewusstlos, wie ich hoffte.

Den Fehler, den er bei mir gemacht hatte, wollte ich nicht wiederholen. Ich blieb auf Distanz. Walt war nicht mal eine Minute lang bewusstlos. Der Dreck, den er aus mir rausgeprügelt hatte, vermischte sich mit unserem Blut und überzog das Linoleum mit einer dunklen, glitschigen Schicht. Ich wartete und lauschte. Er atmete gleichmäßig, ohne große Anstrengung. Ich widerstand dem Drang, zu ihm zu gehen.

Ohne Zähne sah sein Gesicht eingefallen aus. Obwohl Claire nicht mehr da war, wirkte er immer noch jünger als sonst, beinahe glücklich, mit der grauen Zunge, die ihm aus dem Mund hing. Ich hätte gewettet, Walt machte auf dem Rücken einen besseren Eindruck als ich im Stehen.

Plötzlich öffnete er die Augen und setzte sich langsam auf. Eine endlose Minute lang starrte er mich an, als könne er kaum fassen, was soeben geschehen war. Tatsächlich hätte es auch anders ausgehen können. Ich sank auf einen Barhocker und stützte einen Ellbogen auf die Theke, um nicht runterzufallen. Einer von uns musste etwas sagen. Ich wusste, dass es nicht Walt sein würde.

»Sie ist nicht deine Tochter«, sagte ich.

Er überprüfte, ob alles an ihm noch funktionstüchtig war. Er befühlte sein Gesicht und streckte den Nacken, als wären die letzten Minuten nicht anstrengender gewesen als die morgendliche Rasur. Dann ging er auf die Knie und hob sein Gebiss auf. Bevor er es wieder in den Mund schob, drehte er den Kopf weg. Ein merkwürdiger Anfall von Eitelkeit, aber er war ein eitler Mensch. Und seit ich ihn kannte, schien er mit jedem Jahr noch eitler zu werden. Nicht die Nullachtfünfzehn-Variante. Walts Eitelkeit brannte so konstant und intensiv wie ein Hochofen und wurde befeuert von der reinen Willenskraft, jede Form von Veränderung im Keim zu ersticken. Er war fest entschlossen, sich und den Diner in einem ewig gleichen Zustand zu halten – wie zu der Zeit, als Bernice noch gelebt hatte.

»Nein«, erwiderte er. »Sie ist nicht meine Tochter. Aber sie ist das letzte Bisschen, das mir von ihrer Mutter geblieben ist. Gute Nacht.«

Walt schaltete die Deckenbeleuchtung aus und verschwand, ohne auch nur ansatzweise zu humpeln, in der Küche. Dort ging das Licht an. Die Tür zu seinem Schlafzimmer knallte zu. Ich saß im dunklen Diner. In der hinteren Ecke blinkten noch die Neonbuchstaben der Jukebox, *Today's Hit Parade* in Pink und Lila.

Je länger ich auf dem Barhocker saß, desto mehr tat mir alles weh. Ich wollte mich nicht mehr bewegen. Die Scheinwerfer eines Autos streiften die Jalousien. Claire hatte gesagt, vom Diner bis zu ihrem Haus sei es nicht mal eine halbe Meile. Walt zu täuschen, indem ich mit dem Truck zu ihr fuhr, kam mir mit einem Mal recht witzlos vor. Die Tritte und Schläge, die ich kassiert hatte, entfalteten langsam ihre volle Wirkung. Ich hatte starke Zweifel, ob ich es ins Fahrerhaus schaffen würde, und noch stärkere, ob ich überhaupt in der Lage sein würde, den Truck zu fahren.

Es schien zwar nicht dringend, aber doch wichtig, Claire von Josh zu berichten. Sein kleines Abenteuer würde bald zu Ende gehen. Aus einer kranken Neugier heraus wollte ich unbedingt testen, ob meine Füße mich noch bis zu ihr tragen würden. Gut möglich, dass Josh nicht der Einzige sein würde, der in der Wüste übernachten musste. Allerdings war ich mir sicher, er würde von uns beiden die angenehmere Nacht verbringen.

25

Auf der anderen Straßenseite der 117 befanden sich zwei Sand-
hügel. Dazwischen verlief etwas, das früher eine richtige Straße
gewesen sein mochte, nun aber nicht viel mehr war als ein
breiterer Weg. Da Desert Home recht großzügig angelegt worden war, leuchtete es ein, dass es mehr als eine Zufahrt gegeben
hatte. Vor vielen Jahren war sie wohl zweispurig gewesen, jetzt
glich sie eher einer Einbahnstraße.

Hinter den Hügeln stieß ich auf einen anderen Weg, der sich
im weiteren Verlauf zu einer gewundenen Straße ausweitete.
Sie führte hinunter auf die Wüstenebene. In der Ferne sah ich
die gelben Lichter von Claires Haus. In der nächtlichen Wüste
unterschätzt man die Entfernung eines Lichts leicht. Wie ich
aus bitterer Erfahrung wusste, waren Lichter in der Wüste ähnlich trügerisch wie die Luftspiegelungen; man durfte sich niemals auf sie verlassen, denn sobald man, auf der verzweifelten
Suche nach Schutz und Wärme, auf sie zuging, lösten sie sich
oft in nichts auf.

Ich schleppte mich mühsam voran. Claires Licht verschwand
nicht. Ich suchte nach einer ehrlichen Antwort, warum ich sie
mitten in der Nacht sehen musste. Walt hatte dafür gesorgt,
dass ich jeden seiner Einwände körperlich spürte. Nicht weit
vom Haus entfernt stolperte ich und fiel hin. Ein Seitenpfad
führte auf einen Hügel. Auf der Kuppe sah ich die Umrisse
eines niedrigen Zauns, der wohl einen Kakteengarten umgeben
mochte. Ich lag auf der Erde und versuchte vergeblich, mich
wieder aufzurappeln.

»Du hast es also gefunden.« Claire stand vor mir, das runde
Gesicht im Schatten.

»Was hab ich gefunden?«

»Das Grab meiner Mutter. Walt kommt fast täglich her. Komischer Platz für ein Nickerchen. So müde?«

»Ja.« Ich lag immer noch auf dem Rücken. »Friedhöfe haben so was Beruhigendes, findest du nicht?«

Claire reichte mir eine Hand und half mir hoch. »Hab gesehen, wie du hingefallen bist. Ist mir auch schon passiert. Walt hat hier ein paar Steine hingelegt, die zum Grab raufführen. Nachts sieht man sie kaum, nicht mal bei Mondschein.«

Claire ließ meinen Arm nicht los. Darüber war ich sehr froh. »Das gehört hier alles Walt, oder?«

»Ja. Sie haben die Siedlung gemeinsam entworfen. Wenn meine Mutter nicht im Diner gearbeitet hat, hat sie Abendkurse besucht. Alles, was du hier siehst, hat sie sich ausgedacht. Oft hat sie sogar selbst mit angepackt.« Claire blickte über ein Desert Home, das ich mir nur vorstellen konnte. »Das Wasserreservoir, die Solaranlagen, ja, sogar die Anordnung der Straßen. Einige Dinge hat meine Mutter quasi erfunden. Sie war ihrer Zeit voraus. Das Haus, in dem ich wohne, hat sie auch entworfen. Dort wollten sie sich später zur Ruhe setzen. Sie war eine tolle Frau. Walt war wahnsinnig stolz auf sie.«

Aus Desert Home war am Ende zwar nichts geworden, aber Walt war nicht der Einzige, der auf Bernice und das, was sie in ihrem viel zu kurzen Leben erreicht hatte, stolz war. Claires Stolz auf ihre Mutter wirkte ansteckend. Und es zerriss einem das Herz, denn hier standen wir, umgeben von dem, was von ihren großen Plänen noch übrig war, und dem schrecklichen Ereignis, das alle diese Pläne zunichtegemacht hatte.

Claire schlug den Weg zum Haus ein. Ich folgte ihr. In meinem Körper war nicht ein Knochen oder Muskel, der nicht wehtat. Meine Beine und der Rumpf waren in etwa so beweglich wie beim Zinnmann aus *The Wizard of Oz* nach einem

Regenschauer. Claire bemerkte es und hakte sich bei mir unter. Wie jeder heißblütige Amerikaner, der sich auf eine zierliche, hübsche Frau stützen darf, ließ ich es gern mit mir geschehen.

»Muss ein böser Sturz gewesen sein«, sagte sie. »Meinst du, du hast dir was gebrochen?«

»Alles«, sagte ich und legte einen Arm um ihre Taille.

Erst im Haus sah sie das ganze Ausmaß meiner Verletzungen. Ihrem Gesichtsausdruck nach überlegte sie, ob sie mich neben ihrer Mutter begraben sollte. »Muss ein wirklich übler Sturz gewesen sein!«

»Allerdings. Bin mit dem Kopf wohl auf einen Stein geknallt.«

Claire strich mit dem Handrücken über meine Wange. Ich zuckte zusammen.

»Nur so aus Neugier«, sagte sie, »war das zufälligerweise ein neunundsiebzigjähriger Stein?«

Das Lächeln schmerzte. »Zufälligerweise, ja. Einige Steine werden im Alter noch härter.«

Claire führte mich zu dem grünen Stuhl, dem einzigen Stuhl, und reinigte und desinfizierte meine Wunden. »Ich hatte so was befürchtet«, sagte sie. »Der echte Walt ist genauso wie seine Briefe. Es waren zwei. In jedem stand genau ein Wort.«

Zum ersten Mal hatte sie Walt mit achtzehn kontaktiert. Vorher hatte sie ihre Adoptionsakte nicht einsehen dürfen. Der Name ihrer Mutter stand in der Akte. Vater unbekannt. Walter Butterfield wurde als nächster Verwandter ihrer Mutter genannt. Damals gab es in Utah zwei Walter Butterfields. Claire hatte beiden geschrieben und sich erkundigt, ob sie mit Bernice verwandt wären. Sie bekam zwei Briefe zurück. Der erste enthielt Reklame für Kosmetikprodukte. Im zweiten stand lediglich *Ja*. Sie schrieb einen zweiten Brief an den Absender und fragte, ob er ihren Vater kannte. Die Antwort kam zwei Jahre später. *Nein.*

Claire schlug vor, auf die Veranda umzuziehen. »Die Nacht ist so schön. Ich hole eine Decke.«

Ich blieb sitzen. »Vielleicht brauche ich Hilfe, Ma'am«, sagte ich und versuchte dabei, eine Mischung aus Schmerz und Tapferkeit in meine Stimme zu legen.

»Wetten, Walt braucht keine Hilfe.«

»Oh, doch«, erwiderte ich. Dabei lag Walt vermutlich in seinem Bett und schlief wie ein Kind, dem man erlaubt hatte, noch nach der Schlafenszeit draußen zu spielen. »Er würde nur niemals darum bitten. Ich bin nicht stolz, nur bedürftig. Wie wär's mit einem Funken Mitgefühl?«, sagte ich im Scherz. »Immerhin hat heute ein fast Achtzigjähriger die Scheiße aus mir rausgeprügelt.«

Claire seufzte. »Du hast recht. Mit so einer Schmach geht man am besten um, indem man einer Frau was vorheult.«

»Wusste doch, du verstehst mich.«

Wir setzten uns auf die Veranda. Claire deckte uns mit einem alten Quilt zu. Ich fragte mich, ob ihre Mutter ihn genäht hatte. Und ich dachte an die rote Decke, in der mich meine Mutter vor dem Krankenhaus ausgesetzt hatte. Eigentlich konnte ich Claire auch jetzt von Josh erzählen. Sie hörte mir mit ähnlich ausdrucksloser Miene zu wie Walt. Als ich fertig war, fragte sie: »Du hast ihn in der Wüste abgehängt?«

Ich nickte.

»Wundert mich, dass sie so lange gebraucht haben.«

»Sie?«, fragte ich. »Du meinst, dein Mann? Oder die Leute, die er mit der Suche beauftragt hat?«

Claire gab keine Antwort. In der lang anhaltenden Stille nickte ich ein.

Als ich aufwachte, lag mein Kopf auf Claires Schoß. Der Quilt war feucht von Tau. Sie hatte ihn über ihre Schulter und meine Brust gelegt. Sie schlief, den Rücken gegen die Tür gelehnt, den Kopf in unbequemer Haltung. Es war kalt. Am liebsten hätte ich für den Rest meines Lebens hier gesessen und danach jede Seele bis in alle Ewigkeit mit der Geschichte gelangweilt, wie gut ich mich dabei gefühlt hatte.

Ich zwang mich dazu, aufzustehen. Dann wickelte ich Claire, so gut ich es ohne sie zu wecken vermochte, in den Quilt ein. Ich hatte mein Versprechen gehalten. Und war dafür reicher belohnt worden, als ich es mir erträumt hatte. Dem Himmel nach zu urteilen, musste es etwa fünf Uhr sein. Was Claire von jetzt an tat, ging mich nichts mehr an.

Ich hockte mich neben sie und schaute ihr länger beim Schlafen zu, als ich es hätte tun sollen, aber nicht so lange, wie ich es gern getan hätte. Zeit, Abschied zu nehmen. Wenn ich Glück hatte, würde Walt mich über ihr weiteres Leben auf dem Laufenden halten. Sie hatten so vertraut gewirkt, dass sie bestimmt in Kontakt bleiben würden. Walt hatte recht gehabt: Ich musste die Finger von Claire lassen. Keine Ahnung, was mit Dennis, ihrem Musiker-Ehemann, war. Vielleicht sollte auch er sie lieber in Ruhe lassen. Im Augenblick jedenfalls gab es diese besondere Verbindung zwischen ihr und Walt, und, leicht abgeschwächt, auch zwischen ihr und mir. Obwohl es nicht richtig war, küsste ich Claire auf die Stirn. Dann schlug ich den langen Weg ein, der zum Hügel mit dem Eingangstor von Desert Home führte.

Auf halber Strecke hörte ich Claire rufen. »Ben!« Die klare Luft des frühen Morgens trug ihre kräftige Stimme zu mir.

Ohne mich umzublicken, ging ich weiter.

Sie rief meinen Namen noch mal. Und noch mal. Unter

dem Torbogen drehte ich mich um. Sie lief im Halbdunkel den Hügel hinauf, etwas wacklig in den neuen Cowboystiefeln. Die ersten Strahlen des Sonnenaufgangs verfingen sich in ihrem wilden, schwarzen Haar. Auf den letzten Metern geriet sie ins Stolpern. Ich fing sie rechtzeitig auf. Völlig außer Atem sagte sie: »Das ist der falsche Weg. Dein Truck steht noch bei Walt.«

Ich küsste sie. Und ich küsste sie noch, als die Sonne über der Mesa aufging. Ich ließ die Hände unter ihren Rock gleiten, hob sie bis zu meinen Hüften hoch und vergrub das zerschundene Gesicht in ihrem dichten Haar. Sie schlang die nackten Beine um meine Taille, riss mein Jeanshemd auf, küsste meine Brust. Sie küsste meinen Mund, meine Brust, während ich sie den Weg bis zu ihrem Haus trug, die Hände unter ihrem Rock, fest auf ihrer warmen Haut. Die Absätze ihrer Cowboystiefel drückten gegen mein Kreuz. Kurz vor dem Haus zog sie die Bluse aus und ließ sie auf die sandige Straße fallen. Eine Sekunde später baumelte der BH an ihrem Zeigefinger und fiel dann ebenfalls auf die Erde.

Behutsam bettete ich sie auf den Quilt und küsste ihre Brüste. Sie legte die Hände auf meine nackte Brust und schob mich sanft weg. »Warte, Ben. Was ist mit deinen eisernen Regeln? Hier geht's nicht mehr nur um ein Eis.«

Sie hatte recht. Ich stöhnte auf und wollte mich von ihr wegrollen. Sie hielt mich am Nacken fest. Wie es Männern mit ihren Prinzipien so oft ergeht, hatten sich auch meine auf dem Weg zwischen Hirn und Hose verlaufen. Aber noch hatte ich nicht gegen sie verstoßen.

»Im Moment kann ich nur an die Ausnahme von der Regel denken.«

Sie küsste mich. »Bin ich die Ausnahme?«

Ich erwiderte den Kuss. »Du bist beides.«

Meine Antwort schien sie zu verwirren. Sie lachte. Dann legte sie die Finger auf meine Lippen und schaute mir in die Augen. »Wer bist du, Ben Jones?«

Auf diese Frage wusste ich keine Antwort.

Claire warf den Kopf in den Nacken und rief: »Ach, scheiß drauf!« Ihre Worte echoten durch die leeren Straßen von Desert Home.

Wir liebten uns auf der Veranda. Später lagen wir nackt und schweißgebadet ineinander verschlungen unter dem morgendlichen Himmel.

26

Ich fühlte mich wie ein Mann, der erst, nachdem sein Herz wieder zu schlagen angefangen hat, merkt, dass es überhaupt damit aufgehört hatte. Der Gedanke war albern. Mein Herz schlug wieder, und das Gefühl war völlig neu und beängstigend.

Claire küsste mich. »Ben«, sagte sie, die Lippen nah an meinen. »Ich muss dir was sagen.«

»Okay.«

»Ich fürchte, ich glaube nicht mehr an Happy Ends.«

»Ich glaube, das hab ich nie«, erwiderte ich. »Aber gewünscht hab ich es mir immer.«

»Ist es okay, wenn ich im Hier und Jetzt glücklich bin?«

»Ich denke schon«, sagte ich, »solange du immer im Hier und Jetzt bleibst.«

Eine Stunde lang gab es für uns nur das Hier und Jetzt. Wir liebten uns, langsam, bis die Sonne heiß auf uns niederbrannte und wir schwitzend und erledigt auf der Veranda lagen. Wir setzten uns nackt auf die Treppe, hielten Händchen und versuchten die Morgensonne mit Blicken zu verscheuchen, bis wir fast blind waren.

Und dann sah ich ihn, auf einem Hügel, weit im Norden. Er versteckte sich nicht, stand nur da, zwischen niedrigem Utah-Wacholder und Beifußgestrüpp. Claire sagte ich es nicht, und ich ließ mich davon auch nicht aus der Ruhe bringen. Ich war weder wütend noch schämte ich mich. Mir war es vollkommen egal, ob Walt uns beobachtete, wie lange er schon dort gestanden hatte und was er über uns oder mich dachte. Claire küsste mich auf die Schulter. Ich behielt Walt im Blick. Er verschwand. Ich fragte mich, ob er und Bernice sich vor langer Zeit auf dieser Veranda geliebt hatten. Hatte er, als er zu uns runterschaute, vielleicht sich selbst und Bernice gesehen? Lebte der Traum von Desert Home wieder auf? Lebte Walt wieder auf? Ich hoffte es für ihn. Und vielleicht konnte ich mir für Claire und mich auch nicht mehr erhoffen.

Claire fragte, woran ich dachte. Ich wollte es ihr nicht erzählen. »Ich würde es dir ja sagen«, erklärte ich, »aber es ist zu peinlich.«

»Was kann dir jetzt noch peinlich sein?« Sie zeigte auf die Spur der Kleidungsstücke, die von der Treppe bis auf die Straße führte. Und auf ihre Füße und das einzige Kleidungsstück, das noch zwischen uns war, eine weiße Socke, die ihr unter die linke Ferse gerutscht war.

Ich setzte an, hörte auf und begann noch einmal von vorne. Irgendwann schaffte ich es, ihr von dem Mann zu erzählen, der erst, nachdem sein Herz wieder zu schlagen angefangen hat, merkt, dass es überhaupt damit aufgehört hatte. Laut ausgesprochen klang es noch alberner, aber nicht weniger wahr. Dass ich mir Walt und Bernice auf der Veranda vorgestellt hatte, sagte ich nicht.

Claire schwieg. Sie hob meine Hand an ihre Lippen, richtete ihren Blick aber auf die leere, sandige Straße. »Oh Gott, das ist echt peinlich«, flüsterte sie. »Danke.«

»Wofür? Dass ich mich vor dir lächerlich gemacht hab?«

»Genau«, sagte sie. »Jetzt muss ich es nämlich nicht mehr machen. So gut wie du hätte ich es sowieso nicht hinbekommen. Darin bist du ziemlich gut.« Sie grinste mich an. »Seit ich dich kenne, sehe ich Küchenfenster mit ganz anderen Augen.«

»Ma'am«, sagte ich, »könntest du versuchen, die Geschichte mir gegenüber nie wieder zu erwähnen?«

»Leider nein«, erwiderte sie, »selbst wenn ich es wollte. Ich erinnere mich gern daran. Für mich war es unser erstes Date.«

Ich ließ den Kopf hängen. »Herzlichen Glückwunsch. Du hast es gerade noch schlimmer gemacht.«

»Du bist mutig, Ben Jones. Nicht viele Männer wären das Risiko eingegangen und hätten über ihre Gefühle geredet. Und ich meine nicht die Angst, sich lächerlich zu machen. Mehr die Angst vor Zurückweisung. Vor dem Verlust der …«

»Selbstachtung?«

»Ja, so könnte man es wohl auch nennen.«

»Wenn es nur nicht stimmen würde.«

Einen Augenblick lang schwiegen wir. Dann sagte sie: »Weißt du noch, als du gesagt hast, du würdest Walt als Freund betrachten, könntest aber nicht für ihn sprechen?«

Ich sagte, ich könne mich noch gut daran erinnern.

»In dem Moment hab ich angefangen, dich zu mögen. Du akzeptierst ihn so, wie er ist. Und du verstehst ihn auf eine Art, die ich erst noch lernen muss. Er mag dich.«

Ich zeigte auf mein Gesicht.

Claire lächelte. »Ja, ja. Aber du hast selbst gesagt, er wäre ein Arschloch, das in seinen Gewohnheiten festgefahren ist. Er ist eben altmodisch.«

Ich sah, wie sie über meinen Kopf hinweg nach Norden blickte.

»Ist er noch da?«, fragte ich.

»Nein, nicht mehr. Er stand vor Sonnenaufgang schon dort.«

Claire hatte ihn also noch vor mir bemerkt. Offenbar besaß sie wirklich einen sechsten Sinn. »Hat dir das nichts ausgemacht?«

»Nein. Er hat nur nach mir gesehen. Und nach dir. Er musste mit dir kämpfen, Ben, das weißt du. Wetten, er hat dir gesagt, du sollst dich von mir fernhalten?«

»Stimmt. Für seine Verhältnisse ist er dabei sogar recht laut geworden.«

»Er hat dich nur auf die Probe gestellt. Wollte herausfinden, wie ernst du es meinst. Hättest du aufgegeben, hätte er dich verachtet. Hättest du nach dem Grund gefragt, hätte er bestimmt was von ›ehrenhaften Absichten‹ erzählt.«

»Glaubst du? Das würde ja bedeuten, er denkt wie ein …«

»… Vater?«, beendete sie den Satz. »Dass ich hier bleiben darf, beweist doch, dass er zwar immer noch bellt und beißt, aber sich langsam ändert oder es wenigstens versucht. Ob er mein Vater ist oder nicht, ich bin die Tochter von Bernice. Ich gehöre zu der Frau, die er geliebt hat und immer noch liebt. Das Schicksal meiner Mutter … ihr Verlust tut ihm immer noch weh.«

Das Thema machte ihr zu schaffen. Ich hatte gehofft, wir hätten ihm ausweichen können. Tränen stiegen ihr in die Augen. Ich wusste nicht, was ich sagen sollte. Es gab nichts, was ich hätte sagen können. Ich nahm ihre Hand. Sie zog sie weg und rückte von mir ab. »Bitte nicht. Du verstehst das nicht.«

Wahrscheinlich wollte sie nicht, dass ich sie verstand. Das, was sie erlebt hatte, konnte sie mit keinem anderen Menschen teilen. Ich konnte den Gedanken gut nachvollziehen.

Ihr Gesicht wurde ernst. Sie zog die Knie bis zum Kinn an und machte sich ganz klein. Entweder würde sie jetzt darüber reden oder nie. Am besten hielt ich den Mund und wartete ab.

Noch nie hatte sie mich so an Walt erinnert wie in diesem Moment. Hätte ich Bernice gekannt, hätte Claire mich womöglich an ihre Mutter erinnert. Vielleicht verstand ich sie besser als jeder andere. Gut möglich, dass ich ebenfalls das Produkt einer Vergewaltigung war. Zum Glück würde ich es nie erfahren. Claire wusste es. Walt wusste es. Und ich jetzt auch. Aber nur Claire musste in dem Bewusstsein leben, dass sie weder in Liebe noch in Lust gezeugt worden war, sondern in einem Akt der Gewalt und des Schmerzes, und dass sie ihr Leben einem brutalen Verbrechen verdankte.

Der Moment, in dem Claire hätte reden können, verstrich. Ich sah die Gedanken wie einen Geist durch ihren zierlichen Körper wandern. Ihre Schultern entkrampften sich. Obwohl sich die Kälte des Morgens längst verzogen hatte, zitterte sie.

»Hab ich dir erzählt, dass ich Dennis seit der Highschool kenne?«

Ob sie es mir erzählt hatte, wusste ich nicht mehr. Aber allein bei der Erwähnung seines Namens wünschte ich mir fast, sie würde zu dem Thema zurückkehren, das wir soeben umschifft hatten.

Ich nickte, und sie fuhr fort.

»Er war der einzige Mensch, der das Cello und die Musik so sehr geliebt hat wie ich. Wir waren ewige Konkurrenten ums erste Pult im Schulorchester. Das erste Mal Sex hatten wir in einem Proberaum in der Schule. Ich war gerade siebzehn geworden. Außer uns war niemand mehr im Gebäude. Draußen war es schon dunkel. Das einzige Licht kam von der gedämpften Beleuchtung an unseren Notenständern. Wir hatten schon seit Stunden Cello gespielt. Geredet hatten wir nicht, nur ununterbrochen für das Abschlussvorspielen geübt. Ehrlich gesagt weiß ich nicht mehr, wie wir vom Musizieren auf Sex gekommen sind. In den letzten Jahren habe ich oft an diesen Abend gedacht. Für mich war es irgendwie logisch, als wäre das eine nahtlos ins andere übergegangen, wie die Sätze einer Symphonie.« Sie lachte über sich selbst. »Jetzt bin ich dran, mich lächerlich zu machen. Aber so kam mir das damals vor. Das waren nicht nur Teenager-Hormone. Für mich wenigstens nicht. Es gab Mädchen, die tranken oder kifften und hatten dann Sex mit irgendeinem Typen. Hinterher gaben sie dem Alkohol oder den Drogen die Schuld. Ich nicht. Die liebe kleine Claire war vom Cello berauscht. Danach hatten Dennis und ich bei jeder Probe Sex. Ein Wunder, dass ich nicht schwanger geworden bin. Für mich gehörten die vier Dinge zusammen: Dennis und ich, das Cello und Sex. Im Laufe der Zeit hab ich geglaubt, es wären Dennis und ich, das Cello und Liebe.«

Bei dem Gedanken an die kleine Claire lächelte ich.

»Was denn?«

»Ich hab mir nur die liebe kleine Claire vorgestellt.«

Sie stieß mir den Ellbogen in die einzige Rippe, die Walt mit seinem Stiefel verschont hatte. »Klein war ich schon immer. Lieb nicht unbedingt. Als ich fünf war, ist meine Adoptivmutter mit mir in einem Musikladen gewesen. Sie hat mich nur ein paar Minuten alleine gelassen. Als sie zurückkam, hatte ich einen Bogen in der Hand. Meine Eltern haben es bei mir ein Jahr lang mit der Geige versucht. Ich hab Wutanfälle gekriegt, das glaubst du gar nicht. Irgendwann hab ich Cello-Unterricht bekommen – auf einem Kinder-Cello. Trotzdem musste ich auf Kissen sitzen, bis sie einen Hocker für mich anfertigen ließen. Hast du auch ein Instrument gespielt?«

Ich gab zu, dass ich es mal versucht hatte, weigerte mich aber, das Instrument zu nennen.

»Nun sag schon. Percussion? Saxofon? Ach, ich weiß – Klarinette!«

Ich mit Saxofon oder Klarinette? Das war nun wirklich albern. »Dudelsack«, sagte ich schließlich.

Claire lachte nicht. »Echt?«

»Ja.«

»Dudelsack hab ich schon immer gemocht. Er klingt wie nicht von dieser Welt. Wenn ich einen höre, kriege ich richtig Gänsehaut. Spielst du noch?«

Ich verneinte. Aber sie schien zu wissen, dass ich, in meinem Kopf, immer noch darauf spielte.

»Yo-Yo Ma hat mal mit einem Dudelsack ein Duett aufgenommen. Schon mal von ihm gehört?«

Es war ein Name, den man nicht so schnell vergaß. Ich hatte ihn zum ersten Mal gehört, als ich mit Ginny auf dem Walmart-Parkplatz gesessen hatte. »Ja«, sagte ich. »Ein Cellist.« Ich war stolz auf mich. Allerdings konnte ich mir die beiden Instrumente nicht zusammen vorstellen. »Cello und Dudelsack? Das hast du dir doch gerade ausgedacht.«

Claire schüttelte den Kopf. »Und es klingt toll. Manchmal passen Instrumente, die man sich nicht zusammen vorstellen kann, sehr gut zueinander.« Sie kicherte wie ein Mädchen. »Jetzt hab ich mir vorgestellt, wie der liebe kleine Ben mit einem riesigen Dudelsack durch die Gegend stiefelt. Wetten, du bist allein in die Wüste gefahren und hast dir die Seele aus dem Leib gespielt?«

Ich widerstand der Versuchung, ihr in die Augen zu schauen. Bestimmt hatte sie bloß wild drauflos geraten. Vielleicht auch nicht. Sie kannte mich kaum. Trotzdem wussten wir Dinge über einander, die man sich mit Worten niemals hätte erzählen können.

Claire fragte, ob sie was Falsches gesagt hätte. Ich zuckte mit den Schultern und dachte plötzlich an meine Firma. Seit heute war Ben's Desert Moon Delivery Service noch einen Schritt näher an der Pleite, in die in den letzten Jahren so viele kleine Unternehmen gerutscht waren. Ich musste es Claire erzählen. Bei ihr konnte ich nicht einfach von einem Tag auf den anderen verschwinden. Josh fiel mir ein. Claire schien seinetwegen nicht weiter beunruhigt zu sein, ich schon. Die ganze Zeit über hatte ich damit gerechnet, Claire von heute auf morgen nicht mehr in Desert Home anzutreffen. Jetzt würde ich vermutlich die gesamte 117 nicht mehr wiedersehen.

»Was ist denn?«, fragte sie. »Mein Gott, Ben. Du machst ein Gesicht, da kriegt man ja Angst, die Wunden platzen gleich wieder auf.«

»Claire«, begann ich. »Ich bin so gut wie pleite.« Ich überlegte. »Nein. Ich bin pleite. Jeder Tag auf der 117 könnte mein letzter sein. Liegt an der allgemeinen Wirtschaft, aber auch daran, dass ich Leute beliefere, die kein Geld haben. Eigentlich wollte ich dich nicht damit belasten – aber ich dachte, du solltest es wissen. Also, keine Drei-Sterne-Restaurants mehr. Wenigstens für ein, zwei Wochen.«

Sie verschränkte die Finger und zog die Lippen übertrieben kraus. »Tja«, sagte sie. »Das muss ich erst mal verdauen. Es ändert natürlich alles. Als ich dich vor meinem Küchenfenster auf dem Boden herumzappeln gesehen hab, dachte ich, ›Claire, das ist der Richtige. Der hat bestimmt einen gut bezahlten, sicheren Job bei einer Behörde.‹«

»Dir ist es egal?«

»Egal ist mir das natürlich nicht. Aber, ehrlich gesagt, überrascht es mich auch nicht. Heutzutage ist doch alles entweder sauteuer oder umsonst. Walt sagt, du bist kein Geschäftsmann, du bist Mutter Teresa.«

»Ich weiß, was Walt von meiner Firma hält. Aber lange Zeit bin ich einigermaßen über die Runden gekommen.«

»Für dich ist es mehr als ein Job, oder?«

»Ja, schätze schon.«

»Der Job ist Teil deines Lebens. Du liebst ihn. Vielleicht

findet sich ja doch noch ein Weg. Ich würde nicht wollen, dass du auf etwas, das du liebst, verzichten müsstest.«

»Hat das mal jemand von dir verlangt?«

»Hm. Es gab da mal eine Situation mit Dennis, da musste ich genau das tun. Wenigstens hab ich es damals gedacht.« Sie zog die Socke hoch, die ihr halb vom Fuß gerutscht war. »Ja«, sagte sie dann, als wäre ihr in diesem Moment die Erkenntnis gekommen. »Er hat es von mir verlangt. Seine große Leidenschaft war die Musik. Und das Cello. Ich hab das College geschmissen und mir einen Job gesucht, damit er nicht arbeiten musste. Nicht, dass er es jemals auch nur versucht hätte. Er hat mich nicht davon abgehalten. Auch wenn er nie von mir verlangt hat, das Cello aufzugeben, ist es im Prinzip darauf hinausgelaufen. Er hätte mich davon abbringen müssen, die Musik hinzuschmeißen. Mir gut zureden sollen. Wir hätten schon einen Weg gefunden. Aber ich hab daraus eines gelernt, Ben. Wenn jemand, den du liebst, dich bittet, etwas aufzugeben, das du liebst, dann hör bloß nicht auf ihn.«

Das klang nach einem guten Rat, den ich gern angenommen hätte. Nur dass ich bei der Pleite meiner Firma keine Wahl hatte. Ich wollte nicht über Dennis reden. Aber auch da hatte ich keine Wahl.

»Er muss dich immer noch lieben«, sagte ich. »Wenn er so viel Geld ausgibt, um dich zu suchen und zurückzuholen.« Ich wollte sie fragen, was sie jetzt tun wollte. Stattdessen ließ ich die Sätze zwischen uns schweben und hoffte, sie würde die Frage beantworten, die ich nicht zu stellen wagte.

Ihre Antwort kam schnell, als hätte sie nicht lange überlegen müssen. »Ob Dennis mich noch liebt, spielt keine Rolle. Und nebenbei: Er tut es nicht. Er liebt nur das Cello. Und er sucht nicht nach mir. Niemand tut das.«

Ich dachte an meinen letzten Versuch, Claire auf das Cello anzusprechen, und wusste, dass ich mich auf dünnes Eis begab. »Das Cello?«

Zum Glück war das Eis nicht länger dünn. Claire nickte. »Unsere Scheidung ist fast durch. Ich hätte es nicht mitnehmen dürfen. Das Cello ist das einzige aus unserem gemeinsamen Besitz, das ihm wirklich was bedeutet hat. Leider hab ich zu spät erfahren, dass unsere Gemeinschaft nicht nur aus uns beiden bestand.«

»Eine andere Frau?«

»Ja«, sagte sie, ohne Traurigkeit in der Stimme. »Mir ist es inzwischen egal. Selbst das Cello ist mir egal. Wenigstens dieses Cello. Ich werde ihn anrufen und ihm sagen, dass er es abholen kann. Er alleine. Ihr oder ihrer Familie gebe ich es bestimmt nicht.« Vermutlich wusste Claire, wie die Frau hieß, wollte ihren Namen aber nicht aussprechen. Auch wenn sie ihren Mann nicht mehr liebte, das Aussprechen ihres Namens hätte der anderen Frau zu viel Macht und Würde verliehen.

Ihr Gesicht hellte sich auf. »Vielleicht fehlt dir nur eine gute Buchhalterin?«

»Hast du Interesse an dem Job?«

»Bin mir sicher, ich hab die Bewerbung längst abgegeben.«

»Dann hast du die Stelle.«

»Immer schön langsam. Ich muss mir das gut überlegen. War schon lange nicht mehr auf Jobsuche. Und ich finde langsam Gefallen an den Vorstellungsgesprächen. Aber noch hab ich Bedenken.«

»Wieso?«

»Zuerst mal muss ich wissen, ob der Arbeitsplatz auch sicher ist.«

Ich sagte, das könne ich gut verstehen. »Was noch?«

Claire kam auf die Knie und setzte sich auf meinen Schoß. Wir sahen uns in die Augen. »Dann muss ich natürlich wissen, ob es Bonuszahlungen gibt.«

Ich stöhnte auf.

Claire war zierlich, aber auch keine Feder, und ich war am ganzen Körper lädiert. Sie schob mich nach hinten, bis ich auf der Veranda lag, und beugte sich über mich. Ihre Brüste streiften meine Brust. Ihr langes, schwarzes Haar fiel auf meine Schultern. Sie ließ die Hüften kreisen. »Ich bin bereit fürs nächste Vorstellungsgespräch, Sir.«

»Ihr Arbeitsplatz wäre absolut sicher, Ma'am«, sagte ich. »Aber bei den Bonuszahlungen kann ich Ihnen, ehrlich gesagt, nichts versprechen.«

Claire küsste mich und fasste ihre Haare im Nacken zusammen. »Darum geht es ja bei Verhandlungen. Und ich bin mir sicher, dir fällt schon was ein, das meine Ansprüche befriedigt.«

Es dauerte eine Weile. Aber am Ende bekam ich das nächste Vorstellungsgespräch auch noch hin.

27

Auf dem Weg zum Diner blieb ich bei Bernices Grab stehen. Platten aus rotem Sandstein führten wie Treppenstufen zu einer Fläche, die wie eine Art Grotte in den Felsen geschlagen war. Vor dem Grabstein lagen frische Blumen. Ich las die Inschrift. *Hier ruht meine geliebte Frau Bernice Chun-Ja Butterfield 1936 – 1972 – 1987.* Dass Walt alle drei Jahreszahlen geschrieben hatte, wunderte mich nicht. Es hätte mich eher überrascht, wenn er das Jahr der Vergewaltigung weggelassen hätte, das Jahr, in dem Bernice in Wahrheit gestorben war, das Jahr, in dem der Traum von Desert Home geplatzt war.

Bei meinem Aufbruch hatte Claire in der Badewanne gelegen. Ich hatte Wasser geholt und für sie warm gemacht. Ich brauchte mehr als nur eine Dusche und musste dringend frische Sachen anziehen, sonst ergab das Duschen wenig Sinn. Aus dem Badezimmer hatte Claire mir hinterhergerufen, sie würde Dennis später von der Telefonzelle beim Diner anrufen.

Der Weg zum Diner war in meinem Zustand extrem anstrengend und ich schlich mehr, als dass ich ging. Wäre Claire nicht ein derart wirksames Schmerzmittel gewesen, man hätte eher von einem Todesmarsch reden müssen. Als ich zwischen den beiden Sandhügeln hindurchging, flimmerte der weiße Diner in der Mittagshitze.

Die Nische, in der wir am Vorabend gegessen hatten, befand sich genau gegenüber dem Eingang zu Desert Home. Ich fragte mich, ob Bernice all die Jahre darauf gestarrt hatte. Vielleicht hatte sie dort die Zukunft gesehen, mit Claire und mir, und darin so etwas wie Frieden gefunden. Als ich über die 117 zum Diner schaute, konnte ich fast sehen, wie Bernice Butterfield durchs Fenster zurückstarrte.

Die Victor stand noch dort, wo ich sie neben der Stahlblechhütte abgestellt hatte. Wie immer wusste Walt im Voraus, dass ich sein Grundstück betreten würde. Er kam aus der Tür der Hütte. Unser Kampf hatte bei ihm kaum Spuren hinterlassen. Ein Pflaster hielt seine aufgeplatzte Lippe zusammen. Wenn man seine Bewegungen sah, hätte man vermutet, er hätte die ganze Nacht tief und fest geschlafen. Es war deprimierend. Obwohl ich den Kampf gewonnen hatte, fühlte ich mich scheiße und sah vermutlich auch so aus. Walt sagte nicht mal Hallo. Nicht dass ich damit gerechnet hätte. Aber er ging auch nicht auf mich los, was ich fast schon als gutes Zeichen nahm.

Er zeigte auf die Victor. »Sieh zu, dass sie wieder so aussieht wie vorher. Und dann bring sie rein.«

Ich stöhnte laut auf.

Ich nahm den Schlauch und stellte das Wasser an. Walt öffnete die Tür gerade so lange, wie es nötig war, um einen Eimer mit Seifenwasser und weiche Putztücher rauszustellen. Dabei wäre es sicher ein Heidenspaß gewesen, mir bei dem Versuch zuzuschauen, die Victor zu waschen und zu polieren; eine halbe Ewigkeit kniete ich auf dem Boden, kratzte mit den Fingernägeln jeden kleinsten Schmutzfleck ab und pustete Sandkörner aus dem Getriebe. Genauso gut hätte man einem Chirurgen dabei zusehen können, wie er mit Greifarmen eine Operation durchführt.

Walt kam nur einmal zur Kontrolle raus. Grummelnd zeigte er auf ein paar Flecke, die ich übersehen hatte. Ohne ein weiteres Wort ging er wieder rein. Als ich endlich fertig war oder vielmehr betete, Walt würde zufrieden sein, hielt ich den Schlauch kurz über den Kopf und kühlte mein zerschundenes Gesicht ab, das nun auch noch von der Nachmittagssonne verbrannt war.

Ich klopfte an die Tür der Hütte. Walt bellte, ich solle reinkommen, und ich schob die Victor vor mir her. Er saß an der Werkbank, über ein Teil gebeugt, das er entweder gerade auseinandernahm oder zusammenbaute. Eine nackte Glühbirne hing über ihm. Sonst war es in der Werkstatt dunkel. Ohne aufzublicken, sagte er: »Stell sie wieder an ihren Platz. Ich mach sie später zu Ende sauber.«

Er hatte sich mein Werk nicht mal angeschaut. Er gab mir nur zu verstehen, ich hätte meine Arbeit nicht gut genug gemacht, nicht so gut, wie er sie *immer* machte, und ganz sicher nicht den Dein-Baby-kann-aus-meinem-Auspuff-essen-Ansprüchen *des* Walt Butterfield genügend. Ich bugsierte die Victor an ihren Platz und nahm mir noch ein paar Minuten Zeit, um die Chromteile zu polieren und ein, zwei Wassertropfen wegzutupfen.

Ich ging zur Werkbank und stellte mich neben ihn. »Vielen Dank.« Ich wartete auf irgendein Wort von ihm. Natürlich kam nichts. Beim Putzen hatte ich ziemlich viel Wasser aus dem Schlauch getrunken und jetzt meldete sich ein Bedürfnis. Ich fragte Walt, ob die Hintertür des Diners auf sei und ich die Toilette benutzen könne.

Er hielt in der Arbeit inne und musterte mich von Kopf bis Fuß. »Nicht nötig.« Fast lächelnd nickte er zum hinteren Ende der Hütte. Dann schaute er wieder auf seine Werkbank. »Benutz das Klo dahinten. Aber gib auf mein Kunstwerk acht.«

Ich redete mir ein, Walt und ich würden langsam Fortschritte machen. Noch nie hatte er mich die Toilette in der Werkstatt benutzen lassen. Ich hatte nicht mal gewusst, dass es eine gab.

Ich ging zum hinteren Ende der Hütte, wobei ich mich vorsichtig durch das Labyrinth aus Kartons und Maschinenteilen schlängelte. Walt zu bitten, das Licht anzuschalten, war vollkommen witzlos. Zwei hohe Kistenstapel standen so dicht vor der Tür, dass ich mich seitlich hindurchzwängen musste, um sie überhaupt öffnen zu können. Die Toilette, eng und aus rohem Sperrholz gezimmert, wirkte wie nachträglich eingebaut. Die dünne Tür mit Zugfeder knallte hinter mir zu, während ich auf der Suche nach einer Schnur, mit der sich eine Lampe anschalten ließ, in der Luft herumfuchtelte. In winzigen Toiletten gab es meistens keinen Lichtschalter.

Der Uringestank in dem geschlossenen Raum raubte mir fast den Atem. Dass es bei Walt auch nur ein Klo gab, das nicht blitzblank geputzt war und frisch duftete, wollte so gar nicht zu ihm passen. Ich fand die Schnur und zog. Nichts. Ich versuchte es noch mal. Das Licht ging an, eher eine Funzel, höchstens vierzig Watt.

Ich fragte mich, was Walt mit seinem Kunstwerk gemeint haben konnte, auf das ich achtgeben sollte. Soweit ich wusste, sammelte Walt keine Kunst, es sei denn, man bezeichnete seine Motorräder als solche. Die meisten Männer hätten das wahrscheinlich. An den Wänden des Diners gab es nicht mal Standfotos aus der großen Filmzeit. Links von mir, gleich neben der Tür, hing ein Foto. Ich griff nach der nackten Glühbirne und richtete den Lichtschein auf das Bild.

Die beiden Männer erkannte ich sofort. Bei der Frau musste ich nicht lange raten. Alle drei lachten. Einer der Männer war der junge Walt, der andere Lee Marvin. Sie standen auf einem Bootsanleger, irgendwo in den Tropen, hinter ihnen das blaue Meer, friedlich und ewig. Bernice stand zwischen den beiden, über ihr hing an einem Flaschenzug ein Speerfisch oder Blauer Marlin. Im Vergleich zum Fisch wirkten sie wie Zwerge, vor allem Bernice. Die Männer schauten sie an. Sie krümmte sich vor Lachen, das fröhliche Gesicht zur Kamera, vielleicht Tränen auf den gebräunten Wangen. Das Foto hätte genügt, um in Claire ihre Tochter zu erkennen.

Ich zog die Lampe näher heran. Am unteren Rand des Fotos stand: *Eigentum von MGM.* Daneben der Name des Fotografen und das Jahr der Aufnahme – 1962. Die Bildunterschrift besagte: *Co-Star Lee Marvin mit Freunden am Set von* Donovan's Reef. *Insel Kauai, Hawaii. Regisseur und Produzent: John Ford.*

Auch wenn man das Foto nicht als Kunstwerk bezeichnen konnte, verstand ich, warum Walt es all die Jahre aufgehoben hatte. Verstehen konnte ich allerdings nicht, warum er es in der hintersten Ecke seiner Werkstatt aufgehängt hatte, gegenüber einer Toilette, in einem winzigen, fensterlosen Raum, der nach Urin und Schimmel stank. Es war das einzige Foto, das ich je von Bernice gesehen hatte. Walt hatte sicherlich Gründe, die in seinen Augen vernünftig waren, auch wenn sie sonst kein Mensch nachvollziehen konnte.

Ich ließ die Glühbirne los. Sie schwang vor und zurück. Ich schaute auf die leuchtend weiße Kloschüssel und den Boden. Dann wanderte mein Blick die Wand hoch.

Ich brauchte einen Moment, um hinter den schwingenden Schatten der schaukelnden Birne etwas zu erkennen. Das Gesicht der Leiche hing verzerrt in der dunklen, geschrumpften Haut. Die Haare quollen lang und strähnig aus einem Käppi mit dem Aufdruck *Da Nang AFB 1969.* Die Kleidung, Militärjacke und Jeans, klebte an dem verschrumpelten Körper, der mit langen Eisenstiften an die Sperrholzwand genagelt war. Die Beine waren zu beiden Seiten der Schüssel drapiert, als würde die Leiche auf dem Klo hocken. Der Gestank kam nicht aus der Toilette. Er kam von der Mumie.

Nach Luft japsend, stürzte ich rückwärts aus der schmalen Tür und krachte in die Kisten mit Ersatzteilen. Sie platzten auf, der Inhalt ergoss sich auf den Boden, Metallteile kullerten in alle Richtungen davon. Ich hastete zum Ausgang, dem Bataillon von Walts Bikes ausweichend, den Blick fest auf die dünnen Sonnenstrahlen an den Rändern der Tür gerichtet. Ich öffnete sie nicht; ich trat sie mit aller Kraft ein. Zersplitternd krachte sie aus den Angeln. Ich rannte ins Freie und schnappte gierig nach frischer Luft.

Noch immer keuchend kehrte ich eine Minute später in die Werkstatt zurück. Walt hatte sich nicht gerührt. Er saß auf dem Hocker, über sein Projekt gebeugt, und schaute nicht auf. »Dachte, du würdest gern deinen potenziellen Schwiegervater kennenlernen. Na ja, einen von ihnen.«

Ich zitterte vor Wut. »Verdammt noch mal, Walt!« Weil er keine Antwort gab, trat ich in den Lichtkegel und fegte den Krempel von der Werkbank. »Du irres Arschloch!«

Seine Augen verengten sich. »Pass auf, was du sagst, Ben. Sonst mach ich da weiter, wo ich gestern aufgehört hab.« Er stand seelenruhig auf, sammelte die Sachen vom Boden und legte sie wieder auf die Werkbank. Dann setzte er sich auf den Hocker und arbeitete weiter. »Ein Amal-Vergaser. Die Biester gibt's nur noch selten. Für die Reparatur braucht man Fingerspitzengefühl.«

Ich zählte innerlich bis zehn. »Walt, du hast echt 'nen Knall.«

Er musste irgendwas am Vergaser hinbekommen haben. »Na also«, sagte er zu sich selbst. Er drehte das Teil hin und her. »Glaubst du?«, fragte er dann.

»Ja«, blaffte ich ihn an. Ich dachte an die Leiche. »Hast du ihn umgebracht?«

»Nein, Ben, hab ich nicht. Aber ich hab ihm auch nicht das

Leben gerettet. Er war derjenige, der in die Wüste gerannt ist. Ich konnte nicht hinter ihm her, musste Bernice und Bobby ins Krankenhaus bringen. Hat da draußen eine Weile gedauert, bis der Kerl tot war. Leute zu retten ist nicht meine Aufgabe. Das ist Aufgabe des Predigers. Und deine offenbar auch.«

»Der vierte Mann«, dachte ich laut.

»Nein. Der Erste. Als ich durch die Hintertür kam, zog er sich gerade die Hose hoch.« Walt schaute zu der Lampe über seinem Kopf. »Der nächste hatte sich schon über Bernice hergemacht. Die anderen beiden warteten, dass sie an die Reihe kamen. Einer konnte es nicht mal abwarten. Er hat sich beim Zugucken einen runtergeholt.«

»Weißt du, Ben«, sagte er. »In Korea waren Lee und ich noch halbe Kinder. Wir dachten, wir hätten alles gesehen. Aber das echte Grauen des Krieges wartet zu Hause auf dich. Dort sitzt es und wartet. Wir waren verdammt froh, als wir endlich zurück waren. Wir hatten es geschafft. Hatten überlebt. Aber es wartet immer auf dich. An jeder Ecke. Einmal passt du nicht auf, schon ist es da. Du musst immer auf der Hut sein. Darfst niemals nachlassen.«

Ich hatte keine Ahnung, wovon Walt redete. Aber ich war mir ziemlich sicher, dass ich es auch nicht wissen wollte. Am Morgen nach dem schrecklichen Ereignis war Walt zum Diner zurückgekehrt, weil er aufräumen und sich umziehen wollte. Um auf andere Gedanken zu kommen, drehte er eine Runde mit dem Motorrad. Etliche Meilen die 117 runter, in Richtung Rockmuse, sah er kurz hinter dem Straßengraben jemanden im Sand kriechen. »Noch bevor ich sein Gesicht sah, wusste ich, er ist es. Und er wusste auch, wer ich bin. Nur hatte er keine Ahnung, wie viel ich gesehen hatte.«

Hier war sie, die Geschichte, die noch nie erzählt worden

war. Ich hoffte, Walt würde mir sagen, was wirklich passiert war. Warum es passiert war. Aber er wusste es selbst nicht. »Sowie er mich sah, kam er auf die Knie hoch und heulte mir einen vor. Grabschte nach meinen Beinen. Seine Zunge war vor lauter Durst ganz dick. Trotzdem hab ich ihn verstanden. Er hat mich angefleht, ihm zu glauben, dass er Bernice nichts getan hätte. Angeblich hatte er versucht, die anderen aufzuhalten. Eine Stunde oder länger stand ich bei ihm in der Wüste. Ließ ihn seine letzten Atemzüge vergeuden. Hab von ihm nur noch erfahren, dass er getrampt war. Die anderen hatten ihn in Colorado aufgegabelt, kurz hinter Rifle.«

»Weißt du noch, wie er hieß?«

Walt lächelte finster. »Warum zum Teufel hätte ich ihn nach seinem Namen fragen sollen?«

»Vielleicht hatte er irgendwo Familie.«

Walt drehte sich auf seinem Hocker, bis er die hintere Ecke der Hütte im Blick hatte. Er redete in Richtung Leiche. »Wenn er eine hatte, dann sind sie ohne ihn besser dran. Wenn Jesus höchstpersönlich getan hätte, was dieser Mann getan hat, würde ich seinen knochigen Arsch auf meinem Klo reiten lassen.«

Ich musste fast grinsen. Walt hatte nichts Witziges gesagt. Er war ernst wie ein Richter, was er genau genommen ja auch war. »Das glaube ich sofort«, sagte ich.

»Die Leiche hab ich hierher gebracht. Das Klo hatte ich gerade erst eingebaut. Schien mir die passende letzte Ruhestätte zu sein.«

Damit hatte er wohl nicht ganz unrecht. Ich schaute ebenfalls zu dem winzigen Raum. Ein paar Minuten lang schwiegen wir beide.

»Du liebst Bernice, oder?« Er fragte es nicht, er stellte es fest.

Ich verbesserte ihn nicht. Natürlich hatte er Claire sagen wollen, aber in seinem Kopf waren die beiden Frauen eins geworden. Vielleicht hätte ich mir mit der Antwort einen Moment Zeit lassen sollen. Aber nach einem Moment oder einer Stunde wäre sie nicht anders ausgefallen. »Ja, Walt, ich glaube schon.«

»Wenn ihr heiratet, kriegt ihr Desert Home von mir als Hochzeitsgeschenk. Ich vermache euch jeden einzelnen Quadratzentimeter. Nicht, dass es irgendwas wert wäre. Du hattest noch nie ein richtiges Zuhause, oder?«

Ich verneinte.

»Dann wirst du endlich eins haben. Ihr beide. Sie könnte es schlechter treffen als mit einem Trucker. Nach allem, was sie mir über Dennis erzählt hat, hat sie das nämlich schon mal. Bitte legt immer frische Blumen auf unsere Gräber.«

»Gräber?«

»Ich möchte neben Bernice beerdigt werden, falls du nichts dagegen hast. Da ist auch noch Platz für Claire und dich, wenn ihr das wollt. Bernice würde sich darüber freuen.«

»Dann gibst du Gott jetzt Bescheid?«

Er überlegte kurz. »Ich denke schon.«

»Und ich denke, du hast noch ein paar gute Jahre vor dir.«

Walt ging nicht darauf ein. »Ich möchte, dass der Diner an …« Er schien nach einem Namen zu suchen. Aber es war kein Name. »… die Wüste geht. Lass ihn einfach verfallen. Du weißt ja, wie schnell das hier draußen geht. Mach einfach nichts. Die Natur wird sich schneller darum kümmern, als du denkst.«

Er blinzelte. »Ich muss mich hinlegen. Hab gestern Nacht nicht gut geschlafen.«

»Walt?« Ich wusste nicht, wie ich die Frage formulieren

sollte. Eigentlich hätte ich sie nicht stellen dürfen. »Warum bewahrst du die Leiche auf?«

Walt stand auf und ging zum türlosen Eingang. Dort hob er das Gesicht zum strahlend hellen Wüstenhimmel. »Ben«, sagte er, »ich kann dir keinen vernünftigen Grund nennen. Manchmal pisse ich eben gern auf ihn drauf und weiß, er schmort in der Hölle. Er ist in der Hölle, und alles, was er sieht, sind die Flammen und das Foto von uns dreien. Herrgott, manchmal fühle ich mich danach besser. Wenn du willst, begrab ihn.« Er machte ein paar Schritte zur Hintertür des Diners und blieb stehen. Ohne sich umzudrehen fragte er: »Hältst du mich immer noch für irre?«

»Ja.«

»Vielleicht stimmt's«, sagte er, und in seiner Stimme lag zum ersten Mal so etwas wie Resignation. »Aber ich hab auch ein verdammtes Recht darauf.«

»Ich werde dir die Tür ersetzen.«

»Ja, das wirst du.« Er verschwand im Diner.

28

Ich holte mir Werkzeug und machte mich daran, die eingetretene Tür zu reparieren. Sie war nicht mehr zu retten. In der nächsten Woche würde ich Walt eine neue kaufen müssen, eventuell auch einen neuen Rahmen. Fürs Erste musste es genügen, sie notdürftig zusammenzuflicken und wieder einzuhängen. Die Toilettentür musste sich in einem ähnlichen Zustand befinden. Ich war noch nicht in der Lage, mich auch nur in ihre Nähe zu wagen. Wenn ich es in ein paar Tagen oder in einer Woche fertigbrachte, würde ich den ersten Mann holen und irgendwo in der Wüste begraben. Das war zwar weder angemessen noch legal, aber er würde sich sicherlich nicht beschweren. Auch stand nicht zu befürchten, dass ich mich vor Gericht würde verantworten müssen, falls die Notbestattung jemals entdeckt wurde. Er hatte seine Schuldigkeit getan und die Gastfreundschaft mehr als ausgereizt.

Natürlich war Walt verrückt. Aber das hieß noch lange nicht, dass ich seine Denkweise nicht nachvollziehen konnte. Für mich ergab es Sinn, irren Sinn. Ich versuchte, mich nicht zu fragen, ob das bedeutete, dass wir beide verrückt waren. Stattdessen dachte ich an den Himmel und die Hölle.

Manchmal glaubte ich an die Hölle, manchmal auch nicht. An den Himmel hatte ich noch nie geglaubt, aber für Walt und Bernice hätte ich eine Ausnahme gemacht. Zum Glück hatte ich bei Walt nicht über Himmel und Hölle zu entscheiden. Was immer er getan oder unterlassen hatte, er hatte viele Jahre seines Lebens teuer dafür bezahlt. Ich bezweifelte, dass er geglaubt hatte, überhaupt eine Wahl gehabt zu haben. Vielleicht lag es an meiner Freundschaft mit Walt oder an meinen Gefühlen für Claire, aber dieses eine Mal glaubte ich tatsächlich an die Hölle. Nicht für Walt, sondern für die Männer, die Bernice vergewaltigt hatten.

Aber ich empfand für den Mann auf der Toilette auch so etwas wie perverse Dankbarkeit. Wären er oder die anderen nicht gewesen, würde es für Walt und mich jetzt keine Claire geben. Walt wusste, ich würde den Mann früher oder später begraben. Das wünschte er sich sogar. Natürlich konnte er mich nicht einfach darum bitten. Claire hatte recht. Walt änderte sich. Allerdings wäre es mir lieber gewesen, er hätte schon früher damit begonnen, vor unserem Essen am Vorabend.

Wenn Gott irgendwann entscheiden musste, ob ich Himmel oder Hölle verdient hätte, dann konnte er mich meinetwegen einfach wieder auf die 117 schicken. Ich würde mich nicht beschweren, sondern ihn höchstens freundlich darum bitten, die Benzinkosten zu übernehmen und meine Kunden dazu zu bewegen, mich – falls möglich – pünktlich zu bezahlen. Die 117 ist weder Himmel noch Hölle, sie führt nur geradewegs zwischen ihnen hindurch. Hin und wieder streift sie vielleicht auch eine der beiden Seiten. Die 117 eben.

Claire kam um eine Ecke des Diners. »Was soll das Gehämmer?« Sie schaute auf die kaputte Tür, dann zu mir. »Ist mit Walt alles in Ordnung?«

»Er ruht sich aus.«

Sie schnappte nach Luft. »Er ist bewusstlos!«

Ich ging zu ihr und küsste sie auf die Wange. »Nein, er ruht sich wirklich nur aus.« Ich spähte über meine Schulter zu Walts Fenster. Es stand offen, die Gardinen bewegten sich leicht.

»Walt und ausruhen? Das hat er doch noch nie gemacht.«

»Tja, jetzt macht er es aber. Er hat mir einen kleinen Knochen hingeworfen. Meinte, er hätte letzte Nacht nicht gut geschlafen.« Aus seinem Zimmer hörte man ein kurzes Husten. »Glaub mir, Claire, ihm fehlt nichts. Versprochen.«

Sie wirkte erleichtert, weil Walt nichts zugestoßen war.

»Ich hab Dennis angerufen. Er ist auf dem Weg. Hab ihm beschrieben, wie er herkommt.« Bei seinem Namen verzog ich das Gesicht. Sie redete etwas lauter und drehte sich zum offenen Fenster. »Hab ihm gesagt, er soll alleine kommen und nicht beim Diner halten. Nicht für einen Kaffee. Nicht, um nach dem Weg zu fragen. Gar nichts.« Wir warteten das nächste Husten ab. »Soll ich fragen, was mit der Tür ist?«

»Nein«, sagte ich. »Wenn du willst, kannst du Walt irgendwann fragen.« Das Husten blieb aus.

Ich brachte das Werkzeug in die Hütte zurück. Claire folgte mir. »Mein lieber Ben«, sagte sie, »fahr nach Hause und stell dich unter die Dusche. Richtig lange. Und nimm richtig heißes Wasser. Unterwegs besorgst du dir am besten einen Eimer Schmierseife und Stahlwolle. Ich sag dir lieber nicht, wie du riechst.«

»Musst du auch nicht.«

»Wo Walt gerade schläft, würdest du das hier für mich aufbewahren?« Sie zog einen Revolver aus ihrer Umhängetasche. Es war die Waffe, die sie damals auf mich gerichtet hatte. »Walt hat ihn mir an meinem zweiten Tag hier in die Hand gedrückt und darauf bestanden, dass ich schießen lerne. Meinte, hier draußen treiben sich wilde Tiere rum. War zu meinem Schutz gedacht. Aber Tiere hab ich hier fast keine gesehen. Ich hab ihn nur einmal rausgeholt, bei unserer zweiten Begegnung.«

»Kann mich noch gut daran erinnern.«

Walt hatte sicher nicht an Schlangen oder Kojoten gedacht, als er ihr den Revolver gegeben hatte. Sondern an die Sorte wildes Tier, die eines Abends mit einem Chevrolet Biscayne in der Wüste aufkreuzt. Claire hatte das wahrscheinlich auch gewusst.

»Hab gleich gemerkt, du kannst damit umgehen«, sagte ich. »Dass du ihn auf mich gerichtet hast, war nicht so schön. Aber ich bin froh, dass Walt ihn dir gegeben hat. Du solltest dir noch mal überlegen, ob du ihn nicht besser behältst.«

Sie hielt mir den Revolver hin. »Nimm du ihn lieber. Ich geb's nicht gern zu, aber ich verliere schnell die Beherrschung. Ich will nicht, dass irgendwas passiert.«

Ich sagte ihr, das könne ich gut verstehen, und nahm die Waffe an mich.

»Ich will Dennis nur das Cello geben und ihm sagen, dass er wirklich das Allerletzte ist.«

»Dachte, das hättest du ihm längst gesagt.«

»Oft sogar.«

»Meinst du, er hat's vergessen?«

Ich beobachtete, wie das Lächeln über ihr Gesicht wanderte. »Ben, ich weiß, dir wär's lieber, ich würde mich nicht mit ihm treffen. Aber es muss sein. Danach ist es vorbei.«

Ich fragte mich, ob es jemals vorbei sein würde. »Wenn du es wirklich willst, dann ist es auch vorbei«, sagte ich. »Wenn es anders kommen sollte, werde ich es auch verstehen.«

»Würdest du denn nicht um mich kämpfen?«

»Doch, klar«, erwiderte ich. »Wenn du auch gewonnen werden möchtest. Es gibt Frauen, die wollen gar nicht gewonnen werden. Die wollen nur, dass Männer um sie kämpfen. Ich hoffe, du gehörst nicht dazu. Mir wäre es nämlich lieber, wenn es nichts zu gewinnen gäbe. Sondern der andere es freiwillig gibt.«

»Gut«, sagte sie. »Ich sehe das nämlich genauso. Als ich das mit Dennis und der Frau spitzgekriegt hab, war ich bereit, um ihn zu kämpfen. Doch mir ist bald klar geworden, es geht ihm in Wirklichkeit um keine von uns, sondern nur um das verdammte Cello. Wenn ich nur eine Sekunde geglaubt hätte, dass ich ihm so meine Liebe beweisen kann, hätte ich vielleicht um ihn gekämpft. Aber dann ist mir das klar geworden, was du gerade gesagt hast – man kann nichts gewinnen, das einem nicht freiwillig gegeben wird. Mir wurde klar, ich liebe ihn nicht mehr. Und zwar schon länger. Würde ich ihn immer noch lieben … dann wäre das heute Morgen nicht passiert. Ich hoffe, das ist dir klar.«

»Das hatte ich gehofft. Sonst würde ich dich auch nicht wollen.«

»Weißt du noch, als ich dich nach deinen Prinzipien gefragt habe?«

Ich nickte.

»Dabei ging es nicht nur um deine. Es ging auch um meine. Bis ich Dennis das Cello zurückgegeben habe, bin ich immer noch mit ihm verheiratet. Und jetzt fahr bitte nach Hause und dusch dich.« Sie warf mir eine Kusshand zu. »Ich würde dich ja küssen, aber so wie du stinkst, muss ich würgen. Kommst du später vorbei?«

»Bist du sicher, dass ich heute Abend zu dir kommen soll? Auch wenn Dennis auf dem Weg ist? Du willst mich doch bei eurem Gespräch bestimmt nicht dabeihaben. Ich sollte nicht dabei sein.« Ich dachte an Claires Temperament. Und an meins. »Vielleicht hättest du mich auch lieber dabei – falls irgendwas passiert.«

»Nein, ich will dich nicht dabeihaben. Er meinte, er wäre frühestens morgen Nachmittag hier. Aber ich verstehe auch, dass du dir Sorgen machst. Walt wird mit Sicherheit in der Nähe sein.«

Da war ich mir auch ganz sicher.

»Wenn du nicht um sieben bei mir bist, leihe ich mir eins von Walts Motorrädern und hole dich ab. Ich koche was. Und wehe, Sie sind nicht gewaschen, Mister. Verstanden?«

»Ja, Ma'am.«

»Fahr jetzt!«

Claire begleitete mich zum Truck und schaute zu, wie ich ins Fahrerhaus stieg. Ich brauchte ein paar Anläufe. Sie wollte mir helfen, aber ich winkte ab. »Bitte nicht. Ich hab meinen Stolz.«

»Wo war dein Stolz gestern Abend?«

Während ich den Truck zur Ausfahrt manövrierte, ging sie neben dem Fahrerhaus her. Vor dem Diner blieb sie stehen. Als ich auf die 117 auffuhr, warf sie mir noch eine Kusshand zu und winkte mir hinterher. Eigentlich eine winzige, belanglose Geste, außer, dass mich noch nie eine Frau so verabschiedet hatte. Ich schaute in den Rückspiegel, bis sie verschwunden war. Und noch einen Augenblick länger.

29

Erst am späten Nachmittag kam ich wieder in Price an. Sonntags wurden die Tore des Logistikzentrums um vierzehn Uhr geschlossen. Ich würde weder den Truck auf dem Hof abstellen noch meinen Pick-up abholen können. Mir war es ganz recht. Je seltener ich mich aus dem Truck oder in den Pick-up quetschen musste, desto besser. Die Polizei und meine Nachbarn sahen es nicht gern, wenn ich den Truck vor meinem Haus parkte. Vielleicht bekam ich einen Strafzettel. Aber das war mir egal.

Ein schwangeres Mädchen saß auf meiner Treppe. Dieses war größer und dicker als Ginny. Mir kam der Verdacht, mein Haus würde Signale an schwangere Teenager aussenden. Verlaufen schien sie sich nicht zu haben. Sie wusste offenbar genau, wo sie war und auf wen sie wartete. Sie schaute mir beim Parken zu und begrüßte mich mit einem schüchternen Lächeln, dem man ansah, welche Wirkung ein hartes Leben auf weiche Zähne hat. Ich ging auf sie zu. Zu ihren Füßen lag ein Haufen Zigarettenkippen.

»Sie sind Ben Jones, oder?«, fragte sie unumwunden. Sie hieß Miranda und war eine Freundin von Ginny. »Haben Sie Ginny gesehen?«

»Schon seit ein paar Tagen nicht mehr«, sagte ich. »Wird sie vermisst?«

Miranda nickte ernst. »Sie hat mir erzählt, Sie sind eine Art Freund von ihr, und hat gesagt, wo Sie wohnen. Hab so lange rumgefragt, bis ich das richtige Haus gefunden hab.«

Miranda betrachtete mein Gesicht. »Sie sehen fertig aus. Alles okay?«

»Nein. War eine harte Nacht.«

»Sie sehen eher nach einem harten Leben aus.«

Dasselbe hätte ich zu ihr sagen können.

Richtig Sorgen machte ich mir um Ginny nicht. Ich sagte Miranda, ich sei tatsächlich »eine Art Freund« von ihr. Sie hob beide Augenbrauen. Ich sah mich genötigt, ihr zu sagen, Ginny und ich würden nicht diese Art von Freundschaft pflegen. »Ich war vor vielen Jahren mit ihrer Mutter zusammen«, sagte ich in der Hoffnung, das würde genügen. Tat es nicht.

»Warum sollte das einen Unterschied machen?«

»Glaub mir, das tut es. Einen großen sogar. Sie ist siebzehn, und ich kenne sie, seit sie klein war.«

»Okay, okay. Mir ist es eh egal. Mein Dad ist ungefähr so alt wie Sie.«

»Na, das freut mich für euch beide.« Dass sie mich mit ihrem Vater verglich, war mir nicht ganz egal. »Es geht ihr bestimmt gut. Hast du schon bei ihren Freunden angerufen? Oder bei ihrer Arbeit?«

»Sie hat nicht viele Freunde. Seit sie schwanger ist, interessieren sich die Jungs nicht mehr so für sie. Unsere alten Freundinnen sind noch auf der Highschool und wollen nichts mehr mit ihr zu tun haben.« Plötzlich tat mir Ginny leid, trotzdem war ich stolz auf sie. »Hab sie bei mir wohnen lassen«, sagte Miranda. »Aber mein Freund mag das nicht. Er findet, eine mit Kugelgrippe in der Nähe ist genug. Hat mir gedroht, er geht zu seiner Frau zurück, wenn ich Ginny nicht vor die Tür setze. Ein-, zweimal die Woche lasse ich sie noch bei mir pennen. Tagsüber, wenn er bei der Arbeit ist.«

»Und was sagen die bei ihrer Arbeit?«

»Deshalb mach ich mir ja überhaupt Sorgen. Bin beim Walmart vorbei, aber der Manager meinte, sie wär nicht zu ihrer Schicht erschienen. Den Job ist sie sowas von los. Dabei war der alles, was sie in dieser Spitzenwelt noch hatte.«

Jetzt machte ich mir ernsthaft Sorgen. Ich setzte mich neben Miranda. Sie schnupperte. Der Gestank schien sie nicht sonderlich zu stören. »Hab sie wirklich seit Tagen nicht mehr gesehen«, sagte ich. »Fällt dir noch was ein, wo sie stecken könnte?«

»Sie hat diese komische Angewohnheit, alleine in die Wüste zu fahren. Keine Ahnung, wohin. Schläft dann im Auto. Aber es kann bei ihr jeden Moment losgehen. Und wenn das Baby kommt, wenn sie irgendwo da draußen ganz alleine …«

Das war ein mögliches Schreckensszenario. Sie konnte dort aber auch auf ein wildes Tier in einem Chevrolet Biscayne treffen. »Und was passiert, wenn du auf ihrem Handy anrufst?«

Sie fing an zu weinen. »Das ist aus.«

»Und was ist mit dem College? Sie hat was gesagt, sie würde da einen Kurs machen. Vielleicht weiß der Prof, wo sie steckt?«

»Davon weiß ich nichts.« Ihr dicker Bauch hob und senkte sich im Takt ihrer Schluchzer. »Sie ist so schlau. Nicht wie ich. In der Schule hatte sie immer nur Einsen, und dann hat der Arsch sie geschwängert.«

Bei der Erwähnung des Arschs fiel mir Nadine ein. »Vielleicht hat sie sich wieder mit ihrer Mutter vertragen?«

Miranda schüttelte den Kopf. »Hab da angerufen. Ihre Mutter hat sofort aufgelegt.« Ihr schien noch ein Schreckensszenario einzufallen. »Sie haben ihr doch nicht wehgetan?«

»Niemals.« Ich tätschelte ihre Schulter. »Ich hab Ginny gern. Und bewundere sie sogar. Sie ist ein tolles Mädchen.« Ich berichtigte mich. »Eine tolle Frau.« Schuldgefühle stiegen in mir hoch, weil ich sie nicht bei mir hatte wohnen lassen. Bei mir war es warm und sicher. Was wäre so schlimm daran gewesen? Falls – wenn – sie wieder auftauchte, würde ich es ihr anbieten. »Ich schreib dir meine Nummer auf«, sagte ich. »Ruf mich an, wenn sie wieder auf der Bildfläche erscheint oder sich bei dir meldet.«

Im Haus fiel mir ein, dass mein Telefonanschluss stillgelegt war. Ich schrieb die Nummer vom Logistikzentrum auf und ging wieder raus. Miranda sagte ich, es sei die Nummer von meiner Arbeit und sie solle dort eine Nachricht für mich hinterlassen. »Nächste Woche fahre ich zum College und sehe zu, dass ich den Prof erwische. Vielleicht weiß er was.«

Miranda versuchte einige Male vergeblich, von der Treppe aufzustehen. Ich reichte ihr eine Hand. Als sie es geschafft hatte, wollte sie mir ihre Handynummer geben, damit ich ihr eine SMS schicken konnte, wenn ich was von Ginny hörte. Ich hatte noch nie eine SMS verschickt. Selbst wenn ich ein Handy gehabt hätte, hätte ich nicht gewusst, wie das ging.

Ich sagte, sie solle mir die Nummer aufschreiben.

Miranda kritzelte sie auf ein Streichholzheft, das sie aus ihrer Tasche gekramt hatte. Dann zog sie eine Zigarettenschachtel hervor und steckte sich eine Kippe in den Mund.

»Ich ruf dich an«, sagte ich. »Du weißt schon, dass Schwangere nicht rauchen sollten?«

»Das hör ich ständig. Aber mein Freund meint, das stimmt gar nicht. Die Ärzte haben sich das nur ausgedacht, damit sie uns Schwangeren noch einen Dollar mehr aus der Tasche ziehen können.«

Darauf konnte ich nichts erwidern. Der Freund war in jeder Hinsicht ein absoluter Fehlgriff. Sie bot mir eine Zigarette an. »Ich rauche nicht«, sagte ich.

Sie lachte. »Auch schwanger?« Sie zündete sich die Zigarette an und watschelte davon. »SMS nicht vergessen!«

Das Wasser der Dusche lief minutenlang in braunen und roten Bächen an mir runter. Als es klar wurde, ließ ich die Wanne volllaufen und fing an, mich abzuschrubben, wobei ich vorsichtig um die Wunden herumwischte. Fürs Erste hatte es sich mit dem heißen Wasser erledigt. Aus einigen Wunden sickerte es rot. Das Badewasser färbte sich leuchtend pink. Es erinnerte mich an den Tag in Desert Home, als Claire, eingehüllt in das rote Licht der Mesa, auf dem stummen Cello gespielt hatte. Ich machte die Augen zu, lehnte mich zurück und lauschte dem Tropfen des Wasserhahns.

Ich konnte den Truck einfach zur Leasingfirma zurückbringen. Vielleicht war das besser, als wenn sie ihn sicherstellten. Das Unvermeidliche länger aufzuschieben war sinnlos. Wenn Ginny bis dahin nicht aufgetaucht war, würde ich zum College fahren und nach ihrem Prof fragen. Mir wurde klar, dass ich den Plan, mich offiziell von der 117 zu verabschieden, aufgegeben hatte. Über kurz oder lang würden die Leute ohnehin merken, dass ich nicht mehr vorbeikam. Das Leben an der 117 und in Rockmuse würde weitergehen wie bisher, nur eben ohne mich.

Es war besser, keine Abschiedsrunde zu drehen. Besser für die Leute, besser für mich. So wie Walt sich wünschte, dass der Diner einfach aufgegeben wurde. Sollte die Wüste sich alles zurückholen. Alles im Leben war ohnehin nur geliehen. Vielleicht gehörte das zu den Dingen, die er mir in der Werkstatt hatte sagen wollen. Er hatte sich Bernice eine Zeitlang ausleihen dürfen. Kurz hatte er nicht aufgepasst, schon war sie fort, ihm in nur einem Augenblick wieder weggenommen worden. Vierzig Jahre hatte er gebraucht, um darüber hinwegzukommen. Jetzt ließ er sie los, gab sie an die Wüste zurück.

Das Beste an der 117 waren Claire und Walt. Ich fragte mich, wann die Zeit für Claire gekommen sein würde, das Cello loszulassen. Dennis loszulassen. Sofern sie sich nicht daran klammern wollte, wie Walt es bei Bernice getan hatte. Ganz gleich, was sie zu mir gesagt hatte, es war immer noch möglich, dass sie zu ihrem Mann zurückging. Vielleicht war die Zeit, in der ich sie mir hatte ausleihen dürfen, schon vorbei oder wäre es bald. Wenn die Wüste etwas haben will, dann holt sie es sich auch.

Ich duschte noch einmal mit lauwarmem Wasser und tupfte mich vorsichtig trocken, wobei ich rote Streifen auf dem Handtuch hinterließ. Im Spiegel besah ich mir den Schaden. Meine gesamte rechte Seite hatte sich nach Walts Tritten dunkelblau verfärbt. Mein Gesicht war geschwollen, vor allem das Kinn, wo Walt mich mit dem Ellbogen gerammt hatte. Das linke Auge bekam ich nur auf, wenn ich die Finger benutzte. Sehen konnte ich auf ihm noch, obwohl mir aus dem Spiegel eine rot geäderte Murmel entgegenstarrte. Am schlimmsten hatte es mein Ohr getroffen. Es war blutverkrustet und schien nur nicht abzufallen, weil es von meinen Haaren festgehalten wurde. Eigentlich wären zwei, drei Stiche nötig gewesen. Ich brauchte für meine Blessuren fast eine Tube Wundsalbe auf und warf drei Ibuprofen ein. Die gute Nachricht war, dass die Zehen am linken Fuß offenbar nicht gebrochen waren. Sie waren fast schwarz und ganz steif. Es tat höllisch weh, wenn ich sie bewegte, aber bewegen konnte ich sie immerhin.

Ich humpelte ins Schlafzimmer, sammelte die dreckigen Klamotten zusammen und stopfte sie in eine Mülltüte. Der Gestank der uringetränkten Leiche hatte sich auf meiner Haut, in meinen Haaren festgesetzt. Ich knotete den Beutel zu und wusch mir gründlich die Hände. Nackt setzte ich mich aufs Bett. In meinem ganzen Leben hatte ich mich noch nie so müde und zerschlagen gefühlt. Nur der Gedanke, dass Claire in Desert Home auf mich wartete, hielt mich davon ab, rückwärts aufs Bett zu fallen und mich eine Woche lang nicht mehr zu rühren.

30

Claire hatte gesagt, ihr Mann würde im Lauf des Montagnachmittags in Desert Home ankommen. Da mein Pick-up noch auf dem Parkplatz des Logistikzentrums stand und der Truck außerdem noch beladen war, schien es mir das Vernünftigste, den Montag über Lieferungen zuzustellen. Wenn ich auf der 117 zu tun hätte, würde ich nicht ununterbrochen an Claire und ihren Mann denken und mir Dinge vorstellen, die für mich nur schwer zu ertragen gewesen wären. Ich tankte den Truck auf und parkte gegen halb sieben Uhr abends vor dem Diner. Walt zeigte sich nicht, und ich klopfte auch nicht an seine Tür.

Statt direkt zu Claires Haus zu gehen, machte ich auf der schmalen Straße hinter den Sandhügeln einen Umweg und erklomm unter Schmerzen die kleine Hügelkette, die Desert Home vor der 117 abschirmte. Offenbar besaßen sowohl Claire als auch Walt die Gabe, die Anwesenheit eines Menschen zu spüren. Ich marschierte im Schutz der Hügel, außer Sichtweite des Hauses.

Eine Viertelmeile weiter hockte ich mich zwischen ein paar Wüstenblumen und wartete darauf, dass Claire aus dem Haus kam. Ein alberner Test. Dabei hielt ich mich nicht für einen albernen Menschen. So müde und kaputt ich auch war, hier auf ihr Erscheinen zu warten, steigerte meine Vorfreude auf das Wiedersehen noch. Ich wollte, dass sie meine Anwesenheit spürte. Wollte ihren zierlichen Körper und die schwarzen Haare aus der Ferne sehen, wie ich es schon so oft getan hatte. Ich musste einfach sehen, wie sie unten auf mich wartete.

Je länger ich dort saß, desto unbequemer wurde meine Haltung. Bald verkrampften sich meine Muskeln. Und dann stieg ein ganz anderes Unbehagen in mir hoch. Ich fragte mich, ob Claires Mann vielleicht schon da war oder ob ihr etwas zugestoßen war. Die Liste der möglichen Schreckensszenarien beschäftigte mich noch einige Minuten. Sieben Uhr, fünf nach sieben. Claire zeigte sich nicht. Ihre besondere Gabe war das Einzige, das ich nicht infrage stellte. Bestimmt wartete sie einfach nur im Haus auf mich.

Ich entdeckte sie auf der Veranda. Die Augen geschlossen, ließ sie die letzten Sonnenstrahlen auf ihren Lidern tanzen. Lautlos stand ich da und beobachtete sie. Claire rührte sich nicht, als könnte sie meine Nähe tatsächlich nicht spüren. Das offene Haar hing ihr wild um die Schultern, die Hände ruhten friedlich im Schoß.

»Claire!« So schnell ich konnte, lief ich auf die Veranda und zog sie an den Händen hoch.

Sie öffnete die Augen und lachte. »Gewonnen! Wie lange wolltest du dich da oben eigentlich noch verstecken?«

Meine Knie gaben nach. Ich sank auf die Veranda und vergrub das Gesicht in den Falten ihres langen, weiten Rocks. Ich konnte nicht sprechen. Einen winzigen Augenblick lang hatte ich gewusst, wie es sein würde, sie zu verlieren. Claire schien meine Gedanken zu erraten und legte ihre Hände beruhigend auf meinen Kopf.

Sie kniete sich vor mir hin und küsste mich auf beide Wangen. »War doch nur Spaß«, flüsterte sie.

Wir aßen auf der Veranda, redeten kaum und lauschten den Geräuschen des Abends. Die Teller, die wir auf den Knien balancierten, waren aus schwerem Zinn, vermutlich aus einem anderen Jahrhundert. Claire hatte sie im Schrank gefunden, neben den Einmachgläsern, aus denen wir Wasser tranken.

Sie erzählte wieder von ihrer Mutter, von den unerfüllten

Plänen, die Bernice für Desert Home gehabt hatte. Ich hörte ihr zu. Nicht immer war klar, ob sie sich selbst meinte oder ihre Mutter. Als wären sie austauschbar. Der Gedanke war verstörend. Desert Home war ihre Mutter. Ich machte meine Müdigkeit für meinen Gefühlsausbruch verantwortlich, aber das Verlustgefühl ließ mich nicht ganz los. Wenn ich Claire anschaute, hatte ich den Eindruck, sie käme sich ebenfalls vor, als wären wir unerlaubt in die Geschichte eingedrungen. Alles, was wir sahen und fühlten, schien der Vergangenheit anzugehören. Während des Essens berührten wir uns oft, als wollten wir uns versichern, dass wir tatsächlich hier waren.

»Meinst du, Walt würde es mir verkaufen?«, fragte sie.

»Da musst du ihn fragen.« Gern hätte ich ihr erzählt, dass Walt uns Desert Home schenken wollte. Und wenn es kein »Uns« geben sollte, würde er es ihr wahrscheinlich alleine schenken. »Aus Walt wird man nie so richtig schlau«, sagte ich.

»Ich vermute, er hat es dir schon geschenkt. Es ist dein Erbe, von ihnen beiden. Dir gefällt es hier. Du hast sogar gesagt, du warst hier so glücklich wie noch nie.« Mir wurde klar, dass ich in der Vergangenheit sprach. Ich stellte meinen halb vollen Teller auf die Veranda. »Claire, ich bin todmüde.«

Sie stellte ihren Teller ebenfalls ab und legte den Kopf auf meinen Schoß. Dann streifte sie ihre Stiefel ab. »Ich auch«, sagte sie. »Ich hab mir überlegt, ich muss Dennis nicht noch mal sehen. Bin mir nicht sicher, ob ich das überhaupt möchte. Du und ich, wir könnten ein, zwei Tage wegfahren. Ich hinterlege das Cello im Haus. Muss ihm nicht mal einen Zettel schreiben. Du hattest recht. Alles, was ich ihm sagen könnte, hab ich schon hundert Mal gesagt. Er will nur das Cello.«

»Meinst du, das kriegst du hin?«

»Ich weiß, du hast Angst. Musst du aber nicht. Du bist einer der Gründe, warum ich in Desert Home so glücklich bin.« Sie küsste mich auf den Mund. »Wär's dir lieber, ich würde das Treffen mit Dennis sausen lassen?«

Meine Antwort lautete Ja. Aber ich wusste, wenn sie ihn nicht traf, würde ich mir immer Gedanken machen, was gewesen wäre, wenn sie es getan hätte. Und sie sich womöglich auch.

»Nein«, erwiderte ich. »Mir wär's zwar lieber, du würdest ihn nicht treffen. Aber was ich möchte, spielt keine Rolle. Das ist eine Sache zwischen euch beiden. Selbst wenn du ihn nicht mehr sehen willst, musst du ihm das Cello persönlich übergeben. Du hast es mitgenommen, weil du ihm nur so wehtun konntest. Erst wenn du ihm das Cello zurückgibst, wirst du wissen, ob du ihn wirklich nicht mehr liebst. Und wenn er es nimmt, dann weiß er es auch. Ich habe Angst, Claire. Aber wenn du ihm das Cello nicht persönlich übergibst, dann werde ich mein Leben lang Angst haben.«

Wir ließen die Teller auf der Veranda stehen. Claire führte mich durchs leere Haus ins Schlafzimmer. Das Cello und der Bogen lehnten an einer nackten Wand. Auf dem Boden lag eine Matratze mit weißer Bettwäsche und blauer Überdecke. Daneben stand eine kleine Lampe.

Sie knöpfte mein Hemd auf. »Wir entscheiden das morgen früh.«

»Du entscheidest.«

Sie strich über meine Stirn. »Du hast Fieber.«

Ich legte mich aufs Bett und sah ihr beim Ausziehen zu. Als sie nackt war, faltete sie unsere Sachen ordentlich zusammen und legte sie vor eine andere Wand. Jede noch so kleine Bewegung bedeutete mir unendlich viel, als würde Claire tanzen und ihr Tanz eine Geschichte erzählen, die ich zwar fühlen, aber nicht verstehen konnte. Beinahe wäre ich mit offenen Augen eingeschlafen. Ich hörte, wie sie die Lampe ausknipste.

Sie schmiegte sich an mich. »Heute keine Bewerbungsgespräche«, flüsterte sie.

»Ich könnte die ganze Nacht welche führen.«

»Das werden Sie auch, Mister. Morgen Nacht. Und die danach. Und die darauf.«

Später wurde ich wach, weil ihr warmer Körper nicht mehr neben mir lag. Ich stand auf und stellte mich in den Türrahmen zum Wohnzimmer. Sie saß auf dem grünen Stuhl, genau wie an jenem Tag, als ich sie in dem roten Licht gesehen hatte. Im schwachen Schein des abnehmenden Mondes spielte sie auf dem Cello, die Hand mit dem Bogen bedächtig führend. Die Töne klangen voll und kräftig, sie füllten jeden Winkel des Hauses, wehten um mich herum und durch mich hindurch und ließen bei jeder Berührung einen Teil ihrer selbst zurück. Im nächsten Moment legte Claire ihre kühlen Hände auf meine Arme und führte mich ins Schlafzimmer zurück. Sie duftete nach Wüste und frischem Regen. Ich spähte über meine Schulter ins Wohnzimmer. Der grüne Stuhl und das Cello waren verschwunden. Wo sie gewesen waren, spiegelte sich das Mondlicht im blanken Holzboden.

»Ich höre dich immer noch spielen«, sagte ich.

Sie strich sanft über meine Stirn. »Ach, Ben«, sagte sie. »Ich spiele ja auch noch. Ich spiele immer.« Sie legte den Kopf auf meine Schulter und die linke Hand auf meine Brust. Ihre Atemzüge wurden tiefer, sie schlief ein. Ich küsste sie aufs Haar, nahm so viel wie möglich von ihrem Duft auf und hielt den Atem an, während ich in den Schlaf fiel.

31

Wir erwachten im Morgengrauen. Das zarte Licht der Sonne schien schüchtern durchs Schlafzimmerfenster, als wollte es uns nicht stören. Claire trug ein weißes Männer-T-Shirt. Ich hatte es noch nie an ihr gesehen, erkannte aber den verblassten Ölfleck an der linken Schulter. Das T-Shirt war ein Geschenk von Walt. Es war aus dünner Baumwolle und umhüllte sie wie ein Kokon aus Seide.

Ich versuchte, ihr das T-Shirt über den Kopf zu ziehen. Sie wehrte mich ab. »Ist nicht dein Ernst, oder?«

Ich versicherte ihr, es sei mein absoluter Ernst. »Wie ein Tischler, der mit zwei gebrochenen Beinen vor einer wunderschönen Treppe liegt. Ich kann zwar nicht hinaufsteigen, Ma'am, aber lassen Sie mich wenigstens die Handwerkskunst bewundern.«

Sie zog das T-Shirt aus. Um das Bild in meinem Inneren zu bewahren, schloss ich die Augen. Sie schmiegte sich an mich. Ich entschuldigte mich für die unruhige Nacht. Einen Augenblick lang lagen wir schweigend da.

Claire redete als Erstes. »Ich gebe dir einen Rat: Versuch einfach, gegen Walt keine weiteren Kämpfe zu gewinnen.«

Ich sagte, ich würde mich gern an ihren Rat halten. »Wenn gewinnen schon so wehtut, möchte ich lieber nicht wissen, wie sich verlieren anfühlt.« Ich fügte hinzu: »Hoffentlich hat Walt zu diesem Thema alles gesagt, was er sagen wollte.«

»Ich hab mir gestern Nacht Sorgen um dich gemacht.« Ihre Stimme zitterte leicht. »Du hast fantasiert. Irgendwann bist du aufgestanden und zur Tür gegangen. Du hast ins leere Wohnzimmer gestarrt. Bestimmt eine Viertelstunde lang. Ich hab mehrmals versucht, dich wieder ins Bett zu holen. Du hast nicht reagiert. Ich glaube, du hast dir eingebildet, ich würde auf dem Cello spielen. Zumindest hast du so ausgesehen, als würdest du jemandem aufmerksam zuhören.«

»Hab ich auch«, sagte ich. »Jetzt fällt's mir wieder ein. Und ich kann dich dort immer noch sehen. Und hören. Aber wenn du mich fragst, was ich gehört hab, ich könnte es nicht beschreiben.«

Sie war in Gedanken mit etwas anderem beschäftigt. Ich wartete gespannt, was es war.

»Du hast recht«, sagte sie. »Ich muss Dennis das Cello persönlich übergeben. Sonst könnte ich nicht bei dir und Walt – bei meiner Mutter – in Desert Home bleiben.«

Während sich das Zimmer allmählich mit Sonnenlicht füllte, lagen wir nebeneinander und schwiegen. Ich dachte an das Cello und den Mann, der hierhin unterwegs war. Claire verriet nicht, woran sie dachte. Aber das musste sie auch nicht. Statt des Cellos hätte ebenso gut auch Dennis im Zimmer stehen können. Ich fragte mich, warum ich das Instrument nicht hasste, schließlich verkörperte es all die Jahre, in denen sie zusammen gewesen waren.

Die frühen Morgenstunden verbrachten wir auf der Veranda. Viel sagten wir nicht, wir überlegten wohl beide, was der Tag bringen mochte. Gegen zehn gingen Claire und ich Händchen haltend den Sandweg entlang, der zum Diner führte. Beim Grab ihrer Mutter blieben wir kurz stehen. Am Ende des Wegs ließ Claire meine Hand los und schlang die Arme um meine Taille. Auf der anderen Seite der 117 flimmerte der Diner in der Hitze.

»Bald«, sagte sie, »hat Dennis sein Cello wieder und ich kann in Desert Home leben, bei dir und Walt.«

Ich küsste sie und überquerte die Straße. Die Tür des Diners stand offen. Ich drehte mich noch einmal zu Claire um. Sie war verschwunden.

Walt saß an der Theke, das Gesicht zur Tür, einen Becher Kaffee in der Hand. »Wie geht's ihr?«

»Tust du mir einen Gefallen, Walt?«

»Nämlich?«

»Hau mir bitte noch eine rein. Den heutigen Tag überstehe ich nur bewusstlos.«

»Lustig«, sagte er, »um dasselbe wollte ich dich eigentlich bitten. Leider muss ich aber hellwach sein, wenn er hier aufkreuzt. Außerdem bin ich mir nicht sicher, ob du das hinkriegen würdest.«

Ich ging nicht auf die Bemerkung ein, schließlich hatte er nicht ganz unrecht. »Glaubst du, es gibt Streit?«

»Kann schon sein«, erwiderte er. »Ich kenne ihn nicht. Aber ich kenne Claire ein bisschen. Und ich hoffe, dass es keinen Ärger gibt.« Er drehte sich auf dem Barhocker um. »Hab mitgekriegt, dass sie dir die Waffe gegeben hat. Vielleicht war das eine gute Idee.«

Ich nickte. »Ich muss heute unbedingt auf Trab bleiben. Im Truck steht noch einiges, ich werde also den ganzen Tag auf der 117 unterwegs sein.«

Walt bot an, mir ein Frühstück zu machen. Ich lehnte ab, doch er blieb hartnäckig. »Du hast noch nichts gegessen, oder?« Das hatte ich zwar nicht, aber ich sagte, ich hätte keinen Hunger. »Und ob du den hast. Dein Körper erholt sich von den Verletzungen. Eier mit Speck. Toast mit Butter.« Er glitt vom Hocker und ging in die Küche. »Das bringt dich wieder auf die Beine. In zwanzig Minuten sitzt du in deinem Truck, dafür sorge ich.«

Ich setzte mich an die Theke und murmelte: »Wie du meinst, Dad.«

Walt schob den Kopf durch die glänzende Durchreiche. »Hast du was gesagt?«

»Nein, nicht ein verdammtes Wort.«

Keine fünf Minuten später stellte er einen Teller mit Eiern, Speck und Toast vor mir hin. Ich hatte Hunger. Er setzte sich auf den nächsten Hocker und schaute mir, ein Grinsen unterdrückend, beim Essen zu. Weitere fünf Minuten später lag auf dem Teller nicht mal mehr ein Krümel. Ich kippte den letzten Rest Kaffee runter und stand auf.

Walt legte seine linke Pranke auf meine Schulter und drückte mich wieder auf den Hocker. »Setz dich. Wir müssen reden.«

Wenn jemand *wir müssen reden* sagt, meint er oder sie in der Regel *du hörst mir jetzt zu*. Jedes Gespräch, das sich daraus ergibt, kann nur schiefgehen. Ich hörte zu.

Walt räusperte sich. »Nur damit eins klar ist«, begann er, »sobald die Sache mit ihrem Mann durchgestanden ist, wird sich hier einiges ändern.«

Ich fragte, was sich ändern würde.

»Einiges«, bellte er. »Und vor allem eins.« Er wartete, bis ich ihm in die Augen sah. »Solange ihr beide nicht Nägel mit Köpfen macht, wird es für dich keine weiteren Nächte in Desert Home geben.«

Ich war froh, dass ich gefrühstückt hatte. Es gab mir die nötige Kraft, um meine Gesichtszüge am Entgleisen zu hindern. Nach angemessener Pause sagte ich: »Ja, Sir.«

Mit meiner Antwort war ich vielleicht ein wenig übers Ziel hinausgeschossen. Walt hatte Zweifel an meiner Aufrichtigkeit. Dabei war das unnötig. Ich meinte es absolut aufrichtig. Wenn Walt Bedenken hatte, würde Claire die Nächte eben bei mir in Price verbringen.

»Machst du dich über mich lustig, Ben?«

»Nein, Sir. Ich hoffe, Claire bekommt die Moralpredigt auch noch zu hören. Oder hat sie das schon?«

»Claire muss ich es nicht sagen. Aber dir. Sollte ich deinen Hintern spät abends oder früh morgens noch einmal in Desert Home sehen, dann wird dir die Abreibung vorgestern wie dein Abschlussball vorkommen. Verstanden?«

»Ja, Sir.« Nur um sicherzugehen, dass ich ihn tatsächlich verstanden hatte, fragte ich: »Mit ›Nägel mit Köpfen‹ meinst du heiraten, oder?«

»Das weißt du verdammt noch mal ganz genau. Das ist das Haus ihrer Mutter. Es gehört immer noch mir. Kein Rumgefummel. Die Leute, bei denen sie aufgewachsen ist, leben nicht mehr.«

Das hatte ich mir schon gedacht.

»Außer diesem Musikanten von einem Ehemann hat sie niemanden mehr.« Er sprach das Wort »Musikant« aus, als hätte es nicht das Geringste mit Musik zu tun.

Mich interessierte mehr die Formulierung *Rumgefummel.* Ich fand sie komisch. Ein paar Sekunden lang bewegte ich sie im Kopf hin und her. Sie war so gut wie jede andere Formulierung, eventuell sogar besser als viele andere.

»Meinst du nicht, dass du etwas voreilig bist? Was, wenn ich Claire frage, ob sie mich heiratet, und sie gibt mir einen Korb? Oder willst du sie für mich fragen? Vielleicht willst du sie ja auch zur Heirat zwingen, weil sich das nach Rumgefummel nun mal so gehört?«

Walts Miene nach zu urteilen, war ihm bisher nicht in den Sinn gekommen, dass Claire eventuell andere Pläne hatte. »Ich wollte dich nur vorwarnen.« Seine Kiefermuskeln verhärteten sich. Das Gespräch war beendet. Er hob den leeren Teller von der Theke und nahm mir den Becher aus der Hand. »Und jetzt geh arbeiten.«

Ich hatte den Eindruck, Walt hatte mir auf seine Art seinen Segen gegeben. Sogar schon das zweite Mal. Für ihn war jetzt alles geritzt und er war überzeugt, ich sah es genauso. Sollte Claire mich aus irgendeinem Grund nicht heiraten wollen – und für Walt kam gar nichts anderes infrage –, würde er allein mir die Schuld daran geben. Mit unserer Freundschaft wäre es dann für immer vorbei. Dieses Risiko musste ich wohl eingehen.

Was das Heiraten anbelangte, würde Claire sich sicherlich Zeit lassen wollen, und ich wollte ihr so viel Zeit geben, wie sie brauchte – ob mit Rumgefummel oder ohne, auch wenn mir Ersteres lieber gewesen wäre. Wenn sie am Ende trotzdem Nein sagte oder noch heute mit Dennis verschwand und nie wieder zurückkehrte, dann würde ein Teil von ihr für immer bei mir bleiben, in meinem Herzen, und das mit allen Nägeln und Köpfen, die ich mir vorstellen konnte. Da hatte ich gar keine Wahl.

Ich stieg in den Truck und fuhr Richtung Rockmuse. Etliche Male sagte ich das Wort »Rumgefummel« laut vor mich hin. Ich hätte gewettet, dass Walt und Bernice wie wild rumgefummelt hatten, wahrscheinlich sogar noch vor der Hochzeit. Letzteres vielleicht auch nicht, aber gewettet hätte ich darauf nicht. In der Vaterrolle benehmen sich Männer oft ganz anders als in der des Verehrers; und weil sie sich noch gut an ihr früheres Ich erinnern, sind sie bei ihren Töchtern oft wachsamer und strenger als nötig. Ich fragte mich, ob ich selbst einmal die Chance bekommen würde, mich in der Rolle zu versuchen. Ich hoffte es.

32

Gegen zwölf Uhr mittags stellte ich die erste meiner letzten Lieferungen zu. Ich hatte beschlossen, in Richtung Osten bis kurz vor Rockmuse zu fahren, dort den ersten Kunden zu beliefern, und mich langsam in Richtung Westen nach Price vorzuarbeiten. So oder so musste ich eine Strecke zweimal fahren. Nach meinem Plan würde ich das längere Stück zuerst zurücklegen. Das war mir nur recht.

Die zweistündige Fahrt ließ mir genügend Zeit, um mir klarzumachen, dass ich alles, was heute in Desert Home geschehen würde, akzeptieren musste. In Walts Vorstellung – und in seinen Augen war das natürlich die einzig mögliche – lief alles wie am Schnürchen: Claire gab ihrem Mann das Cello zurück. Der Mann sagte Danke und haute wieder ab. Bei jeder noch so kleinen Abweichung vom Drehbuch wäre Walt sofort zur Stelle, um der Sache ein Ende zu setzen. Aus, Schluss, fertig.

Ich hingegen konnte mir alles Mögliche vorstellen: Der Mann nahm Claire und das Cello mit; Claire weigerte sich plötzlich doch, das Cello rauszurücken; Claire kehrte mit dem Cello nach New York zurück. Vielleicht kam es daher, dass ich Waise und mein Leben lang allein gewesen war, aber ich machte mich bei allem immer auf das Schlimmste gefasst. Wenn es dann nicht ganz so schlimm kam, konnte ich mit den Schultern zucken und mit dem Ausgang beinahe zufrieden sein. Eine Überlebenstechnik, die ich inzwischen aus dem Effeff beherrschte.

Ich hatte mir das Worst-Case-Szenario ausgemalt und war vorbereitet. Ganz gleich, wie es ausgehen würde – mich konnte nichts mehr überraschen.

Mein erster Stopp war die Ausgrabungsstätte der University of Utah, mitten in einer Landsenke, etwa drei Meilen südlich der 117. Wie ich gehört hatte, hatte sich dort vor Urzeiten, als das gigantische Binnenmeer verschwunden war, der letzte große Süßwassersee befunden. Heute war es eine Fundgrube für Archäologen, eine prähistorische Schutthalde, in der einst Tiere und später Menschen gelebt und deren sterbliche Überreste sich wie der Bodensatz in einer Kläranlage auf dem Grund des Sees abgelagert hatten.

Im Sommer trafen sich hier Professoren und Studenten sämtlicher Universitäten des amerikanischen Westens. Seit Jahren lieferte ich ihnen alles, was sie hier draußen brauchten. Wegen der jüngsten Etat-Kürzungen ließen sie sich ihren Proviant und das Equipment jedoch immer häufiger von Praktikanten bringen. Tatsächlich brauchten sie längst nicht mehr so viel Proviant und Equipment, weil immer weniger Professoren und Studenten sich die Arbeit vor Ort leisten konnten.

Die Schotterstraße, die zur Ausgrabungsstätte führte, war immer in Schuss gehalten worden. Die Bezirksverwaltung hatte dafür gesorgt, dass die Fahrbahndecke regelmäßig eingeebnet und Schlaglöcher aufgefüllt wurden.

In diesem Jahr war es anders. Die Straße war von langen, tiefen Furchen durchzogen. Ich kam nur langsam voran. Als ich in die Landsenke hinunterfuhr, wurde mir klar, warum. Die Ausgrabungsstätte, in der es sonst von Zelten, Arbeitern, Autos und Pick-ups nur so gewimmelt hatte, war leer bis auf einen zerbeulten, alten Nissan-SUV und einen kleinen Wohnwagen. Unter einem behelfsmäßigen Sonnensegel, das träge in der leichten Brise flatterte, saß ein Mann auf einem Klappstuhl.

Ich parkte den Truck neben dem Wohnwagen, stieg aus und winkte dem Mann zu. Er winkte zurück, stand aber nicht auf.

Als ich auf ihn zuging, sagte er: »Memo nicht gekriegt? Der Weltuntergang war hier und ist schon wieder fort.«

Er war älter, als ich von Weitem vermutet hatte, das Gesicht von scharfen Falten durchzogen wie die Furchen in der Schotterstraße. »Wo sind die anderen?«, fragte ich. »Hab eine Ladung Rohre abzuliefern.«

»Die können Sie wieder mitnehmen«, sagte er. »Die Uni hat mich letzte Woche für den Sommer als Wärter angestellt. Soll aufpassen, dass hier niemand illegal mit Knochen verduftet. Massive Sparmaßnahmen.« Als wollte er demonstrieren, wie massiv die Maßnahmen waren, machte er eine ausladende Handbewegung, die die Ausgrabungsstätte und die gesamte Wüste mit einbezog.

»Ich kann sie nicht wieder mitnehmen«, sagte ich. »Es gibt nämlich niemanden, der sie zurücknehmen würde. Sie wurden schon bezahlt.«

»Tja.« Er lächelte traurig. »So ist unsere Regierung eben. Kauft Scheiße, die sie sich nicht leisten kann und niemand wirklich braucht.« Er zeigte zu einem Stapel Holzpaletten und Kisten, etwa hundert Meter entfernt. »Packen Sie die Rohre einfach da hin.«

Fast eine Stunde lang war ich mit Abladen beschäftigt, unter der sengenden Mittagssonne ein knochenharter Job. Mir lief der Schweiß in Strömen über Gesicht und Brust. Dennoch genoss ich die körperliche Anstrengung. Während ich die langen, schweren Rohre vom Truck hievte und zu ordentlichen Stapeln aufschichtete, kam ich allmählich in Fluss und meine verspannten Muskeln lockerten sich. Als ich fertig war, legte ich auf der Ladekante des Trucks eine wohlverdiente Pause ein.

Der alte Mann tauchte mit einer Feldflasche Wasser neben mir auf. »Heiße übrigens Jasper.«

Ich nannte meinen Namen und nahm einen langen Zug aus der Flasche. »Sind Sie hier den Sommer über ganz alleine?«

»Ja. Aber die Bezahlung ist angemessen für das, was ich tun muss. Ich tue nämlich gar nichts. Ein Behördenjob eben.« Er spuckte einen braunen Strahl Tabaksaft auf den Boden. »Wenn ich Spaß haben will, schaue ich der Sonne beim Auf- und Untergehen zu. In den Stunden dazwischen warte ich darauf, dass sie auf- oder untergeht.« Er spuckte noch einmal aus und zwinkerte mir zu. »Ist zwar keine ehrliche Arbeit, aber immerhin Arbeit. Mein erster fester Job seit zwei Jahren. Will mich nicht beklagen.«

Ich wollte ihm erzählen, dass ich die Leute an der 117 belieferte und er mir Bescheid geben sollte, wenn er etwas brauchte. Macht der Gewohnheit. Als mir aufging, dass dies meine letzte Tour auf der 117 war, biss ich mir auf die Zunge. »Nehme an«, sagte ich stattdessen, »Ihnen gefällt die Arbeit im Freien.«

Er lächelte. »Oh ja. Nachts klettere ich auf den Hügel dahinten und beobachte die Sterne. Fernsehen für Wüstenratten. Vorgestern Nacht hab ich sogar ein Feuer gesehen. Hat nicht lange gebrannt. Schön war es trotzdem, wie Feuerwerk.«

In der Wüste brennt es selten und wenn, dann nie lange. Es gibt einfach nicht genug Brennmaterial. Im Gegensatz zu Waldbränden unternimmt man bei einem Wüstenfeuer nichts. Meistens entstehen sie durch Blitzeinschlag, gelegentlich sind auch leichtsinnige Camper dafür verantwortlich. Das Feuer, das Jasper gesehen hatte, war vermutlich von einem Camper ausgelöst worden. Geblitzt hatte es nämlich schon seit über einer Woche nicht mehr.

»Wo haben Sie das Feuer gesehen?«, fragte ich.

Er zeigte nach Norden, in Richtung der 117. »Da hinten. Wie schon gesagt, hat nicht lange gebrannt. Ist einmal hoch aufgeflammt. Danach hat's noch ein Weilchen vor sich hin ge-glimmt. Wieso?«

»Ach, nur so aus Neugier.« Ich zeigte in Richtung Norden. »War das der Hügel, auf dem Sie gestanden haben?«

Jasper rieb sich übers Gesicht, als müsse er erst wach werden. Mit zusammengekniffenen Augen schaute er hoch und nickte. »Ab und zu kann man dort eine Sternschnuppe sehen«, sagte er verträumt. »Der Nachthimmel hüllt einen da oben ein wie eine Seifenblase voller Sterne.«

Ich bat ihn, die Quittung für die Rohre zu unterschreiben. Er kritzelte seine Initialen hin, und ich gab ihm den Durch-schlag. Ich sagte ihm, er solle gut auf sich aufpassen. Zum Schluss fragte ich noch, ob er schon lange in Utah lebte. Seine Antwort überraschte mich.

»Nee. Geboren und aufgewachsen im Bundesstaat Washing-ton. Hab meinen Job an die digitale Revolution und meine Altersvorsorge an die Wall Street verloren. Meine Frau ist vor Kurzem gestorben. Seitdem ziehe ich von einem Ort zum nächsten. Aber hier gefällt's mir. Und Sie?«

»Bin schon mein ganzes Leben hier«, sagte ich. »Und werd's wohl auch danach noch sein.«

Dabei beließen wir es. Auf dem Rückweg drosselte ich in der Nähe des Hügels das Tempo und ließ den Blick in Richtung Norden weiterwandern. Soweit ich wusste, gab es da draußen nichts, was einen Wanderer oder Camper interessiert hätte. Tatsächlich hatte sich in dem Gebiet vor zwei Nächten nur ein Mensch aufgehalten – Josh.

Die nächsten beiden Lieferungen konnte ich rasch zustellen. Doch das Feuer, das Jasper gesehen hatte, beschäftigte mich noch lange. Vielleicht war es nur ein Lagerfeuer gewesen. Beim Warten auf die Morgendämmerung war Josh vermutlich kalt geworden. Eine Sache gab mir jedoch zu denken: Wenn Jasper das Feuer vom Hügel aus gesehen hatte, dann musste es sich um ein verdammt großes Lagerfeuer gehandelt haben. Und Josh hatte bestimmt nicht viel Brennmaterial gefunden. Jasper hatte gesagt, es wäre einmal hoch aufgeflammt. Vielleicht hatte Josh ein Signalfeuer gezündet, weil er gehofft hatte, jemand würde es entdecken und ihn retten. Vielleicht war ihm jemand zu Hilfe gekommen. Jasper hatte das Feuer nur in einer Nacht gesehen.

Vor der Abendsonne im Westen zogen weiße Wolken auf, während ich den leeren Truck nach Hause lenkte, das in meiner Fantasie nicht mehr meine Doppelhaushälfte in Price war, sondern Claires Desert Home. Das Haus in Price war nie mein Zuhause gewesen, nur der Platz, wo ich schlief. Nach nur zwei Nächten mit Claire war es nicht mal mehr das. Vielleicht war Dennis in diesem Moment bei Claire in Desert Home, womöglich war er auch schon wieder fort. Oder sie waren beide fort. Zu gern hätte ich gewusst, wie es ausgegangen war. Gleichzeitig wollte ich es lieber nicht wissen. Ein Ausweg aus dem Dilemma bot sich, als die Zufahrt zu den Lacey-Brüdern in Sicht kam. Wenn ich mich nach Duncan erkundigte, würde mich das kurz von meinen Grübeleien ablenken.

Ein rotes, an einem Haufen Steine befestigtes Tuch flatterte im Wind. Einige meiner Kunden benutzten gelegentlich auffällige Tücher, um mir zu signalisieren, dass ich etwas abholen sollte oder sie eine Bestellung bei mir aufgeben wollten.

33

Fergus saß neben dem Kabeltrommel-Tisch auf einer der Plastikkisten. Auf dem Tisch, teilweise darüber hängend, lag ein längliches Paket, das fest mit einer schwarzen Plastikplane und silbernem Isolierband umwickelt war. Fergus sah aus, als hätte er auf mich gewartet. Dabei hatte er nicht wissen können, wann ich aufkreuzen würde. Er stand nicht auf, winkte nicht. Ich parkte den Truck in der Kehre. Die Hände im Schoß, schaute Fergus mir beim Aussteigen zu.

Zur Eile bestand kein Grund. Bis zum Tisch waren es vielleicht fünfundzwanzig Schritte. Beim zwölften Schritt wusste ich, was da vor Fergus auf dem Tisch lag. Ich angelte mir die zweite Kiste und setzte mich ihm gegenüber hin. Ein paar Minuten lang sagte keiner von uns ein Wort. Wir saßen uns gegenüber, der behelfsmäßige Leichensack zwischen uns, wie der Tafelaufsatz bei einer traurigen Tischgesellschaft. Fergus schaute weder mich an noch das Paket, das die sterblichen Überreste seines Bruders enthielt. Er starrte in Richtung Süden, zur 117.

»Wann?«, fragte ich.

Er legte eine Hand auf die schwarze Plane. »Gestern.« Ich wartete. Er fing an, das Plastik zu streicheln. »Eigentlich ging es ihm schon besser.«

Fergus hatte geschlafen. Als er wach wurde, sah er, dass Duncan dabei war, Stacheldraht über den Hügel hinter den Waggons zu ziehen. Die Drahtrolle stand hinten auf ihrem alten Jeep. Das Ende des Drahts war an einen Zaunpfahl genagelt. Duncan stand in der Mitte.

»Er stand einfach nur da und schaute mich mit diesem irren Grinsen an. Dann hat er gewunken. Der Jeep rollte ganz langsam den Hügel runter. Wahrscheinlich hatte er die Bremse nicht angezogen. Duncan hat noch nicht mal versucht, sich zu befreien. Vielleicht hat er erst zu spät gemerkt, dass er im Stacheldraht festhing. Ich war noch nicht mal aus der Tür, da hatte sich der Draht schon wie ein Druckverband um seinen Bauch gewickelt. Das verdammte Ding hat ihn fast in der Mitte durchgeschnitten. Als ich ankam, lebte er noch. Aber ich konnte verdammt noch mal nichts tun, Ben.« Er schwieg kurz. »Ich sage mir die ganze Zeit, dass es für ihn nicht die schlechteste Art war abzutreten. Immerhin hatten wir noch ein paar Minuten, um uns zu verabschieden.«

»Seinen Bruder zu verlieren, muss schlimm sein«, sagte ich.

Fergus hörte auf, das Plastik zu streicheln, und gab ihm einen leichten Klaps. »Noch schlimmer, wenn man den einzigen Sohn verliert.«

»Dein Sohn?«

»Wir wollten es so. Du und die Handvoll Leute, mit denen wir in den letzten vierzig Jahren zu tun hatten, ihr habt geglaubt, wir sind nur zwei spleenige Brüder, die hier in der Wildnis hausen. Als wir älter wurden, hat man uns die Geschichte sogar noch leichter abgekauft. Ich war bei seiner Geburt erst achtzehn. Seine Mutter siebzehn. Wir haben gedacht, als Brüder sind wir ein bisschen sicherer.«

»Sicher vor wem?«

Fergus musste über die Frage erst einmal nachdenken. Ich ließ ihm Zeit. Er traf seine Entscheidung. »Vor dem Gesetz, Ben. FBI, vor allem. Wir heißen nicht Lacey. Sondern Tinker. Ich bin Joe. Mein Sohn hieß Teddy. Ted. Wir kommen aus Baltimore. Sind hier irgendwann mal mitten in der Nacht aufgeschlagen. Davor hatten wir so viel Sand nur am Atlantik gesehen.«

Ich wollte nicht wissen, weshalb man sie suchte. Plötzlich ergaben die Schussnarben auf Duncans Oberkörper Sinn. »Was soll ich jetzt für dich tun?«, fragte ich.

»Willst du denn gar nicht wissen, warum wir uns so viele Jahre vor der Polizei versteckt haben?«

Ich sagte ihm, es wäre mir egal. Tatsächlich interessierte es mich doch ein wenig.

Er wollte es ohnehin loswerden.

»Teddy hat mit einem Freund eine Bank ausgeraubt. Hatte vorher nie was angestellt. Dachten sich, nur dieses eine Mal. Er war erst zwanzig. Nicht dass er damals viel Grips in seinem Schädel gehabt hätte. Sein Freund hat auf den Wachmann geschossen. Hat ihn getötet. Der Wachmann hat auf Teddys Freund geschossen. Toby hieß er. Er ist auf der Stelle gestorben. Die beiden kannten sich seit dem Kindergarten. Ein Kassierer hat ein ganzes Magazin auf Teddy abgefeuert. Als ich ihn bei Nacht und Nebel aus dem Krankenhaus geholt hab, war er halb tot. Sind drei Tage nur gefahren. Die ganze Zeit hatte ich Angst, er stirbt mir weg. Aber er sollte lieber bei mir sein, als im Gefängnis zu landen oder durch die Giftspritze zu enden.«

»Und die Mutter?«

»Sie war einverstanden. Ihr war klar, wir würden uns vielleicht nie wiedersehen. Haben wir auch nicht.« Fergus oder vielmehr Joe lächelte zum Himmel. »Für ein Gefängnis hatten wir es hier ziemlich gut. Aber ein Gefängnis war es trotzdem.«

»Hab die Abschlagfläche gesehen. Wie bei den Wall-Street-Bankern.«

»Jep«, machte er. »Selbst den Stacheldraht haben wir organisiert.«

Mehr gab es nicht zu sagen. »Wenn du mit anpackst, können wir ihn hinten in mein Kühlabteil legen. Ich bringe ihn in Price zu einem Bestattungsinstitut.« Fergus rührte sich nicht. »Oder soll ich dir helfen, ihn hier zu begraben?«

Er seufzte und wendete den Blick von Duncans Leiche. »Da gibt es noch was, das du wissen musst.« Ich ließ ihm einen Moment Zeit, den Mut zu finden, mir das zu sagen, was ich ohnehin schon ahnte. »Mich suchen sie auch. Als ich meinen Jungen geholt hab, hatte ich kaum Geld dabei. Es war im Handumdrehen weg. In Indiana, kurz hinter Muncie, hab ich eine Tankstelle ausgeraubt. Und dann noch eine Bank in Trinidad, Colorado.«

»Wurde jemand verletzt oder getötet?«

Er zuckte mit den Schultern. »Vielleicht«, sagte er. »Wahrscheinlich. Ich konnte nicht mehr klar denken. War zwei Tage nur gefahren. Mit Waffen konnte ich nicht umgehen. Ist irgendwie von alleine losgegangen. Und Teddy lag bewusstlos und blutend auf der Rückbank.«

»Soll ich jetzt Mitleid haben?«

»Vielleicht kannst du es wenigstens nachvollziehen.«

»Klar«, sagte ich. »Was soll ich jetzt für dich tun?«

»Bring ihn nach Price oder Salt Lake. Irgendwohin, wo er ein anständiges Begräbnis kriegt. Mehr nicht.« Er überlegte kurz. »Der Junge war hier draußen verdammt einsam. Ich möchte nicht, dass es ihm in der Ewigkeit genauso geht.«

Er machte nicht den Eindruck, als hätte er schon alles gesagt. Ich wartete ab. Als er keine Anstalten machte weiterzureden, wurde ich ungeduldig. »Du möchtest aus der Sache rausgelassen werden, stimmt's?«

Er nickte, und ich fügte hinzu: »Glaubst du, Bestattungsinstitute haben so Klappen, wo man nachts heimlich Leichen reinschieben kann?«

»Bei der Bank in Trinidad hatte ich Glück«, sagte er. »Wenn man es Glück nennen will. Zweihunderttausend und ein paar Zerquetschte. Ich würde dich für deine Mühe entschädigen.«

»Entschädigen würde ich das nicht nennen«, sagte ich in

einem Tonfall, der keinen Raum für Missverständnisse ließ. Ich hätte es niemals fertiggebracht, mit Claire und dem gestohlenen Geld ein neues Leben zu beginnen.

»Ich hab noch nie Geld genommen, um was Illegales zu machen«, sagte ich. Tatsächlich hatte ich noch nie etwas Illegales gemacht, ob gegen Bezahlung oder ohne. Wenigstens nicht, wenn ich vorher darüber nachgedacht hatte. »Dein Geld ist geklaut. Und selbst, wenn es das nicht wäre – der ganze Spaß wäre futsch, wenn ich Geld für eine krumme Tour kriege und dann erwischt würde.«

»Heißt das, du machst es trotzdem?«

»Versprechen tue ich gar nichts. Aber ich nehme ihn mit. Wenn ich dich bei der Polizei anzeige, weil ich es richtig finde oder mir keine andere Wahl bleibt, dann möchte ich, dass du dich ohne großen Aufstand ergibst. Verstanden? Mehr kann ich dir nicht anbieten.«

Er nahm das Angebot an. Wir betteten Duncan auf die Krokant-Eispackungen. »Eins möchte ich aber noch wissen«, sagte ich. »Hast du eine Ahnung, wie die Waggons hergekommen sind?«

»Die sind noch von der Bahn. Hier war früher ein Abstellgleis. Wir haben die Gleise zugeschüttet.«

»Euer Haus steht auf Gleisen?«

»Klingt verrückt, oder?« Es war nicht als Frage gemeint.

Ich öffnete das kleine Kontrollfenster an der Außenseite des Trailers und spähte ins Dunkle, wo Duncan in seinem schwarzen Plastikschlafsack lag. »Nein, gar nicht«, sagte ich. »Vor allem im Vergleich zu dem, was du und dein Sohn sonst noch gemacht habt.« Ich schob das Fenster wieder zu.

»Wir hatten keine andere Wahl«, sagte er.

Ich vermied es, ihn anzusehen. »Oh, doch.«

34

Ich hatte keine Ahnung, was ich mit Duncans Leiche anstellen oder wie ich damit umgehen sollte, dass ich gegen meinen Willen zum Mitwisser der Verbrechen von Vater und Sohn gemacht worden war. Immerhin hatte ich Claire und ihren Mann für einen Moment erfolgreich verdrängt. Als wäre ich kurz im Urlaub gewesen.

Als ich die Ausweichbucht vor Desert Home erreichte, sah ich Walt unterhalb der Hügelkuppe mit dem versteckten Eingangstor stehen. Er winkte mich heran.

Ich wollte gerade aussteigen, da sprang er schon auf mein Trittbrett. »Er ist seit einer Stunde unten. Kam mit seinem geliehenen SUV an und ist einfach in den Weg gegenüber vom Diner rein. Der Typ ist zu allem Überfluss auch noch ein Vollidiot.«

Er beugte sich vor und stützte sich an der Halterung des Seitenspiegels ab. Unter seiner kurzen Lederjacke lugte der Kolben einer Pistole hervor. »Glaubst du, die wirst du brauchen?«, fragte ich.

Walt dachte länger über die Frage nach, als ich erwartet hatte. »Hoffentlich nicht«, sagte er dann.

»Pass auf, dass du niemanden aus Versehen erschießt.«

Er sprang vom Trittbrett und schaute grimmig zu mir hoch. »Aus Versehen ganz bestimmt nicht. Mit Absicht vielleicht.«

Wir erklommen den Hügel. »Eine Stunde ist ganz schön lang«, sagte ich.

»Sie waren auch ganz schön lang verheiratet«, sagte Walt mit Nachdruck. »Vielleicht solltest du lieber wieder fahren.«

»Vielleicht«, sagte ich. »Aber es dauert trotzdem keine Stunde, ein Cello zu übergeben.«

Walt legte eine Hand auf meine Schulter. »Geh da nicht hin.«

Ich sagte, das hätte ich nicht vor. Das stimmte nicht ganz – ich war schon zwei Schritte den Hügel runter.

»Sie weiß, dass du hier oben bist?«

»Ja«, erwiderte er. »Dafür muss sie mich nicht sehen.«

»Vielleicht ist sie ja doch deine Tochter.« Der Gedanke war mir schon länger im Kopf herumgegeistert. Eigentlich hatte ich es als Witz gemeint. Doch sobald ich es ausgesprochen hatte, bereute ich es. Die Bemerkung würde bei Walt nicht gut ankommen. Da er nichts erwiderte, schielte ich zu ihm hin. Er blickte mit versteinerter Miene zum Haus.

Wir knieten uns im Schutz des Hügels hin. Einer von uns betete, dass im Haus außer einer Unterhaltung nichts vor sich ging. Vielleicht hoffte Walt das auch. Ich hatte jedenfalls den Eindruck. Wir beide wünschten uns, Dennis würde endlich mit dem Cello aus dem Haus kommen und ohne Claire verschwinden.

»Warum gehst du nicht mal kurz runter?«, fragte ich. »Nur um sicherzugehen, dass alles okay ist.«

Walt schaute mich mit einer Mischung aus Verständnis und Mitleid an. Vielleicht war es auch eine Mischung aus Verachtung und Mitleid. Ich hatte den Ausdruck noch bei keinem Menschen gesehen, schon gar nicht bei Walt Butterfield. »Das ist ihr Mann, Ben«, sagte er ruhig. »Solange es da unten nicht nach Ärger riecht, gehören wir beide da nicht hin. Was hinter der Tür passiert, kannst du sowieso nicht ändern. Es zu versuchen, wäre falsch.« Er wippte auf den Absätzen nach hinten und stand auf. »Du musst jetzt gehen.«

Er begleitete mich zum Truck. »Vielleicht bleibt sie dieses Mal hier. Vielleicht auch nicht.«

»Ich dachte, das ist ihr erster Besuch.«

»Etwa vor einem Jahr, kurz nach der Trennung von ihrem Mann, stand sie eines Morgens vor meiner Tür. Hab sofort gewusst, wer sie ist. Aber ich hab sie schmoren lassen und gehofft, sie würde wieder fahren. Ganz schön stur, das Mädchen. Hat fast den ganzen Tag vor der Tür gestanden oder in ihrem kochend heißen Auto gesessen. Wusste genau, dass ich drinnen war. Hat mich richtig mürbe gemacht. Abends hab ich sie irgendwann reingelassen. Sie ist gleich auf die Nische von Bernice zugesteuert und hat sich da hingesetzt, als wäre das schon immer ihr Platz gewesen. Dabei war im Diner alles frei. Ich sollte ihr von ihrer Mutter erzählen. Alles andere wusste sie schon. Hab uns erst mal was zu essen gemacht. Bevor sie gefahren ist, hat sie mich um ein Andenken gebeten, irgendwas, das ihrer Mutter gehört hat. Hab ihr die Stiefel gegeben. Ich hatte sie für Bernice machen lassen, kurz bevor …« Er beendete den Satz nicht. »Und noch ein goldenes Medaillon mit unserem Hochzeitsfoto, das Bernice immer getragen hat. Dann hat sie mich noch um was gebeten, das sie an mich erinnern würde. Hat mich überrascht.«

Ich fragte, was er ihr gegeben hatte.

»Einen Quilt, den meine Mutter für mich genäht hat, als ich noch klein war. Sie hat ihn sich genau angesehen und in ihre Tasche gesteckt. Hat sich noch bei mir bedankt und ist dann los. Hatte nicht damit gerechnet, sie jemals wiederzusehen. Wollte sie niemals wiedersehen. Claire ist ihrer Mutter wie aus dem Gesicht geschnitten. Es war, als würde ich Bernice noch einmal verlieren. Ein paar Monate später hab ich ihr geschrieben, ich hätte nichts dagegen, wenn sie mich anruft oder noch mal besucht. Hab ihr die Nummer von der Telefonzelle geschickt und geschrieben, wenn ich in der Nähe wäre, würde ich das Klingeln hören. Vor zwei Wochen hat es tatsächlich geklingelt. Sie hat mich aus New York angerufen. Hat mich gebeten, sie in Denver vom Flughafen abzuholen. Das hab ich getan. Vorher hat sie ein paar Sachen zu mir geschickt. Hat den koreanischen Namen ihrer Mutter benutzt, nicht ihren eigenen. Meinte, sie hätte ihre Gründe. Ich hab gedacht, hängt wohl mit ihrem Mann zusammen.«

Walt schaute über die Schulter zum Torbogen, als würde Claire dort stehen.

»Warum erzählst du mir das alles?«, fragte ich.

»Dachte, du solltest das wissen, wo ihr jetzt fest zusammen seid.«

»Hoffentlich.«

»Da ist noch was«, sagte er. »Das muss aber unter uns bleiben. Bernice und ich haben Jahre lang versucht, ein Kind zu bekommen. Dann kamen diese Typen und haben sie missbraucht.« Er stieß die Stiefelspitze in den Sand. Ich wusste, dass er den Abend im Diner in diesem Moment noch einmal durchlebte. »Sie war noch im Krankenhaus, als wir erfahren haben, dass sie schwanger ist. Ich hab die Vorstellung nicht ertragen. Ich wollte, dass die Ärzte dieses verdammte Ding im Klo runterspülen und direkt in die Hölle schicken. Bernice wollte es behalten. Sie hat mich angefleht, aber ich wollte nichts davon wissen. Wir haben uns gestritten. Sie hat gedroht, mich zu verlassen, wenn ich dem Baby was antue. Aber es ging nicht nur um das Baby. Diese Tiere haben sie innerlich kaputt gemacht. Die Schwangerschaft und die Geburt hätten sie umbringen können. Irgendwann hab ich gesagt, sie kann das Baby behalten. Aber bis nach der Geburt hab ich sie nicht mehr besucht. Es waren nicht die Vergewaltigung und die Prügel, die ihr die Sprache genommen haben. Es war die Geburt. Ein Schlaganfall. Als sie sich einigermaßen erholt hatte, war das Baby weg, adoptiert. Ein verdammt starkes Kind. Bernice war mir geblieben. Aber sie hat mich so sehr gehasst wie ich diese verdammten Typen. Erst als Claire aufgetaucht ist und ich sie gesehen hab, ist mir klar geworden, was ich Bernice angetan hab. Was ich mir selbst angetan hab.«

»Eine zweite Chance?«, wagte ich mich vor.

Er nickte.

»Ich hoffe, du nutzt sie.«

»Dachte nur, du sollst das wissen«, sagte er.

Walt ging zum Hügel zurück. Mit der Geschichte hatte er mir zu verstehen geben wollen, dass für ihn mindestens so viel auf dem Spiel stand wie für mich, womöglich sogar mehr. Walt hatte Bernice das Baby weggenommen. Und eine Leiche behalten. Jetzt tauschte er sie gegeneinander aus.

Die Sonne ging unter. Ein stürmischer Wind kam auf und wehte Sand über die 117. Das Sonnenlicht wirkte schmutzig, als wäre eine Mullbinde über den Himmel gezogen worden. Ich würde langsam fahren müssen, damit die Lackierung meines Trucks vom sandigen Wind nicht bis aufs Metall weggeschmirgelt wurde.

Im wirbelnden Sand flackerten die blau-roten Lichtbalken zweier Polizeiautos auf. Sie parkten vor dem Diner, zu beiden Seiten der Straße. Als die Insassen mich sahen, stiegen sie aus und gaben mir ein Zeichen, auf den Parkplatz des Diners zu fahren. Ein Wagen gehörte zur Utah Highway Patrol, der andere zum Carbon County Sheriff.

Mir war sofort klar, dass sie nur auf mich gewartet hatten. Allerdings hatte ich keine Ahnung, was sie von mir wollten und warum sie gleich zu zweit gekommen waren.

35

Ich bog auf den Kiesweg ein und fuhr bis auf wenige Schritte an die beiden Männer heran. Sie wirkten leicht nervös, rührten sich aber nicht vom Fleck. Den Polizisten der Highway Patrol kannte ich. Er hieß Andy. Wir hatten uns ein paar Mal gesehen, aber besonders dienstlich war er nie geworden. Er war Mormone, etwas jünger als ich, kurze blonde Haare, angenehmes Wesen.

Wir drei starrten uns durch die Windschutzscheibe an. Sie trugen Sonnenbrillen. Nicht wegen der Sonne – wegen des Sands. An ihrer Haltung war nichts Zwangloses. Um kein Missverständnis aufkommen zu lassen, hatten sie die Hüte aufgesetzt und die Krempe tief ins Gesicht gezogen. Die Zeichensprache der Cops für »Ich bin im Dienst«.

Ich stieg aus und streckte Andy zur Begrüßung die Hand entgegen. Mein Hallo wurde vom Wind geschluckt und über das Dach des Diners hinweggetragen. Andy ignorierte meine Hand. Der Deputy Sheriff trat einen Schritt zurück und legte den Daumen auf seine Dienstwaffe. Sie steckte noch im Holster, aber die Lasche war nicht zugeknöpft.

Andy schaute zum Deputy, dann zu mir. »Wir haben den Befehl, Sie aufs Highway-Patrol-Revier in Price zu bringen.«

»Nehmen Sie mich fest?«

»Wir eskortieren Sie.«

»Dafür braucht man zwei Männer?«

»Deputy Tanner fährt bei Ihnen mit.«

»Heißt das, ich bin verhaftet, Andy?«

»Trooper Smith.«

»Bin ich verhaftet, Trooper Smith?«

»Nur, wenn Sie sich weigern mitzukommen.«

»Darf ich fragen, worum es genau geht?«

Der Deputy mischte sich ein. Stiernacken, breite Brust. Für den Fall, dass ich sie nicht bemerkt hatte, schob er die Brust noch etwas vor. »Das dürfen Sie schon. Aber ich würde Ihnen davon abraten.« Die rechte Hand auf dem Kolben seiner Dienstwaffe, zog er mit der linken Handschellen hinter seinem Rücken hervor. Er wedelte mit ihnen vor meiner Nase herum. »Was wäre Ihnen lieber?«

Ich merkte, dass Andy von seinem Partner nicht viel mehr hielt als ich. »Schon gut«, sagte ich. »Aber mir wär's lieber, Andy würde bei mir mitfahren. Sie sind mir zu tough. Nachher werde ich noch hysterisch und fahre in den Graben. Und dann stuft mich die Versicherung zurück.«

Eine endlose Minute lang lauschten wir dem Brausen des Windes, der zwischen uns hindurchfegte. Meine Abneigung gegen den Deputy war nicht der einzige Grund, warum ich mit Trooper Smith fahren wollte. Wegen des schlechten Wetters wären wir bis Price mindestens eine Stunde unterwegs. Vielleicht verwandelte sich Trooper Smith in der Zeit wieder in Andy und erzählte mir, was zur Hölle eigentlich los war.

Trooper Smith löste die Pattsituation auf, indem er zu meinem Truck ging. Er stieg aufs Trittbrett und nahm den Hut ab. Ein dünnes Büschel blonder Haare wurde von einer Windböe erfasst und senkrecht in die Luft gehoben. Im schmutzig rötlichen Licht erinnerte Andy an die Comicfigur Woody Woodpecker. Aus einem mir unerfindlichen Grund musste ich an die Leiche von Duncan Lacey denken, die im Kühlabteil über die letzten Packungen Krokant-Eis wachte. Ohne Deputy Tanner auch nur zuzunicken, ging ich Andy hinterher.

Während ich den Truck wieder auf die 117 manövrierte, hielt der Deputy seine sinnlose Stellung. Um nicht wie der letzte Gast auf einer öden Party dazustehen, hielt er die Handschellen weiter gezückt. Plötzlich riss ihm der Wind den Hut vom Kopf. Im Wegfahren sahen wir, wie Deputy Tanner ihm quer über den Parkplatz nachjagte. Nichts flößt weniger Respekt ein als ein Cop, der seinem Hut hinterherläuft, vor allem, wenn er dabei Handschellen in der Hand hält.

Der Wind rüttelte am Fahrerhaus. Keiner von uns sagte etwas. Fiese Seitenwinde schossen tosend durch den Spalt zwischen Kabine und Trailer. Wenn wir geredet hätten, hätte ohnehin keiner den anderen verstanden. Der leere Trailer wirkte wie ein Segel aus Metall. Er bekam die volle Breitseite des Sturms ab, sodass wir ein paarmal in Schlangenlinien auf den Seitenstreifen abdrifteten.

Andy nahm die Sonnenbrille ab.

Früher oder später würde Regen einsetzen. Der Wind würde die Feuchtigkeit aufwirbeln, mit dem Sand vermischen und die ganze Gegend in eine Schlammwüste verwandeln. Walt würde bei jedem Wetter so lange wie nötig auf dem Hügel wachen. Wenn es sein musste, die ganze Nacht. Doch an diese Möglichkeit wollte ich lieber nicht denken. Ich verfluchte das Wetter, ohne Rücksicht auf die sensiblen Ohren meines mormonischen Beifahrers zu nehmen.

Sobald wir an der Kreuzung zum 191 in Richtung Price abgebogen waren, klopfte der Wind dem Truck nur noch sanft auf den Hintern. Die Sonne sank in ihr braunes Bett.

Andy starrte geradeaus. »Sie sind ein netter Kerl, Ben.«

»Aber?«

»Aber ich glaube, dieses Mal sind Sie echt in was reingetreten.«

»In was reingetreten?«, wiederholte ich. »Ist das ein altes mormonisches Sprichwort? Oder ist das die polizeiliche Einschätzung meiner Situation?« Weil er nichts erwiderte, sagte ich: »Verstanden. Es ist ernst. Aber ich möchte kurz klarstellen, dass ich nichts verbrochen habe. Ich bin unschuldig.«

Trooper Smith lächelte. »Das bezweifle ich.«

»Wollen Sie mir nicht sagen, worum es geht?«

»Ich hab keine Ahnung, Ben. Das ist die Wahrheit.« Andy schaute in den Seitenspiegel. Deputy Tanner klebte an meiner Stoßstange und blinkte mit allem, was ihm zur Verfügung stand. Andy redete mit dem Spiegel. »Ich weiß nur, dass heute Morgen die Telefone aller hohen Tiere geklingelt haben. Am anderen Ende der Leitung saßen noch höhere Tiere.«

»Wie hoch?«

»Höher geht's nicht. Generalstaatsanwalt. Leiter der Special Investigations.« Er stieß einen leisen Pfiff aus. »Der Gouverneur.«

Ich tippte auf die Bremse. Deputy Tanner zog rechts rüber, um nicht als blinkendes Zäpfchen zu enden. »Das erklärt, warum Deputy Tanner mitgekommen ist«, sagte ich. »Der Anruf des Gouverneurs macht mich wohl zu einer Stufe auf der Karriereleiter.«

»Haben Sie sich Ärger eingehandelt?«

Als ich verneinte, erwiderte er, der Zustand meines Gesichts würde anderes vermuten lassen.

»Walt Butterfield«, sagte ich, als würde der Name alles erklären.

Tat er auch. Andy schüttelte den Kopf. »Letztes Jahr hat er einem Touristen eine verpasst, weil der sich geweigert hatte, den Diner wieder zu verlassen, ohne vorher wenigstens ein Stück Kuchen zu bekommen.« Mit einem Tonfall, als würde er sich nach der Uhrzeit erkundigen, fragte er: »Gab es an der 117 in letzter Zeit irgendwelche ungewöhnlichen Vorkommnisse?«

»Ungewöhnlich? Meinen Sie für normale Verhältnisse oder für die 117?«

»Ich meine, so ungewöhnlich wie zig Millionen Dollar.«

Ich warf Andy einen Seitenblick zu und spürte, wie meine Knöchel auf dem Lenkrad weiß wurden. »Nein«, sagte ich. »Das wäre wirklich ungewöhnlich. UFOs, ja. Hin und wieder ein Mord. Letztes Jahr soll sich hier sogar ein sprechender Hund rumgetrieben haben. Was, ganz nebenbei, tatsächlich stimmt. Er konnte aber nur Französisch. Hat keinen groß gejuckt. Das ist hier normal. Wenn jeder – ob Mann, Frau oder sprechender Hund – alles verkaufen würde, was er besitzt, und sich dazu noch so viel Geld leihen würde, wie er kriegt, kämen sie zusammen eventuell auf eine Million. Mit Ausnahme von Walt, vielleicht. Aber zig Millionen? Das wäre wirklich ungewöhnlich. Ganz Rockmuse würde kaum mehr als eine Handvoll Dollar einbringen. Vorausgesetzt natürlich, es findet sich jemand, der es kauft.«

»Es geht um Millionen«, sagte er. »Mehr weiß ich auch nicht. Außer, dass Sie da irgendwie mit drinhängen. Ich führe nur meine Befehle aus. Alles, was darüber hinausgeht, liegt etliche Stufen über meiner Besoldungsgruppe. Jedenfalls sind Sie, bewusst oder unbewusst, in etwas reingetreten, das zum Himmel stinkt. Selbst wenn Sie unschuldig sind, wird Ihnen das wahrscheinlich nichts nützen. Nicht mal, wenn Sie Mormone wären.«

Andys Mormonen-Bemerkung gab mir zu denken. Ich war ein Niemand, der für einen Hungerlohn mit einem geleasten Truck am Arsch der Welt Sachen ausfuhr. Nicht mal Mormone war ich. Ich redete mir mehr oder weniger erfolgreich ein, der Ärger würde auf keinen Fall mit Claire zusammenhängen. Entlaufene Ehefrauen zogen nicht die geballte Aufmerksamkeit des

Gesetzes auf sich. Sonst bliebe den Gesetzeshütern keine Zeit mehr für so lustige Delikte wie Drogenhandel oder Totschlag. Trotzdem ließ mich der Gedanke, Claire und ihr Mann könnten der Grund für meine akuten Sorgen sein, nicht los.

»Ich spiele schon länger mit dem Gedanken, zu konvertieren«, sagte ich.

Andy erwiderte nichts. Aber das war auch nicht nötig.

Ich hatte mal gehört, dass die Mormonen auf Teufel komm raus Seelen retten wollten und seit Jahren sogar tote Juden zu ihrem Glauben bekehrten. Natürlich wollte ich statt meiner Seele momentan lieber meine Haut retten. Aber wer rettete schon die Seelen längst verstorbener Juden? Diese Art von Pioniergeist musste man einfach bewundern, es sei denn, er ging einem zu sehr auf die Nerven. Die Juden reagierten eher genervt. Vor Kurzem hatten sie die Mormonen aufgefordert, das in Zukunft verdammt noch mal bleiben zu lassen. Was die Seelen davon hielten, hatte natürlich keiner gefragt.

Im Vergleich dazu waren die evangelikalen Christen nur ein Haufen Faulpelze. Ihr Missionseifer beschränkte sich auf die Lebenden. Ich stellte mir ein paar ältere mormonische Glaubensbrüder vor, die mit Keschern bewaffnet zwischen jüdischen Grabsteinen herumliefen und Seelen wie exotische Schmetterlinge aus der Luft fischten, um sie zu trocknen, aufzuspießen und im Archiv für Ahnenforschung hinter Glas auszustellen. Ich musste leise lachen.

Andy hörte es. »Freut mich, dass Sie Ihren Sinn für Humor nicht verloren haben. Sie werden ihn brauchen.«

Damit hatte er natürlich recht. Ich konnte nur hoffen, dass mein Humor mich bis über die Ziellinie trug. Wie immer würde ich auch diesen Schlamassel durchstehen, ohne Netz und doppelten Boden. Es war vollkommen egal, ob ich durch

Zufall in etwas hineingeraten oder im Vorbeigehen absichtlich hineingestoßen worden war. Die Mächte, die im Spiel waren, interessierte es nicht im Geringsten, ob ich schuldig oder unschuldig war.

Andy wusste das so gut wie ich. Der Gestank, ob echt oder eingebildet, klebte bereits an mir, und es gab nichts, was ich dagegen hätte tun können. Ich befand mich im freien Fall und war nur noch neugierig, wie sich der Beton beim Aufprall anfühlen würde. Es war fast spannend.

Andy wies mich an, den Truck auf den eingezäunten Parkplatz für beschlagnahmte Fahrzeuge zu stellen, gleich neben dem eingeschossigen Backsteingebäude, in dem sich das Revier der Utah Highway Patrol befand.

Der Parkplatz vor dem Haupteingang war voll, in erster Linie Streifenwagen der Price City Police und des Sheriff's Office. Eine einschüchternde Zurschaustellung des polizeilichen Korpsgeists; als würden sich Aasfresser an einem winzigen Büfett drängen und nur Platz für ihresgleichen machen.

Ich legte die Bremse ein, machte den Motor aus und schaute mich im Fahrerhaus um, als wäre es ein Abschied für immer. Wenigstens würde die Leasingfirma nicht bei Bob anklopfen müssen, damit er das Tor vom Logistikzentrum aufsperrte. Andy setzte Sonnenbrille und Hut auf.

Ich hielt ihm meine Handgelenke hin. »Wollen Sie mir keinen Schmuck anlegen, Andy? Mir ist es wurscht. Wenigstens einer von uns sollte eine gute Figur machen. Warum nicht Sie?«

Andy schaute mich über den Rand seiner Brille an. »Nein«, sagte er. »Ich muss keine gute Figur machen. Ich bin gut. Mormone eben.« Er zwang sich zu einem Grinsen und klopfte mir auf die Schulter. »Viel Glück, Ben.«

Ich holte tief Luft. »Andy, ich bin pleite. Ertrinke in roter

Tinte. Das war heute meine Abschiedstour. Wäre ich zufällig über zig Millionen gestolpert, hätte ich das mitgekriegt. Und wäre längst zig Millionen Meilen weit weg.«

Andy schüttelte den Kopf. »Niemals.«

»Wieso sind Sie sich da so sicher?«

»Dass Ihnen das Wasser bis zum Hals steht, weiß doch jeder. Aber Sie und sich mit zig Millionen vom Acker machen?« Er lachte. »Sie würden keine fünf Dollar mitgehen lassen. Sie bringen es ja nicht mal fertig, das Geld einzutreiben, das Ihnen die Leute schulden, die da draußen auf Sie angewiesen sind. Sie sind ein ehrlicher, anständiger Kerl. Mit kleinen Schwächen, wie wir alle, aber ehrlich.«

»Ist das Ihre Meinung als Polizist?«

»Viel besser. Meine Meinung als Mormone. Auch wenn das letzten Endes keinen Unterschied macht.«

»Darf ich Sie noch um einen Gefallen bitten?«

Er nickte.

»Sagen Sie Walt, wo ich bin?«

Andy nickte noch einmal. »Sonst noch jemandem?«

Ich dachte an Ginny. »Nein.«

Meine Tür ging auf. Deputy Tanner streckte mir die Handschellen entgegen. Trooper Smith schob den Oberkörper an mir vorbei und sagte mit einer Stimme hart wie Stahl, aber nicht unhöflich: »Raus hier, Tanner.«

Der Deputy schlich davon wie ein verschmähter Liebhaber.

»Eigentlich darf ich Ihnen das nicht erzählen«, sagte Andy, »aber hier geht's erst mal nur um eine Befragung. Vielleicht wird's nicht so schlimm, wie Sie befürchten. Benehmen Sie sich einfach nicht wie ein Arsch.«

»Ich? Dachte, ich bin ein anständiger, ehrlicher Kerl?«

Andy seufzte. »Sind Sie ja auch. Allerdings sind Sie hier

nicht völlig unbekannt. Hin und wieder waren Sie eben ein anständiger, ehrlicher Arsch. Machen Sie die Sache nicht noch schlimmer. Und haben Sie Vertrauen.«

Nicht besonders zuversichtlich erwiderte ich: »Dann werde ich wohl einfach auf den Staat vertrauen.«

»Nicht auf den Staat, Ben. Auf Gott.«

»Okay«, erwiderte ich, weil mir ohnehin nichts anderes übrig blieb. Aber ich musste auch daran denken, dass dieser Rat selbst Jesus nichts genützt hatte.

36

Andy und ich nahmen den Seiteneingang und kamen durch einen schmalen Flur, gesäumt von Wänden ohne Putz und Cops ohne Donuts. Die Finger leckten sie sich trotzdem.

Ich musste durch das Tor mit dem Metalldetektor, wurde per Sonde, Hand und noch einmal Sonde abgetastet. Bei einem Desperado wie mir gingen sie lieber kein Risiko ein. Dass ich keinen Alarm auslöste, schien die Meute zu enttäuschen. Wie es aussah, waren Deputies aus zwei Countys versammelt, dazu eine Handvoll Cops aus Price sowie ein paar Trooper, davon einer in Jeans und weißem T-Shirt, als hätte man ihn zu Hause vom Sofa gezerrt. Seine Dienstmarke steckte am T-Shirt.

Andy öffnete eine Metalltür mit einer schwarzen »1« darauf. Das kam mir komisch vor. Ich war mir ziemlich sicher, dass es keine 2 oder 3 gab. Er zeigte auf einen Metallstuhl, einem von zweien, hinter einem Metalltisch, einem von einem.

»Bitte nehmen Sie Platz, Mr Jones.« Jetzt war ich wieder Mr Jones und Andy war Trooper Smith.

Es gab keinen Einwegspiegel. Die Polizei hatte auf Hightech hochgerüstet. Die kleinen, schwarzen Linsen zweier Überwachungskameras hockten diskret an gegenüberliegenden Ecken der niedrigen Decke. Ich setzte mich. Aus Erfahrung wusste ich, dass es ganz egal war, wie eilig es die Cops gehabt hatten, dich aufs Revier zu bringen – sobald du da warst, hieß es: warten, warten, warten. Das gab dir Gelegenheit, deine Missetaten gären und die kleinen Angstbläschen an die Oberfläche steigen zu lassen. Bei der ersten Frage, so die Hoffnung, würde es dann aus dir herausplatzen wie ein Champagnerkorken.

Ich legte die Unterarme auf die kalte Tischplatte, faltete die Hände, schloss die Augen und stieg auf den Hügel vor Desert

Home. Ich sah Claire auf der Veranda. Sie winkte einem Mann zum Abschied nach, den ich noch nie gesehen hatte und, sofern meine Glückssträhne anhielt, auch niemals sehen würde. Er stieg in den Kompakt-SUV, den ich vorhin gesehen hatte, und fuhr mit dem Einzigen davon, das ihm etwas bedeutete – dem Cello. Einer der schönsten Tagträume, die ich je gehabt hatte. Als ich seine Autotür hinter mir zuschlagen hörte, schreckte ich hoch – es war die Tür zum Vernehmungszimmer. Ich ließ die Augen geschlossen.

Die Beine des Metallstuhls gegenüber kratzten über den Boden. Etwas Weiches, Schweres klatschte auf den Tisch, wahrscheinlich eine Akte. Ich roch Right-Guard-Deospray und süßlichen Tabak. Ein Mann nahm Platz und machte es sich auf dem Stuhl bequem. Schweigend starrte er auf meine geschlossenen Augen, nahm ich an. Ein zweiter Mann stand hinter mir, in der Nähe der Tür.

Nach einer Weile wurde dem Mann gegenüber das Starren auf meine Lider wohl doch zu langweilig. »Spielen Sie ein Instrument, Mr Jones?«

Ohne die Augen zu öffnen, erwiderte ich: »Da muss ich leider passen. Obwohl ich gestehe, dass ich früher auf meinem Sack gespielt habe.«

Der Mann an der Tür unterdrückte ein Lachen. Die beiden wechselten wohl einen Blick. Ich meinte zu spüren, wie er seitlich an meinem Kopf entlangschrammte. Diese Sorte Blick war es.

Der Mann an der Tür sagte: »Ben, ich rate Ihnen, mit dem Herrn zu kooperieren.«

Andy war es nicht. Aber eine vertraute Stimme, die ich nicht zuordnen konnte. Er kannte mich immerhin so gut, dass er auf Förmlichkeiten verzichtete und mich beim Vornamen nannte.

Ich ließ die Augenlider ganz langsam hochwandern, um den Mann gegenüber häppchenweise auf mich wirken zu lassen. Er trug ein braunes, viel zu enges Tweed-Sakko, weißes Hemd und eine rote Strickkrawatte, die einen dicken Hals einschnürte. Das schüttere, graue Haar und die randlose Brille wirkten an seinem fülligen Körper fehl am Platz. Selbst der Schnurrbart und das Kinnbärtchen waren zu klein für ihn. Er sah aus wie ein ehemaliger NFL-Lineman, der eines Morgens als übergewichtiger Highschool-Mathelehrer aufgewacht war. Er streckte mir seine Hand entgegen. »Ralph Welper. Meine Freunde nennen mich Doc.«

Aus Ginnys Beschreibungen wusste ich sofort, wer er war. Ich ignorierte seine Hand. »Geben Sie mir ein paar Minuten«, sagte ich, »dann fällt mir bestimmt ein passenderer Name für Sie ein.«

Ich blickte über meine Schulter. Es war eine halbe Ewigkeit her, dass ich den Mann an der Tür zuletzt gesehen hatte. »Hallo, Coach«, sagte ich, beinahe froh über das Wiedersehen. »Oder soll ich Sie unter den gegebenen Umständen lieber Captain nennen?«

»Coach war mir immer lieber«, erwiderte er. »Aber Sie müssen mich gar nicht anreden. Richten Sie Ihre Antworten einfach an Mr Welper. Ich bin hier nur so was wie der Aufpasser.«

»Für ihn oder für mich?«

Captain Dunphy gehörte nicht nur seit Langem der Highway Patrol an, er war in der Highschool auch mein Baseball-Coach gewesen. Normalerweise übernahm ein Lehrer diese Aufgabe. Dunphy war die Ausnahme gewesen. Am College hatte er zur Bestenauswahl gehört, war Pitcher für die Brigham Young University gewesen und hatte danach ein Jahr lang in der Minor League gespielt.

Während ich zwanzig Jahre lang die 117 rauf und runter gefahren war, war Coach Dunphy auf seinem Weg die Karriereleiter hoch in Utah weit herumgekommen. Wie ich gehört hatte, war er inzwischen Captain. Mit seinen eins achtzig plus hatte er nichts von dem schlaksigen Jungen verloren, der in der American League einmal den elftschnellsten Pitch gehabt hatte. Lässig lehnte er mit dem Rücken an der Tür. Die dunkelblaue Uniform saß wie ein maßgeschneiderter Anzug. Er gab keine Antwort auf meine Frage. Nicht dass ich damit gerechnet hatte.

Dunphy forderte mich auf, dem Mann die Hand zu schütteln.

Ich tat ihm den Gefallen. Wenn auch nur kurz.

»Hatte ja keine Ahnung, dass Sie beide sich kennen«, sagte Welper. Er gab sich jovial, auch wenn ihm unsere Bekanntschaft offensichtlich nicht behagte. »So sehr ich mich freue, der Grund für Ihre kleine Wiedersehensfeier zu sein, würde ich jetzt gern zur Sache kommen.«

»Gerne doch«, sagte ich. »Darf ich Sie vorher noch was fragen?«

Er nickte, weil er endlich mit der Vernehmung beginnen wollte.

»Wohnen in Ihrer Nachbarschaft junge Leute, im Teenageralter? Jemand, den Sie von klein auf kennen?«

Meine Frage schien ihn zu überraschen. Er zuckte mit den Schultern. »Klar, ein paar. Wieso?«

»Hab mich nur gefragt, ob Sie die eine oder den anderen vögeln. Falls ja, wie würde es Ihnen schmecken, wenn ich die- oder denjenigen danach fragen würde?«

Captain Dunphy bellte ermahnend meinen Namen. Mr Welper hob eine Hand, um ihn zu beschwichtigen. Er nahm die randlose Brille ab und legte sie auf die Akte. Ihm war klar, dass ich auf sein Gespräch mit Ginny anspielte. »Das würde mir überhaupt nicht schmecken«, sagte er. »Aber wenn das zu Ihrem Job gehören würde, hätte ich vollstes Verständnis dafür.«

Ich drehte mich zum Captain. »Warum fragen wir nicht mal Captain Dunphy, zu welchem Teil Ihres Jobs es gehört, so mit einem hochschwangeren Mädchen zu reden, wie Sie es getan haben?« Welper war über den Verlauf, den unser Gespräch nahm, wenig erfreut. Der Captain trat von einem Fuß auf den anderen, mischte sich aber nicht ein. Vermutlich wusste er nichts von der kleinen Unterhaltung zwischen Welper und Ginny. Auch möglich, dass er davon wusste und es ihm egal war. Aber so schätzte ich ihn nicht ein.

Welper entschuldigte sich, ohne dass es wie eine Entschuldigung klang. Er schlug die Akte auf und überflog die erste Seite. Dann hob er den Blick und ließ ihn lange über die Blutergüsse und verschorften Wunden in meinem Gesicht wandern. »Wie es aussieht, Mr Jones, neigen Sie zu Gewalt. Vor ein paar Jahren haben Sie einen Mann angeschossen und beinahe getötet.«

»Es war seine Waffe, mit der ich geschossen hab. Er wollte mich ausrauben.«

»Verständlich. Hatten Sie gedacht, Sie hätten ihn mit den ersten drei Schüssen verfehlt?«

Ich gab keine Antwort.

»Und was ist mit den anderen Anzeigen hier? Trunkenheit, ordnungswidriges Verhalten?«

»Ist schon ewig her«, erwiderte ich. »Zu meiner Verteidigung: Ich war ziemlich betrunken. Aber ordnungswidrig hab ich mich nicht verhalten. Das ist ein feiner Unterschied, der den Cops gern entgeht.«

»Und was war mit dem Mann, den Sie dermaßen verprügelt haben, dass er seine Nahrung ein halbes Jahr lang nur noch durch einen Strohhalm aufnehmen konnte? Wollte der Sie auch ausrauben?«

»Nein. Ich hatte nur was gegen seine Art von Humor. Wie gesagt, ich war jung. Heute würde ich meine Einwände wahrscheinlich anders vorbringen. Vielleicht auch nicht. Der Punkt ist der, hart bestraft wurde ich nie. Einfache Körperverletzung. Strafe abgesessen. Zehn Tage, wenn ich mich richtig entsinne.«

»Nur so aus Neugier«, sagte er, »war Ihre Reaktion nicht ein bisschen heftig? Hier steht, der Mann hätte lediglich einen Witz gemacht.«

»Kommt auf den Witz an.«

Captain Dunphy stieß sich von der Tür ab und trat an den Tisch. Er stemmte die Hände auf die Platte und beugte sich zu uns. »Mr Welper, ich erzähle Ihnen den Witz, den Ben gehört hat. Danach dürfen Sie gern urteilen, ob die Reaktion zu heftig war. Und dann setzen Sie die Befragung bitte fort. Es passierte in einer Kneipe. Ein Mann um die vierzig hatte mitbekommen, dass Ben Waise ist, Mutter eventuell Jüdin, Vater vielleicht Indianer. Er meinte, er würde einen Witz kennen, der ihn an Ben erinnert: Kommt ein Junge nach Hause. Die Mutter ist Jüdin, der Vater Afroamerikaner, obwohl der Mann ein anderes Wort benutzt hat. Der Junge sagt, er hat ein Problem. Er will einem Kind aus der Nachbarschaft das Fahrrad abkaufen. Die Eltern fragen, was sein Problem ist. Der Junge sagt, weil er zur Hälfte Jude und zur Hälfte schwarz ist, weiß er nicht, ob er den anderen runterhandeln oder dem Motherfucker das Ding einfach klauen soll. Zum Schluss hat der Typ Ben gefragt: ›Da du ja 'ne halbe Rothaut bist, was würdest du tun, Häuptling? Ihn runterhandeln oder dich besaufen und den ganzen Scheiß vergessen?‹«

Welper starrte mich an. Ich stellte mir hinter seinem Kopf ein Fenster vor.

»Nanu, Mr Welper«, sagte Dunphy, »Sie lachen ja gar nicht. Das hat der Richter auch nicht, der, nebenbei, Jude war. Die Anklage wurde abgemildert. Der Richter hat Ben aufgefordert, sich beim Alkohol zu mäßigen und sein Temperament zu zügeln. Soweit ich weiß, hat er sich bisher an beides gehalten.«

Welper schob seinen Stuhl nach hinten. »Das Gesicht von Mr Jones lässt etwas anderes vermuten«, sagte er. »Ich muss kurz mit Ihnen reden, Captain. Draußen.«

Welper verließ das Zimmer, und ich sagte zu Dunphy: »Walt Butterfield.«

Der Captain nickte. »Ich weiß. Trooper Smith hat es mir erzählt.« Etwas leiser fügte er hinzu: »Ich gehe jetzt raus und rede kurz mit Mr Welper. Wenn wir zurückkommen, reißt ihr beide euch zusammen. Mir gefällt seine Art auch nicht. Und zu Ihrer Frage: Ich bin hier, um ein Auge auf euch beide zu haben. An Ihrer Stelle würde ich mich nicht zu sehr darauf verlassen, dass es früher immer gut ausgegangen ist. Mr Welper kennt Gott nicht, aber er hat Freunde, die es tun. Die Sache hier ist so groß, dass die sich zusammengetan und den alten Herrn aus dem Bett geholt haben.«

Ich dachte an Andys Rat. Ich musste jemandem vertrauen. Captain Dunphy war zwar nicht Gott, aber für jemanden in meiner Situation kam er ihm recht nahe. »Warum bin ich hier?«

»Gute Frage. Und Welper hat eine gute Antwort. Wenigstens glaubt er das. Und wenn er sie Ihnen nicht verrät, dann werde ich es tun. Mir ist es scheißegal. Ich bin einundvierzig Tage von meiner Pensionierung entfernt. Die können mich alle an meinem Mormonen-Arsch lecken. Ich hoffe nur, Sie haben keinen Mist gebaut, Ben.« Damit verließ er das Zimmer.

Ein paar Minuten später kehrten beide zurück. Welper schob mir ein Foto hin. »Kennen Sie diesen Mann?«

»Ja«, sagte ich. Es war Josh Arrons. Er saß in einer Art Werkstatt. Hinter ihm an der Wand hingen Teile von Cellos und Geigen. Ich dachte an Claire, die auf mich wartete, und zwang mich, Welper zuliebe, den Kopf nicht hängen zu lassen. In der Highschool war ich zwar nicht der Klassenstreber gewesen, trotzdem legte ich jetzt eine ähnlich überschwängliche Unschuld in meine Stimme. »Er ist Reality-TV-Produzent.«

»Das hat er Ihnen erzählt. Ich bin Versicherungsdetektiv. In Wahrheit arbeitet er mit mir zusammen. Oder hat es wenigstens. Das teuerste Cello der Welt ist bei meiner Firma versichert. Und es ist spurlos verschwunden.«

»Scheiße«, sagte ich, ohne weiter darauf einzugehen, dass Josh nicht der war, für den er sich ausgegeben hatte. »Wie viel ist das teuerste Cello der Welt denn wert?«

»Das wissen Sie bereits, Mr Jones. Fast achtzehn Millionen Dollar.«

»Wie kommen Sie darauf, dass ich irgendwas über ein Achtzehn-Millionen-Cello weiß?«

Er grinste mich selbstgefällig an. Er konnte es kaum noch abwarten, mir zu zeigen, wie schlau er war. »Kurz nachdem das Cello verschwunden war – gestohlen wurde –, hat meine Firma eine Website ins Internet gestellt. Sieht ganz harmlos aus. Sollte nur ein Versuch sein. Aber Sie, Mr Jones, waren zwei Minuten und sechsunddreißig Sekunden auf der Seite und haben den Artikel über das Cello gelesen. Unsere IT-Leute haben den Computer anhand der IP-Adresse zurückverfolgen können. Die Seite wurde noch von anderen Leuten angeklickt. Niemand war länger als eine Minute darauf. Aber bei Ihnen, Mr Jones, gingen sofort alle Alarmanlagen an. Die Frau, die das Cello gestohlen hat, ist von New York nach Denver geflogen. In Denver hat sie sich weder einen Mietwagen genommen, noch ist sie mit öffentlichen Verkehrsmitteln weitergefahren. Jemand hat sie vom Flughafen abgeholt. Die Überwachungskameras haben ihre Spur leider verloren. Aber Colorado grenzt an Utah.«

»Die Kameras haben ihre Spur verloren? Man sollte meinen, eine Frau, die ein Cello mit sich rumträgt, sei leicht zu verfolgen.«

»Sie hatte das Cello nicht dabei. Und eingecheckt hatte sie es auch nicht. Schön wär's. Wollen Sie mir nicht mal erzählen, warum sich ein Trucker um fünf Uhr früh auf dem Computer seines Arbeitgebers nach seltenen Cellos erkundigt? Auf einem Computer, den er, wenn's hochkommt, zweimal im Jahr benutzt, um nach seinem Kontostand oder dem Wetterbericht zu gucken? Und warum er seinen Boss anlügt, wenn dieser ihn danach fragt?«

»Ich hab ihn angelogen, weil ich ihm nicht auf die Nase binden wollte, dass ich nach Cellos geguckt hab. Wenn ich Ihnen das extra erklären muss, sind Sie ein Idiot. Denken Sie wirklich, ich hätte was mit Ihrem verschwundenen Cello zu tun?«

»Vielleicht. Vielleicht auch nicht. Könnte ja sein, dass Sie zufällig darauf gestoßen sind. Ist es so?«

»Was weiß ich?«, entgegnete ich. »In der Wüste liegt ja aller möglicher Scheiß rum.«

Welper schaute zum Captain, der mich aufforderte, die Frage zu beantworten.

»Okay. Ich hab ein Cello gesehen. Keine Ahnung, ob es das war, das Sie suchen. Bei dem fehlte nämlich das Preisschild.«

Natürlich war mir im Laufe der Vernehmung klar geworden, dass es *das* Cello sein musste. So wie ich wusste, dass Claire die Frau am Flughafen gewesen war. Der Mann, der sie abgeholt hatte, war Walt gewesen. Allerdings hatte ich bisher nicht gewusst, dass das Cello fast achtzehn Millionen wert war. Ich hätte das Cello auf der Website nicht im Traum mit dem in Desert Home in Verbindung gebracht. Auch hatte ich keine Ahnung, ob Walt von dem Cello wusste oder ob es ihn überhaupt interessierte. Für mich spielte das Cello keine Rolle. Aber es erklärte, warum bei Claires Mann die Prioritäten verrutscht waren. Ich wusste, warum sie das Cello am Flughafen nicht dabei gehabt hatte. Wahrscheinlich hatte es in einer der merkwürdigen Kisten gesteckt, die Walt bekommen hatte. Obwohl mir aufging, dass Claire nicht ganz ehrlich zu mir gewesen war, musste ich lächeln.

Welper lehnte sich über den Tisch. »Sie lächeln, Mr Jones. Das verrät mir, dass Sie nachdenken statt zu reden. Es scheint Sie nicht zu schocken, dass Sie ein Cello gesehen haben, das achtzehn Millionen wert ist.«

»Achtzehn Millionen – was soll ich dazu sagen?«

»Wie darf ich das jetzt verstehen, Mr Jones? Sind Sie so reich?«

»Sie wissen, dass ich nicht reich bin. Es ist genau andersrum. Die Registrierkasse in meinem Kopf nimmt den Betrag nicht an. Die Zahl ist absurd. Ich kann mir so viel Geld nicht mal vorstellen. Ist für mich so unwirklich wie Steine vom Mond. Wenn Sie fünfzig Riesen gesagt hätten, das hätte mich vielleicht geschockt. Aber achtzehn Millionen für ein altes Stück Holz?«

Welper zuckte zusammen. »Wo haben Sie das alte Stück Holz gesehen?«

»In der Wüste.«

»Wo genau?«

»Eine Frau hatte es dabei.«

Welper zog ein zweites Foto aus der Akte. »Ist das die Frau?«

Natürlich war sie es. »Ja, das ist sie«, sagte ich und hoffte, er hätte meine ausweichende Antwort auf die Frage, wo ich das Cello gesehen hatte, schon wieder vergessen. »Wie heißt sie?«

»Claire Tichnor. Wann und wo haben Sie Mrs Tichnor gesehen?«

»An der 117. Ihr Auto sprang nicht an«, log ich. »Wären Sie gleich nach Ihrem ersten Verdacht zu mir gekommen, hätte ich mich sicherlich besser daran erinnert.«

Ich zuckte mit den Schultern und mimte den unbedarften Trucker. Für die Rolle war ich geboren. »Das verdammte Cello hat mich überhaupt nicht interessiert. Dachte nur, falls ich die Frau wiedersehe, könnte ich sie mit meinem Cello-Wissen beeindrucken. Deshalb war ich um fünf Uhr morgens im Internet. Himmel, was weiß ich schon über Cellos?«

»So hatten Sie sich das also gedacht, wie? Ein paar Minuten im Internet und Ihre Chancen steigen, bei der Frau zum Zug zu kommen?« Welper lachte. »Vielleicht bei einer der abgehalfterten Kneipenschönheiten hier. Aber bei einer Frau wie ihr? Da müssten Sie eine Million Jahre auf eine Chance warten.«

Zu gern hätte ich ihm erzählt, wie schnell eine Million Jahre in der Wüste vergehen. Aber ich hielt den Mund.

»Dass eine Frau im Spiel ist, hat Ihre kleine Freundin auch vermutet.«

Volltreffer. *Meine kleine Freundin.* Dass er Ginny so nannte, erzielte die beabsichtigte Wirkung. Mir schwoll der Hals. »Jaaa«, sagte ich gedehnt. »Eine Freundin von mir. Warum sollte ich wohl sonst mitten in der Nacht im Walmart nach Cellomusik fragen?«

»Wann haben Sie Mrs Tichnor gesehen?«

Ich tat, als hätte er mich nur nach der ersten Begegnung

gefragt. »Weiß nicht mehr. Am Tag, bevor ich den Computer benutzt habe. Wann auch immer das war. Sie wissen das doch besser als ich.«

»Wo sind Mrs Tichnor und das Cello jetzt?«

Ich zuckte wieder mit den Schultern. »Kann ich Ihnen nicht sagen. Ist eine verdammt große Wüste.«

»Sie verschweigen mir etwas, Mr Jones. Das ist nicht besonders schlau. Hier geht es um mehr als ein seltenes Cello. Sehr viel mehr.«

»Ich dachte, wir hätten schon geklärt, dass ich nicht besonders schlau bin. Geht es jetzt nur noch darum, wie blöd ich bin? Gibt es etwas Blöderes, als dass ein Typ wie ich einem Typen wie Ihnen Lügen über ein Achtzehn-Millionen-Dollar-Cello erzählt?«

»Mir fallen da zwei Dinge ein. Entführung. Vielleicht Mord.«

37

»Ich weiß nichts von einer Entführung oder einem Mord!«, schrie ich.

Captain Dunphy kam sofort an den Tisch. »Davon höre ich auch zum ersten Mal«, sagte er, bevor er mit einem Blick in die Überwachungskamera um einen dritten Stuhl und einen Notizblock bat. Während ein Kollege das Gewünschte brachte, blieb Dunphy vor Welper stehen und schaute ihn grimmig an.

»Leider gab es technische Schwierigkeiten mit dem Aufzeichnungsgerät«, sagte er dann in die Kamera. »Aber man hat mir versichert, nun funktioniert es einwandfrei.«

Ich begriff, was los war. Wegen Welpers guter Beziehungen war die Befragung bisher nicht aufgezeichnet worden. Weil es nun plötzlich um ein Kapitalverbrechen ging, hatte sich die Situation schlagartig geändert. Welper war anzumerken, wie sehr er sich darüber ärgerte.

Ich lehnte mich zurück. »Wäre es jetzt nicht an der Zeit, mir meine Rechte vorzulesen?«, fragte ich. Ich war mir ziemlich sicher, dass Claire nichts mit einer Entführung oder gar mit einem Mord zu tun hatte. Walt ebenfalls nicht. Natürlich gab es noch die klitzekleine Angelegenheit mit der Leiche auf seinem Klo. Allmählich machte ich mir Gedanken über Claire. Über beide. Vielleicht war ich ja doch nur der dumme Trucker, für den mich alle hielten.

»Sie sind nicht verhaftet«, sagte Dunphy. »Noch nicht. Sie sind freiwillig hier.« Er wartete ab, ob ich widersprechen würde. Als ich nichts erwiderte, fuhr er fort. »Aber Sie haben natürlich recht, Mr Jones. Und ich fange bei Mr Welper an. Mr Welper, Sie haben das Recht ...«

»Das soll wohl ein Witz sein«, unterbrach ihn Welper.

Dunphy ließ sich nicht aus der Ruhe bringen und sagte seinen Spruch auf. »Haben Sie Kenntnis von Ihren Rechten genommen?«, fragte er zum Schluss.

Welper nickte.

»Sagen Sie Ja oder Nein. Laut und vernehmlich.«

Welper sagte Ja und verzichtete auf sein Recht auf einen Anwalt.

Nachdem Dunphy mich ebenfalls über meine Rechte aufgeklärt hatte, sagte er zu uns beiden: »Ab jetzt stelle ich die Fragen. Ich beginne mit Ihnen, Mr Welper. Vor wenigen Minuten haben Sie angedeutet, von einer Entführung oder einem Mord zu wissen.«

Welper ruderte zurück. »Die Möglichkeit besteht. Wissen tue ich es nicht.«

»Dann erzählen Sie mir einfach alles, was Sie wissen.«

»So viel Zeit haben wir nicht …«

Dunphy fiel ihm ins Wort. »Wenn Sie gleich zum Wesentlichen gekommen wären, stünden Sie jetzt nicht unter Zeitdruck. Glauben Sie mir, Mr Welper, wir haben so viel Zeit.«

»Sicher, dass Sie das jetzt so aufziehen wollen?«, flüsterte Welper.

Für mich klang es wie eine Drohung. Für Dunphy auch. Mit lauter Stimme erwiderte er, dass er sich absolut sicher sei.

Welper tat so, als habe sich an der Situation nichts geändert. Offenbar bildete er sich ein, immer noch am Drücker zu sitzen. »Ich will den Trucker nicht dabeihaben.«

Dunphy schien zu überlegen, ob Welpers Einwand berechtigt war. Ich schob meinen Stuhl zurück. Hätte er mich dazu aufgefordert, wäre ich sofort rausgegangen – und hätte vermutlich im Flur gewartet.

»Mr Jones bleibt«, sagte der Captain. »Schließlich ist er nur hier, weil Sie es so wollten. Eine von vielen Gefälligkeiten, um die ich gebeten wurde. Aber damit ist jetzt Schluss, Mr Welper.«

Fast eine Stunde lang hörte ich nur zu. Was Claire gemacht hatte, bevor sie nach Desert Home gekommen war, interessierte mich nicht besonders. Ich schloss die Augen, um Welper und Dunphy mein Desinteresse zu demonstrieren. Mehrmals versuchte ich mir vorzustellen, ich würde unter dem Torbogen von Desert Home stehen. Ich wollte die Sonne auf meinem Gesicht spüren und Claire dabei zusehen, wie sie allein auf der Veranda stand und zu mir hochblickte. Es gelang mir nicht. Ich hörte jedes Wort und bekam eine unverlangte Lektion in Sachen Claire und Cellos.

Der Captain unterbrach Welper von Zeit zu Zeit, um sich Notizen zu machen oder weitere Fragen zu stellen. Dabei wiederholte er, was Welper gesagt hatte. Man hatte fast den Eindruck, er würde sich eher rückwärts bewegen. Aber das täuschte. Er wusste genau, wie er seinen Job zu erledigen hatte. Zu meiner Erleichterung stellte ich fest, dass Claire mir im Großen und Ganzen die Wahrheit gesagt hatte. Wie es aussah, hatte das auch Welper gemacht, wenigstens bei den paar Informationen, die er preisgegeben hatte, bevor Dunphy die Befragung übernommen hatte. Überraschendes war für mich kaum dabei. Zum Glück ging es weder um Entführung noch um Mord.

In ihrem letzten Jahr auf dem College hatte Claire das gesamte Erbe ihrer Adoptiveltern benutzt, um sich das Vorkaufsrecht für ein jahrhundertealtes Cello – das Instrument von der Website – zu sichern. Fünfhunderttausend Dollar. Das Instrument hatte ihrem Professor gehört und war seit Generationen im Besitz seiner Familie gewesen. Er hatte Geld gebraucht, wollte das Cello aber nicht zu Lebzeiten verkaufen. Er mochte Claire und indem er ihr das Vorkaufsrecht für das Cello einräumte, wollte er ihr zeigen, dass er sie für seine begabteste Studentin hielt. Wie Welper mit einem vielsagenden Augenzwinkern andeutete, sei der Professor, ein Mann Ende fünfzig, womöglich aber an einer ganz anderen »Begabung« interessiert gewesen.

Dunphy ging nicht auf die süffisante Bemerkung ein.

Nach dem Tod des Professors sollte das Cello zur Auktion freigegeben werden. Falls es Claire allerdings gelang, den festgelegten Schätzwert vorher aufzubringen, sollte das Cello an sie gehen und die Auktion abgesagt werden. Für den Fall, dass Claire vor dem Professor starb, sollte das von ihr angezahlte Geld vom Versteigerungserlös abgezogen werden und in ihre Erbmasse fließen. Der Professor war ein echter Fuchs gewesen. Er hatte in den Vertrag eine Klausel eingebaut, die Claire den Verkauf des Cellos nach seinem Tod für fünfundzwanzig Jahre untersagte. Wie sie die vielen Millionen, die das Cello wert war, letztendlich hatte zusammenbekommen wollen, war nicht bekannt. Aber mit Anfang zwanzig hatte sie vermutlich nicht so weit in die Zukunft gedacht.

Vor drei Jahren war der Professor gestorben und das Cello zur Versteigerung freigegeben worden. Claire war damals schon lange verheiratet gewesen. Um ihren Mann finanziell zu unterstützen, hatte sie die Musik aufgegeben. Kurz vor dem festgelegten Auktionstermin hatte sich ihr Mann eine Freundin zugelegt. Nicht irgendeine Freundin: eine schöne, junge Hongkong-Chinesin, die als künftige Stargeigerin gehandelt wurde. Sie hatte einen Vater, der sie abgöttisch liebte und sich, lange bevor es in China offiziell erlaubt war, dem Kapitalismus zugewandt und ein Vermögen gemacht hatte. Dass die reiche

Freundin wenige Wochen vor dem Verkauf des Cellos aufgetaucht war, hielt Welper für keinen Zufall. Allerdings war nicht klar, ob Claires Mann oder die reiche Chinesin den Zufall eingefädelt hatte.

Bei der Aussicht, in den Besitz des wertvollen Cellos zu gelangen, hätten viele Menschen sämtliche Skrupel über Bord geworfen – Investoren, Sammler, Musiker. Von Dennis' neuer Beziehung profitierten alle, außer Claire. Am meisten aber der Vater der Chinesin, der die Millionen vorschoss, mit denen Claire das Vorkaufsrecht ausüben konnte. Claire erfuhr von ihrem Mann nur, eine Gruppe ausländischer Investoren hätte ihnen das Geld geliehen; ihrem Mann wurde das lebenslange Recht zugesichert, exklusiv auf dem Instrument zu spielen. Die Investoren verlangten im Gegenzug lediglich, das Cello mindestens einen Monat im Jahr international »vorführen« zu dürfen, ob mit Dennis oder ohne ihn. Claire ging auf das Angebot ein.

Sobald die Tinte unter dem Vertrag getrocknet war, reichte Claires Mann die Scheidung ein. Laut Welper ging es dabei ziemlich ruppig zu. Und es artete in eine regelrechte Schlammschlacht aus, als der Richter feststellte, dass das »Vorkaufsrecht« zwar allein bei Claire gelegen habe, ihr aber keinerlei finanzielle Entschädigung zustehe, wenn ihr Mann mit dem Instrument Konzerte gab. Der Anwalt von Claires Mann hatte argumentiert, das Cello sei für einen Profi-Musiker wie Mr Tichnor zum Bestreiten seines Lebensunterhalts essenziell wichtig. Am Ende sprach der Richter dem Ehemann das alleinige »Sorgerecht« für den größten Wertgegenstand des Paares zu. In Wahrheit handelte es sich aber nur noch um ein Nutzungsrecht – der Chinese hatte eine Art Strohmann-Geschäft eingefädelt, das gerade noch mit der Vertragsklausel des Professors vereinbar war.

Welper holte tief Luft. »Der schlimmste Schlag für die ehemalige Mrs Tichnor war vielleicht gar nicht mal der Verlust des Cellos. Sie erfuhr nämlich nicht nur von der Freundin ihres Mannes, sondern auch von der finanziellen Verstrickung des Vaters der Freundin. Am Ende verlor sie das Cello, ihren Mann und fünfhunderttausend Dollar. Der große Nutznießer war ihr Exmann. Als der Richter dann noch anordnete, Mrs Tichnor habe fünf Jahre lang Unterhalt für ihren Exmann zu zahlen, war das wohl der Tropfen, der das Fass zum Überlaufen brachte.«

»Hat sie daraufhin das Cello gestohlen?«, fragte Dunphy.

»Jein«, erwiderte Welper. »Ein paar Monate lang hat sie gute Miene zum bösen Spiel gemacht. Hat sogar die ersten Unterhaltszahlungen geleistet. Dann hat sie versucht, den Exmann zu vergiften. Davon geht man jedenfalls aus. Ich persönlich glaube nicht, dass sie ihn umbringen wollte. Das gehörte nur zu ihrem Plan, das Cello an sich zu nehmen. Sie hat sich nachmittags mit ihm in einer Bar getroffen. Wie er später ausgesagt hat, wollte sie sich von ihm verabschieden. Im Guten auseinandergehen und so weiter – als ob ihr das jemand abgenommen hätte. Trotzdem ist er zur Verabredung gegangen. Eine Stunde später wurde er ins Krankenhaus eingeliefert. Sie ist sogar mitgekommen und hat die besorgte Exfrau gemimt. Vermutlich gehörte das mit zu ihrem Plan. Er hat erst zwei Tage später von den Ärzten erfahren, dass er womöglich vergiftet wurde. Aus Mangel an Beweisen wurde keine Anklage erhoben. Noch nicht.«

»An dem Abend, als Mr Tichnor im Krankenhaus lag, tauchte Mrs Tichnor bei einem Benefizkonzert der Manhattan Friends of Chamber Music auf, wo auch die chinesische Prinzessin spielen sollte. Mrs Tichnor erschien im Abendkleid und mischte sich unter die oberen Zehntausend von New York. Nachdem sie hier und da ein paar Worte gewechselt und an einem Glas Champagner genippt hatte, ist sie zu der anderen Frau hin, die bereits auf der Bühne Platz genommen hatte. Keiner hat auf sie geachtet. Sie hat ein paar Sätze zur Prinzessin gesagt, die niemand gehört hat und an die sich die Chinesin angeblich nicht mehr erinnern kann. Dann hat sie der Frau die Geige – zum Glück nicht bei uns versichert, denn sie war eine Viertelmillion wert – aus der Hand gerissen und sie ihr wie einen Baseballschläger über den Kopf gezogen. Der Schlag war so hart, dass die Chinesin vom Stuhl gefallen ist. Im einsetzenden Tumult ist Mrs Tichnor seelenruhig aus dem Saal spaziert.«

Die Augen geschlossen zu halten, nötigte mir meine gesamte Konzentration ab.

»Mr Jones, bekommen Sie auch alles mit?«, fragte Dunphy.

Ich gab keine Antwort. Natürlich bekam ich alles mit, auch wenn ich mir hin und wieder am liebsten die Ohren zugehalten hätte. Claires Temperament machte mir Sorgen. Welper hatte recht, es war von der schlimmsten Sorte – selbst wenn Claire innerlich kochte, ging sie eiskalt und methodisch vor. Walt die Waffe zurückzugeben, war eine verdammt gute Idee gewesen. Es musste noch einen anderen Grund geben, warum sie die Prinzessin vor so vielen Zeugen k.o. geschlagen hatte. Obwohl die miese Geschichte als Grund natürlich schon vollkommen ausgereicht hätte. Welper hatte bei Claires Temperament jedenfalls allen Grund, sich um das Cello zu sorgen.

Wie er weiter erzählte, hatte Claire ihrem Mann die Schlüssel für seinen Proberaum abgenommen. Vermutlich auf dem Weg ins Krankenhaus. Die Menschen in dem gut gesicherten Gebäude kannten sie vom Sehen, sodass sie dort nicht weiter aufgefallen war.

»Da der Mann im Krankenhaus lag und die Chinesin sich von ihren leichten Kopfverletzungen erholen musste, bemerkte am nächsten Tag niemand, dass das Cello verschwunden war. Mrs Tichnor hatte sich einen Vorsprung verschafft. Und sie war so schlau, sich auf Rechnung ihres Arbeitgebers ein Flugticket nach Denver zu besorgen. Vier Stunden vor dem Abflug. Unter ihrem Mädchennamen. Den Rückflug hatte sie schlauerweise ebenfalls gebucht. Seit Nine-Eleven werden One-Way-Flüge nämlich streng kontrolliert. Damit macht man sich sofort verdächtig.«

»Warum ist Mrs Tichnor nach Utah gekommen?«, wollte Dunphy wissen.

Welper sagte, er habe keine Ahnung. Von Mr Tichnor hatte er nur erfahren, dass seine Exfrau schon einmal in Utah gewesen war. Was sie dort gewollt hatte, wusste er nicht. Damals lief das Scheidungsverfahren schon und sie hatten keinen Kontakt mehr.

»Wie hat sie das Cello nach Utah geschafft?«

»Auch das wissen wir nicht. Zuerst waren wir uns nicht mal sicher, ob es überhaupt hier ist.« Welper räusperte sich. »Vielleicht hat sie einen Komplizen. Sie hat weder Familie noch enge Freunde. Und sie konnte das Cello schlecht in einen Umschlag stecken und es sich selbst mit der Post schicken. Wir haben uns bei sämtlichen Spediteuren für Werttransporte erkundigt. Fehlanzeige. Bis Mr Jones auf der Bildfläche erschienen ist, hatten wir fast damit gerechnet, sie hätte es zerstört. Ich glaube nicht, dass sie Lösegeld für das Cello fordern wollte. Aber das ist jetzt unerheblich. Sie ist hier. Oder war es. Und sie hat das Cello dabei.«

Dunphy fragte nach dem Polizeiprotokoll. Welper ließ sich Zeit mit der Antwort. Als er endlich etwas erwiderte, überraschte mich seine Aussage. Dunphy auch.

»Was soll das heißen, es gibt kein Protokoll? Ein Cello im Wert von achtzehn Millionen wird gestohlen, aber niemand erstattet Anzeige?«

»Wir hatten uns überlegt, dass wir das Cello eher wiederbekommen, wenn wir die Polizei aus dem Spiel lassen. Es handelte sich ja nicht um professionellen Diebstahl, sondern um einen Nebenschauplatz in einem Scheidungskrieg. Ginge es nur um Geld, wäre das Instrument bei einer ehemaligen Cellistin wie Mrs Tichnor sicherlich besser aufgehoben.« Er räusperte sich erneut. »Ich war mit der Lösung einverstanden. Die Prinzessin und ihr Vater auch. Und Mr Tichnor.«

»Und jetzt sitzen wir hier, Mr Welper«, sagte Dunphy laut. »Wie die Pilze. Man lässt uns im Dunkeln und gibt uns Mist zu fressen.«

Welper erwiderte nichts. Wahrscheinlich hatte Dunphys Gesichtsausdruck ihm gesagt, dass er jetzt besser den Mund hielt.

»Nur damit ich es richtig verstehe: Der Diebstahl, die versuchte Vergiftung, der tätliche Angriff – nichts davon wurde zur Anzeige gebracht?«

»Korrekt«, sagte Welper kleinlaut.

»Sie und Ihre Firma haben also gedacht, Sie kommen kurz nach Utah und machen hier, wozu Sie gerade Lust haben. Sehe ich das richtig?«

Welper sagte, er habe die Polizei in Price verständigt und die sei sehr kooperativ gewesen.

»Die hätten sich mal besser informieren sollen«, erwiderte Dunphy. »Hätten Sie die wahren Hintergründe geschildert, wären sie womöglich nicht so kooperativ gewesen.«

»Mr Jones hat sich verdächtig verhalten. Deshalb sind wir davon ausgegangen, er weiß etwas. Und ich glaube das immer noch. Meiner Meinung nach ist das Cello noch in Utah, bei Mrs Tichnor.«

»Und was gilt in Ihrer Welt bitte als verdächtiges Verhalten?«

»Dasselbe wie in Ihrer, Captain. Wenn jemand sich nicht so verhält, wie man es von ihm erwartet.«

Dunphy forderte mich auf, die Augen zu öffnen.

Welper hatte ein Foto von der liegen gebliebenen Grundschullehrerin auf den Tisch gelegt. »Kennen Sie die Frau?«

Ich fragte, ob ich meine Brieftasche holen dürfe. Dann warf ich das Foto, das Howard Purvis geschossen hatte, auf den Tisch.

»Sie hat mich auf dem Highway 191 angehalten«, sagte ich. »War nicht so angezogen, als würde sie regelmäßig am Straßenrand stehen. Ganz im Gegenteil. Aber sie war äußerst entgegenkommend. Ich habe ihr Entgegenkommen zurückgewiesen. Ein Fahrer-Kollege hat sie auch gesehen. Am nächsten Tag hat er sie in der Stadt zufällig noch mal gesehen und zur Sicherheit das Foto gemacht. Wir hatten den Verdacht, sie könnte einen Überfall auf mich vorbereiten.«

Captain Dunphy wendete sich an Welper. »Sie haben eine Prostituierte angeheuert, um an Mr Jones heranzukommen? Und als er nicht auf sie angesprungen ist, fanden Sie sein Verhalten verdächtig?«

Welper geriet zum ersten Mal aus der Fassung. »Ms Delacroix ist keine Prostituierte. Sie ist eine fähige Privatermittlerin. Mr Jones hat ihr gegenüber behauptet, er hätte Frau und Kinder. Er muss sehr überzeugend geklungen haben. Ms Delacroix sagt, sie hätte es ihm fast abgenommen. Und ja, das bezeichne ich als verdächtiges Verhalten. Warum sollte sich ein alleinstehender Mann eine attraktive Gelegenheit entgehen lassen, sofern er nichts zu verbergen hat? Noch dazu ein Trucker?«

»Er hat es Ihnen gerade erklärt. Und was er nicht laut gesagt hat, würden Sie sowieso nicht verstehen. Der Einzige, der hier einen fragwürdigen Eindruck macht, sind Sie, Mr Welper. Und jetzt erzählen Sie bitte, was es mit diesem Fernsehproduzenten auf sich hat.«

»Da Mr Jones nicht an Ms Delacroix interessiert war, mussten wir uns schnell etwas Neues einfallen lassen. Und auch dieses Mal hat er sich verdächtig verhalten. Wir hatten das Logistikunternehmen, bei dem Mr Jones unter Vertrag steht, um Unterstützung gebeten und sie auch bekommen.« Welper schaute in die Runde. »Es war ein wenig Überzeugungsarbeit nötig, aber am Ende hat sich Jones auf den Deal eingelassen.«

»Klar, ich bin ja auch dumm und naiv«, sagte ich. »Allerdings hab ich jetzt ein paar Scheine in der Tasche, und Sie haben nichts. Aber nur so aus Neugier – war Bob Fulwiler eingeweiht?«

Welper grinste. »Nein. Wir haben das über die Geschäftsführung geregelt. Bob Fulwiler hat sich nicht lange bitten lassen. Fast ein bisschen traurig, wie begeistert er war. Ganz anders als Sie. Wir haben gedacht, das gibt's nicht: Ein Trucker, der bei der Aussicht, ein Star im Reality-TV zu werden, nicht sofort Feuer und Flamme ist? Es sei denn natürlich, er hat was zu verbergen. Und so haben Sie sich die ganze Zeit verhalten. Josh musste Sie praktisch auf Knien anflehen, bei Ihnen mitfahren zu dürfen. Und als Sie endlich nachgegeben haben, musste er die ganze Zeit im Truck sitzen.«

Was seine Geduld anbetraf, fuhr Dunphy langsam auf Reserve-Tank. Er kämpfte gegen seine Entrüstung und Ermüdung an, indem er zwischen den Sätzen längere Pausen machte und jedes Wort mit Bedacht wählte. »Ich weiß genau, warum Ben nicht ins Fernsehen wollte. Aus demselben Grund, aus dem jeder normale Mensch, der nur einen Funken Selbstachtung hat und seine Privatsphäre schützen möchte, das nicht will. Es gibt noch Menschen, die halten nicht ihre Unterwäsche in jede x-beliebige Kamera, weil sie auf Teufel komm raus ›berühmt‹ werden wollen. Dass Sie das verdächtig finden, hat nichts mit Ihrem Job zu tun, Mr Welper. Sondern mit Ihrer Art.« Dunphys Abneigung war kurz davor, in Wut umzuschlagen. »Sie kommen nach Utah und schalten und walten, wie es Ihnen in den Kram passt. Sie setzen eine Prostituierte – Verzeihung, Privatermittlerin – auf Mr Jones an. Weil er sie zurückweist, ist er in Ihren Augen verdächtig. Als Nächstes versuchen Sie, ihn mit einer dämlichen Reality-Show zu ködern. Weil er keine Lust hat, sein Privatleben zur Belustigung von Millionen von Fernsehzuschauern zu entblößen, finden Sie sein Verhalten noch verdächtiger.«

Der Captain stand auf. »Ben, Sie können gehen.« Dann wendete er sich wieder Welper zu. »Ich würde Ihnen zu gerne sagen, was Sie mich mal können. Stattdessen sage ich Ihnen nur, Sie können ebenfalls gehen. An Ihrer Stelle würde ich Utah auf dem schnellsten Wege verlassen. Und nehmen Sie Ihre Privatermittler bloß mit. Sollte jemand Anzeige wegen eines gestohlenen Cellos erstatten, können Sie sich gern wieder bei uns melden. Per Telefon.«

38

Dunphy musste mir nicht zweimal sagen, dass ich gehen konnte. Ich wollte so schnell wie möglich los und mich nicht noch mit Abschiedsfloskeln aufhalten.

Dennis war mit dem Cello auf dem Rückweg nach New York. Wenigstens hoffte ich das. Ich brannte vor Neugier, ob Claire geblieben war. In Anbetracht der Scheidung und der neuen Freundin ihres Ex' standen die Chancen, dass sie auf mich wartete, ziemlich gut. Abgesehen von Claires Temperament hatte mich am meisten überrascht, dass sie mich in dem Glauben gelassen hatte, die Scheidung sei noch nicht ganz durch. Eigentlich konnte es dafür nur einen Grund geben: Sie wollte mich auf Distanz halten. Vielleicht wusste sie in ihrem Herzen, dass sie und Dennis trotz der Scheidung noch nicht miteinander fertig waren. Zwischen ihnen würde es immer offene Fragen geben. Das Cello war nur der Behälter, in dem sie diese aufbewahrten.

Welper rührte sich nicht. »Ohne Mr Arrons kann ich nicht fahren.«

»Können oder wollen Sie nicht?« Dunphy hielt mich am Arm zurück. »Nicht so schnell, Ben.«

Welpers Stimme klang weich, beinahe resigniert. »Ich kann nicht. Mein Schwiegersohn ist verschwunden. Ich hab Angst, er könnte sich übernommen haben.«

»Was hat Ihr Schwiegersohn mit der ganzen Sache zu tun?«

»Josh Arrons ist mein Schwiegersohn.« Welper machte ein betretenes Gesicht. »Er ist kein wirklich erfahrener Privatermittler.«

Dunphy seufzte. »Sondern?«

»Geigenbauer. Spezialisiert auf Cellos. Hab ihn mitgenommen, weil ich dachte, er könnte bei der Identifizierung des

Del-Gesù-Cellos helfen. Eigentlich hätte er in Price im Holiday Inn warten sollen, bis wir ihn gebraucht hätten. Aber nach dem Misserfolg von Ms Delacroix mussten wir uns schnell was Neues einfallen lassen. Er hatte ohnehin nichts zu tun. Hab gedacht, ihm würde schon nichts passieren. Wär's auch nicht, wenn er sich an den Plan gehalten hätte. Leider hat er die Dinge selbst in die Hand nehmen müssen.«

Dunphy blieb ungerührt. »Er wird vermisst. Das ist nicht dasselbe wie Entführung oder Mord. Geben Sie eine Vermisstenanzeige auf. Oder wollen Sie die Polizei wie üblich aus dem Spiel lassen?«

»Ich werde alles tun, was nötig ist. Bitte. Ich hab Angst, jemand hat ihn in eine Falle gelockt. Vielleicht wird er gewaltsam festgehalten. Ist schwer verletzt. Vielleicht sogar tot ...«

»Nun malen Sie nicht gleich den Teufel an die Wand. Warum sollte er auf eigene Faust losgezogen sein?«

Welper nickte grimmig in meine Richtung. »Hätte der da Ms Delacroix keinen Korb gegeben, hätten wir Mr Arrons nicht in die Sache hineinziehen müssen. Ms Delacroix hatte bisher immer Erfolg. Vor allem bei Männern wie Mr Jones. Sie hat ihren verletzten Stolz eingepackt und ist beleidigt abgezogen. Deshalb haben wir uns die Geschichte mit der Reality-Show aus den Fingern gesogen. Ich bin in Logan einem anderen Hinweis nachgegangen, als Josh auf die Idee kam, sich an Mr Jones' Fersen zu heften. Als ich zurückkam, hatte er in Moab einen Jeep gemietet. Hat mir einen Zettel im Hotel dagelassen, dass er Mr Jones beschatten wollte.«

»Wann war das?«

»Den Jeep hat er am Freitag gemietet. Den Zettel hat er wohl Samstagfrüh geschrieben. Seitdem hab ich nichts mehr von ihm gehört.«

»Ben?«, fragte Dunphy.

»Er saß in einem dieser feuerwehrroten Jeeps, die man in Moab mieten kann«, sagte ich. »Auffälliger geht's nicht. Wo er jetzt steckt, weiß ich nicht. Eigentlich fand ich ihn ganz nett. Die Jeeps sind doch fast alle mit GPS-Trackern ausgestattet. Fragen Sie beim Autoverleih nach.«

»Hab ich heute früh als Erstes gemacht«, sagte Welper. »Er hat den Jeep für eine Woche gemietet. Aber der Tracker ist wohl defekt. Sie bekommen kein Signal. Vielleicht hat sich auch jemand daran zu schaffen gemacht.«

Dunphy war mit seiner Geduld am Ende. »Mr Welper, geben Sie eine Vermisstenanzeige auf. Er ist noch keine zweiundsiebzig Stunden fort. Wenn er in ein, zwei Tagen nicht wieder aufgetaucht ist, schicke ich einen Suchtrupp los. Mehr kann ich im Moment nicht tun.«

Welper ließ nicht locker. »Können Sie Ihre Leute nicht schon heute losschicken?«, bat er. »Die Kosten übernehme ich. Jeden einzelnen Penny. Überstunden. Alles. Geld spielt keine Rolle.«

»In meinem Leben hab ich ein paar Dinge gelernt, Mr Welper. Wenn zum Beispiel jemand sagt, Geld spielt keine Rolle, dann ist meistens das Gegenteil der Fall. Geld spielt immer die Hauptrolle.«

»Wenn Sie den Stein ins Rollen bringen, stelle ich Ihnen sofort einen Scheck aus.«

»Sie scheinen es mächtig eilig zu haben. Langsam hab ich den Verdacht, Sie haben nicht alles erzählt. Das ist Ihre letzte Chance – was ist es?«

Welper musste die Karten auf den Tisch legen. Wieder ließ er sich Zeit. »Ich hatte gehofft, Mr Jones könnte mir helfen. Und ich glaube immer noch, er weiß mehr, als er zugibt. Aber es sieht nicht so aus, als ob ich von ihm Antworten bekomme. Langsam mache ich mir ernsthaft Sorgen.«

»Kommen Sie endlich zum Punkt«, sagte Dunphy.

»Der Vater der China-Prinzessin ist Geschäftsmann. Sie wissen, was ich meine?«

»Er ist in kriminelle Machenschaften verwickelt?«

»Ja«, sagte Welper. »Er ist mächtig, aalglatt, unangreifbar. Wie man munkelt, geht er über Leichen. Er würde kaum bei der Polizei eine Anzeige aufgeben. Wenn ihm jemand etwas wegnimmt, dann holt er es sich auf seine Art zurück. Wir hatten ein Gentlemen's Agreement, dass er sich zwei Wochen lang aus der Geschichte raushält. Die Zeit ist um. Angeblich hat er seine Leute schon nach Utah geschickt. Da er überall Augen und Ohren hat, ist er wahrscheinlich auf demselben Stand wie ich, vielleicht sogar weiter. Auch über Mr Jones dürfte er bereits Bescheid wissen.«

»Warum sollte ein Geigenbauer das Risiko eingehen, chinesischen Gangstern in die Quere zu kommen? Noch dazu ganz alleine?« Dunphy kannte die Antwort bereits, wollte sie aber aus Welpers Mund hören.

»Von den chinesischen Gangstern hab ich ihm nichts erzählt. Dachte, das sei nicht nötig. Er hätte ja eigentlich im Hotel bleiben sollen. Vielleicht wollte er bei mir Eindruck schinden und als Held vor meiner Tochter dastehen. Schön blöd.«

»Nicht so blöd, wie Sie sich benommen haben. Sollte er tatsächlich in Schwierigkeiten stecken, geht das allein auf Ihr Konto.« Dunphy sagte, er müsse etwas erledigen, und verließ das Zimmer.

»Weiß Mrs Tichnor, in welcher Branche der Chinese tätig ist?«, fragte ich.

Hinter Welpers Augen arbeitete es. »Am Anfang wusste sie es nicht. Jetzt vermutlich schon. Sie ist schlau. Jeder ihrer Schritte war sorgfältig geplant. Warum interessiert Sie das, Mr Jones?«

»Nur so«, sagte ich. »Und ich mache mir Sorgen wegen Ihres Schwiegersohns. Vielleicht mehr als Sie. Ich glaube, Sie haben nur Angst vor der Reaktion Ihrer Tochter, falls ihrem Mann etwas zustößt.«

Große Sorgen machte ich mir langsam auch um Ginny. Vielleicht waren Welper und seine Leute nicht die Einzigen, die mich beschattet hatten. Um Claire machte ich mir nicht so große Sorgen. Wenigstens nicht um ihre Sicherheit. Sie hatte Walt und war in Desert Home gut versteckt. Ginny hatte keinen Beschützer. Auch wenn der Chinese nicht hinter ihrem Verschwinden steckte, konnte Welper damit zu tun haben. Ihm war alles zuzutrauen. Er redete sich einfach damit raus, es würde zu seinem Job gehören. Er hatte Ginny benutzt, um an Informationen über mich zu gelangen. Da er glaubte, ich würde ihm etwas verheimlichen oder hätte seinem Schwiegersohn etwas angetan, hielt er Ginny vielleicht als Druckmittel irgendwo versteckt. Sie war schwanger und hatte niemanden auf der Welt. Und sie war der einzige Mensch aus meinem Umfeld, von dem Welper etwas wusste. Und wenn er es wusste, dann mit Sicherheit auch die Chinesen.

»Falls es Sie beruhigt«, sagte ich, »auf der 117 treiben sich ganz bestimmt keine Chinesen rum. Da draußen sind sowieso nicht viele Leute unterwegs. Ein Auto voller Chinesen würde auffallen wie ein Kojote mit fünf Beinen.«

Welper verzog das Gesicht, um mir zu zeigen, für wie dämlich er mich hielt. »Meinen Sie, das wissen die nicht selbst? Bei den ganzen Kriegen auf der Welt findet man überall hervorragend ausgebildete Söldner. Ist eine echte Wachstumsbranche. Asiaten schickt der nicht her. Für solche Fälle haben Männer wie Han eine eigene Armee in der Hinterhand.«

»Die würde ihm hier auch nichts nützen«, erwiderte ich. »Selbst wenn man zehn Jahre an der 117 leben würde, wäre man in den Augen der Leute immer noch ein Fremder. Das gilt auch für Rockmuse. Einen Fremden wittern die dort eine Meile gegen den Wind. Und wenn tatsächlich mal jemand verschwindet, dann eher die Leute, die zu viele Fragen stellen und ihre Nase in alles reinstecken.«

»Das trifft dann wohl auch auf Josh zu?«

Ich gab keine Antwort. Sonst hätte ich ihm recht geben müssen.

Welper lehnte sich über den Tisch und senkte die Stimme. »Jetzt sag ich Ihnen mal, wie ich die Sache sehe: Ich denke, Sie wissen eine ganze Menge mehr. Im Moment bin ich wegen Josh nicht gerade in Bestform, aber in meinem Job bin ich trotzdem verdammt gut. Ihr ehemaliger Coach hält Ihnen den Rücken frei. Genießen Sie es, so lange Sie es noch können. Lange wird's nämlich nicht dauern. Ich hab noch ein paar Asse im Ärmel. Sollten Sie sich zwischen Mrs Tichnor, das Cello und mich stellen, dann geraten Sie zwischen Hammer und Amboss. Und eines kann ich Ihnen versichern: Sie werden dabei zermalmt. Wenn Sie meinem Schwiegersohn irgendwas angetan haben, dann werde ich dafür sorgen, dass Sie dafür büßen. Wenn Sie Informationen haben, dann raus damit. Das ist Ihre letzte Chance. Verstanden?«

Ich überlegte kurz. »Vielleicht kann ich Ihnen bei der Suche nach Josh helfen. Aber das mache ich nicht wegen des Cellos oder wegen Ihnen. Es geht mir dabei nur um Josh.«

»Schießen Sie los.«

»Lassen Sie mich erst ausreden. Sie haben Ihr Sprüchlein aufgesagt, jetzt bin ich an der Reihe. Meine kleine Freundin, wie Sie sie genannt haben, wird seit ein paar Tagen vermisst. Vielleicht ist sie ja eins der Asse, die Sie im Ärmel haben. Wissen Sie was darüber?«

»Nicht das Geringste«, erwiderte er. »Hab nur einmal mit ihr geredet.« Er klang überzeugend. Und er hätte es dabei belassen sollen. Natürlich tat er es nicht. »Mädchen wie die verschwinden doch ständig. Drogen. Alkohol. Da führt eins zum anderen. Die meisten tauchen irgendwann wieder auf. Und wenn nicht, ist das kein großer Verlust für die Gesellschaft. Bei manchen vielleicht sogar ein Segen – so traurig das zunächst auch ist. Solche Kids sind doch für alle nur eine Belastung. Aber ich würde tippen, sie taucht wieder auf. Und jetzt sagen Sie schon, was wissen Sie über Josh?«

Dass ich mich in blinder Wut auf jemanden gestürzt hatte, war schon eine Weile her. Ich musste mich extrem zusammenreißen, um nicht auf Welper loszugehen. Zur Beruhigung atmete ich tief ein. »Ich erzähle Ihnen mal was über meine kleine Freundin«, sagte ich dann. »Sie ist ein verdammt kluges Mädchen. Okay, sie hat nicht immer das Richtige getan. Aber wer tut das schon? Sie ist siebzehn, schwanger, obdachlos und allein. Sie arbeitet nachts im Walmart. Und besucht Kurse am College.«

Welper legte den Kopf schief. Offenbar gefiel ihm die Wut in meiner Stimme. Vermutlich glaubte er, wieder die Oberhand zu haben. »Tja«, sagte er grinsend. »Da hab ich Ihre kleine Freundin wohl falsch eingeschätzt. Bitte schicken Sie mir unbedingt eine Einladung, wenn sie den Abschluss aus Stanford in der Tasche hat.«

Einen Augenblick lang schwiegen wir uns an. Meine Muskeln entkrampften sich und ich setzte ein Lächeln auf. »Das mache ich. Aber erst sag ich Ihnen noch, was passiert, wenn dem Mädchen Ihretwegen etwas zustößt. Und damit meine ich alles, von der kleinsten Unannehmlichkeit bis hin zum Tod. Ob das nun sie oder ihr Baby betrifft.« Ich ließ ihn zappeln und verkündete dann: »Nichts.«

Welper lachte. »Nichts? An Ihren Drohungen müssen Sie aber noch arbeiten.«

»Keine Drohungen. Nichts«, erwiderte ich ruhig. »Weil ich nichts bin. Nur ein dahergelaufener Trucker. Und vermutlich bin ich noch nicht mal mehr das. Ich hab keine Familie, bin nicht mal Mormone. Ich hab Schulden. Mein Truck wird mir bald weggenommen. Hätte Josh mir kein Geld gegeben, könnte ich mir nicht mal was zu essen kaufen. Machen Sie mit Ginny und mir und jedem anderen Menschen, der Ihnen in die Quere kommt, einfach kurzen Prozess. Schieben Sie es nur immer auf Ihren Job. Sie haben Macht. Ich weiß, was Macht bedeutet. Denn das weiß nur jemand, der keine hat.«

»Worauf wollen Sie eigentlich hinaus?«

»Auf nichts.« Ich zuckte mit den Schultern. »Ich bin unsichtbar und hab nichts zu verlieren. Ihr Cello wird bestimmt wieder auftauchen. Josh wird wieder auftauchen. Danach fahren Sie nach Hause und sind weiter erfolgreich und mächtig. Und Sie finden bestimmt noch viel mächtigere Freunde, die Sie jederzeit anrufen und um einen Gefallen bitten können. Bald werden Sie vergessen, dass Sie mich jemals getroffen haben. Und das mit dem Cello ist irgendwann nur noch eine Geschichte, die Sie Ihren Enkeln erzählen. Aber dann, eines Nachts, da liegen Sie in Ihrem Bett und können nicht schlafen. Es ist die Zeit, wenn Ihnen kleine, unwichtige Dinge durch den Kopf gehen. Und vielleicht ist das die Nacht, in der ich, der Trucker aus Utah, plötzlich die Antwort auf eine ganz nebensächliche Frage bin. Nur für eine Sekunde oder auch zwei. Und vielleicht fällt Ihnen auch Ginny wieder ein. Und ganz kurz kommt Ihnen der Gedanke, dass Leute wie wir, die keine Macht besitzen, die nicht zählen, letzten Endes die mächtigsten und gefährlichsten Menschen der Welt sein könnten. Im nächsten Augenblick haben Sie den Gedanken schon wieder vergessen. Und Sie schlafen wie ein Toter.«

»Das klang jetzt aber doch nach einer Drohung.«

»Komisch, dass Sie das so empfinden. Ich hab nur gesagt, dass nichts passieren wird. Rein gar nichts. Irgendwann in der Zukunft.«

Als Dunphy die Tür öffnete, saßen Welper und ich schweigend da. Er blieb kurz im Türrahmen stehen und musterte uns. »Ich scheine etwas verpasst zu haben.«

»Rein gar nichts«, sagte ich.

Welper starrte mich finster an.

»Wir werden morgen früh mit der Suche nach Ihrem Schwiegersohn beginnen«, sagte Dunphy.

Welper bedankte sich bei ihm. »Mr Jones hat gerade gemeint, er könnte uns helfen, ihn zu lokalisieren.«

»Stimmt das?«

»Ich kann dem Suchtrupp ungefähr zeigen, wo ich ihn zuletzt gesehen habe. Vielleicht ist das keine große Hilfe, aber ein Anfang.«

»Können Sie eine Karte zeichnen?«

Ich sagte, ich würde seine Leute lieber hinführen. Das leuchtete ihm ein. »Seien Sie bitte morgen um zehn hier.«

Welper stand auf. »Eins noch«, sagte er. »Ich würde gern einen Blick in den Truck von Mr Jones werfen.«

»Dafür brauchen Sie einen Durchsuchungsbefehl. Es sei denn, Mr Jones hat nichts dagegen.«

Und ob ich das hatte. Allerdings wusste ich einen Augenblick lang nicht mehr, warum. »Doch«, sagte ich.

Meine Antwort gefiel Dunphy nicht. »Natürlich ist das Ihr gutes Recht, Mr Jones. Mr Welper wird ein paar Anrufe tätigen, danach wird ein Richter den Durchsuchungsbefehl unterschreiben. Das wird eine Weile dauern. So lange bleibt der Truck bei uns. Wenn ich den Durchsuchungsbefehl für nötig halte, geht es etwas schneller. Und allmählich halte ich es für eine gute Idee.«

Die Chance, dass sie Duncan zwischen den Eispackungen übersahen, war extrem gering. Wenn sie die Leiche fanden, musste ich die Wahrheit sagen. Für Fergus wäre es dann vorbei. Aber unter den gegebenen Umständen blieb mir keine andere Wahl. Wahrscheinlich hätte ich sowieso die Wahrheit sagen müssen. Besonders viel Zeit hatte ich nicht gehabt, mir zu überlegen, was ich mit der Leiche machen sollte, ohne dass Fergus am Ende doch ins Gefängnis musste. Denn dort gehörte er nun mal hin.

»Nur zu. Ich hab nichts zu verbergen«, sagte ich. Vermutlich sagte das jeder, der etwas zu verbergen hatte.

Der Flur war leer. Zu dritt gingen wir zum schwach beleuchteten Parkplatz mit den beschlagnahmten Fahrzeugen. Der Wind hatte sich gelegt. Die feuchte Luft war elektrisch aufgeladen. Ich spürte, wie sich meine Nackenhaare bewegten, als krabbelten Insekten unter meiner Haut. Im Süden ging unter den drohenden Fäusten dichter Wolken ein Blitz nieder. Der Donner folgte wenige Sekunden später. Ich öffnete die hintere Klapptür, damit sie den leeren Laderaum sehen konnten. Der dunkle Horizont wurde von mehreren Blitzen zerrissen. Dunphy ließ sich dadurch nicht ablenken. Er leuchtete mit seiner Taschenlampe in den Trailer. Welper und ich blickten zum Gewitter. Vielleicht dachte er an Josh. Ich sah Claire vor mir. Und Walt. Der 117 stand eine verdammt ungemütliche Nacht bevor.

Dunphy kletterte in den Trailer. »Scheint leer zu sein. Ich sehe nichts.«

Welper versuchte, ein fleischiges Bein bis zum Auftritt an der Ladekante zu heben. »Nun helfen Sie mir doch«, sagte er zu mir.

Ich überlegte kurz, ob ihm ein Tritt helfen würde. Dunphy blendete ihn mit der Taschenlampe. »Sie bleiben draußen.«

Welper bestand darauf, in den Trailer zu klettern. Dunphy wiederholte seine Ansage. Welper schaffte es, einen Fuß auf den Auftritt zu stellen. Er hing halb vor der offenen Klapptür. Dunphy schob ihn mit einer Stiefelspitze wieder nach unten.

Welper landete auf einem Knie. »Ich komme rauf«, erklärte er mit Nachdruck. Er war der linkischste Rechthaber, der mir je untergekommen war. »Passen Sie auf, dass ich mich nicht an Ihren Vorgesetzten wende, Captain.«

Ich traute meinen Ohren kaum.

»Wissen Sie was«, entgegnete Dunphy, »ich hab Sie jetzt schon seit Stunden am Hals. Und ich will verdammt sein, wenn Sie mir hier drinnen auch noch am Arsch hängen.« Welper legte seine Hand ausgerechnet dort auf die Ladekante, wo Dunphys Stiefelabsatz sie leicht finden konnte. Fluchend sprang er zurück, unterließ aber jeden weiteren Versuch, in den Trailer zu klettern.

Wir sahen, wie die Taschenlampe die Wände und den Boden des Trailers absuchte. Dunphy blieb stehen. Fast machte es den Eindruck, er würde die Durchsuchung beenden. Ich war kurz davor, innerlich aufzuatmen. Dann traf der Lichtstrahl auf den verchromten Griff des Kühlabteils. Dunphy öffnete die Tür und zwängte sich hinein. Er blieb ein paar Minuten drinnen. Ich meinte zu hören, wie er sich in dem engen Raum bewegte. Als er wieder herauskam, hatte er etwas in der Hand.

»Was ist das?«, fragte Welper.

Dunphy ließ eine Literpackung Eiscreme in der linken Hand auf und ab hüpfen. »Krokant-Eis. Meine Frau ist ganz verrückt nach dem Zeug. Kann ich Ihnen das abkaufen, Ben?«

Ich sagte, er könne das Eis auch so haben.

»Keine Geschenke«, erwiderte er. »Man könnte es als Bestechung auslegen.«

»Zehn Dollar«, sagte ich und hielt die Hand auf.

»Bullshit, ich geb Ihnen fünf.«

Er sprang von der Ladefläche, drückte Welper das Eis in die Hand und zog fünf Dollar aus der Brieftasche. Welper starrte auf die Packung, hielt sie aber brav fest, während Dunphy im Fahrerhaus sämtliche Ablagen und das Handschuhfach durchsuchte. Er war extrem gründlich, schaute sogar unter die Sitze und die Sonnenblende. »Wir sind hier fertig.«

»Kann ich jetzt fahren?«, fragte ich.

Er sagte, ich solle einen Augenblick warten, und drehte sich zu Welper um. »Mr Welper, Sie kommen morgen früh um neun und geben eine Vermisstenanzeige auf. Falls nicht, bleibt Mr Arrons, wo er ist, bis Sie eine aufgegeben haben.«

Welper, der immer noch das Eis in der Hand hielt, stiefelte davon. Nach ein paar Schritten drehte er sich um und warf die Packung in Dunphys Richtung. Sie verfehlte ihr Ziel und prallte von einem Reifen des Trucks ab. Welper stampfte wütend davon.

»War das nicht ein tätlicher Angriff gegen einen Polizeibeamten?«, fragte ich Dunphy.

»Streng genommen ja«, sagte er. »Aber welcher Polizist, der

sich und seinen Job ernst nimmt, könnte da ohne Lachanfall eine Verwarnung ausstellen?«

Ich stieg ins Fahrerhaus und versprach Dunphy, am nächsten Morgen um Punkt zehn wieder da zu sein.

»Wir müssen uns noch über Duncan Lacey unterhalten.« Er ließ den Satz bei mir sacken. »Aber nicht heute.«

»Sie haben ihn gesehen?«

»Beide Hälften.«

Ich wusste nicht, was mich mehr verblüffte: Dass er wusste, wer in dem behelfsmäßigen Leichensack steckte, oder dass er den Toten gegenüber Welper nicht erwähnt hatte. Duncans richtigen Namen hatte er nicht benutzt. Gut möglich, dass er nichts von seiner Vergangenheit wusste.

»Warum haben Sie nichts gesagt?«, fragte ich.

Dunphy hatte sich schon ein paar Schritte entfernt, blieb kurz stehen und kam zurück. »Heute nicht. Für mich sieht das wie ein Unfall aus. Duncan rührt sich nicht vom Fleck, oder?«

Ich nickte.

»Gut. Mir reicht es nämlich, wenn eine Kacke am Dampfen ist.« Er griff in seine Brusttasche und gab mir sein Kärtchen. »Falls Ihnen noch was einfällt, das Sie zu erwähnen vergessen haben.« Er zog die Augenbrauen hoch. »Sie können sich den Anruf auch sparen und es mir gleich sagen.« Er wartete einen Augenblick. Als ich nichts erwiderte, bückte er sich und hob die Eispackung auf. »Das Zeug hat auf Mormoninnen eine aphrodisierende Wirkung. Vor allem auf meine Frau.«

Seine Schritte hallten über den stillen Parkplatz.

39

Das Tor des Logistikzentrums war verschlossen. Mein Pick-up stand noch auf dem Hof. Ich verfluchte die Firma, weil sie mir den Zugangscode verweigert hatte. Ein Truck hielt hinter mir. Der Fahrer dachte wohl, ich hätte die Zahlenkombination vergessen und öffnete das Tor. Ich fuhr hinter ihm auf den Hof und parkte auf meinem üblichen Platz. Dann überlegte ich hin und her, was ich mit dem Autoschlüssel machen sollte – mit nach Hause nehmen oder im Schloss stecken lassen. Vielleicht würde die Leasingfirma den Truck nicht gleich morgen abholen, aber lange würde es nicht mehr dauern.

Zwei, drei Minuten später hatte ich meine paar Sachen im Fahrerhaus zusammengesucht und in eine Plastiktüte gesteckt. Ich schob die Schlüssel unter die Sonnenblende und warf die Tür zu. Warum hätte ich ihnen die Arbeit erschweren sollen? Duncans tiefgekühlte Leiche war mein Abschiedsgeschenk. Wenn ich Dunphy das nächste Mal sah, würde ich ihn fragen, was ich mit den sterblichen Überresten machen sollte. Ich stieg in den Pick-up und fuhr vom Parkplatz. Im Rückspiegel sah ich, wie meine roten Bremslichter von dem sich hinter mir schließenden Metalltor zurückgeworfen wurden. Ich bog in die Hauptstraße ein und fuhr nach Hause. Lange würde es nicht mehr mein Zuhause sein.

Auf der Veranda brannte Licht. Ich blickte von einem Ende der Straße zum anderen und überlegte, in welchem parkenden Auto Welper oder die Chinesen wohl hockten. Ich ballte die rechte Hand zur Faust und öffnete mit der linken die Tür. Das Licht der Veranda wanderte durch mein dunkles Wohnzimmer und erfasste ein Paar pinkfarbene Chucks. Die Schuhe baumelten von der Fußstütze meines Liegesessels. Ich holte tief Luft und schluckte. Wie aufs Stichwort stieß Ginny einen lauten Schnarcher aus. Dann beruhigte sich ihr Atem wieder. Meiner auch.

Wie beim letzten Mal hatte sie den Rock hochgeschoben und die Hände stützend unter den kugelrunden Bauch gelegt. Im Dunkeln hockte ich mich neben sie und widerstand dem Impuls, ihr übers Haar zu streichen. Stattdessen legte ich die Stirn auf die Armlehne.

Ich wachte auf, weil ich eine warme Hand an meiner Schläfe spürte. »Mensch, Ben, fühlt sich dein Gesicht so schlimm an, wie es aussieht?«, fragte sie verschlafen.

»Ungefähr«, erwiderte ich. »Wo warst du? Deine Freundin Miranda war hier. Sie hat sich Sorgen gemacht.«

»Du auch?«

»Konnte mir nicht vorstellen, dass dir was zugestoßen ist. Aber wo zum Teufel warst du?«

Sie beugte sich über die andere Armlehne und hob etwas vom Boden auf. »Ich war deinen Hintern retten. Mach mal Licht …«

Sie hielt etwas hoch, das wie meine alte Decke aussah, sorgfältig zusammengefaltet und in durchsichtige Plastikfolie eingeschweißt. Ich fragte sie, ob es die Decke sei. »Du hast sie doch nicht etwa in die Reinigung gegeben?«

»Nein. Man gibt keine fünfundachtzigtausend Dollar in die Reinigung.«

Ginny hatte eine Folge von *Antiques Roadshow* gesehen und war daraufhin mit der Decke auf gut Glück nach Salt Lake City gefahren. »Das ist eine indianische Decke aus der Prä-Kontakt-Zeit, wie sie das nennen. Die sind extrem selten. Scheiße, ich hatte ja keine Ahnung, was man über Decken alles wissen kann. Deine wurde im Südwesten gewebt, bevor die indigenen Völker Kontakt mit Weißen hatten. Als ich sie der Frau von der Antiquitätenshow gezeigt hab, dachte ich, die fällt gleich in Ohnmacht. Sie hat vor Freude geweint.«

»Ist sie sich auch ganz sicher?«

»Sie wollte die Decke von Experten prüfen lassen. Hab mich geweigert, sie aus der Hand zu geben. Ben, ich schwöre, die hatten einen Gruppen-Orgasmus. Die Frau hat mir ein Hotelzimmer besorgt. Voll schön. Mit Zimmerservice.« Sie lächelte. »Und Minibar!«

»Wow!«

»Sie wollte wissen, wer du bist. Hab ihr alles erzählt, was ich weiß. Hoffe, du bist deshalb nicht sauer. Hätte angerufen – wenn dein Telefon gehen würde. Sie will fünfundachtzigtausend bezahlen. Könnte sein, dass die Decke bei einer Versteigerung noch mehr bringt. Wenn du sie ihr nicht verkaufen willst oder sie lieber behältst, möchte sie, dass du ihr die Hotelkosten und das Geld für die Untersuchung der Decke erstattest. Allerdings musst du Steuern zahlen, wenn du sie verkaufst. Aber trotzdem cool, oder?«

»Yeah«, sagte ich. »Ziemlich cool. Selbst, wenn man die Steuern abzieht.«

»Nun die schlechte Nachricht: Ich hab mir einen Überblick über deine Außenstände verschafft und eine Gewinn- und Verlustrechnung erstellt. Was man in seiner Freizeit halt gerne so macht. Hab mit den Zahlen eine Excel-Liste auf meinem Computer erstellt. Wenn du die 117 weiterhin abklapperst, ist das Deckengeld in einem Jahr wieder weg, und du stehst bei plus/minus Null. Aber das Gute ist, ich kriege für mein Abschlussprojekt bestimmt eine Eins.«

»Ginny, von mir bekommst du jetzt schon eine Eins. Ich bin richtig stolz auf dich.«

»Dachte, du würdest dich mehr freuen.«

»Tue ich doch.« So richtig konnte ich die Geschichte noch nicht glauben. »Ich bin nur wahnsinnig müde. Aber am meisten freut mich, dass bei dir alles okay ist.«

»Darf ich heute Nacht hier schlafen?«

Was hätte ich zu dem schwangeren Mädchen, das mir offenbar der Himmel geschickt hatte, sagen sollen? Ich wollte es Claire erzählen. Und ihr Ginny vorstellen. Ich wollte mit den beiden und Walt in Desert Home ein Festessen veranstalten. Ich wollte Claire ein Cello kaufen. Ich wollte Ginny und ihrem Baby Geld geben, damit sie sich ein anständiges Zuhause leisten konnten. Ich wollte schlafen. Ich wollte, dass alles blieb, wie es war. Weil alles jetzt einen Tick besser war.

»Du kannst hier schlafen«, sagte ich. »Aber wenn die Wehen losgehen, dann sei bitte leise.«

Ginny gähnte und lächelte gleichzeitig. »Arschloch.« Sie schloss die Augen und streckte mir ihre Zunge entgegen. »Ben, würdest du dir und mir einen Gefallen tun? Stell dich unter die verdammte Dusche. Du stinkst. Schwangere Frauen nehmen Gerüche extrem stark wahr. Aber dich würde ich sogar riechen, wenn ich nicht schwanger wäre.«

»Ich geh ja schon, Mom.«

»Das ist echt 'ne Stange Geld. Du könntest noch mal ganz von vorne anfangen.«

»Stimmt. Aber wenn Leute wie ich noch mal von vorne anfangen, dann machen sie am Ende meistens dasselbe.«

Sie schlief schon.

Alles hatte sich geändert und war doch beim Alten geblieben. An erster Stelle stand Claire. Der Rest war nur Zugabe. Ich nahm die abgenutzte, olivgrüne Armeedecke von meinem Bett und legte sie Ginny über. Kurz fragte ich mich, ob ich sie womöglich mit ein paar Tausend Dollar zugedeckt hatte. Auf dem Weg zur Dusche fiel mein Blick auf die uralte Kaffeemaschine – fünftausend –, den altersschwachen Liegesessel – zweitausend –, die schäbige Sperrholz-Kommode – eintausend Dollar. Ich war nur einer von etlichen Millionären, die lachend unter einer heißen Dusche standen.

Ich konnte nicht schlafen. Der Wecker auf meinem Nachttisch zählte die Minuten nach Mitternacht. Hatte meine Mutter gewusst, worin sie mich eingewickelt hatte? War es das einzige Geschenk, das sie mir je gemacht hatte? Hatte ihr die Decke überhaupt gehört? Hatte sie auch nur eine Sekunde darüber nachgedacht? In der Ferne grummelte das nächste Gewitter. Schlagartig setzte Regen ein. Er trommelte auf das Dach und gegen die Mauern meiner Doppelhaushälfte und schoss durch die Regenrinne auf die Straße. Dennis war auf dem Weg nach Hause. Walt lag in seinem Bett. Claire hielt ein Kissen im Arm und dachte an mich. In der Nähe schlug ein Blitz ein. Auf der Jalousie flackerte es grellgelb auf, als würde sie brennen.

Meine Gedanken wanderten zu Josh und weigerten sich weiterzuziehen. Erst in dieser Sekunde ging mir auf, dass ich Josh womöglich umgebracht hatte, als ich ihn in die Wüste gelockt und dort im Stich gelassen hatte. Der Mann von der Ausgrabungsstätte hatte ein Feuer gesehen. Ein Signalfeuer? Die 117 lag ein paar Meilen südlich von der Stelle, wo ich Josh verloren hatte. Zehn, wenn's hochkam. Ein zurückgebliebener Nachwuchs-Pfadfinder hätte die 117 von dort aus wiedergefunden. Sonnenaufgang: Osten, Sonnenuntergang: Westen. Nur war Josh kein Nachwuchs-Pfadfinder. Er war nicht mal Fernsehproduzent oder Versicherungsdetektiv. Josh war ein Geigenbauer, der einen Schwiegervater beeindrucken wollte, der die Mühe nicht wert war.

Dass Josh womöglich einem Trupp Cello-Söldner in die Quere gekommen war, schien ein besseres Ende zu sein als alles, was ihm in meiner Fantasie in der Wüste sonst noch zustoßen konnte. Josh entwickelte sich rasch zum wurmstichigen Apfel in meinem neu gefundenen Paradies. Mir blieb keine Wahl. Je schneller ich handelte, desto besser, vorausgesetzt natürlich, ich würde ihn im Dunkeln überhaupt finden. Wenn Josh in der Wüste etwas Schlimmes zugestoßen war, wäre mein Glück erheblich getrübt.

Ich zog mich an und fuhr zurück zum Revier der Highway Patrol. Inzwischen war es schon nach eins, außer dem Disponenten war niemand mehr im Gebäude. Ich rief Dunphy vom Telefon des Disponenten aus an. Er hörte sich meine Geschichte an und sagte, ich solle bis zum nächsten Morgen warten. Natürlich wusste er, dass ich mich nicht an seinen Rat halten würde. »Hatte gehofft, wenn Sie anrufen, dann könnten Sie mir mehr erzählen. Richten Sie dem Disponenten aus, er soll Trooper Smith anfunken und ihm sagen, er soll sich mit Ihnen vor Walts Diner treffen. Sie müssen jemanden dabeihaben.«

»Wieso?«

»Falls Sie ihn finden, brauchen Sie einen glaubwürdigen Zeugen, der bestätigen kann, wo und wie Sie ihn vorgefunden haben. Vor allem, wenn er nicht mehr lebt. Falls er tot ist, möchte ich nicht, dass auch nur ein Sandkorn bewegt wird. Außerdem könnten Sie da draußen auf unangenehme Zeitgenossen stoßen. Wollen Sie die lieber alleine treffen?«

Das hätte ich nicht mal mit Andy oder Walt als Begleitung gewollt. »Machen Sie sich Sorgen um mich, Coach?«

»Auf der 117? Eigentlich nicht. Trotzdem möchte ich, dass Sie sich mit Trooper Smith zusammentun. Er kennt die Gegend gut. Na ja, nicht ganz so gut wie Sie. Und er braucht noch ein paar Überstunden.«

Damit legte er auf.

40

Auf dem Highway 191 war keine Menschenseele unterwegs. Der Disponent hatte gesagt, Trooper Smith würde so schnell wie möglich zum Diner kommen. Ich fuhr mit dem Pick-up hin. Die Wolken hatten sich verzogen, nur die Sterne waren am Himmel und als Spiegelungen in den Pfützen auf der 117 zu sehen. Ich parkte zwischen der altmodischen Zapfsäule und dem Vordereingang. Halb rechnete ich damit, Walt würde in der Tür auftauchen. Aber als er es nicht tat, überraschte mich das auch nicht. Die genaue Uhrzeit wusste ich nicht, aber vermutlich war es nach zwei. Es war ein langer Tag für den alten Knochen gewesen, er hatte seinen Schlaf bitter nötig.

Ich ließ das Fenster runter und hörte zu, wie es in der Wüste nach dem nächtlichen Regen raschelte und knackte. In der Luft lag eine Süße, die mich aufzufordern schien, sie tief einzuatmen und so lange wie möglich in den Lungen zu behalten – kühl, feucht, vom Duft der Wüstenblumen geschwängert. Dieser Duft hatte mich immer an die Mutter erinnert, die ich nie gekannt hatte, oder vielleicht auch nur an die Kindheit. Ich wollte zu Claire, und sei es nur, um auf der Veranda zu stehen, während sie drinnen schlief. Ich stieg aus und schaute auf der 117 in Richtung Price. Keine Scheinwerfer.

Bei dem Gedanken, wie schwierig sich die Suche nach Josh gestalten könnte, fiel mir das Motorrad ein. Ich hatte eines gebraucht, um ihn abzuhängen. Vielleicht half es mir auch, ihn wiederzufinden.

Die zusammengeflickte Tür zu Walts Werkstatt ließ sich mühelos öffnen. Ich war extrem leise und machte kein Licht. Dass ich mir die Victor ohne Walts Erlaubnis auslieh, würde nicht ungestraft bleiben. Aber wenn ich Josh so schneller fand – und vielleicht sogar noch lebend –, würde ich jede Strafe gern auf mich nehmen.

Ich schob die Victor im selben Moment um die Ecke des Diners, als Trooper Smith aus einem weißen Allrad-Pick-up der Highway Patrol stieg. Die Scheinwerfer waren an, der Motor lief. Wir nickten uns kurz zu und hievten das Motorrad auf die Pritsche.

Drinnen fragte Andy: »Weiß Butterfield, dass Sie eins seiner Babys mitnehmen?«

»Nein. Aber ich hab's mir schon mal geborgt.«

»Hat er Ihnen deshalb das neue Gesicht verpasst?«

»Nicht ganz«, sagte ich. »War ein anderes Baby.«

Andy legte den Gang ein. »Hat er Ihnen jemals erlaubt, die Vincent zu nehmen?«

Ich gab keine Antwort. Erst in diesem Moment ging mir auf, dass ich die Vincent nicht in der Werkstatt gesehen hatte. Es gab nur eine Erklärung, warum sie nicht bei ihren Geschwistern stand: Walt war noch nicht zurück. Ich wollte mir lieber nicht ausmalen, was ihn aufgehalten haben mochte. Langsam rutschte ich vom Gipfel der Welt wieder runter.

»Wohin?«

»Wenn ich das bloß wüsste«, erwiderte ich. »Uns bleibt wohl nichts anderes übrig, als uns durch die Dunkelheit zu schlagen.« Ich bat ihn, auf der 117 nach Osten zu fahren, Richtung Rockmuse.

Das Licht der Sterne half beim Orientieren, obwohl es bei Tag sicherlich wesentlich leichter gewesen wäre. Etliche Male sagte ich Andy, er solle langsamer fahren und eine Nebenstraße nehmen, die dann ins Nichts führte. Einmal wären wir, ohne Allradantrieb, mit Sicherheit im Schlamm stecken geblieben.

Zuerst erkannte ich die Straße fast nicht wieder. Die Furchen waren viel breiter und tiefer und stellenweise nicht mal mehr mit Allradantrieb befahrbar. Viele hatten sich zu Mini-Canyons ausgewachsen, randvoll mit schwarzem Wasser. Andy umfuhr sie geschickt, indem er in die Wüste ausscherte und sich parallel zur Straße hielt. Wir kamen nur langsam voran. Die Victor prallte immer wieder gegen die Kotflügel der Pritsche. Mir wurde klar, dass ich Walt mit dem Deckengeld womöglich eine neue Victor kaufen musste – sofern er mich am Leben ließ.

Nach einem besonders üblen Schlagloch machte der Pick-up einen Satz, die Nase tauchte ab und blieb in einer tiefen, noch halb mit Wasser gefüllten Rinne stecken. Wir mussten aussteigen und die Reifen freischaufeln. Hinterher waren wir von oben bis unten mit einer Schlammschicht überzogen.

»Er ist Ihnen bis hier draußen gefolgt?«

Ich gab keine Antwort.

Wenige Minuten später fuhren wir wieder auf der Straße. Wie ich befürchtet hatte, führte Andy seinen Gedanken zu Ende: »Sie haben ihn absichtlich in die Irre geführt, stimmt's?«

Auch auf diese Frage gab ich keine Antwort. Irgendwann erreichten wir tatsächlich die niedergebrannte Ranch. Andy machte den Motor aus. Ein paar Minuten lang saßen wir im Dunkeln und hörten ihm beim Abkühlen zu.

»Sie wissen schon«, sagte Andy, »wenn der Mann schwer verletzt oder gar tot ist, dann werden Sie damit fertigwerden müssen. Sie haben die Wüste wie eine Waffe auf ihn gerichtet. Warum sind Sie nicht einfach ausgestiegen und haben ihm gesagt, er soll verschwinden? Obwohl Sie sicherlich eine andere Formulierung benutzt hätten.«

»Hätte, hätte«, erwiderte ich. »Hat Ihnen der Captain nichts von dem Cello und den miesen Typen erzählt, die vielleicht danach suchen?«

»Nach denen halten sämtliche Polizeikräfte der Gegend Ausschau.«

»Schon mal daran gedacht, Josh könnte ihnen in die Quere gekommen sein? Vielleicht gibt es eine Erklärung, die nichts mit mir zu tun hat.«

»Reden Sie sich das ruhig weiter ein, Ben. Am Ende haben Sie womöglich noch mal Schwein. Aber eins muss ich Ihnen sagen, ich hätte Ihnen so etwas niemals zugetraut.«

Ich hatte das Gefühl, mich selbst nicht mehr zu kennen. Walt und die verschwundene Vincent fielen mir wieder ein. Ich dachte an Claire. An das Geld und an Ginny, die wohlbehalten wieder aufgetaucht war. Aber auch das konnte meine Laune nicht heben.

Die Victor sprang nicht an. Der Auspuff spie lediglich eine Benzinwolke aus. Wir hievten die Maschine auf die Pritsche zurück. Andy und ich trennten uns und marschierten ein paar Hundert Meter voneinander entfernt in Richtung Osten los. Jeder von uns hatte Signalfackeln und Verbandszeug dabei. Selbst nach einer halben Meile konnte ich das verbrannte Benzin der Victor noch riechen. Eine Viertelmeile weiter mischte sich eine bittere Schärfe unter den Geruch, die nicht von dem Motorrad stammen konnte: Es war der beißende Gestank von verbranntem Gummi. Es gab nur eine andere Sache, die so roch: verbranntes Fleisch. Möglich, dass es eine Mischung aus beidem war.

Andy erreichte das verkohlte Wrack des Jeeps als Erster. Der Wagen war gegen eine der vereinzelt aufragenden steinernen Kuppeln geprallt, hatte sich überschlagen, war den Abhang heruntergerutscht und schließlich auf der Beifahrerseite gelandet. Vermutlich war er sofort in Flammen aufgegangen. Der Überrollbügel und das Armaturenbrett waren komplett verbrannt.

Andy richtete den Strahl seiner Taschenlampe auf die Überreste des Fahrersitzes. Er war leer.

»Könnte ein gutes Zeichen sein«, sagte er.

Wir bewegten uns in immer größeren Kreisen von der Unfallstelle weg. Josh hatte sich ein paar Hundert Meter vom Jeep wegschleppen können. Wir entdeckten verbrannte Kleidungsstücke und folgten der Spur. Er war, nackt bis auf Unterhose und Socken, auf eine Anhöhe gekrochen und unter einer niedrigen Kiefer zusammengebrochen.

Er war bewusstlos, mehr tot als lebendig. Aber er lebte noch. Andy und ich legten ihm rasch eine Rettungsdecke über und untersuchten ihn auf Verletzungen. Sein Puls war schwach. Ein Bein war gebrochen. Unter seinem Kopf hatte sich eine Blutlache gebildet. Bis Tagesanbruch waren es noch drei Stunden. Andy schiente seinen Rücken und das Bein. Als Behelfsschienen benutzten wir Kiefernäste. Ich zündete Signalfackeln an und schaute Andy nach, der zum Pick-up gehen wollte, um den Disponenten anzufunken. Falls er keinen Funkkontakt herstellen konnte, wollte er zum Diner fahren und über Telefon Hilfe anfordern.

Josh stöhnte. Ich kniete mich neben ihn und benetzte seine Lippen und das Gesicht mit Wasser aus meiner Feldflasche.

Er öffnete die Augen, wollte etwas sagen. Es gelang ihm nicht. Nachdem ich ihm ein paar Tropfen Wasser eingeflößt hatte, versuchte er es erneut, musste dabei aber husten. Ich dachte schon, er wäre wieder bewusstlos geworden, als ich sein heiseres Flüstern hörte: »Wusste, du kommst zurück.«

»Klar«, sagte ich. »Die Welt kann es sich schließlich nicht leisten, auch nur einen Geigenbauer zu verlieren.« In Wahrheit dachte ich: einen *Vater* und *Ehemann*.

»Du weißt es?«

»Ich hatte das zweifelhafte Vergnügen, deinen Schwiegervater kennenzulernen.« Ich sagte ihm, er dürfe nicht sprechen, und versicherte ihm, er würde wieder ganz der Alte werden. Es schien ihn tatsächlich zu beruhigen. Mich nicht. Unter der Schmutzschicht auf seinem Gesicht waren schlimme Verbrennungen zu erkennen. Sie stammten nicht von der Sonne. Auch Brust, Arme und Beine wiesen Brandwunden auf. Innere Blutungen oder ein Schädel-Hirn-Trauma waren ebenfalls möglich.

Er trank noch ein paar Tropfen. »Ist doch Wasser?«

»Was sonst?«

»Der Schweiß von deinen Eiern.« Sein schwaches Lachen ging in ein Husten über. Ein Faden Blut lief ihm aus dem Mund.

Die Scheinwerfer des Pick-ups zerschnitten die Dunkelheit. Andy hielt den Wagen am Rand des Abhangs und stieg vorsichtig über das rutschige Geröll herunter. Sein Gesichtsausdruck verriet mir, dass es mit der Funkverbindung zum Disponenten nicht geklappt hatte.

»Zum Diner zu fahren und den Hubschrauber über Telefon anzufordern, kostet zu viel Zeit«, sagte er. »Wir müssen es riskieren und ihn mitnehmen.«

Wir schubsten die Victor von der Pritsche und legten stattdessen Josh darauf. Er war wieder bewusstlos. Während der langen, holprigen Fahrt saß ich neben ihm, hielt ihn fest und versuchte, es ihm einigermaßen bequem zu machen. Tatsächlich konnte ich nur mit Ach und Krach verhindern, dass wir beide von der Pritsche rutschten.

Der Rettungshubschrauber landete kurz vor Einbruch der Dämmerung auf der Straße vor dem Diner. Andy war nichts anderes übrig geblieben, als die Telefonzelle zu benutzen.

Die 117 war ihrem Ruf als Erzfeindin moderner Kommunikationsmittel einmal mehr gerecht geworden. Andy und ich sahen die Positionslichter des Hubschraubers im wolkenlosen Morgenhimmel auf uns zu fliegen. Kurz nach der Landung kam Captain Dunphy im Streifenwagen vorgefahren. Der blau-weiße Leuchtbalken auf seinem Dach blinkte, aber auf die Sirene hatte er verzichtet. Welper saß neben ihm.

Während die Sanitäter Josh vorsichtig auf eine Trage legten, wich Welper nicht von ihrer Seite. Josh war nur halb bei Bewusstsein. Das hinderte Welper nicht daran, ihn wüst zu beschimpfen. Ich stand in der Nähe. Plötzlich drehte Welper sich um und ging mit erhobenen Fäusten auf mich los. Seine wilden Schläge konnte ich leicht abfangen. Ich verpasste ihm eine Ohrfeige und er taumelte zurück. Dunphy ging dazwischen. Welper verlor die Lust am Faustkampf und ging zum verbalen Schlagabtausch über.

»Ich hab Sie gewarnt, was Sie erwartet, wenn meinem Schwiegersohn etwas zustößt!«

Dunphy sagte, er solle den Mund halten.

»Sie wissen ja, wo Sie mich finden«, sagte ich zu Welper.

Er drehte sich zu Dunphy. »Sie krieg ich auch dran. Glauben Sie ja nicht, Sie könnten ihn schützen. Wäre alles nicht passiert, wenn Sie im Verhörzimmer Ihren Job gemacht hätten.«

Dunphy wehrte seine Sprechsalven so schnell ab, wie ich zuvor seine Fäuste.

Einer der Sanitäter schrie mir durch das rhythmische Rattern der Rotorblätter etwas zu und winkte mich heran. Ich lehnte mich in die offene Tür. Der Mann zog Josh die Sauerstoffmaske vom Gesicht. Ich hielt mein Ohr an seine Lippen, verstand aber so gut wie nichts. Der Sanitäter drückte die Maske wieder auf Mund und Nase. Ich rief nach Welper. Sobald er eingestiegen war, hob der Hubschrauber ab. Dunphy, Andy und ich sahen zu, wie er am Horizont verschwand, während sich hinter uns die ersten zartgelben Strahlen des Sonnenaufgangs zeigten.

Dunphy sagte in die Stille hinein: »Was war denn los?«

»Josh wollte mir was sagen«, erklärte ich. Der Captain schaute mich erwartungsvoll an. »Nichts Wichtiges, mehr so was wie danke.«

Andy schüttelte den Kopf. »Hoffentlich kommt er durch.« Andy und der Captain schienen das Gleiche zu denken und schauten zum Diner. »Bei dem ganzen Krach«, sagte Andy, »wundert es mich, dass Walt Butterfield noch nicht draußen ist.«

»Hauen wir lieber ab, bevor er rauskommt«, sagte Dunphy.

Wir stiegen in unsere Fahrzeuge. Der Captain und Trooper Smith wirbelten Kies auf und fuhren weg. Ich saß in meinem Pick-up, wartete auf die Wärme der Heizung und betete, oder wie auch immer man es bei Ungläubigen nennt, dass Josh überleben würde. Ich mochte ihn wirklich. Beim Blick aus dem Fenster lächelte ich zum leeren Himmel hoch. Seine letzten Worte – und hoffentlich waren es nicht die allerletzten, waren gewesen: »Wenigstens baumel ich nicht in einem Cargo-Netz.«

Ich wünschte mir, Walt würde aus dem Diner kommen. Aber ich wusste, das würde nicht geschehen. Er war nicht da. Um nachzusehen, ob ich mich nicht doch irrte und er längst wieder zurück war, stieg ich aus und betrat die Stahlblechhütte. Die Vincent stand nicht an ihrem Platz.

Obwohl es völlig sinnlos war, durchsuchte ich die gesamte Werkstatt und sah selbst unter der Werkbank und zwischen den Kisten mit Ersatzteilen nach der Maschine. Sogar in den winzigen Toilettenraum schaute ich. Die Mumie über der Kloschüssel grinste mich an, als wüsste sie, wo Walt und die Vincent steckten. Ein paar Minuten lang versuchten wir, uns gegenseitig niederzustarren. Die Leiche gewann.

41

Ich stand vor dem Toilettenraum, als mein Blick auf die Kisten fiel, die ich vor einigen Wochen bei Walt abgeliefert hatte. Der DHL-Fahrer hatte erst vor Kurzem eine neue gebracht. Walt hatte sie alle zusammen in der hinteren Ecke seiner Werkstatt abgestellt. Es waren mehr, als ich angenommen hatte.

Ich las die Rücksendeadressen. Überall stand der Name Chun-Ja. Jetzt wusste ich, wer das war. Vermutlich hatte Claire die Kisten benutzt, um das Cello aus New York zu schmuggeln und nach Utah zu transportieren. Allerdings war keine groß genug für ein Cello. Welper hatte recht gehabt. Sie hatte das sperrige Instrument nicht in einen Umschlag stecken und an sich selbst schicken können. Vermutlich hätte sie auch niemals die Transportversicherung für ein Achtzehn-Millionen-Cello zahlen können. Aber das spielte jetzt keine Rolle mehr. Das Cello war längst auf dem Weg nach New York. Und was in den übrigen Kisten steckte, ging mich nichts an.

Der Regen hatte den Weg auf der anderen Seite des Diners in eine schlammige Rutschbahn verwandelt. Nach der Hälfte der Strecke blieb ich stehen und sah die Sonne über Claires Haus aufgehen. Hoffentlich war es noch ihr Haus. Geduld mochte eine Tugend sein, aber meine war restlos erschöpft. Von meinem Standort aus konnte ich die Stelle, wo Dennis' Kompakt-SUV gestanden hatte, nicht sehen. Ich quälte mich über den glitschigen Pfad, der am Grab von Bernice vorbeiführte, und hielt mich so lange auf der Hügelkette, bis ich das Haus gut im Blick hatte.

Der SUV war fort. Von Claire oder Walt war nichts zu sehen. Einer von beiden hätte gewusst, dass ich in der Nähe war. Ich wartete zwei, drei Minuten und begann den Abstieg zum Haus. Der grüne Stuhl hockte auf der Veranda.

Die Tür stand offen und ließ den Sonnenaufgang ins Haus. Drinnen war es kühl und still. Mein Verstand suchte fieberhaft nach einer simplen Erklärung für Claires und Walts Abwesenheit. Vielleicht saßen sie zusammen auf der Vincent. Ich entdeckte einen der türkisfarbenen Cowboystiefel. Er lag auf dem blanken Wohnzimmerboden, nicht weit von dem Fleck, wo ich Claire damals gesehen hatte, als sie ihrem Cello im pinkfarbenen Licht stumme Töne entlockte.

Unter meinen Stiefeln knirschte es – Splitter von dunklem Holz. Ich hob sie auf und drehte sie in der einen Hand hin und her. In der anderen hielt ich den Cowboystiefel. Ich ging in die Küche, meine Schritte hallten mir nach, als würde mich jemand verfolgen. Ich war allein.

Ich stand vor dem Fenster, aus dem Claire mich zum ersten Mal gesehen hatte. Das Gefühl von Glück war nur von kurzer Dauer. Mein Blick wanderte zum südlichen Horizont, wo die neue Sonne durch tiefe Schatten schnitt, die sich am braunen Boden festhielten.

Es war nur ein Aufblitzen, wie von einem Stück Metall, und im nächsten Augenblick schon wieder vorüber. Ich legte den Stiefel und die Holzsplitter auf die Anrichte, ging nach draußen und stellte mich, den Rücken zur Wand, vors Küchenfenster. Als ich das Blinken erneut sah, lief ich darauf zu, hielt kurz an, änderte leicht die Richtung und rannte weiter. Es schien sehr nah zu sein. Doch sobald ich anhielt, hatte es sich weiter von mir entfernt. Die Sonne stieg schnell. Ich rannte noch schneller, denn sobald sich der Einfallswinkel des Lichts änderte, konnte das Blinken aufhören.

Am Ufer des Wasserreservoirs kam ich unvermittelt zum Stehen. Ich rang nach Luft und beugte mich vor. Als ich mich wieder aufrichtete, war es fort. Ich schloss die Augen, öffnete sie wieder und versuchte mich daran zu erinnern, wo ich das Blinken zuletzt gesehen hatte. Zwischen zwei Felsnadeln, links von einem Geröllfächer, rechts von niedrigem Gestrüpp. Die Augen auf das Unsichtbare gerichtet, rannte ich noch schneller, bis meine Lungen brannten.

Nachdem ich eine Viertelmeile über eine matschige Rinne bergan gelaufen war, stieß ich auf einen Hohlweg, dessen Wände bald über mir aufragten. Vielleicht war ich hier schon einmal vorbeigekommen, ohne den schmalen Chromstreifen zu sehen, der weiter oben zwischen den Felsen klemmte. Er sah aus wie ein Stück vom Fensterrahmen eines Autos.

Noch weiter oben gabelte sich die Wasserrinne. Rechts von mir, dem Verlauf der Wasserscheide folgend, verästelte sie sich zu einem Labyrinth aus kleinen, höhlenartigen Kratern. Es spritzte unter meinen Stiefeln, als ich durchs flache Wasser lief. Mehrere Meter über mir brannte die mittlerweile hoch stehende Sonne auf den Boden der Wüste.

Der SUV balancierte in einem unmöglichen Winkel auf seinem Kühlergrill, die Motorhaube halb im Schlamm, das Heck zum Himmel, als hätte ihn jemand aus großer Höhe heruntergeworfen. Der Wagen war als Hügel aus Schlamm und Schutt getarnt. Aus drei Metern Entfernung hätte man ihn nicht für ein Fahrzeug gehalten. Von oben hätte man ihn vermutlich nicht einmal gesehen. Das Fenster an der Fahrerseite war offen. Eine leblose Hand hing heraus. Ich langte nach unten und fühlte den Puls. Es war niemand in der Nähe, um mich dem Menschen vorzustellen, der einmal Claires Mann gewesen war.

Der Innenraum des SUVs war fast bis zum Dach mit Schlamm und Steinen gefüllt. Dennis' Hals und der Großteil seines Gesichts waren von der zähen Masse eingeschlossen. Auf Höhe seiner Brust waren im Schlamm Kratzspuren zu erkennen. Jemand hatte versucht, ihn auszugraben. Claires Namen rufend, lief ich noch etwa hundert Meter die Wasserrinne hinauf. Dann sah ich Walt, bis zum Hals eingegraben im Schlamm. Er schien aufrecht am Ufer des ehemaligen Flusslaufs zu sitzen. Sein Gesicht zeigte nach vorne, als würde er aus einer Tür unter der Wüste auftauchen.

Ich sank auf die Knie. Er öffnete die Augen, die Höhlen weiße, ausdruckslose Löcher. Ich grub mit den Händen. Augenblicke später zerrte ich ihn aus seinem Grab. Ich fiel rückwärts und zog ihn mit ins flache Wasser. Feiner Schlamm sickerte zwischen seinen Lippen hervor. Er hustete und riss den Mund auf. Es stank nach blutigem Wasser und feuchter Erde. Lautlos sagte er meinen Namen.

Ich schaute in beide Richtungen des ehemaligen Flusslaufs. Claire musste in der Nähe sein. Fast konnte ich sie spüren. Walt stöhnte und hustete den nächsten dunklen Schwall aus. Die Sturzflut musste über ihn hereingebrochen sein wie eine schäumende Wand aus Wasser, Geröll und Schlamm. Vermutlich war es Walt gewesen, der versucht hatte, Dennis zu retten, indem er wie wild mit den Fingern gegraben hatte, als die zweite Welle auf ihn zugeschossen kam. Wenn Claire in der Nähe gewesen war, hatte sie höchstwahrscheinlich nicht überlebt. Aber noch durfte ich die Hoffnung nicht aufgeben. Ich ließ Walt allein und suchte noch einmal den morastigen Flusslauf ab. Ich wollte nicht aufgeben, aber Walt lebte noch, und wenn ich ihn sofort in Sicherheit brachte, würde es vielleicht auch dabei bleiben. Ich lief zu ihm zurück.

Trotz seines Alters war er muskelbepackt wie ein junger Mann. Ich hievte ihn über die Schulter und nahm den Weg, den ich gekommen war. Auf Höhe des SUVs hörte ich einen schwachen Hilferuf. Es klang wie Claire. Allerdings hätte in diesem Moment für mich jede Stimme wie ihre geklungen. Da mich die Kraft allmählich verließ und ich Claire so schnell wie möglich finden musste, warf ich Walt recht unsanft ab. Er stöhnte, als er auf den Boden auftraf. Ich rief Claires Namen und rannte zum SUV.

Es war nicht Claire. Es war Dennis. »Wo ist sie?«, schrie ich. Sein Blick irrte ziellos umher. »Hilfe. Bitte.«

Ich verpasste ihm eine Ohrfeige und fragte noch einmal. Die Antwort war dieselbe. Ich brachte meinen Mund so nah an sein Ohr heran, dass ich Schlamm zwischen den Lippen spürte. »Sag mir, wo sie ist, sonst lass ich dich sterben.«

Entweder wusste er es nicht oder er verstand mich nicht mehr. Vielleicht wollte er mir auch keine Antwort geben. Hinter mir erbrach sich Walt und rollte auf die Seite. Beide würde ich nicht retten können. Vermutlich würde Dennis es sowieso nicht schaffen.

Sobald ich Walt wieder über die Schulter genommen hatte, hörte ich Dennis erneut etwas sagen, dieses Mal wesentlich klarer. Ich legte Walt ab, nun etwas sanfter, und lief zum Autofenster. »Wenn du mir sagst, wo Claire ist, versuche ich, deine Brust zu befreien. Mehr kann ich nicht tun.«

Er sagte zwei Wörter. »Das Cello.«

»Was ist damit?«

»Rette das Cello.«

Angewidert schrie ich: »Rette es doch selbst!«

Was er dann sagte, überraschte mich. »Bist du Ben?«

»Ja.« Es gab nur einen Menschen, der ihm von mir erzählt haben konnte.

Ich wünschte, er würde mir noch irgendetwas über Claire

sagen. Mein Wunsch wurde nicht erfüllt. Er lag im Sterben, war verwirrt. Seine wenigen, letzten Worte waren fast zu viel für mich. Sie galten ihr: »Das hättest du nicht tun dürfen, Claire.«

Er röchelte und sein Atem verließ ihn für immer.

Ich schleppte mich mit Walt den Hügel hinauf. Als wir die Ebene endlich erreichten, sah ich die Vincent, etwa hundert Meter entfernt. Sie lag auf der Seite, am Rand des Kliffs über dem mäandernden Flusslauf. Mit meinem Gürtel schnürte ich Walt vor mir fest. Während der langen, anstrengenden Rückfahrt kämpfte ich ständig damit, die Gänge zu wechseln und Walts reglosen Körper aufrecht zu halten.

In seinem Zimmer legte ich ihn vorsichtig auf dem Bett ab. Die Schlammkruste auf seinem Gesicht war von langen Furchen durchzogen. Tränen. Nach mehreren vergeblichen Anläufen sagte er: »Bin eingeschlafen.«

Nichts, was Walt Butterfield je gesagt hatte, durfte ihn mehr gequält haben als diese beiden Wörter. Sie waren das schmerzhafte Eingeständnis, dass er, wie ich schon länger vermutete und er befürchtete, am Ende doch nur ein Mensch war. Dass er ein alter Mann war, der stundenlang bei Wind und Sonne und im Dunkeln bei strömendem Regen ausgeharrt hatte, um das Haus und Claire zu bewachen, zählte nicht. Bei Bernice war er zu spät gekommen. Das war inakzeptabel, aber nicht dasselbe. Walt war einfach eingeschlafen, wie es jedem anderen übermüdeten Menschen lange vor ihm passiert wäre. Er hatte versagt. Und in Walts Welt gab es keinen größeren Versager als einen Mann, der die Menschen, die er liebte, nicht beschützte. Das ließ sich niemals entschuldigen, niemals verzeihen. Und ich hatte nicht den geringsten Zweifel, dass er Claire liebte, ob sie nun seine Tochter war oder nicht.

Ich fragte Walt, ob ich ihn ins Krankenhaus bringen oder den Rettungswagen rufen sollte. Er schüttelte den Kopf. Er wusste, diese Entscheidung konnte seinen Tod bedeuten. Aber er hatte sich entschieden, und ich musste es akzeptieren. Ich fand es nicht gut, aber ich konnte ihn verstehen. Vielleicht wünschte er sich den Tod und hatte sich all die Jahre seit jenem Abend im Diner danach gesehnt.

42

Die Sonne stand schon tief, als ich mit dem Pick-up zum SUV zurückfuhr. Ich hatte zwar keine große Hoffnung, Claire doch noch zu finden, aber versuchen musste ich es. Außerdem wollte ich den Unfallort für die Highway Patrol und die Rettungsmannschaft markieren. Wenn ich die Stelle nicht vor Anbruch der Dunkelheit erreichte, konnte es Wochen dauern, bis das Team sie fand. Ich war am Ende meiner Kräfte und betete zu Gott, er möge ein Wunder schicken, obwohl er schon zwei vollbracht hatte. Vielleicht lebte Claire noch.

Als ich ankam, blieben mir nur noch wenige Stunden Tageslicht. Eine benutzte ich, um überall nach Claire zu suchen. Dann gab ich auf. Ich stieg den Hang hinauf und befestigte rote Tücher an einigen Büschen, die sich dort in den Boden krallten, und war in dem Augenblick fertig, als im Osten der erste Donner krachte und sich am Himmel dunkle Wolken auftürmten. Von hier oben sah ich den SUV aus einem anderen Blickwinkel und meinte, im Kofferraum die Stimmwirbel des Cellos aus dem Schlamm aufragen zu sehen. Dennis hatte mich gebeten, das Cello zu retten. Ich fragte mich, ob ich es tun sollte. Wenn es in der Nacht wieder stark regnete, würde der SUV im rasenden Strom womöglich weiter fortgerissen und das Cello wäre vielleicht für immer verloren.

Ich holte das Montiereisen von der Pritsche meines Pick-ups und versuchte, die Heckklappe des SUVs aufzustemmen. Durch die Schlammmasse war der Innendruck zu stark. In einem letzten idiotischen Versuch stützte ich mich mit dem Rücken an der Uferwand ab, stellte die Füße auf die Stoßstange und drückte das Heck mit aller Kraft nach unten. Dennis' Kopf sackte seitlich aus dem offenen Fenster.

Im Wettlauf mit der Zeit rammte ich das Montiereisen mit voller Wucht in die Heckscheibe. Sie zerbrach, und der Druck im Inneren entlud sich in einer Explosion aus Schlamm. Die Klappe sprang auf. Der Schlamm schoss heraus und legte den Boden des Cellos frei. Vorsichtig grub ich es aus. Eigentlich hatte ich gehofft, es nun leicht herausziehen zu können. Aber irgendetwas hielt es von innen fest. Ich versuchte, es senkrecht anzuheben. Mit einem schmatzenden Geräusch löste es sich aus dem Schlamm. Das, was es festgehalten hatte, entpuppte sich als türkisfarbener Cowboystiefel. Er steckte noch in dem Loch, das Claire ins Holz getreten hatte. In einem Wutanfall musste sie die Stiefelspitze in die Decke des Cellos gerammt haben. Unter dem Cello lag Claire.

Ich schaute auf ihr Gesicht, den einzigen hellen Fleck in dem mit brauner Brühe gefüllten Kofferraum. Das Cello hatte sie so weit geschützt, dass ihr Oberkörper kaum von dunklem Schlamm bedeckt war. Ein einzelner Sonnenstrahl wanderte über ihre geschlossenen Lider. Sie blinzelte und rang nach Atem.

»Ben«, flüsterte sie.

Schnell stieß ich das Cello zur Seite. Sie atmete stoßweise, flach. Das Cello hatte ihr das Leben gerettet, aber ich befürchtete, das enorme Gewicht der schlammigen Masse könnte ihr den Brustkorb zerquetscht haben. Ich grub wie wild, dann hob ich sie behutsam aus dem Kofferraum und trug sie in den kühlen Schatten des Flusslaufs. Mit allerletzter Kraft schleppte ich uns beide den rutschigen Abhang hoch. Wir erreichten das Plateau in dem Moment, als die ersten Rinnsale ins Flussbett liefen und eine weitere Sturzflut ankündigten.

Vorsichtig legte ich ihren zierlichen Körper auf den Beifahrersitz des Pick-ups. In der Eile hatte ich den türkisfarbenen

Stiefel einfach mitgenommen und warf ihn nun achtlos auf den Boden meines Autos. Claire hob eine Hand und berührte mein Gesicht. »Bring mich nach Hause«, flüsterte sie.

Blitz und Donner verfolgten uns, während ich mit dem Pick-up durch die Wüste raste, den Schlaglöchern und Furchen so gut wie möglich ausweichend. Claire sackte in sich zusammen und fiel gegen mich. Um die Stöße abzumildern, legte ich ihr meinen rechten Arm um und zog sie an mich. Der Pick-up holperte und ruckelte, während ich mit Höchstgeschwindigkeit auf Desert Home zuhielt.

Im Westen stieß die untergehende Sonne durch eine dünne Schicht rosa Wolken, während sich vor uns erste gelbe Schatten über die Wüste senkten. Die Gewitterwolken verzogen sich, im Osten klarte der Himmel auf. Ich spürte, wie die Spannung aus Claires Körper wich. Als ich das Wasserreservoir umrundete, zog ich sie noch näher heran und drückte ihr einen Kuss aufs Haar.

Ich drosselte das Tempo, fuhr den Rest des Wegs ganz langsam und hielt vor der Veranda.

»Wir sind zu Hause«, sagte ich und spähte durch das dämmerige Licht zur dunklen Veranda. »Weißt du«, sagte ich, »das Erste, was mir an einem Haus auffällt, sind die Fenster. Dann die Veranda – gibt es eine und in welche Richtung blickt sie? Besonders mag ich solche, die nach Osten blicken. Wie jeder Wüstenbewohner weiß, lässt sich die wahre Schönheit eines Sonnenuntergangs in der Wüste erst genießen, wenn man in die entgegengesetzte Richtung schaut.«

Mein Blick blieb an dem grünen Stuhl hängen. »Schön, wenn ein gemütlicher Stuhl auf der Veranda steht. Das Letzte, was mir bei einem Haus auffällt, ist das Dach. Hohe Dächer kann ich nicht leiden. Wenn ich einen Hut haben will, dann kaufe ich mir einen Hut. Ein hohes, spitzes Dach hat mich aus irgendeinem Grund immer abgeschreckt. Was meinst du?«

Ich begrub Claire neben ihrer Mutter.

43

An einem ungewöhnlich kühlen Augustabend, auf den Tag genau zehn Wochen nach Claires Tod, saß ich auf der Veranda des Hauses in Desert Home. In der einen Hand hielt ich ein Päckchen, das Walt von Chun-Ja aus New York bekommen hatte, in der anderen einen Brief, den ich schon etliche Male gelesen hatte. Ein Anwaltsbüro hatte ihn an Chun-Ja c/o Walt Butterfield adressiert. Beide Sendungen waren mit der U.S. Mail verschickt worden und hatten im Postamt geduldig auf Walt gewartet.

Am Morgen hatte ich die beiden Grabsteine, die ich vor zwei Wochen in Auftrag gegeben hatte, abgeholt und auf die Gräber gestellt. Eigentlich hatte ich das Päckchen und den Brief unter Claires Stein vergraben wollen, es mir im letzten Moment aber anders überlegt.

Ich wartete darauf, dass John unter dem Torbogen auftauchte. Am Abend zuvor hatte ich ihn auf dem Weg nach Price an der Kreuzung zum Highway 191 gesehen, wo er sein Zelt für die Nacht aufgeschlagen hatte. Ich hatte ihn gefragt, ob er vorbeikommen und einen Gottesdienst abhalten könne. Er hatte sich sofort bereit erklärt, und ich hatte ihm eine Karte gezeichnet.

Der Verkauf meiner Decke hatte in Price und in abgeschwächter Form in Utah und im ganzen Land für Aufsehen gesorgt. Wie fast überall hatte sich die Kunde vom großen Geld in der kleinen Stadt Price schneller verbreitet als das Wort Gottes. Und es ging tatsächlich um sehr viel Geld, mehr als irgendjemand, vor allem Ginny und ich, erwartet hatte.

Die Decke war für 153.000 Dollar an ein Museum in Taos verkauft worden. Es war nicht das höchste Gebot, aber mir war wichtig, dass das Museum von Indianern geleitet wurde. Der Kurator, ein alter Pueblo-Mann, hatte mich vorab gewarnt, er könne mir nur eine Anzahlung von 50.000 Dollar geben, bis sie den Restbetrag durch Spenden gesammelt hätten. Er hatte gesagt, er würde einen Vertrag aufsetzen. Ich hatte erwidert, mir würde ein Handschlag genügen. Ich vertraute ihm. Er hatte dankbar genickt.

Vielleicht spielte Vertrauen gar nicht mal die größte Rolle, schließlich kehrte die Decke endlich nach Hause zurück. Beides half mir, mein schlechtes Gewissen zu beruhigen, weil ich das einzige Geschenk meiner Mutter verkauft hatte. Vielleicht hatte sie in ihrer damaligen Situation auch geglaubt, mir ein Geschenk zu machen, als sie mich vor dem Krankenhaus ausgesetzt hatte.

Ein paar Wochen lang hatte die Nachricht vom Deckenfund und meine Familiengeschichte einige Idioten aus ihren Löchern gelockt. Ich bekam etliche Briefe von Leuten, die behaupteten, mein Vater oder meine Mutter zu sein. Vielleicht schrieb einer oder eine von ihnen sogar die Wahrheit. Ich antwortete auf keinen der Briefe.

Nachdem mein Telefon wieder freigeschaltet worden war, rief Hollywood bei mir an. Ein Mann, der sich als Reality-TV-Produzent ausgab, sagte, er plane eine Sendung, in der man mich bei der Suche nach meinen leiblichen Eltern begleiten wolle. »Eine Story mit einem Native American wird sich verkaufen wie geschnitten Brot«, meinte er. Das war nun schon eine Weile her. Vermutlich klingelten ihm von den beiden wohlüberlegten Wörtern, die ich ihm als Antwort gegeben hatte, immer noch die Ohren.

Mit einem Teil des Geldes hatte ich die Grabsteine gekauft, einen für Claire, einen für Duncan Lacey, obwohl ich wusste, dass das nicht sein richtiger Name war. Der auf Claires Stein war es auch nicht.

Captain Dunphy hatte von einem anonymen Anrufer den Tipp bekommen, die Lacey-Brüder hätten womöglich eine kriminelle Vergangenheit. Als die Highway Patrol, die mit Joshs Einlieferung ins Krankenhaus und dem vermissten Cello lange beschäftigt gewesen war, endlich bei den Laceys vorfuhr, hatte Fergus bereits Selbstmord begangen. Er hatte sich an einem stählernen Querbalken im Waggon aufgehängt. Kurz danach kam die ganze Geschichte ans Licht – ihre echten Namen und ihre Verbrechen. Die Story schaffte es kaum noch in die Nachrichten. Die Lokalzeitung druckte sie in einer einzigen Spalte ab, neben einer fetten Werbeanzeige für Rinderbrustfilet und frische Kirschen. Was ich mit Duncans Leiche machte, interessierte danach niemanden mehr. Ich hatte Fergus versprochen, seinen Sohn anständig zu begraben. Das hatte ich vor. Und er wäre in Gesellschaft. In guter sogar.

Bei Claire tappten die Leute nach wie vor im Dunkeln. Niemand wusste, was mit ihr oder dem Cello geschehen war. Mir war das nur recht. Ich hatte der Highway Patrol mitgeteilt, wo ich den SUV zuletzt gesehen hatte. Nach zwei Tagen Dauerregen hatte es ein paar Wochen gedauert, bis sie das Fahrzeug gefunden hatten. Wilde Tiere, das Wetter und der ständige Druck von spitzen Felsen hatten von Dennis nicht mehr viel übrig gelassen. Man hätte ihn ebenso gut ein paarmal mit einer Ladung Kies in der Waschmaschine schleudern können.

Das Cello oder vielmehr das, was von ihm übrig geblieben war, hatte noch im schlammigen Kofferraum gesteckt. Ralph Welper war glücklich, doch sein Glück hielt nur eine Woche. Wie sich herausstellte, handelte es sich bei dem Cello nicht um das Instrument von del Gesù. Es war lediglich eine sehr gute

Kopie, die Claire von einem Geigenbauer hatte anfertigen lassen.

John winkte mir vom Torbogen aus zu. Ich winkte zurück. Leicht gebückt, als würde er das Kreuz schleppen, stieg er den Hügel hinunter. Er hatte mich nicht gefragt, was für einen Gottesdienst er abhalten sollte, sondern nur feierlich verkündet, dass er da sein werde. Hätte er gewusst, dass es sich um eine Trauerfeier handelte, hätte er sich womöglich nach den Namen der Verstorbenen erkundigt. Vielleicht auch nicht. Dass mir Duncans Leichnam übergeben worden war, wusste er. Von Claire wusste er nichts, und der Name auf ihrem Stein würde daran auch nichts ändern.

Ich legte Päckchen und Brief auf die Veranda. Wir gaben uns die Hand, dann führte ich ihn hinter dem Haus zur kleinen Grotte hoch. »Hier sind sie«, sagte ich. »Sagst du ein paar Worte?«

Der große Mann sah sich die Grabsteine der Reihe nach an. Er begann rechts, mit dem Stein von Bernice, und las die verwitterte Inschrift laut vor, wobei er den koreanischen Namen langsam aussprach. »Chun-Ja.« Als Nächstes kam »Yun-Ja. Geliebte Tochter.« Hätte er mich gefragt, ich hätte ihm erzählt, dass Chun-Ja Frühlingsmädchen und Yun-Ja Blumenmädchen bedeutete. Aber er fragte nicht. Claire hätte den Namen, den ich für sie ausgesucht hatte, bestimmt gemocht.

Als er den Stein von Duncan Lacey entdeckte, lächelte er. »Geliebter Sohn«, las er. »Ja, das war er. Danke, dass du das gemacht hast, Ben.« Er blickte von Duncans Stein wieder zu dem von Yun-Ja. »Weder das Jahr der Geburt noch des Todes?«

Ich wechselte schnell das Thema. »Nehme mal an, du hast die Highway Patrol nur angerufen, damit sich ein Arzt um Duncan kümmert?«

Er antwortete, ohne den Blick von Duncans Stein zu heben. »Das spielt jetzt keine Rolle mehr. Aber woher weißt du es?«

»War nur so eine Vermutung«, sagte ich. »Als ich dich und Duncan damals am Straßenrand gefunden hab, da hast du gesagt, er wäre bei dir in der Kirche gewesen. Danach ist mir aufgegangen, dass er dir seine Vergangenheit gebeichtet hat. Nach seinem Unfall hat dich vermutlich das Gewissen geplagt und du hast beschlossen, etwas zu unternehmen.«

»Sagst du mir, wer Yun-Ja war?«

»Irgendwann«, sagte ich, »Aber nicht heute. Sie ist jetzt bei ihrer Familie. Hoffe, das genügt dir.«

Der Pfarrer begann seine Predigt. Ich erwartete, er würde sie mit dem üblichen »Asche zu Asche«-Spruch beenden. Aber er zitierte eine andere Bibelstelle.

»Und das Meer gab die Toten heraus, die in ihm waren; und der Tod und die Unterwelt gaben ihre Toten heraus, die in ihnen waren. Sie wurden gerichtet, jeder nach seinen Taten. O Herr, ich gebe diese Seelen in deine Obhut. Amen.«

Wir gingen zum Haus zurück und setzten uns im Schatten der Veranda auf die Treppe. Ich fragte John, ob er Lust auf eine Kippe hätte. Hatte er. Wir zogen unser Ritual durch, er drehte, und ich zündete die fertige Zigarette an.

Er nahm den ersten Zug. »Das ist Walts Haus, oder?«

Ich sagte, es würde Walt gehören, aber er habe mich gebeten, nach dem Rechten zu sehen, bis er wieder auf dem Damm sei.

»Hab gehört, er ist vor ein paar Wochen mit dem Motorrad gestürzt. Wie geht's ihm?«

Noch ein paar Tage zuvor hätte ich auf Johns Frage keine positive Antwort geben können. Walt hatte sich das Schlüsselbein gebrochen, den Ellbogen ausgekugelt und wahrscheinlich eine Gehirnerschütterung zugezogen. Dazu kam eine ganze

Reihe kleinerer Brüche, die, wie ich mir nur ungern eingestand, von unserer Schlägerei herrühren mussten. Er hatte sich mit dem Krankenhaus verdammt viel Zeit gelassen. Fast eine Woche. Wir hatten vorher nicht darüber geredet, wie er seinen Zustand erklären wollte.

Tatsächlich hatte er es irgendwie geschafft, mit der Vincent hinzufahren. Den Ärzten zu erzählen, er sei mit dem Motorrad gestürzt, war allein seine Idee gewesen. Dass er es hatte aussprechen müssen, hatte ihm wahrscheinlich noch mehr wehgetan als das, was in jener Nacht auf dem Hügel von Desert Home tatsächlich geschehen war.

Walt und ich hatten eine stillschweigende Vereinbarung getroffen. Keiner von uns verlor über die Geschichte ein Wort, nicht Außenstehenden gegenüber und ganz bestimmt nicht dem anderen gegenüber. Sofern das überhaupt möglich war, zog Walt sich in letzter Zeit noch mehr zurück als früher.

Am letzten Wochenende, ich war im Haus beschäftigt gewesen, hatte ich das Knattern der Vincent auf dem Pfad dahinter gehört. Einen Augenblick lang blieb sie vor den Gräbern stehen und fuhr dann weiter. Ich putzte gerade Fenster. Walt hielt nur an, um mir zu sagen, dass ich schlecht geputzt hätte und sich an der Nordseite des Hauses ein Teil der Außenverkleidung gelöst habe. Für seine Verhältnisse fast freundlich, gab er mir zu verstehen, ich solle mich sofort an die Arbeit machen und verdammt noch mal keinen Mist bauen. Dann raste er in die Wüste davon. Ich hatte gewusst, das Haus gehörte nun mir.

John reichte mir die Zigarette. »Nettes Fleckchen. Du solltest hier wohnen.«

Ich sagte, vielleicht würde ich das eines Tages. Ich nahm das Päckchen in die Hand und drehte es hin und her. In Wahrheit wohnte ich längst in Desert Home. Ich schlief nur woanders.

Mit einem Teil des Deckengelds hatte Ginny mit ihrer kleinen Tochter in die frei gewordene andere Hälfte meines Doppelhauses ziehen können. Nachts hörte ich das Baby manchmal schreien. Zwar beschwerte ich mich hin und wieder, aber in Wahrheit hörte ich es gern. Das Geräusch beruhigte mich und half mir beim Einschlafen.

»Hast du ein Päckchen gekriegt?«

»Ist für Walt.«

Ich sagte, ich sei in Rockmuse gewesen und hätte Walts Post abgeholt. Tatsächlich hatte er sich seit Monaten nicht darum gekümmert. Der Filialleiter, der von Walts Unfall wusste, hatte sie mir einfach in die Hand gedrückt.

»Dann war es wohl nicht wichtig«, sagte John. »Willst du nicht wissen, was drin ist?«

»Weiß ich schon«, sagte ich. »Cello-Saiten.« Ich zeigte ihm den Brief. »In dem auch.«

Der Prediger beließ es dabei.

Claire hatte die Saiten mit der U.S. Mail verschickt, weil sie nicht gewusst hatte, dass Walt, wie die meisten Leute an der 117, einen Bogen um das Postamt machte. Tatsächlich hatten dort zwei weitere Sendungen auf ihn gewartet. Bei der ersten handelte es sich um den erneuerten Gewerbeschein für den Diner. Bei der zweiten um einen Brief von einem New Yorker Anwaltsbüro. Päckchen und Brief waren adressiert an Chun-Ja c/o Walt Butterfield. Ich hatte keine Hemmungen gehabt, beide zu öffnen.

Der Brief bezog sich auf ein Telefongespräch und enthielt das Ergebnis einer DNA-Analyse, die Claire in Auftrag gegeben hatte. Die von ihr eingereichte Haarprobe stammte von einer männlichen Person, bei der es sich laut statistischer Auswertung um ihren biologischen Vater handeln konnte. Wie ich vermutete, war sie an ein paar Haare von Walt gelangt, als sie ihn ganz unschuldig um ein Andenken gebeten und er ihr den alten Quilt geschenkt hatte. Offenbar hatte sie den Verdacht oder wenigstens die Hoffnung gehabt, Bernice sei zum Zeitpunkt der Vergewaltigung bereits schwanger gewesen. Durchaus möglich, dass Bernice es gewusst hatte. Vielleicht auch nicht. Das Trauma hatte ihr das Wissen womöglich geraubt.

Dass Claire Walt nichts von dem Beweis, dass sie seine Tochter war, erzählt hatte, überraschte mich nicht. Sie hatte sich gewünscht, er würde sie auch so als seine Tochter akzeptieren, allein aus dem Bauchgefühl heraus. Hätten sie mehr Zeit gehabt, wäre es womöglich auch dazu gekommen. Wahrscheinlich hätte sie ihm erst dann den Brief gezeigt. Oder nie. In meiner Vorstellung hatte Walt schon an jenem Abend, als sie im Diner miteinander getanzt hatten, die leise Ahnung gehabt, Claire könne seine leibliche Tochter sein.

Den Brief und das Päckchen mit den Saiten behielt ich. Walt gab ich lediglich den erneuerten Gewerbeschein für den Diner. Hätte er nach Claires Tod erfahren, dass sie tatsächlich seine Tochter war, wäre das, was von ihm übrig geblieben war, auch noch gestorben. Das wollte ich nicht. Obwohl wir nie über Claire redeten, hatte sie doch einmal zu uns gehört und tat es immer noch. Wir beide wussten, dass uns etwas Besonderes mit ihr verbunden hatte. Sonst niemand.

John und ich reichten die Fantasiezigarette schweigend hin und her.

»Wann kommst du das nächste Mal in die Kirche?«, fragte er.

»Wenn ich einen neuen Steckschlüssel brauche.«

»Überlege, mir einen Altar zu besorgen. Eventuell auch ein neues Heizgerät. Eins, das auch im Winter funktioniert.«

»Klingt gut.«

»Letzten Monat hat ein anonymer Spender der Kirche drei-
tausend Dollar gestiftet.«

»Schön für dich.«

»Schön für Gottes Werk.«

Er trat die Zigarette im Sand aus. »Muss los.« Er zwinkerte
mir zu. »Hab das Kreuz in zweiter Reihe geparkt.« Er stand auf,
machte ein paar Schritte und drehte sich um. »Nimm's mir
bitte nicht übel, Ben, aber ich finde, du verbringst zu viel Zeit
alleine.«

»Glaubst du«, sagte ich, »daran würde sich was ändern, wenn
ich mehr Zeit mit anderen verbringen würde?«

Darauf erwiderte er nichts mehr. Ich schaute ihm nach, wie
er den Hügel erklomm und hinter dem Torbogen verschwand.

44

Einmal, bei einer imaginären Zigarette am Straßenrand, hatte der Prediger gesagt, die meisten Leute würden bei der Wüste nur an das denken, was ihr fehlt – Wasser und Menschen. »Nie denken sie an das, was sie im Überfluss hat – Licht. So viel Licht.«

Doch alles Licht der Welt half einem Blinden nicht, den Boden vor seinen Füßen zu sehen. Schon gar nicht Leuten wie Ralph Welper. Vor zwei Wochen war er auf dem Hügel aufgetaucht und zum Haus marschiert. Ich war oben bei den Gräbern und beobachtete ihn. Wahrscheinlich hatte er meinen Truck in der Ausweichbucht gesehen.

Der Idiot stand mitten auf Claires Grab, als er mir erzählte, er sei immer noch überzeugt, ich hätte nicht alles gesagt. Ich ließ ihn reden. Welper schwor, er würde das echte Del-Gesù-Cello finden, und wenn es das Letzte wäre, was er in seinem Leben tat. Wenn es sich am Ende als seine letzte Tat entpuppen sollte, hätte ich nichts dagegen gehabt. »Und dieses Weibsstück auch«, fügte er hinzu.

Ich fragte, ob er eine neue Spur verfolgte. Er meinte, Claire sei in Rom gesehen worden. Nur mit Mühe konnte ich mir ein Grinsen verkneifen. Offenbar hatte Claire sich Elvis auf seiner ewigen Tournee angeschlossen.

»War das alles, weshalb Sie hergekommen sind?«

Er gab mir ein Päckchen. »Ich hab Josh versprochen, es persönlich abzugeben und mich in seinem Namen bei Ihnen zu bedanken. Sie mussten ihm Haut transplantieren. Aber er wird schon wieder. Erwarten Sie nur nicht, dass ich mich auch bei Ihnen bedanke.«

Ich fragte, warum er noch in Utah sei und nicht in Rom.

Wie sich herausstellte, wollte er die Such- und Bergungskosten auf den Bundesstaat Utah abwälzen, obwohl er versprochen hatte, sie aus eigener Tasche zu zahlen. Dunphy war so schlau gewesen, sich die Zusage schriftlich geben zu lassen. Als Welper, wie von Dunphy vorausgesehen, die Zahlung verweigerte, hatten ihn seine mächtigen Freunde fallen lassen. Der Staat wollte das Geld nun per Gerichtsbeschluss eintreiben.

»Es geht ums Prinzip«, sagte Welper.

Da konnte ich ihm nur recht geben.

Das Päckchen enthielt die CD, die Ginny für mich gebrannt hatte, und noch ein paar weitere, alle mit Cellomusik. Auf der beiliegenden Karte bedankte sich Josh noch einmal bei mir und erwähnte, er und seine Frau würden einen Urlaub in Utah planen.

»Nur so aus Neugier«, sagte ich, »warum hat der Mann von Mrs Tichnor eigentlich nicht gemerkt, dass das Cello gefälscht war?«

»Weil es eine sehr gute Fälschung war. Nicht teuer, aber perfekt, selbst bei winzigen Details, von denen nur jemand wissen konnte, der lange mit diesem Cello zu tun hatte. Vor allem die Verzierung der Schnecke. Decke und Boden sehen unterschiedlich aus, als wären sie von verschiedenen Geigenbauern hergestellt worden, was auch stimmt. Experten glauben, der Boden stammt vom Vater, die Decke vom Sohn. Mr Tichnor hatte keinen Grund, sich zu fragen, ob das Instrument echt war. Wie es aussieht«, sagte er, »war sie in dieser Ehe diejenige mit Köpfchen. Und wie ich gehört hab, auch die begabtere Musikerin.«

Welper stand nicht nur auf Claire. Er stand auch auf dem Del-Gesù-Cello. Ich hatte es mit ihr zusammen begraben. Es war noch in den Kisten gewesen, die sie an Walt geschickt

hatte, in seine Einzelteile zerlegt und in Schaumstoffkissen gebettet. Wie die in Auftrag gegebene Fälschung hatte Claire
auch das wertvolle Instrument auseinandergenommen. Dabei
musste man äußerst sorgfältig vorgehen. Allerdings hatte ich
herausgefunden, dass Geigenbauer es bei Reparaturen immer
so handhabten. Es war nur niemandem in den Sinn gekommen, dass Claire es wagen würde, das Achtzehn-Millionen-Cello einfach auseinanderzunehmen. Die einzelnen Teile
der beiden Cellos hatte sie dann mit verschiedenen Kurieren
verschickt.

Ich hatte die Kisten in Walts Werkstatt gesehen, als ich die
Leiche aus dem Klo beseitigen wollte. Eigentlich hatte ich nur
nach einem Gegenstand gesucht, der mich an Claire erinnern
würde. Ohne es zu wissen, hatte ich selbst Teile des Acht-
zehn-Millionen-Cellos transportiert. Walt hatte gewusst, dass
sie nach Utah kommen und ihm vorher ihre Habseligkeiten
schicken wollte. Den koreanischen Namen ihrer Mutter hatte
sie als Absender verwendet, damit er die Kisten sofort zuordnen konnte.

Ihr war nur ein winziger Fehler unterlaufen: Sie hatte die
Saiten mit der U.S. Mail verschickt. Allerdings hatte sie gar
nicht wissen können, dass Walt seine Post nur selten in Rockmuse abholte.

Dass Claire das echte Cello behalten oder es beschädigen
oder gar zerstören wollte, hatte ich nie geglaubt. Erste Zweifel
waren mir gekommen, als ich vor dem Kofferraum des SUVs
gestanden und ihren Stiefel in der Decke des Cellos gesehen
hatte. Allerdings hatte ich nicht geahnt, dass sie vor Dennis nur
eine Show abgezogen hatte, damit er glaubte, sie hätte das zerstört, was ihm am meisten bedeutete. Dennis war die Schwach-
stelle in Claires Plan gewesen. Sie hatte geglaubt, ihn genau zu

kennen, weil sie ihn einmal geliebt hatte – ein fataler Irrtum. Sie war sich absolut sicher gewesen, dass er niemals Gewalt anwenden würde. Aber damit muss man bei jedem rechnen. Unter bestimmten Umständen wäre wohl selbst Ghandi mit einem Hackebeil auf jemanden losgegangen.

Als sie dem Cello einen Tritt verpasst hatte, war Dennis vermutlich durchgedreht und hatte sie gewürgt. Sie hatte keine Chance gehabt, das Missverständnis aufzuklären. Seine kräftigen Cellisten-Finger hatten kurzen Prozess mit ihrem zarten Hals gemacht. Entweder hatte er es nicht bemerkt oder sich nicht darum geschert, dass sie noch lebte, als er sie mit der kaputten Cello-Fälschung in den Kofferraum des SUVs geworfen hatte und in die Wüste gerast war. Keine Ahnung, warum er nicht denselben Weg genommen hatte wie bei der Hinfahrt. Womöglich war Walt in diesem Moment aufgewacht und hatte die Verfolgung aufgenommen. Aber selbst wenn Walt nicht eingeschlafen wäre, war alles so schnell gegangen, dass er nichts mehr hätte tun können. Eines Tages wollte ich ihm das sagen, obwohl er mir vermutlich nicht zuhören würde.

Dass ich mir die CDs von Josh jemals anhören würde, war recht unwahrscheinlich. Ich würde immer die Musik vorziehen, die Claire gehört und ich mir nur vorgestellt hatte. Sie verband uns. Und das wollte ich nicht für etwas so Unzuverlässiges wie die Wirklichkeit aufgeben.

In letzter Zeit habe ich manchmal Bernice aus dem Augenwinkel wahrgenommen. Sie saß in ihrer Nische am Fenster und starrte hinaus in die Wüste. Wie jeder, der die Geschichte kannte, hatte ich ihren Blick immer für das leere, ziellose Starren einer geschundenen Seele gehalten. Jetzt glaube ich, sie hat lediglich das ständig wechselnde Licht der Wüste beobachtet, das über ihren Traum von Desert Home dahinzog, über ihre

Hoffnung und das Leben des Kindes, das sie niemals kennenlernen durfte. Es war ein Leben, halb gelebt dort draußen.

Ich schloss die Tür ab und stieg hinauf zum Torbogen. Jedes Mal nach der Hälfte des Wegs hatte ich Claires Stimme gehört, die hinter mir herrief. Jedes Mal war ich stehen geblieben und hatte mich umgedreht. Heute würde es anders sein. Ich war fest entschlossen, mich nicht umzudrehen. Ich tat es trotzdem. Ich blickte hinunter zur Veranda und dem grünen Stuhl, dann über Desert Home und schließlich gen Osten, wo die untergehende Sonne von der roten Mesa zurückgeworfen wurde.

In meinem ersten Monat auf der 117 hatte ich eines Tages beschlossen, bis zum Ende der Straße zu fahren – nur um es einmal gemacht zu haben. Der Asphalt endete unvermittelt, an einer schnurgeraden Linie, als wäre eine schwarze Tafel mit einer riesigen Schere abgeschnitten worden. Kein Absperrgitter, kein Warnschild, nichts. Das Ende meiner Welt.

Es war einer dieser langen, stinknormalen Tage, an denen dir nur ein alltägliches Wunder die Langeweile aus dem Gesicht gewischt hätte.

Hinter mir ging die Sonne unter. Ich stieg aus, lehnte mich an die vordere Stoßstange und aß das Sandwich, das von meiner Mittagspause noch übrig war. Der Truck tuckerte leise im Leerlauf. Ich legte den Kopf in den Nacken und blickte an der Felswand hoch. Im nächsten Moment war ich eingehüllt in ein überirdisches Leuchten. Es hätte eine Minute oder zehntausend Jahre dauern können. Ich vergaß meinen Namen. Eine Windböe wirbelte das Licht und den Sand zu einer rosaroten Säule auf, die immer höher stieg und schließlich ein zuckerwattiges Loch in den babyblauen Himmel stieß.

Bis zur Kreuzung zum 191 waren es mehr als hundert Meilen, aber ich konnte mich hinterher an keine einzige erinnern.

Als ich mich abends zum Schlafengehen auszog, verströmten meine Stiefel ein pinkfarbenes Licht.

Eines Tages wird der Torbogen von Desert Home verrosten und verschwinden, so wie das Haus, die Straßen und das in der Ferne schimmernde Wasserreservoir. Aber die Geister werden bleiben. Einmal lebten hier echte Menschen, wenn auch nur für wenige, lichtdurchflutete Tage. Irgendwann werde ich an sie denken wie an eine Familie.

Der Prediger wusste, wovon er sprach. In der Wüste ist das Licht zu Hause.

Dank

Das Verhältnis von Autor und Roman erinnert mich schon seit Langem an eine Ehe: Man erlebt Höhen und Tiefen, ungezügelte Leidenschaft, Enttäuschung, Langeweile, literarische Seitensprünge, Trennungen auf Zeit, hin und wieder rasende Wut und gelegentlich sogar die Scheidung. Ich möchte mich bei folgenden Menschen bedanken, die mir als Vertraute, Unterstützer und Berater zur Seite gestanden und sich als literarische Ghandis, wild entschlossene Cheerleader und zweifelnde Zen-Mönche verdient gemacht haben.

Ann Rittenberg, William Kittredge, C. J. Box, Roland Merullo, Karen Kargel, Laure-Anne Bosselaar, Scott Gibson, Susan Schwartzman, Tom Barrows, Patti Morris und Martin White.

Sein Name steht zwar schon bei den Widmungen, dennoch möchte ich noch einmal betonen, dass kaum ein Tag vergeht, an dem ich mich nicht glücklich schätze, in Sterling Watson einen aufmerksamen Ratgeber gefunden zu haben. Er hat mir immer wieder Mut gemacht und mich mit wertvollen Fragen und Ideen auf den richtigen Weg gebracht. Noch vor mir wusste er, wohin die Reise führen soll und hat mir geholfen, das Ziel nicht aus den Augen zu verlieren.

Bedanken möchte ich mich auch bei Sam Manganaro und seinen Kollegen von Vincent Works in Dolores, Colorado, die mir bei meinen Recherchen zu alten Vincent-Motorrädern sehr geholfen haben.

Mein Dank gilt auch den wunderbaren Autoren und Freunden, die ich über das Solstice MFA Programm des Pine Manor College in Boston, Massachusetts, kennengelernt habe: Meg Kearney, Tanya Whiton, Sandra Scofield, Steven Huff, William

Hastings, Venise Berry, Robert Lopez, Kerry Beckford, Susan Lemere, Mike Miner, Teresa Sutton, Melissa Ford Luken, Cindy Zelman, Jaime Manrique, Carol Owens Campbell, David Yoo, Rick Carr, Alison McLennan, Joe Gannon, Gabriel Cleveland, Jacqueline Brown und Dzvinia Orlowsky.

Dankbar bin ich vor allem Jack Estes, dem Verleger von Caravel Books, der Ja gesagt hat, nachdem so viele Nein gesagt hatten.

Besonders bedanken möchte ich mich zu guter Letzt auch bei David Hale Smith und den hilfsbereiten Mitarbeitern der Crown Publishing Group, vor allem aber bei meinem Lektor Nate Roberson, der immer an mich und meine Arbeit geglaubt und diese neue, überarbeitete Fassung des Romans erst möglich gemacht hat.